选目

CONTENTS

A ROMANCE OF HOUSE

CONTENTS

Yu HuiYan

Nov 7 2009 Las vegas

china town

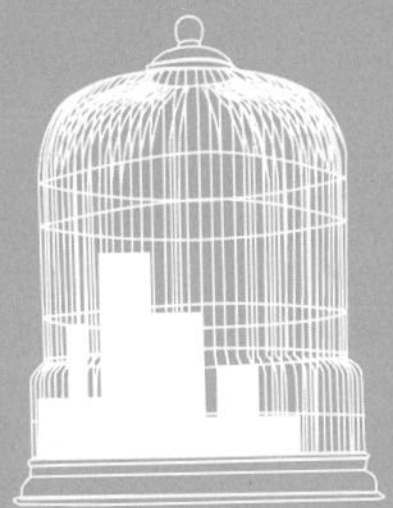

蜗居

A Romance Of House

六六◎著

湖北长江出版集团

长江文艺出版社

CONTENTS

A ROMANCE OF HOUSE

01　攒钱的速度永远赶不上涨价的速度

这是海萍千挑万选租来的安身立命之地。每个月650块。她原本只想在这里过渡一下，没想到一渡就是五年。这期间，她和老公办了婚姻大事，换了N个工作，妹妹海藻借住了大半年，儿子出生后回来的第一个家。一生中几乎所有的大事，就在这租住的10个平米屋檐下完成了。

海萍原本想，等一攒够首期我就买房子，然后我就有自己的窝啦！

路漫漫其修远兮。五年的血泪路走下来，她发现，攒钱的速度永远赶不上涨价的速度，而且距离越来越远。再等下去，也许到入土的那一天，海萍还是住在这10平方米的房子里。如果这幢古老的石库门房子不拆的话，她会一直租下去，一直节衣缩食，一直凑不够房钱，一直跟其他五家共用二楼半的那个小厕所，一直为多摊了几块钱的水费而怄气。也许到最后，就跟二楼的老李家一样，祖孙三代共住一间。放个屁声音大点儿三楼的楼板都震颤。

海萍每次路过二楼上三楼的时候，都喜欢，或者潜意识里很满足地朝那间和自己家面积一样大的10平米小屋望进去，看看那张双层床和斜靠在门边的行军折叠床。也许是房间实在太小了，二楼老李家从不关房门，甚至大冬天也敞着，东西堆得漫到门外，至少李奶奶那张小板凳就一直放在过道上。而他家吃饭从没在一桌过，都是分餐，每次上桌一个人，或者老李端着碗去楼下的弄堂吃饭。

望着无处藏身的老李，海萍的心态就平和多了。至少，在人均面积上，海萍不是这座城市里占有率最低的人。同样一间屋子，她还占5个平米呢！人就是靠这种“比下有余”才能有活下去的信念。若总是“比上不足”，大部分人都会罹患忧郁症。比方说贝克汉姆，因为没住进白金汉宫而郁郁寡欢。

海萍常挂在嘴上的一句话就是：“都怪你。”对这话，苏淳已经习惯了，每次都笑着回答：“好，怪我，怪我。”

早上海萍在转不开身的小地方居然还四处找钥匙的时候，她会嚷嚷：“都怪你！为什么昨晚不提醒我放包里？”苏淳完全意识不到这原本是海萍的错，总是一边帮忙找，一边说：“怪我！怪我！”苏淳也闹不明白，这么小的一片地方，为什么跟迷宫一样总有无尽的空间可以隐藏这些小东西，比方说擦桌子的时候不小心把它蹭进鞋窠里，或者被一份报纸压着就消失了。有时候苏淳会安慰自己，亏得地方小，所以东西才好找，若换套100平米的大房子，每天不要上班了，整天捉迷藏。

这话，苏淳曾经跟海萍开过玩笑。海萍严肃地说："绝对不会。房子大了才会有序，所有东西归位，我会在进门的墙上钉个杂品袋，把伞、钥匙、信件都放进去。所有的鞋子不会这样敞在房间里，要收进鞋柜。电视机不要放在书桌下面，每次看的时候蹲着，要放在电视柜上，电脑也会有自己的房间。我要做一套海尔橱具，买一套美国的康宁餐具……"苏淳每次到这时候都后悔跟海萍提房子的事。她似乎早已成竹在胸，要买什么样的房屋，什么样的朝向，怎样装修，墙是什么颜色，家里要添置什么细软，精确到在玄关安一面照妖镜。

每到这个时分，海萍的脸蛋就洋溢着一层兴奋的红光，鼻翼也会因为兴奋而扩张，手脚挥划之处，你得提防她踢到地上的电视或者不小心手撞着墙。苏淳会假装不经意地用手拦一下她大幅度的举动，以免她在受到磕碰的时候突然梦醒，进而因眼前现实的对比更加沮丧。

海萍在谈论房子的时候，几乎所有的细节都设计好了，独独不谈钱。主要是，这一点没法谈。一涉及到这方面，所有的梦想，就只能称之为梦想了。

其实，三年前，就在三年前，就在海萍的肚子刚刚有点鼓起来的时候，他们家差点就有一套房子了。如果海萍当时更加实际点儿的话。

那时候，上海的房价正小荷初露尖角地开始上扬。在沉寂了10年之后，上海的房子跟刚刚苏醒的冬草一样，飘出一点春意。海萍那时候刚怀孕5个月。原本，那是买房子的最好时机。

趁走得动，海萍每天下了班就拉着苏淳去看上海各区的二手房。那时候的房地产市场，我们可以称为"英雄死了"，至少假寐着，几乎不见什么新楼开盘。那时候是海萍对上海交通最熟悉的时候。她除了怀孕的喜悦，就沉浸在一张市内交通图上。每天依地图标出房子的位置，然后查看有几路车到达上班的地方，估算路上要多少时间；那个时候，任何一个路人随便问海萍一条巴士的路线，她都可以准确地告诉你去向。

按这种势头，原本在海萍生产前，就可以定下房子了。只可惜，功亏一篑，人哪，心存贪念。

当时，小夫妻俩手头存款4万，加上两家凑的钱，够付一套中小户型的二手房首期。也就是在蓝村路或者张扬路附近吧！天哪！蓝村路啊！张扬路啊！这个地段放在现在，随便什么房子，都得百万以上啊！肉痛！

房产经纪人打电话来约看房子。到地方一瞧，小小的两室一厅，属于90年代初的设计，所有的房门都对着客厅开，厨房，厕所，两个卧室。所以那个厅纯粹是过道，基本上放不了什么家具。当时的房主就任那一片空着。海萍不是很满意。两间卧室，一间朝北，一间朝东。就这种户型，来看房的人居然占满了小厅，总共得五对夫妻吧！有老有小。再加上挤门口的几拨房产经纪人，整座屋子给人的感觉极其压抑。

海萍面上不露声色，心里暗暗"切"了一声，想："造势啊！吓人啊！以为来的人多就卖得掉啊！这种房子，送给我都不要！孩子难道住北间？电脑电视不还是没地方放吗？这种生活，与我心中所想的，差别太远了吧！"

房主就开始指着每家的女主人问："你要不要？你要不要？"第一个问海萍，海萍显然摇头，根本没问苏淳的意见。问到第二家，那个女主人就已经表现出意向了，仔细问一下估价，好像是30万。就这种十多年房龄的房子，房主好意思要30万！看那墙，都起皮了！看那地板，还是革的！看那厨房的水喉，还是裸露的！这种房子也好意思说30万，一定是穷疯了。

海萍嘴角都止不住扬起一丝蔑笑。

海萍如果能预料到以后的势头，她就该哭了。

这世界上聪明人很多。海萍在审时度势上，应该算傻的。

第三对夫妻根本没有掰价的意思，就打算当场掏预付金了。第四对夫妻和第五对夫妻开始往上加价，其中一个说，我加你两万，就这么定了，你不要再给人看了。

海萍拉着苏淳就出门了。

绝对不要和白痴一起看房。绝对不要和托儿一起看房。这会干扰你的正常思维。

当时海萍是这样想的。

那是海萍看的第一套房子。

然后，在儿子出生前的那一段时间里，海萍又陆陆续续看过几套房子，房价已经有加速上扬的趋势，海萍发觉自己也走入以前那堆白痴和托儿的圈子。无论多烂的房子，走进去第一件事情就想给个价儿，先从气势上把对手压倒，买下再说。

但海萍总是失败。曾有一次，在现场，海萍都快成佼佼者了，没人能出过她的在房东要价基础上多给4万的价钱。她狞笑着得意，终于胜券在握。我海萍也是有资产的人了！

其实，那套房子还不如第一套房子。海萍边出价边怀念那个大大的北间，那傲人的层高。至少从使用面积上说，那套房子还是适合居住的。若是当时横心买下，屋子上下隔隔，能整出四室两厅啊！

就在某个夜晚，海萍曾经掏出4000块订金，买下过一套面积60平米的二手房。那时候，海萍的肚子都已经跟吹大的气球一样了，主要也是实在不能等了。

谁知，三天以后，房主来个电话，说："对不起，订金还你，我再补500块你的损失，我不能把房子卖你了。有人比你多出两万五。"

为了肚子里的宝宝，海萍不断深呼吸，压制怒气，说："勿气勿气。一套破房子而已，一个不守信的破人而已。等妈妈有了钱，给宝宝买别墅去！"

因为这次震惊加失望，海萍的看房事业在其最高潮处戛然而止。就像是舞台上指挥者冲向高处的手脱臼，就像夫妻生活中酣畅之处老公缩阳。总之，在不甘心、愤怒和焦虑中，海萍进入另一个阶段的冲刺。房子就暂时搁浅。

然后海萍就有了儿子欢欢。

欢欢的到来，让海萍的生活突然陷入一种纷乱的茫然。虽然全身心迎接，但还是没想到，一个小毛孩子竟然这么能糟蹋钱！那糟蹋的，都是海萍未来一平米一平米的房子啊！

欢欢一个月的口粮比他们夫妻俩吃得都多。光吃也就罢了，他还拉呢！一罐进口奶粉一百多块，一包尿布也一百多。看着存款单上的房屋蓝图一平米一平米地坠落，海萍常常面对满垃圾袋沉甸甸的"尿不湿"恋恋不舍。这扔出去的，都是票票啊！她恨恨地在儿子肥屁屁上拍了一巴掌："你进出双向收费啊！比中国移动还狠！"

家里因为外婆的到来而更显得拥挤不堪。外婆和妈妈带宝宝睡床上，爸爸就铺个地铺睡地上。若是宝宝上面的小嘴儿等着吃，下面的小嘴儿忙着拉，大家手忙脚乱，人仰马翻的时候，外婆搞不好一糊涂，会把沾着屎屁屁的尿布没包严就丢在爸爸的床上。家里奶瓶尿布堆得山高，再加上老太太舍不得丢掉吃空的奶粉罐，别人赞助来的小衣裳，家已不可能称之为家了。苏淳和海萍一想到那个小地方，混着孩子的哭声，屎尿的味道，大人的汗味，几个人因为喂养而发生的争执声，就实在不想进门。

孩子生下来三个月后，海萍就宣布："我要回去上班了。我得挣钱。房子太小，开销太大。妈妈，你替我把欢欢带回老家养吧！"海萍说这话的时候，是带着解脱的神清气爽。

可没曾想儿子走了。海萍的魂也走了。

一周只许打一次长途。一年只许回家两趟。

省钱，省钱，省钱。

这就是海萍生活的目标。

孩子刚回去，海萍一到晚上9点以后就往老家挂长途，让母亲尽量详细地描述儿子的成长。儿子会认人了！儿子会招手了！儿子会坐了！儿子会爬了！海萍是如此地享受电话。以至于在长途电话账单到来的时候，苏淳忍了又忍，忍无可忍地叹气："海萍，如果照这样下去，你很快就会把我们好几个平米给打掉！"

海萍决定戒电话。

但思念像潮水一样涌来，让海萍备受煎熬。

海萍决定买个摄像头，然后给母亲那边买台电脑，这样不用长途也能看到儿子了。

苏淳说："海萍，一台电脑又是一平米。再说，老头老太也不会用，你还得找人帮他们，每次都找人，很快大家都烦了。也许就放在那里谁都不用了。而且宽带费很贵，时间一长，又是一平米。海萍你就忍一忍，再忍一忍。你还不如把这些钱寄回去给儿子买奶粉吃，更实惠些。等我们买了房子，一买房子，我们就把孩子接回来！"

海萍连眼泪都流不出了。

海萍都快麻木了。

她决定认命。考大学的时候1∶10，毕业的时候不包分配，进了单位废除终身制，结婚的时候不分房。单位都朝秦暮楚了，谁还管你房子啊！海萍觉得自己就是天生的倒霉蛋儿，所有的不公平都摊到她的头上。她妈总哀叹自己是时代的牺牲品，海萍忿忿地想，跟她比，她妈那点儿不顺算什么呀！

这就是她的命。她要与十月怀胎的儿子分隔近千公里。她要在这个看起来无比繁荣，对自己而言却是华美衣裳，镜中花水中月的大城市里奋斗好几十年，却没有一片瓦属于自己。"无立锥之地"，她感觉自己就像古人说的那样，站在锥尖上努力平衡。

也许，当年她的选择是错误的。如果她不一味追求大城市，而是随丈夫回到他家的小镇，或者让丈夫跟自己回到家乡的小城，那么，今天的他们应该无比惬意，赖在任何一边父母的家里蹭吃蹭喝，买一套房子并不是那么困难的事情。就那么一念之差，她必须被这城市拘束，呆在这里。

她当然有可炫耀的资本。这个城市的户口，说起来一个最少也值50万。如果能够私下买卖，她打算把夫妻俩的户口折现，携巨款遁世而去。而偏就这部分属于无形资产，听着耳热，变现不出去。

每月3500块。

对于一个学化工又转行当普通文员的女人来说，无论她怎么跳槽，这就是她当年夜夜两点入睡，考上重点大学的价值。而这价值还有贬值的趋势。对于一个年过三十，没有硕士文凭，已经生过孩子的女人来说，对于那么多外地小年轻虎视眈眈盯着的大都市的所谓白领阶层来说，她都快摇摇欲坠了。就这3500块，还得努力拼搏。加班加点是常事。

苏淳好点儿。苏淳学的是船舶专业，现在在船厂工作，搞技术。一年拿到手，总有七万出头。虽然在这个国际都市中，满眼都是世界500强进驻，南京路都不允许民族品牌露脸的地方，这个收入不高，但看在稳定的份儿上，海萍并不能说什么。一个家庭，只能有一个漂泊，另一个，最少能保住饭碗，这是海萍对生活的要求。

于是，他们俩，两个名牌大学的毕业生，在工作了七八年后，每个月如果不吃不喝不消费，省下所有的钱，可以在这座大都会的郊区，买一平米的房子。

但因为人得活着，孩子得养着，你得和周围的人交际着，物价还天天涨着，所以，两个人即使再省，也大约只能省出1/3个平米的房子。

照此推算，如果海萍不被裁员，一直这么平稳，苏淳没有变故，每年涨一点工资。双方父母托老天的福，没病没灾，孩子受上帝保佑，平平安安的话，那么，海萍和苏淳，在未来的300个月里，可以买得起一套100平米建筑面积，80平米使用面积的房屋。

300个月，一年12个月，也就是说，未来的25年，直到海萍退休，他们终于可以在这个城市里拥有一套自己的房子。

这是一种物理上的匀速直线运动。得排除一切外力，处于一种理想状态。没有风吹，没有摩擦，没有空气，什么都没有。意思就是，钞票不贬值，国家教育不收费，看病不花钱，老人不需要供养，不发生任何意外。

这显然是不可能的。于是，海萍悲观地想，要在这个城市里有一个家，这显然是不可能的。

我究竟在奋斗什么？

02 毅然决定买房，因儿子的一句话

海萍突然决定不再等待。尽管房价还像三级跳那样一天一次刷新，每个月都勇攀新高。而在自己的存款离首期尚有太大距离的时候，毅然决定买房子，是因为儿子的一句话。

海萍回家了。回家看儿子去。这是海萍每年心情最愉悦的时候。临行前的几晚，海萍跟打足了气的皮球一样，顶着一天上班的疲劳依旧亢奋地逛各个小店铺，把吃的、玩的、穿的、用的，一样一样肩挑手拎地往小屋搬。

“我要看儿子了！嘻嘻！”海萍手捧小衣服，无限喜悦，语调都轻快一些。在国庆长假前的一个半月里每天念叨数次。然后临睡前会在已经洗过水的新衣服上亲一下说：“宝宝晚安！妈妈来啦！”

苏淳看着很心疼。其实孩子离开娘已经两年，海萍对儿子的思念，都快成祥林嫂那样了，不出三句就开始儿子长儿子短。每天有空就是抱着儿子的相片看，把电脑的屏保也换成儿子的照片。但今年的国庆，苏淳不能回去看儿子，因为他还有另一头的负担——他自己的父母。他一年只在五一才见儿子一面。说真话，他对儿子几乎没印象。所有的信息都靠海萍传达。在他的意识里，很长一段时间，他都想不到自己是一个两岁孩子的爹。孩子在他的日子里并没有留下什么印记。

海萍回家的那天晚上，苏淳送她到火车站。一到广场，苏淳就暗自叫苦。每年都这样，每次都这样。人山人海。甚至不少人就抱着铺盖睡在外面。海萍这一路又要受苦了。

海萍没买到坐票，就站着回，一路12个小时。不过没关系，哪怕人家鞋子踩到海萍头上，哪怕海萍的脚肿得跟猪蹄膀一样，她都浑然不觉得苦或累，回光返照般一想到儿子就精神焕发。海萍已经很有经验了，临行的那一天水米不进，以免给自己找麻烦，在火车上上厕所。东西带那么多，人又那么杂，小心宝贝给摸去。那哪是什么杂货啊，那是母亲积攒了半年的思念。

海萍风尘仆仆地赶回母亲家，一进门就嚷嚷着儿子的名。放下大包小袋，却只见自己的妈在厨房择菜，没有儿子的踪影。“欢欢呢?！你明

知道我今天回来，怎么还不让孩子在家等我？”

母亲放下菜，赶紧擦了手给海萍递过来一条毛巾：“擦擦脸，擦擦脸！累坏了吧！那么多的人，每次都那么挤。你歇着，坐坐！靠会儿！闭闭眼睛。”母亲倒了杯水，又端出满满一盆早点，“哎哟，包子都凉了，热两回了。我再热热吧！”

海萍边脱袜子边嘴里嘶嘶作声：“袜子都快嵌进肉了。你瞧我腿都发亮了！肿成这样！你别忙吃的了，我都饿过劲儿了。儿子呢？你晓得我回来看他的，就呆这么几天，少看一分钟都对不起我票钱。你也不留他在家等我。”

“你不看看都几点了你才来！准点到该早上7点，这都11点多了！迟那么长时间，他那猴屁股能坐住？一早就嚷嚷着要出去，姥爷都抱出去接你几回了，没接着。这会儿在超市门口呢！肯定在坐那个小电驴。一次塞一块钱，你爸的工资都叫那电驴给骗走了。”

海萍听到这，寻了双门口的大拖鞋就奔出去，后头妈跟着喊都没拦住：“你急什么！午饭的点儿不就回来了！你先休息会儿啊！”

海萍见到儿子的时候，儿子果然如姥姥所言，正骑那小驴子上不肯下来呢！屁股扭成麻花，嘴里还唱：“唐僧骑马咚个咚！姥爷，嗯！嗯！”手指着已经停了的驴子示意姥爷还往里塞钱。“不骑了，咱不骑了，该饭饭了。家去，妈妈来了！”欢欢根本不理那茬儿。

“欢欢！”海萍的脸笑得跟朵花儿似的，将俩胳膊伸展到最遥远的地方，蹲下来冲儿子欢呼。

儿子回头望一眼，迟疑了一下，没动。

姥爷一把揪住他往下拽，口里嚷嚷：“快看！谁来了！叫妈妈叫妈妈！”儿子怯生生抱住姥爷的腿躲在后面偷看。

海萍顺地蹲着小溜几步，将儿子抱在怀里，举起来，使劲地亲啊亲，把小脸蛋都快亲破了。欢欢狼狈不堪，甚不情愿，左躲右闪。“叫妈妈，叫妈妈！”海萍和父亲一起努力。欢欢极不情愿地喊了声：“妈妈！”

姥爷替妈妈遗憾地摇头说：“这孩子！平时妈妈不在，自己抱着电话筒‘妈妈，妈妈’叫不停。我们都逗他，问：‘欢欢，你妈妈呢？’他就手往耳朵边一捂说‘妈妈’。一看妈妈相片儿都好几个钟头。怎么真妈妈来了，反倒吓成这样？原来你是叶公好龙啊！”说完，在欢欢鼻子上刮了一下。

欢欢赶紧顺势伸手要姥爷抱。

海萍已经很满足了。这次比上次进步。上次固执喊“阿姨”。这次喊的是妈妈。两个人好不容易混到熟稔，就是海萍离别时分。

带着儿子回家，海萍亲力亲为地给儿子喂饭，全然忽略姥姥跟着喊：“你怎么又喂啊！这正训练自己吃饭呢！你捣什么乱啊！”海萍一边笑一边冲儿子示意：“宝贝，张口！啊呜！哎呀！大嘴巴呢！”回头跟娘说：“我难得见他，宠宠他，你就满足一下我吧！等我走了你接着训练。”

海萍给儿子洗澡，冲着小屁股蛋子使劲亲，边亲边喊：“不臭不臭，我们香香！”逗得宝宝哈哈笑，撅屁股去凑海萍的脸。姥姥又摇头：“这都两岁多了，你怎么还把他当几个月的娃娃哄？要知道男女有别了。”

海萍的意识里，宝宝总停留在三个月走的时候的傻傻样，她能哄的，也就是那些技巧。每当看到儿子竟然会指着书认真挑选要读的篇章，或者单脚平衡站立的时候都惊诧不已。她根本没意识到，孩子已经长大了。

某天，欢欢干坏事，而且是故意的，被海萍抓到。欢欢掏海萍的包，居然从里面搜出好几个一块，他把一块的硬币挑出来，笨手笨脚地塞进自己的口袋。海萍捏他衣服的时候发现的。“你哪来的钱？”欢欢指指海萍的包。“你要钱干吗？”欢欢又指指外面说：“唐僧骑马咚个咚。”海萍其实想笑的，这么小的孩子，都知道花钱了。但考虑到事情的严重性，憋住没笑。姥姥闻讯也赶来：“哎呀！这还了得！从小偷针，长大偷金啊！这个要打，不打不记事儿！”姥姥顺手把挂门后的教鞭就摘下来了。海萍母亲以前是小学教师，海萍海藻姐妹俩从小就给这个教训大的。

海萍一把拦住母亲：“咱不体罚孩子。你那一套都是老方法了。”姥姥赶紧申辩：“我什么时候打过？我那不吓唬他吗！”

海萍说：“吓唬也不行，有暴力威吓在里面。咱们要换种方法。欢欢，偷拿别人的钱，私自翻别人的包是不对的。这样的孩子妈妈不喜欢，小朋友们也不喜欢。你自己说，该怎么办？”

欢欢自己就开始摇胖手了：“不打！不打！”

海萍：“妈妈不打。但妈妈要处罚欢欢。你说，怎么处罚欢欢呢？”

欢欢歪头想了想，回答说：“妈妈抱抱吧！”

姥姥大笑，姥爷也笑了：“哎哟！这个小滑头！”

海萍愣住了。呆住了。怔住了。

心如刀绞。

大家都在笑，连欢欢也在笑，周围的笑声却离她如此之远，她在笑声中旋转。

两岁半的欢欢，虽然话还说不利索，但意思已经完全明白了。

海萍要处罚他，他选择抱抱。

也就是说，海萍那样爱儿子，将所有的心都牵挂在这个小东西身上，将所有的爱都灌注在这个小东西身上，而欢欢却觉得被母亲抱是一种惩罚！

海萍想起，无论自己怎么对宝宝，宝宝夜里一定要跟姥姥睡觉。无论怎么想亲近宝宝，宝宝出门一定要姥爷抱。无论自己怎么想亲他一口，都得使尽办法，卖乖甚至讨好。

孩子已经懂事了。他知道谁是他的亲人，他只跟那些与他日夜在一起生活的人交流情感。而妈妈，什么是妈妈？妈妈就是电话那头的"喂"，妈妈就是每年来两个星期的女人，妈妈就是一个象征，一个符号。

"我为什么要一个孩子？我要他，难道就为了有一天，他想起我的时候，甚至想不起来模样吗？难道就为了有一天给他一套房子吗？难道就为了别离吗？"

海萍在一片笑声中蓦地决定："回去就买房子！马上买！我要和我的儿子生活在一起！"

03 8000块你还想明年结婚?!

"我要买房子。"这是海萍回来后的当晚，在一切收拾停当以后冲老公说的第一句话。她向苏淳摆摆手："你不要劝我或问我。我已经决定了，你只要照我说的去做就行了。这一路我都想清楚了。买一套两室一厅的房子，不要太偏僻，价格大约是80万，首付20%就是16万。我们存款加公积金8万，还要借8万。你的任务就是问你爸妈要钱，无论如何要借来4万。剩下4万，我父母拿两万。你别急，我不是让他们少出钱，而是以后不给他们寄养儿子的钱了，你也知道现在养孩子多贵。另两万，我把海藻结婚的钱先拿来用。让她等等再结婚。这样，咱们的首付就有了。等钱一到账，咱们就去看房，尽快定下来这件事。"

苏淳从不直接提反对意见。海萍是顺毛的驴，若惹毛了，基本上就是顶风作案。"问题是，买房子并不是你想象的那么简单。你难道不装修？不买家具？房子首付只是很小的一部分，贷款加其他的杂七杂八，肯定得超过咱们的偿付能力，是不是太冒进了？”

“我们的问题不是太冒进了，而是太保守了。如果早在几年前就把房子搞定，现在已经躺在胜利果实上睡觉了。一切都会有的，但关键是——首先我们得有一套房子。等有了房子，其他问题就好办多了！”

苏淳直挠头皮：“可是，我怎么跟我妈说钱的事情呢？你也晓得我家的状况，小地方的人工资低，攒点钱有多难啊！还得负担我那个精神病舅舅。以前一直鄙视‘啃老族’，没想到有一天自己也要落到这个地步。”

海萍动之以情，晓之以理：“现在谁不啃老？我们不啃他们，社会就要啃我们。这房子涨得！你见过这种涨法吗？青蛙爬井还进三尺退两尺呢！房价只涨不跌。你跟你妈说，把她能拿的钱全都拿出来，不要怕，等她老了我养她。”

“你有没有搞错？我怎么跟我妈说？‘你老了以后我养你’？那不是应该的吗？我养她是报答她以前养我的恩情，而不是还她现在给我买房子的债。”

海萍怒了：“我一跟你争，你又没理。你养你妈应该，难道你养老婆孩子不应该啊？你妈养你22年，我要跟你过到80岁，万一你再长寿点，到90岁，我还要伺候你吃喝。谁服侍你的时间长？你妈养你那叫责任，她生你跟你商量了吗？我跟你结婚，是你求我求来的！你得心存感激！再说了，你妈养你，又没养我，她只给我房子投资4万块，却买了个终身保障，就算买人寿保险，也没这么高的回报率吧？我不跟你争了，你赶紧去要钱。”

苏淳不说话，到楼下洗漱去了。

晚上，两人躺在床上。苏淳的手在海萍身上来回游移：“都好长一段没听你提房子了，怎么突然就决定了？”海萍眼望楼顶的斜木桩：“儿子。儿子已经不认得我了。晚上翻身起来看见是我躺在他身边，会放声大哭，叫姥姥。我对他而言，和街上的阿姨没什么区别。我再不把他接来，我就白生他了。他在我肚子里装了10个月，为他我挨一刀，喂奶得乳腺炎，两手肿得都放不下来，每个月一发工资就往老家寄钱。为他我吃尽了苦头，到头来，他却和我不亲，把我当外人，这不是我想要的生活。我要趁他记忆还不完全的时候，把他接到身边，好好爱他，亲他，教育他，让他觉得我是这个世界上最爱他的人。”

海萍流泪，一偏头，将眼泪滴在丈夫的胳膊上，然后把头埋进苏淳的腋下。

苏淳抚摸着妻子的背，不再说话。

周日，海藻带着一大堆衣服过来。

这是姐妹俩的约定。每个星期见一次面，把俩人的衣服交换一遍。这样，姐妹俩就不用购置太多的衣服，还显得满趁头的。

“姐！你要把那件蓝色的烫一烫。还有，上次那件ESPRIT的，你是手洗的吗？”海藻顺手把所有的衣服都丢在床上。海萍迅速麻利地收进衣橱，并将要置换的衣服一件件挂在窗前的竹竿上。“衣服我都烫过了，你不用嘱咐，我洗衣服前都看牌子的。我比你仔细多了。你的衣服我挂这里，走的时候再拿下来，摊床上要皱。你提的时候手抬高点，那条裙子很长，搞不好会拖地。”

“姐夫呢？”

“他加班。”其实海萍在海藻来之前把丈夫支走了。她怕当着苏淳的面跟妹妹谈钱，丈夫会难堪。

“海藻，跟你商量个事。吃菜！吃菜！”海萍把不多的几只红虾夹到海藻碗里。

“什么事？”

“你手头有多少存款？”

“我哪有什么存款啊？这不刚找到工作吗？中间一歇好几个月，吃的都是老本。我发现，在上海这种地方，要想存起钱来，比登天还难。”

“到底多少？你能拿出来的？”

海藻仔细想了想：“8000块？”

“8000块你还想明年结婚?！这转眼就到明年了！小贝也不是什么有钱人，你们靠什么买房子啊？”

“租呗！什么时候有钱什么时候再买。结婚容易得很，不就是领张证吗？我们俩家人都不在这里，也不必办什么仪式了。”

“我现在要买房子，很需要钱。你能不能把你手头的钱，加小贝的钱，先借给我用一用？等我一攒到就还给你们。”海萍开门见山。

“你要多少？”

“最少2万，多多不限。”

“好，我过两天给你送来。你看好房子了吗？”

“还没呢！我要先把钱的问题解决掉。”

“太好了！我又有事情干了！姐！你要看房子的话，叫着我，我陪你一起去！”

海藻跟海萍的感情，那真是让海藻为海萍去死都可以。因为，海藻的命就是海萍给的。海藻出现在这个世界上，是个意外。若按年纪推算，她怎么都不该存在。当年妈妈是带环怀孕的，所以，妈妈总说海藻背上那两个小洞洞是避孕环戳的。妈妈发现有海藻这个事实的时候，海藻都超过4个月了，那年海萍7岁。

显然，在计划生育抓得正严的年代，海藻的命运就是被冲到厕所里面。

妈妈爸爸都说，要把孩子做掉。作为两个红旗下长大，谨守规范的好公民好职工，两人想都没想过要把海藻留下。妈妈准备去医院的前几天，有意无意地问海萍："海萍啊！你觉得有个弟弟妹妹好不好？"海萍快乐地点头："好好！我要跟弟弟玩！""可是，你所有的小伙伴都没弟弟妹妹，就你有，多丢人啊！""如果所有人都没有，就我有，多骄傲啊！"海萍心里把弟弟妹妹当一个可以被炫耀的玩具。旁边的奶奶插一句嘴说："那你是想要弟弟还是妹妹？""我要弟弟！"

老奶奶就开始嘀咕了："小孩子的嘴是最准的，她说是弟弟，这肚子里的肯定是男孩。我看还是要了吧？再说了，人总有老的时候，万一咱们老了死了，以后的孩子都是一个一个的，连个亲人帮衬都没有。遇到困难找谁呀？想你们这辈还有个兄弟姐妹什么的，到了海萍的孩子，舅舅舅妈，表哥表姐都只能查字典了。"

海藻适时在妈妈肚子里拱了一下。这一拱，把妈妈的母性给拱出来了，想海萍若能有个高大健壮的弟弟保护，该多么安全啊！有个儿子是件多么美好的事情！正赶学校放假，海萍的妈就今天拖明天，明天拖后天地给耽搁下来了。

再到开学的时候，海藻都藏不住了。

海藻是妈妈五年没资格评先进，爸爸降两级工资，外加再怎么努力都不可能被提拔的代价换来的。虽然，牺牲半天，还是个丫头片子。海藻出来的时候，妈妈都哭了。

高兴的只有海萍。海萍说："我喜欢妹妹！我可以给她扎小辫！"奶奶嘘了海萍一声："就是你！当时问你，你说喜欢弟弟，现在又喜欢妹妹！"海萍一扬脸："我都喜欢！"

海萍是真喜欢妹妹，妈妈忙的时候，海萍照顾妹妹，给妹妹下面条，辅导妹妹功课，晚上带妹妹睡。在海藻记忆里，姐姐好像比妈妈更亲近些。

所以，别说海萍只是要钱了，就是要命，海藻也舍得给。海藻看到电视里亲兄弟为钱打架的事情，怎么都想不通，却对哥哥把肾捐给弟弟的事情牢记在心。她当时就想："只要海萍需要，心我都可以给。"

04 我贱贱地贱贱地爱上你

可是，海藻愿意把心给姐姐，小贝却不愿意。

海藻带着衣服和海萍买的水果回到自己住的地方，这是与其他几个人合租的一套三室一厅，离市区很远，不过离海藻上班的公司很近。回来的时候，小贝已经把晚饭都准备妥当了，两菜一汤，有荤有素。小贝是海藻工作的第一个单位的同事，自从俩人好上，海藻就从海萍的家搬出来与小贝同居了。"省房钱。"这是小贝对海藻开玩笑时说的，他解释为什么现在同居的人如此之多，"房租太贵，得俩人摊。"

"我的漂亮小猪！这个肉丝给你！"小贝习惯性地将所有他认为好吃的东西都往海藻碗里丢。他会细致到拨开长长的豆芽，把左躲右闪藏无可藏的肉星全都挑出来，再一点一点移给海藻。海藻不爱吃肉，或者说，海藻自觉不爱吃肉，因为小贝喜欢。凡是小贝喜欢的，海藻自觉就不爱了。两人配合默契，从没在吃上发生过纠纷，他们总是恰好地喜欢吃对方不爱吃的东西，却爱看对方都爱的电影，爱一起拉着手围着楼转圈。两人如果发生纠纷，一定是这样的：

"跟你说了我不爱吃肉！我要减肥！"海藻把肉又丢回小贝的碗里。

"你要胖点！减什么肥呀！女为悦己者容！你多胖我都爱你，反正我已经悦了，你就不必减了！"俩人就为那点点肉丝在筷头上推来推去。搞不好珍贵的肉丝还掉地上。这时候，总是小贝义不容辞地迅速从地上捞起来塞进嘴里。

"哎呀！脏不脏！掉了就扔了啊！"

"不脏！医学小常识说了，食物掉到地上 30 秒之内拣起来是不会被污染的。浪费了可惜。"

海藻看着小贝青春洋溢的脸和富有感染力的笑容，还有丝丝入扣的体贴，想，什么是幸福？幸福就是筷头上的肉丝。他心里有你就是幸福。

"哎！小贝，跟你商量个事儿。你手头有多少存款？"

"6 万多吧！"

"俄滴神呀！老公！你简直太伟大了！你就是鲁迅笔下的孺子牛啊！吃草挤奶！你怎么存的啊?!"

“因为我的小猪乖嘛！她又不要买衣服，又不要出去高消费，整天陪我蜗居，再加上我一想到有一天要娶小猪进门，就如有神助！”小贝伸出两个巴掌往海藻面前一放，“耶！”俩人跟彩排好似的击掌欢呼，又非常非常“贱”地靠在一起撞两下屁股。这种小把戏是小贝设计的，每次都被海藻骂作“贱”，但每次都会很“贱”地去配合，然后慢慢地乐此不疲。用小贝的话说：“人哪，贱贱就习惯了。”小贝还提议，应该把汉字的“渐渐地”改为“贱贱地”，他说，我贱贱地贱贱地爱上你。

“小贝，你能把钱借我用一下吗?”

“你无耻！你下流！你可恶！你卑鄙！”小贝突然把筷子往桌子上一拍，双目怒睁，手指点在海藻的鼻尖上，破口大骂。海藻吓得愣住了，一句话都不敢往下说。

“你的就是我的，我的就是你的。你怎么可以跟我提借字？你应该直接说‘小贝，把你的钱给我！’然后我就匍匐在地，双手奉上，战战兢兢颤颤巍巍地说，‘拿去吧，都拿去吧，连我的人一并拿去吧！我此生此世都是你的人了！’”小贝突然狡黠一笑，将头伏在瞠目结舌的海藻手上，轻轻一吻。

海藻破惊为喜，摇着身子娇嗔：“你讨厌！吓死我了！你个猪头！我要你好看!”顺手抄起手边的杯子，看一眼，放下，回头从床上揪来枕头，劈头盖脸向小贝砸过去，俩人滚做一团。

海藻都忘记自己要说什么了。

苏淳泄气地走进门。海萍正在公共厨房间里炒菜，看老公一言不发，招呼不打低头直上三楼，狐疑地赶紧将菜炒毕，关了火端着菜尾随上楼。

“怎么不高兴的样子？你跟你妈说钱的事情了?”海萍看丈夫的脸色。苏淳点点头。

“她怎么说?”

“她没说话。”

“完啦？你就挂电话啦？你亏得在单位打，你要是在家打，那不是浪费电话费吗？明天再去问。一定要搞到！海藻那里我都说妥了。我今天晚上给我妈打电话。”

“海萍，我真的很难张口。老人存点钱很不容易。你要知道，我们父母辈那过的是什么日子。年轻的时候要养老要养小，好不容易把老的都送走了，一天没舒服，小的还要去刮。这对他们的一生来说公平吗？如果在他们那个时代，我们现在是该给老的钱。他们不要我们负担，已经很好了。我们，我们……”

“收起你的内疚心吧！又不是只刮你父母。我这边不也拿刀子锥子吗？你那叫快刀拉肉，只疼一下，我这边，每个月去割一块，我对我父母，比对你父母狠多了。除了大刀阔斧地割，还要细水长流地割。我父母比你父母还要惨。我说什么了？按说，你们家娶媳妇，房子车子什么的怎么都该你们家出吧？现在儿子都出来了，我也不计较了。好歹就一次，你快去。”

苏淳手指在桌面上划来划去，一副内心斗争激烈的样子。

海萍继续做思想工作：“这也怪不到我们啊！现在啃老族都成时尚了。哪个年轻人不啃？父母存在的价值，不就在给子女贡献中体现吗？你当我不知道他们艰难？人家美国老头老太一退休就环游世界，我们这里老头老太到退休了都死活赖着不走，有机会就要去返聘，他们又不是骨头轻，那么想干活，那不就没条件吗？但是！但是！条件是怎么来的？那是积累来的！人家美国人享受生活，也靠两百年前黑奴矿工卖命才奠定的基础啊！总要有人贡献嘛！我也不想，但我也没办法，为了我的儿子，我就打算牺牲父母了。我们牺牲两代人，看看能不能叫儿子以后过上好日子。对了，这叫什么？用现在流行的话说，这叫转型期的痛苦，你劝你妈想开点，有多少都贡献出来。听见没有？点头啊！”

苏淳叹气：“这个型怎么老转不完啊！人家美国两百年历史，都完成积累了。我们上下五千年文化，怎么还没完成原始积累？”

“你不能这样算。你要算那个稳定发展期。我们中国不经常重新洗牌，推翻重来吗？你要从成立新中国算，现在才50年，再过150年就富裕了。”

“照你这样算，我们儿子又是牺牲的一代。”

“我呸你！臭嘴！明天赶紧再打电话！”

05　你不是不近女色吗？

宋思明在办公室里写报告。沈大律师边敲门边自顾往里走，顺手把一叠材料扔在宋的桌上。宋抬眼看看，笑了，说：“漂亮！晚上一起吃饭！”

沈律师意味深长地瞥了宋思明一眼，问：“这个‘一起’二字，耐人寻味。怎解？”宋思明放下笔，邪邪一笑说：“你请我啊！”

“哦！天底下就我傻了。我替你干事，我请你吃饭。我欠你呀！不去。”

“你这个人没劲。我是国家公务员，才拿几个钱？你是自己的主人，你随便发封律师函，怎么也得收入一千吧？我不吃你吃谁？走吧！我听说新天地那里新开了个伶人馆，菜不错不说，还有科班唱折子戏，一起去欣赏一下。”

沈大律师拱手告饶说：“今天真不去了，改日。今天有个圈子里的聚会，是胖子组织的，我听说他最近活动频繁，我想去看看他到底有什么动作。”

“你有什么圈子？你的圈子里怎么可能没我？”

“你不是洁身自好吗？你不是不近女色吗？谁敢拉拢腐蚀你？几次拉你去按摩，你看你那手摇的，跟拨浪鼓似的。你那种表情加动作，把我们好好的正常放松娱乐，都贬成心术不正了。一来二去，我们谁都不带你了。你呀，已经游离于我们圈外咯！”沈大律师站起来用手指梳理一下油光锃亮的头发，扬长而去。

宋思明怔了一下，摇头笑笑。

06 用30天的紧张换一天的松弛，残酷！

星期二是一周里最难打发的日子，上不挨天下不挨地。欢娱的周末回味已经结束，而到周五还很漫长。往往这一天又是一周里工作量最大的时候，很疲倦。要是一周工作两天，休息五天，那该多美妙！

海藻觉得人生的轨迹有问题。每个人都在为口食拼命，把自己搞得不堪重负。人生的意义是什么？是让自己在日子中承受痛苦，还是为了享受欢乐？关键是每个人都这样活着，从没有人质疑，这样的生活到底对不对。只知道必须要工作，每天不停地工作。一个月工作22天甚至更多，像牛一样地工作一个月，而像小兔子一样欢蹦乱跳的日子只有发薪的那一天。人要用30天的紧张换一天的松弛，这种现实也太残酷了吧！

更糟糕的是，海藻的老板是个工作狂，而且属于一定会发家的那种残酷资本家。他总会在你下班前的一刻钟仿佛恍然大悟似的想起什么事情让你加班，并且把所有的出差都安排在周五下午，周一早上从火车站出来，还不耽误上班。海藻想，他开的那辆奥迪，就是自己被压榨的剩余价值堆积出来的。而且根据他日益精准和高超的压榨技巧，他很快就要升级换宝马了。

海藻每次跳槽，都是因为不堪重负。她幻想着，也许有一天会碰到一位仁慈的老板，很慷慨地说，每月一万，包吃包住，上班两天，休息28天，年底双薪。为这个仁慈的老板，她已经期待两年了，两年里，她换了3个工作，不停地随着工作地点搬家。工资倒是每次必涨一点，但老板一点都没吃亏，总能想尽办法比上一任更加刻薄。总之，他们一定会做到物超所值。海藻决定，这将是她的最后一份工作。她一定要努力做到退休，绝对不辞职，不去看报纸的招工广告，因为，她已经实在没有多余的时间和精力被压榨了。仁慈的老板和处女圣母一样，只会在杜撰的圣经中才会出现。

今天中午，比较沮丧。好不容易捱到吃饭时间，老板笑盈盈地敲她的桌面："中午少吃点，晚上有饭局，外滩18号哦！"海藻非常做作地抿嘴一笑，表示知道，内心里一百个不情愿。陪人吃饭，这是海藻的工作职责之一，也是海藻最讨厌的工作之一。满桌子的菜，你永远不会下第一筷，等桌上所有人都夹一遍，你才有可能去吃别人剩下的口水。饭桌上你不会全神贯注于菜肴，却要注意谁的杯盏里酒空了菜干了，然后殷勤倒酒布菜，说一些自己都觉得很肉麻的吹捧的话，对每个人媚笑讨好，待餐毕，别人都酒足饭饱，而自己却腹中空空，了无滋味。明明钱最终落到的是老板的口袋，他只肯分其中小小的一毛给自己，而谄媚的活儿都要自己干。

很郁闷地坐在电脑前，连午饭的胃口都没了。

"叮叮……"MSN上出现一个闪铃，打开一看，是小贝送来一个跳跃的红唇，还吱吱作响。

"我的漂亮小猪，你在干吗呀？"小贝的字打过来，屏幕上还有一只粉红色的小猪在扭屁股。

"在郁闷。"

"为什么呢？"那个为什么显示出的是一串很卡通的问号。小贝善于搜集这些漂亮的字体符号，如果你跟他聊天，满屏幕目不暇接，各种小图标蹦蹦跳跳，和他的人一样活泼又亲切。

"晚上有饭局。我不回去了，你自己吃吧！"

"那回来再亲你，乖乖的，好心情！"

海藻懒得回应。心情不好。

"吃午饭了吗？"小贝还附送一束电子红玫瑰。

"不想吃。"

"一定要吃，不要饿坏了小猪的胃。"

海藻还是不回应，开始伏案工作。

“叮叮……”许久，那边的闪铃又出现。

“送我的小猪一首好听的歌。爱你的 GG。”

屏幕上给出一个 IP 链接。

海藻点进去。悠扬的歌声在线飘起：

我无法把月亮摘给你
还在夜空挂满星星
无法随时让雨停
叫天日日都放晴
我不能买下所有的花
铺满房间变成神话
不能任意带你走
飞到海角和天涯
可是你会永远有我
月亮总是寂寞
星星也会掉落
花会枯萎
神话没有人见过
爱在记忆里往前走
会比永远还要久

“好听吗？”MSN 里蹦出小贝的形象代言人，一只憨厚的大熊捂嘴偷乐。

海藻笑了，无论怎么不开心，一看到这只大熊，海藻就会笑，它是那么形象，现在只要一看到大熊，海藻就觉得那是亲爱的小贝。小贝很认真，很用心地爱她，这个世界上，除了父母和姐姐，海藻觉得，小贝就是她最亲的人了。

“我会爱你，比永远还要久。”小熊又亲了亲，满屏幕都是纷飞的红心，然后下线。

海藻一直听，反复听，到下班时分往外滩 18 号奔的时候，已经不自觉地在口中哼唱了，满是快乐的心。

这顿晚饭，海藻梦游一样坐在桌边，嘴角扬着微笑，台面上的觥筹交错仿佛与她无关，满脑子都是月亮、星星、花的画面，还有那个笨笨的大熊的脸。因为幸福，海藻的脸上飘着一层粉红的晕；因为心不在焉，总是答非所问。

老板有些恼怒，小声而严肃地提醒海藻："小郭！宋秘书在问你话呢！"

"啊？哦！"

"郭小姐今天晚上有心事啊？"初次见面的宋秘书笑眯眯地盯着海藻看。

海藻低头笑笑，又开始神游。

"以前没见过郭小姐。是新来的吗？"

海藻没回答，老板忍不住赶紧接话说："是的是的，还在试用期。"

"小郭！宋秘书在跟你说话。"老板又转身提醒。

海藻抬头看看宋秘书。这家伙长得很像《暗算》里的那个搞密码的什么云龙，人看着瘦小精干，背有点弓，穿着很普通的衬衫，笑面虎的模样，却显得很假。看年纪总有四十好几了。

"郭小姐今年多大了？"

"25。"

"成家了？"

"没。"

"前途无量啊！"

海藻奇怪，25岁没结婚就前途无量？没法接下话。海藻又抿嘴笑了。对面的宋秘书依旧好脾气地看着海藻，也是一副笑模样。

老板的目光在宋秘书与海藻之间穿梭。

07 姐姐要买房，严重缺钱

晚上，一阵狂风骤雨之后。

海藻枕着小贝的胳膊，突然想起什么事，说："小贝，那天给你一打岔，我忘记说了。你把你的6万块钱拿给我用一下。我姐姐要买房子，严重缺钱。"

小贝非常安静。

"睡着了？听见没有啊？"海藻的脚丫在小贝毛茸茸的腿上蹭了一下。

"听见了。她要借多久？"

"她没说，但说一有钱就还我们。"

"如果到明年五一前能还，那就可以。"

"明年五一？她一年工资才多少？能这么快还你就不问你借了。"

"可明年我们要结婚啊！"

“早一年晚一年有什么关系？再说了，不就领个证吗？”

“可是，咱们不买房子吗？总这么租下去？”

“不挺好吗？比买还方便呢！换工作就能换地方住，自己的家，能这么换吗？”

“可是，我们不能一辈子租房子啊？”

“你什么意思？不想借是吧？”

“不是。我是觉得这一借，咱们的房子就遥遥无期了。”

“小贝！这是海萍在借钱！不是外人！我哪怕就是一辈子不结婚，一辈子没房子住，只要她要，我一定会给她！你要知道，今天你搂着的这个女人，命是海萍给的！”

“海藻，我知道。我知道你跟海萍的感情。你把她当你最亲的人。可是，海藻，现在你有我了。今后，你的一生会和我一起。我会给你一个温暖的家，有我们自己的宝宝。海萍有海萍的生活，你有你的。你的命会跟我拴在一起。你要相信我，我会把咱们的生活计划得很好，总有一天，我还有宝宝会是你的生命。知道吗？”

海藻沉默。

海萍是海藻的姐姐，不是小贝的。

小贝再爱自己，不会爱海萍。

这两种在海藻这里交汇的情感，在海萍与小贝那里却是平行。

“姐姐，我这个周末不能去你那里，我要出差。”周五的早上海藻给海萍打电话。

“好。你跟小贝说了？什么时候把钱给我？”

“哦！是这样……我回来再给你送去，很快的。”海藻原来想跟姐姐说小贝不肯把钱拿出来，但她无法张口，她不能听电话那头海萍的声音由期待转为失望。海藻决定自己想办法。

“陈总，今天晚上什么时候的车？”海藻去老总办公室。

“哦！出差的事我换小刘去了。明天在汤臣高尔夫俱乐部有活动，我临时决定让你跟我一起去。”

海藻不说什么。

“打扮好看点，有朝气点，不要穿高跟鞋。”

海藻点头。

周六清晨，海藻穿上运动装就出门了。门口，老板的车在等着她。

等海藻换好装束从更衣室出来，发现宋秘书也在，休闲打扮，与那天饭店的工作装完全不同。

海藻跟在后面，老板在陪宋秘书打友谊赛。看得出，宋秘书身手很好，久经沙场。无论在饭桌上还是球场上，宋秘书都游刃有余，轻松自在，他可以随口报出饭店的特色菜，并且叫得出球童的名字。他既不是企业家也不是富翁，可在这些金碧辉煌，让人觉得品位高雅的地方，总是显出一种融入环境的和谐，与他相比，老板倒显得有些拘谨。

“海藻，来，打一杆。”宋秘书招呼。

“啊？不了不了。我不会。而且，你们在比赛呢！我这不是捣乱吗？”

“没关系，你这杆算我的。过来！我教你。”宋秘书冲跟在后面略嫌乏味的海藻招招手。

“去吧去吧！这是宋秘书故意承让，再打下去，我要脸面丢光了。你最好多捣乱几杆，让我有追的机会。”老板笑中藏有深意。

海藻别扭地拿着球杆，好像拖着一条死鱼。

“腰部，注意腰部力量。”宋秘书在旁空手示范。

海藻挥了好几下，都没击中那个小小的球。宋秘书忍不住走过来握住海藻的手，另一只手在海藻的腰间轻轻地抵了一下。在宋秘书的帮忙下，海藻总算戳到那个球了，球跳了几厘米。

“哎呀！打到了打到了！”海藻跳了起来。

老板大笑。宋秘书却很鼓励地拍了拍手，说：“真不错！”

后来的比赛，球杆就在海藻与宋秘书两人手上挥动，结果自然是他们惨败。结束的时候，海藻意犹未尽，宋秘书也不因输球而沮丧，相反兴致盎然。这是一场皆大欢喜的运动，老板赢了球，宋秘书赢了个好心情。老板察言观色，看宋秘书好像兴致很高的样子，就提议一起去K歌。

出乎意料，宋秘书说：“不了。我还有事。今天就到这吧！”挥挥手，上了自己的车。

08 我要买处女房

苏淳心事重重地走上阴暗的楼梯，掏钥匙开门。屋里没人，海萍还没回来。天色已经暗了，苏淳也不开灯，坐在床边想心事。

不一会儿，海萍噔噔噔急促上楼梯。开门开灯，发现苏淳竟然在家，一个人静静地坐在夜色里。“苏淳？怎么不开灯？”海萍走到苏淳身边，关切地将手搭在苏淳的肩上，“出什么事了？是不是你妈说拿不出钱来？”

苏淳并不回答。

“说话呀？”

苏淳沉吟了一下，说：“妈说，钱这两天就到。”

海萍突然雀跃了一下，掩饰不住高兴地说：“哎呀！真的啊！太好了！多少？4万？”

苏淳又斟酌了一下，说：“6万。”

“哎呀！太感谢我妈啦！关键时刻还是要看老将！”海萍以这一向罕见的亲昵在苏淳面颊上亲了亲，头发都拂到苏淳的脸。而更罕见的是，海萍说的是“我妈”，而不是“你妈”。看样子，“有钱能使鬼推磨”这话一点不假，4万还是“你妈”，到6万就是“我妈”了。苏淳庆幸自己做了个正确的选择，如果一分钱都没有，估计就是“他妈的”了。苏淳不易察觉地苦笑一下。

“我妈的钱马上也到，我是说我亲妈。海藻也答应把钱送来。咱们的首付已经解决了。我明天就去把这两天看的广告筛选一下，从这个周末起，咱们的任务就是看房。一定要在两个月内把房子搞定。然后就是装修，如果快的话，到明年新年后，咱们就住上新家啦！到时候让我妈带着宝宝过来住住新房，也在上海享受两天。上次来，一点没有享受到，简直跟难民一样。”海萍看看苏淳复杂的眼神，赶紧又加一句：“当然，也要请你父母来看看。”

周六一大早，海萍拉着苏淳去看房。

“这套房子的好处就是方便，你看，交通四通八达，周围都是便民生活设施，大超市有好几个，去市中心很方便，一部车就到……”房产经纪人把这套二手房夸得跟一朵花似的，苏淳很满意。海萍却不做声。

等出来了，苏淳说：“咱们买吧！”

海萍说：“这是买房子，是几十万的生意，是我们后半辈子辛苦的结晶，你当是买菜啊？要多看几套。”

“你别看完后头又后悔前头。以前就有这毛病。”

“反正房价已经这么高了，我看也跳不到哪去。要买我就买套满意的。”

“你哪里不满意？”

“房龄。他说成熟社区的意思，就是老房子。这房子是80年代末的，到现在都快 20 年了。中国房产才 70 年使用权，我还没死呢，房子就给收走了，那我在忙什么呀？”

“这套房子朝向好，不是高层，得房率高……” 房产经纪人比手画脚地介绍。

海萍拉苏淳走。

“这个怎么又不好了？”

“你没见楼外头到处都在窗户上贴广告？淋病梅毒，婚姻介绍。说明这里住的人复杂，各个阶层都有，不安全。”

海萍躺在床上翻风水书。

苏淳在电脑上写东西。

“这套房子私密性好，通风透气，冬暖夏凉……”

海萍拉着苏淳出来。

“不行，周围有医院。”

“有医院是好事啊！有什么病可以及时治疗。连叫救护车都省了。”

“风水书上说，有医院的地方不要买。容易被传染病，而且总有人去世，整天看到花圈殡葬车来往，不吉利。”

海萍手里拿着家居杂志啃苹果。

苏淳在单位加班。

“这套房子是不多的套型了，可以自行分隔，很实用……”

海萍探头往外看。

海萍拉着苏淳匆匆离去。

“这里绝对不能买，后面是一所工读学校！你想啊！儿子居然在这种学校附近混迹，长大以后可能会变成小混混！以前孟母为子三迁择邻，这说明什么？”

“这说明孟母很注重孩子的教育？”

“这说明古代的房子便宜，想搬就搬。我没钱，我要一次搞定，房子再好，不适合儿子成长，我不会买！”

海萍在看油漆店。

苏淳在跟人商量什么，并在一张纸上签字。

“这套房子全装修，家具一应都是新的，你们买下就可以住了……”

苏淳一个劲点头。海萍一言不发。

“你到底是怎么了嘛！这套房子我看很好。省了装修的钱，各方面条件都不错，完全可以买。”苏淳一走出房子就开始生气。

“绝对不可以买。我刚研究过消费心理学。你想，这套房子，你我都挑不出毛病，房主又是刚买下，看这种装修的格调，一定是打算长住的，为什么突然就放弃？一定有猫腻！”

“唉！海萍！你这样，哪里像想迅速搞定的样子?！我没时间陪你这样耗着！下次看房，你自己去看！你自己决定就行。”苏淳甩手走了。

苏淳的撤退，一点没影响海萍看房的心情。她还是以极大的热忱投入房子的研究考察中。

“苏淳，我突然改变想法了。我觉得我思路错误。为什么看了这么多二手房我们都不满意？因为旧！无论看起来多么光鲜亮丽，那也是人家住过的，有别人的气息。所以，我决定，从现在起，我要看新房，我要买处女房！我是第一个拥有者！”

苏淳一撇嘴：“新房？新房都撤到几十公里以外了。上班路上俩小时，下班俩小时，每天跟出差似的，你受得了吗？马上高速铁路通车，从上海到杭州，也不过40分钟，郊区新房，还不如住杭州呢！”

“你别打岔！这个问题我认真考虑过。我觉得可行。如果我们买个不远不近的尴尬二手房，每天站着乘车一小时，还不如买个公交起点站的新房子，每天坐着睡到单位。多一个小时的车程，买个座位，不过就是把床换个地方，在车上也能睡，值得！再说了，社会总是发展的。看现在车降价的速度，国产奇瑞才5万块，没准有一天，我们也买车了呢？房子买远点，面积可以买大点，而且从发展的眼光看，现在的松江青浦都不算远。想当年闵行那就是乡下，现在呢？成市中心了。你要有前瞻性，懂不懂?”

“我的前瞻性怎么跟你相差十万八千里？我怎么觉得伊拉克战争没完没了，石油价格一天一变，上海车多污染严重，交通严重堵塞，停车费贵过工资？车是降价了，可路税涨了呀，车牌还收4万多呢！跟没降不是一样吗?”

“哼！悲观主义者！你要相信明天是美好的！哎？海藻怎么这一段不来了？她钱到现在都没送来呢！现在除了我妈的钱到账了，你们怎么都没动静了？别让我空欢喜一场啊?!”

苏淳古怪地看海萍一眼说：“你放心，你一定下房子，钱就到了。”

“我给海藻打个电话。”

09 我要让她知道我有多年轻!

海藻拎着小包出现在宋秘书办公室的外间。她上下对着牌子寻找。

宋秘书正出门倒茶，看见东张西望的海藻，笑着招呼：“小郭，很高兴又见到你。是来找我的吗?”

“陈总让我给您送请柬，希望您能够光临杏林小区一区的落成仪式。”海藻把请柬恭敬地交给宋秘书。宋秘书扬起手里的杯子和盖子，示意自己腾不出手：“哦！我知道了。进来吧！放桌上!”

“陈总要我务必带您的话回去。他说，您不点头，我就不用回去了。”海藻进了办公室，把请柬放在桌上。

“不回去好啊！我这里正缺个打字员，你可以在我这里上班。”

海藻眼睛一翻，不自觉地用一种轻蔑的口气说：“那个，好像初中文化就够了吧?”

宋秘书笑了，绕出桌子，在海藻肩头拍了一下说：“哟嚯，让我们郭小姐大材小用了，大菩萨看不上我这小庙啊!”

海藻笑了，不说话默认。“那您……究竟是去还是不去?”

“这个，由不得我说了算，你也知道，我的工作也是受上级安排。我去哪里也要领导批准。所以，我暂时不能答复你。”

海藻表情为难了，不知道下面该说什么。

“但是，为了不叫你为难，我可以亲自给你们陈总去个电话。你放心，他不会再问你了。”

海藻高兴地笑了，拎着包要说再见，一副开拔的架势。

“哎！小郭！这个周六，我要去一趟淀山湖，不知道你有没有空，可能有些事情需要你的帮忙。”

海藻疑惑地看了看宋秘书：“我？我能帮您什么忙？周六可能要加班，我得向老总请示。”

“不必了，我会替你说的。你手机号多少？告诉我一下，我会联络你。”

海藻突然莞尔一笑：“真不好意思，我的手机……出了点故障。掉厕所里了，然后就一命呜呼。这两天我处于逍遥状态。”

“哦？你卡还在吗?”

"在。"

"你等等。"宋秘书打开文件柜，从里面翻出个精巧的没拆封的纸盒，"真是赶早不如赶巧，今天有朋友刚拿来一个推广的新产品，让我们用户试用反馈。你说，这分明是女式产品，我怎么用法？你拿去吧，别忘了两个月内填完里面的信息反馈表交给我就行了。"

海藻看着宋秘书手中的盒子，狐疑着不敢接受："这好像不太好吧？看着很高级啊！最新款。我过两天就要买了。还是不要了，您留给您爱人用吧！"

"拿着吧！我爱人是不用这种花里胡哨的东西的。我倒是觉得这个跟你的青春朝气很相配。别客气了。这也是帮助销售商嘛！"宋秘书不由分说把手机塞进海藻的怀里。

海藻盛情难却地收下走了。

宋秘书看海藻的背影离去，拨通了陈寺福的电话："搞什么名堂？还特地差人送份请柬来。你现在有身份了，已经不能屈尊过来了。"

陈寺福暧昧一笑说："大哥，瞧您说的，好像您多想见我似的。"

海藻回到办公室，发现老总居然在自己的座位前等自己，吓得赶紧把盒子藏在身后快步走过去。

"老板，我去过宋……"

老板一挥手打断海藻的话："我知道了。这个周六，你不要来公司了，直接去宋秘书办公室。哦，对了！以后，如果是宋秘书请你帮忙，你不需要跟我汇报，直接应承下来。宋秘书的事情是大事，其他工作要放在他的后面，知道吗？"

海藻点头。

周六，宋秘书驾车，副驾驶座位上坐着海藻，在高速公路上飞奔。

宋秘书笑着说："海藻，我可以叫你海藻吗？小郭小郭的，很陌生。"海藻点头："可以，宋秘书。"

"海藻，你把我当出租车司机啦？上我的车，居然坐后排。我还头一次给别人当司机呢！"

海藻脸红了，想到刚才自己拉开后排车门，被宋秘书抓着塞进前排。"宋秘书，您别笑话我了。我从第一次坐车就是坐后面，无论出租车还是其他的车，根本不知道还有这种规矩。"

"这是一种礼貌。在国外，只有乘客才坐后面。如果是朋友之间，你得坐我的身边，这样咱们说话才方便啊！"

"您这一说，我倒觉得我更应该坐后排了。我哪能跟您做朋友啊！

再说了，您是领导，我们小兵要跟您拉开距离，首长先请。”

宋秘书笑了。

“宋秘书，能问您一个问题吗？”

“说。”

“人家都坐小车，您怎么放着小车不坐，开吉普啊？这车好难看哦！又高，上下还不方便。”

“哈哈！海藻，这不是吉普，这是陆虎。你觉得难看，可我觉得它是车里最好看的一款。”

“为什么？我觉得，一听人说好车，肯定是奔驰宝马呀？”

“开车的男人，都希望拥有一款陆虎。一个人在城市里憋久了，就希望自己像野马一样，一头鬃毛迎风飘洒，在草原上自由闯荡。而陆虎，就是男人的腿，空中吹拂的风。”

海藻眼睛睁得大大的，开始四下仔细打量这辆车，试图发现这条腿比别人强的地方。

“没看出什么特别啊？”

“在城市的路上，看不出的。就像野马给关在笼子里一样。它的马力，等一下出了城，尤其到了山地，你就知道了。”

“这车会比奥迪贵吗？”

“奥迪？哪款？你们老板那款？三个以上。”

“啊?!”

说着话，车就驶下了高速，开上有点凹凸不平的小路，宋秘书开足马力一路飙行而去，留下一溜烟的尘土。海藻坐在旁边，看路边的小树急速后退，人也开始紧张兴奋起来。“哎呀！真棒！你从哪弄来的车呀！真不是盖的！过瘾！”

宋秘书一笑：“朋友的。”

“你朋友真舍得！肯借你这么好的车！要是蹭一下，赔都赔不起。”

“一个男人，一生总要有一辆好车、若干知己，和……否则这一生多失败？”

“和什么？”

宋思明摇头笑笑不答。

“难道你都有了？”

“如果我想要的话。”

正说着，海藻的手机响了。“喂，姐！啊！你给我打电话啦？我收不到，我老手机坏了，这刚换个新的……我在外面，今天回不去。明天吧，明天我去看你……嗯，我会给你拿过去。我就怕银行不开。周末。嗯，你等我。拜拜。”

一个电话之后，海藻变得沉默了。刚才还神采飞扬，突然就跟泄气的皮球一样，惹人怜地抱着胳膊缩在一边不说话了。

宋秘书的目中余光扫视着海藻：“谁的电话？你姐姐？你叫海藻，她叫什么？海豚？”宋秘书想激海藻说话。海藻却不答，又进入梦游状态，目光没有焦点地望着窗外。

“怎么突然不高兴了，海藻？有什么事吗？”

“没事。”

“你有事。说来听听，也许我能帮上忙呢？”

“我姐让我明天去吃饭。”

“你难道不想去？那就直接说不去呀！”

“不是，我想去。但我答应带钱去，因为一些原因钱拿不出来。不知道去了该怎么说。唉，算了，家里面的事情。烦。”

“为什么拿不出来？银行周末不开？”

“不是。很复杂。”

宋秘书明白了。“我这里有，你先拿去用。”宋秘书看海藻有推辞的样子，忙接着说，“借你。等你有一定要还的啊！”

海藻想了想问：“你什么时候要？”

“你什么时候有就给我。”

“那怎么好平白无故借别人的钱。”

“我是别人吗？”

“你不是吗？”

“也许现在是，但等相处久了，你就不觉得了。”

海藻不解地看着宋秘书。

“哦！你就把我当成你的大哥哥。”宋秘书慌忙解释。

海藻笑了：“大哥哥？那你也太大了吧？叔叔还差不多。”

宋秘书无可奈何地抚一把自己的头发，将手伸直了把在方向盘上，手指咚咚敲着方向盘，半晌才憋过一口气来，郁闷地答道：“我真的很老吗？”

海藻扭头认真地端详了一下宋秘书：“真的很老。”

“郭海藻！你！”

海藻尴尬地咬着嘴唇，在考虑要不要反悔，看在两万块钱的份上。“不算太老。”

宋秘书还是郁闷。

“那……有一点点老?”海藻歪着头观察宋秘书的表情，字斟句酌。

宋秘书内心已经绷不住了，想笑。

“好吧，不算老。我是看在你帮我的份上，违心改口的啊！终于明白了为什么拿人手短。但是，你要再想让我夸你年轻，我就把钱还给你，不借了。”

宋秘书终于忍不住放声大笑：“调皮的海藻。”

周日的上午，宋思明的家。面积不大，很局促，家具也很陈旧，一切看起来都很平实。爱人出去了，女儿去老师家补习。

宋思明对着镜子仔细观察自己：“老吗?为什么自己一直觉得自己很年轻?在25岁的海藻眼里，我真的老了吗?”

宋思明心里充溢着一种熟悉的，曾经有过的冲动，像毛头小伙儿一样热血沸腾。这些日子，从见过海藻的第一天起，他的眼前总是那个普通的小姑娘。她是那么的普通，谈不上姿色，清汤挂面的头发，不施粉脂，可不知道是哪里，哪一种神态，竟如此打动宋思明的心。也许就是那种随时都可以钻进自己的童话世界梦游的神情，还有那简单的像句号一样的眼睛。

宋思明只拍一个人的马屁，而每个人都在拍宋思明的马屁。他已经习惯了大家唱赞歌——“年轻有为”，“前途无量”，“少年俊才”。听得多了，宋思明无论是从意识上还是心情上，都保持着三十而立的感觉。在宋思明眼里，30岁是个美好的年纪，有闯劲有体力，脑子不是那么单纯，意识形态开放而成熟。虽然，今年他已经42岁了，可他固执地以为自己只不过三十出头而已。

直到碰到海藻。

海藻今年25岁。宋思明见过的女孩中，又年轻又漂亮的，各种风韵的都有，上到身材标致的模特，下到娇小玲珑的少妇，每个都面相不俗。但都不留什么印象，就好像记不起前天与谁一起吃饭，昨天喝的什么酒。每当别人盛情邀请：“宋秘书，跟群众去体验生活吧！”然后作势拉着要去灯红酒绿时，宋秘书总淡淡地说：“对不起，我对这个没兴趣。”

偏偏这个海藻，一低头，巧笑倩兮，嘴角有两个酒窝。眼珠时而骨碌乱转，时而视线飘忽。她的灵气都集在那两只眼睛上，清澈却又深情。

是的，深情。里面蕴藏着一种郁积的有穿透力的情感，只待轻轻一点，就奔腾而出。

宋思明可以想象那双明眸，有一日会有晶莹剔透，温润湿热的泪水流出，只为他流。“她会是我的。我要让她知道我有多年轻！”宋思明对着镜子暗下决心。

海藻从海萍那里吃了午饭出来，跟小贝约好在淮海路见面。

海藻很少带小贝去海萍的家。地方太小，转不开身。

他们俩拉着手在街头 Window Shopping。用海藻的话说：“光看不买，捕捉时尚。”海藻永远不会买一件 New Arrival 的衣服，无论广告贴得多么凶，不管郑秀文、刘嘉玲还是外国影星，都不能撬开海藻大力水手把门的钱袋。海藻买的衣服，全部都是经典款式，5 折以后的处理品。她在新款上市的时候拼命试穿，然后瞄准那一款，常来看，常来等，直到有一天变成下柜处理品。

“快看！LV 新款包包！”小贝指橱窗。

海藻撇嘴：“一点都没看头，那是地主婆拎的，而且至少是 50 岁的地主婆。”

“哎！PRADA 的旗舰店开了！”小贝又指。

“那家啊！华而不实的大骗子，连块真皮都不舍得用，塑料布、人造革都敢拿来滥竽充数。还不如 LV 呢！”

“咦？什么是 GA 啊？”

“Go Away。走开的意思。”

“胡说八道，人家下面写着呢，乔治阿玛尼。”

“冒牌的。真正的阿玛尼不是这样写的。”

“阿唷！晕菜！这个怎么念？这么长！写得乱七八糟。手写一点不工整。”小贝一个人嘀咕。

“你就叫它飞啦，嘎嘣！”海藻说。

小贝：“什么意思？”

海藻：“小鸟翅膀没长好，飞啦！嘎嘣！跌断骨头。就这么发音的。”

小贝：“飞啦嘎嘣？”

海藻：“好记吧？”

小贝：“你怎么都知道？”

海藻：“切，女孩子堆里混，听多了就知道了。”

海藻突然站住不走了。

前方是哈根达斯冰激凌店。海藻对所有的高消费都有免疫力，惟独对冰激凌巧克力，就好比是皮草钻石之于贵妇的诱惑似的，无法抵御。

她听别人说哈根达斯好多年了。每次都想尝试，然后每次去店里转一圈，看看价格牌又出来了。“太挤。”她好几次都下定决心去买，最后又找借口逃脱。一个单球25元。

不提冰激凌表面散发的醇厚光泽，就是装冰激凌的盒子，那种雅雅的巧克力色，精致的小勺，都让海藻抵挡不住心中的欲望。

小贝看着海藻又站立在那里。这已经是小贝第N次等海藻了。好多次都是小贝硬拉海藻进店，想给海藻买一款。海藻会贪婪地站在冰柜前不走，手含指头一款一款欣赏过来，最后却因举棋不定而放弃，她总有理由：“不知道吃哪个。”“队排太长了。”“我喜欢的那款没有了。”

小贝摇摇海藻的手：“哎呀！不就一个冰激凌吗！在上海这种地方，什么东西不要25块？我请你吃。只要我的小猪喜欢，我们每次来都买一个。不要那么小气呀！”

海藻真的很想去，可一想到小贝那么节省地在存钱买房子，她就不好意思奢侈。还有姐姐，每次去都给妹妹买鱼或虾解馋，自己却不舍得吃一口。一想到每个人都这么努力勤勉，自己若如此放任地腐败，会有内疚。

“算了。每次都那么多人。”

小贝不理她，自己走到店里，为海藻点了一款经典草莓，端着小小的纸杯，走出来，塞到愕然的海藻手里。“吃！快吃！”

海藻捧着哈根达斯，一小勺一小勺地细细品味，吃得很慢，眼看着杯子里漾起粉红色的牛奶。“化了，小贝，你尝尝！”

“去去去！哪有大老爷们吃这个的？多丢人哪！你看满大街，吃冰激凌的不都是你们女孩儿？”小贝很不屑地将纸杯推过去。

终于，在不舍得和心疼中，海藻吃掉了一周的午饭钱。

海藻端着杯子不舍得扔，想拿回去洗干净当一个摆零碎的装饰盒。

“我帮你拿着。”小贝理解海藻的心思，替海藻拿过纸杯，又拿着小勺子在已经很干净的杯底刮几下，撇出点残汁来，送到嘴里唆唆。海藻看着小贝，难过又愧疚地说：“小贝……咱再买一个吧，我买给你吃。”

“哎呀！什么呀！我不爱吃甜的。我是好奇，想知道这跟超市卖的冰激凌有什么区别呀？其实，好像区别不大啊？”小贝歪头又咂咂嘴，

“嗯，味道还是好些，主要是钱的味道。哈哈……”

10 就按妈说的去做

李家妈妈坐在楼前的过道里收拾从菜场捡来的菜叶，神态安详，全然看不出为生活所困的模样。老李从打工的夜店回来。

老太太似闲聊般提起：“前两天，你们不在，街道的王主任来过了，要摸底查情况，登记拆迁户口。”

老李停住问：“哪天？”

“总有三四天了吧？”

“哎呀！妈！你真是老糊涂了！这么重要的事情，你过三四天才讲！户口呢？咦？徐丽，你把户口放哪了？”老李冲刚进门的老婆说。

“要户口做啥？我上次怕乱放遗失了，特地藏在一个什么地方了。哎呀？什么地方？坏了，屁大点地方，我还给忘了。”夫妻俩在一间屋里翻箱倒柜。

“找户口做什么？”老太太一动不动地坐门口问。

“不是通知去填表吗？去迟了等下人家不收了。”老李很是焦急。

“又不是小鬼赶投胎，那么急做什么？你还怕人家忘记你？”

“人家到时候都拿到钱了，独独剩下我们家。”

“剩下不好吗？人家拿钱是喜，你拿钱是哭。难道赶着去流泪吗？”

老李和徐丽愣住了。

“人家拿了钱，都去买新房子，你拿的钱够干什么呢？现在有谁会造20平米的房子呢？就算人家分你一套40平米的郊区房子，让你再补贴个十万八万，你哪来的钱去交？孙子眼看就要上大学了。你想过学费从哪出吗？再没几年，孙子也要成家了，有谁家的姑娘愿意嫁进一套40平米住四代人的屋子里呢？如果人家姑娘要求买房子，你拿什么补贴你儿子？我越来越老了，徐丽一辈子病病歪歪，两个人都没劳保，你难道眼看着我们病死吗？”

“那……妈妈你的意思是？”徐丽试探着问。

“不搬。不去登记。就这么呆着。”

“但妈妈啊，难道我们不搬，他们就会因为我们而放弃这片地了吗？”

“他们不会放弃，他们会来跟我们谈，会跟我们讨价还价。这样，我们就有主动权了。”

“可万一人家根本不谈呢？直接把我们丢在大街上？”

“如果上海不怕丢人的话，那咱们就睡大街上好了。世博会马上不就开了？满大街都是老外，我们就把家安在市政府门口。”

“妈妈，这一套行得通吗？你就凭一间10平米的房子，要让祖孙三代都吃定它，谁会做这种亏本生意？看你说话的口气，好像要用这间房子榨来个几百万似的。如果每个人都像你这样想，每平米要讹到10万以上，根本不会有人来收这块地了。”

“不是每个人都这样想。人家凭一套中等的房子可以换来大房子，人家有钱的再凑一点就一步登天。只有我们。你不要把户口赶着送去，这样就显得你很急迫，人家就不会求你。你按兵不动，人家自然会上门来求。”

“现在强迁的到处都是，有的地方都出人命了，我们这种平头老百姓跟他们斗，会不会鸡蛋撞石头？”

“试一试吧！你能跟人谈条件的，除了这间破房子，还有什么呢？金钱、技能、学识、地位，我们什么都没有。这个，就是我们唯一的本钱了。我们不是鸡蛋，我们是石头，茅坑里的石头。他们不会因为我们这一家而舍得放弃到手的钞票，即使被最后啃下一块肉来，只要不伤筋骨，他们还是愿意的。他们有弱点，他们才是鸡蛋。我们就坐在这里，等他们来撞我们。”

老李狐疑地看着徐丽：“这……这能行吗？”

徐丽想一想说：“妈这一辈子久经沙场，就按妈说的去做。”

11 消费向欧美看齐，收入向非拉看齐

苏淳在桌子上画草图，海萍一脸丧气地进门。

“怎么，看的房子没一套满意的？”

“是啊！海藻和我跑了两天，看了7套，还是不行。”

“不是新房吗？你还不满意？”

“如果是现房，只可能是两种情况。一种是吊起来卖的，都是小区里的精品，一看就爱不释手的那种，不过价格也是咋舌。如果均价是8千的话，那种房子一定要上万一平米。而且户型又大。现在的开发商绝对奸诈，你要是听说哪里开盘，跑去一看，肯定卖的是边角料。把那些一看就是卖不出去的拿出来开盘，价格开得很有诱惑力。这就是鸡肋，吃不下吐不出的那种。越往后开价格越高，所以你看现在房价节节攀升，其实都是人为炒出来的。”

“再炒它也得有市场。如果价钱开高了，人家都买不起，还不是闲

置？那得占压多少资金啊！”

“所以说邪门呢！价钱都那么高了，还是有人抢房子跟不要钱似的。随便什么破房子，都要你排队领号看图纸。你稍微犹豫一下，后面人就把你看中的选走了，再犹豫一下，半扇楼没了。在这种情况下人根本没法正常思考，要么随大流赶紧把钱砸下去，要么你就急流勇退。我总想着该跌了吧，该跌了吧？可看这种势态，根本没跌的样子。而且，我总觉得这是销售商在制造紧张气氛。以前还开盘，现在要搞开盘前内部销售，就跟过去走后门买冰箱彩电一样。你看中一个楼盘，有钱还进不去，还得托人去说情，先进内部销售。真是的。今天看的房子，就是海藻找人去看的内部销售楼。”

“那你走了后门，情况有没有好转？”

“没有。就感觉一个字：穷。不到售楼现场，不知道自己穷。人家都开车去看房，就我跟海藻是坐公车。连售楼小姐都穿 POLO，我还穿班尼路。在那里，钞票就跟废纸一样，人家填的单子，钱后面都一串零啊！害怕！”

“切！满大街都是 POLO，超市老太太都穿 DIOR，现在公车上，哪个不拎 LV？有几个真的？这都刺激你？你要想穿，市场上 30 块一件。”

“可人家开的那车，总不是纸糊的吧？总之，来回看看，满世界就我们穷了。伤心啊，两个名牌大学的大学生，上无片瓦，不名一文，说起来还中流砥柱，中产阶级呢！”

“我们哪算中产阶级？人家中产阶级最少要税交到 30% 的那种吧？”

“哎，在美国，能买得起房子的不都是中产阶级以上的人？”

“那是美国，国情不同。中国人吧，什么都得讲个拥有。明知道只能拥有 70 年，那也得拥有。人家美国有钱人，临死了，都把财产捐给社会。你什么时候看过中国人干这种事情？钱都要代代传下去，传成古董。有句歌词讲得最好：不在乎天长地久，只在乎曾经拥有。这是中国社会写照。”

“也对哦！怪不得中国隔几百年就造一次反。要是不推翻旧社会，那财富不是越来越集中？大家都把钱抠给自己的后代，社会不就空了吗？有时候也要想开点，为了后代能有口不差的安稳饭吃，好歹要吐点出来保持平衡哦！你看，最刁莫过于那个比尔·盖茨，好名都叫他一个人占尽了。慈善家，退出商界，发展基金会，只给三个儿子每人留 3000 万美元，其他都捐掉。一听多好啊！好几百亿啊！多慷慨！其实，你仔细想想，世界上哪个孩子一出生，嘴巴里就叼着 3000 万美金的？

这不是剥夺他孩子劳动创造快乐的权利吗？这3000万既保证他孩子一辈子锦衣玉食，又保证他孩子不捧着红烧肉被一堆饿狼攻击，这才是聪明之举。想不通这道理的，大约就是我们中国人。我们为什么买房子，不也是想留给孩子吗？钞票钞票不能留，古董财宝也没有，不就只能留个房子保值吗？”

“唉！这过得是什么日子啊?！都说时代进步了，人民生活水平提高了，我怎么觉得我还过得不如我们父母辈呢？人家好歹在最穷困的时候还实现了既无内债又无外债。我倒好，一辈子欠债，一套房子把我搞成百万负翁了。想来想去，我们党做的最英明的决策就是计划生育。以前父母都养十个八个，现在我一个养得都艰难。你再叫我负担一个小的，我一定当场死给你看。以前三年自然灾害讲勒紧裤腰带，等我付完首期，你就是跟我讲勒紧脖子，我都拿不出一个子来。”

“你不能这样讲。这叫跟世界接轨。光羡慕人家这好那好，人家什么都好，为什么人口负增长？为什么加拿大要从中国移民？那不也是因为负担重吗？这是世界课题，不要老扯中国。再说了，哪个发达国家的人不是负资产？越是有钱人，负得越多。你有能力负，就有信用。一点不负的，在社会上连立足之地都没有。你不要搞错了，银行让你负，是看得起你，是相信你的能力。你想负还得有点本事才行。”

“对对！跟世界接轨。消费要向欧美看齐，收入要向非拉看齐，全方位立体接轨。”

“就是这个意思。一只小手儿拉着发达国家，一只小手儿拽着落后国家，做世界的中间力量嘛！这最符合中国的中庸之道。”

12 这种痛叫“被拒绝”

这一向忙换届选举。虽然是走过场，但场也是要走的。宋思明就一感觉：累。每天堆在文山会海里，跟随领导四处拜访，真正是披星戴月。到今天晚上的庆功宴，总算是又一次“团结胜利的大会”结束了。习惯性地又从市委招待所回到后面的办公室，心里竟有一丝夜宴之后的空虚。总有一点点是自己放不下的，想不起来是什么。

很久没见到那个梦游的女孩了，不晓得这半夜时分，她在做什么？

莫名地，宋思明就仿佛看见海藻在灯下托着腮遐想，窗外夜色如水。他忍不住掏出手机，拨通海藻的电话。出乎意料，海藻接听的时候，似有一阵放肆的笑声和嘈杂的背景划过。“小郭，我是宋秘书。好久不见！”“哎！你好！不好意思，我钱还没攒够。”

晕倒！这是海藻着急地跟自己解释的第一句话。她以为自己是去催账的。难道自己在海藻眼里，仅仅是一个放债的吗？“啊！不不，我不是问你要钱的。怎么我在你心里就这个形象啊！我就是跟你打个招呼。”“啊？打招呼？晚上10点半？哦！你好。”海藻还是一副梦游状态，把自言自语和与人对话都混在一起。

“你不在家？我以为这个时候你都该休息了。”宋思明心里有些失望，他勾勒的那个场景原来不过是自己内心的镜中花。纯粹的女子，在这纷杂的世界里已经没有了，不过是自己的一个幻景而已。

“唉。”海藻不由得轻声叹了口气，“我还在上班。”

“上班？你在哪上班？”

“淮海路的钱柜。老板请人娱乐，让我们作陪。”海藻的声音掩饰不住的委屈，宋思明揪心地疼。

“哦！那你忙吧！不要太晚。再见。”宋思明挂上电话，拿起外套疾步走出办公室，下楼。

他开着车直奔淮海路。停下车后，迎着深秋略有些刺骨的风，竖起风衣的领子，抽着烟靠在钱柜外一个不起眼的暗角等候。那种略有些苦略有些甜的滋味，让自己又回到十八九岁。显然，以他的身份和年纪，已经不需要假扮纯情了，他可以招手即来，挥手即去，想要什么甚至只需传递一个眼神。这样的日子是他在毛头小伙年纪特别羡慕的。可终于混到这个身份，他怎么又开始走回头老路？

如果海藻从钱柜走出，像只惊慌的小白兔，穿着洁白的长裙，在夜色里四下环顾，他就会从暗地悄悄尾随，默不作声给她披上自己的风衣，然后鼓起勇气，在夜色的掩护下，拉着海藻的手义无返顾地走。

对，就这样。不等了。

烟一支支地在微光中从长到短又从短到长。宋思明都不知道自己在干什么了。

然后，海藻在一大帮男男女女中鱼贯而出。完全不是自己设计的那个场景。既不是长裙飘飘，也不是四下环顾，却是在一个男人的怀中半推半就。一个死胖子揽着海藻的肩，非常油滑地拍来拍去，不顾海藻的左躲右闪。海藻的表情已经说不上是笑还是哭了。若是笑，比哭还难看，若是哭，却又努力压抑着。海藻的老板还在旁边大声招呼：“小李，你跟王老板的车走，小肖，你去看看怎么单还没买好……”

宋思明怒火中烧，有拿起酒瓶砸醒那个不停地拍海藻的醉鬼的冲动。不过多年工作练成的耐心，让他只是思想跑过去撒了一回野，举止依旧非常冷静，近乎平淡地突然走过去，站在海藻面前：“走，我送你回家。”然后拉起海藻，这个镜头才是他心里预演过的场景，义无返顾地消失在霓虹灯的魅影里。

老板就一转身的功夫，再看人群中，海藻不见了。

宋思明是一把将海藻塞进车门的，然后坐回驾驶位，一言不发地开了车就走。

海藻倒是乖得很，一句话都没有。既没有抱怨，也没有寻话头，而是一脸疲倦地靠在车门上不做声，又开始梦游。宋思明都把车开到南汇的海边了，在路的尽头停下来，走出去抽了支烟，又回到车里，简单问一句：“你住哪儿?”海藻说了个地址，在城市的另一头。

整整两个多小时，两人除了问地址，没多说一句话。

海藻内心里有一股说不出的味道，就像是阴天，快要下雨，不舒服，苦苦的，涩涩的，揪紧地疼。

她走进屋子，小贝都睡下了。听见海藻躺下的动静，迷糊中转身，抱着海藻继续睡。海藻的眼睛在黑暗中发出黑暗的光。

陈寺福，海藻的老板，这两天如热锅上的蚂蚁，摸不清楚出了什么状况。中山公园附近的那一块地就要投标了，标书到底怎么写，心里没底，而宋秘书却消失了。打电话不接，去办公室给拦驾。这祖宗，到底哪儿得罪他了？说翻脸就翻脸。

“小郭，你下午跟我去宋秘书那儿一趟。”老板说。

“不行，我手头活儿没完。”

“先放着。”

“我不去。你叫小李去吧。”这个郭海藻，绝对是犯病了，居然敢这么跟自己说话。算了，回来再收拾她，现在顾不上。

陈寺福直冲宋秘书的办公室，任接待员怎么拦都拦不住。

办公室里，宋思明在伏案工作，看他进来，只抬了一下头，就当没看见似的。“呃，宋大哥，我这都找你好多天了。也不知道您怎么没消息了?”

“不要大哥大哥的，听着像黑社会。你叫我宋秘书就行了。”关系突然就被拉开。前几次陈寺福叫他大哥，他都默认的。

“呃，宋……大哥，我真有急事。后天就是标书的截止日期，您说个话，我好心里有底。”

“这是公开招标，我们不会参与的。你只要做好自己的工作，到时候行不行，还要凭实力。”一副公事公办的样子。得，前一阵大把的票子，白砸了。陈寺福看着那张不阴不阳不冷不热的脸，真想一拳打过去。

“大哥，我真求你了。这几年的好势头，我都没赶上，再这么不死不活下去，肯定要给吞了。您就看在咱们老乡的份上，帮兄弟我这一回吧！大恩大德我永世不忘。”陈寺福真想叩头。

宋秘书又抬头看一眼，放下笔，突然说了一句：“开公司做生意，旁门左道一点不会肯定要吃亏。但你也不能拿那些个女孩子的尊严去换自己的利益。一个男人，要靠自己的本事，而不是把希望全寄托在邪门歪道上。你回去吧，想明白了再来找我。”

陈寺福出了门一琢磨，大约就明白怎么回事了。“得，回去也别收拾祖奶奶了，好好伺候着吧！我拴谁都不如拴她了。邪门了！这宋秘书怎么就看上她了？没瞧出什么好来呀！前平后板的，整个一去了头的周迅。什么审美眼神啊！”

老板回到公司，换了一副嘴脸，用非常温和的语气跟海藻说：“小郭啊！明天下午还是要麻烦你陪我到宋秘书那里去一趟。你可千万不要推辞啊！”海藻不做声。

“要不这样，你替我把标书送过去给宋秘书过目，我呢，就不过去了。希望你能在宋秘书那里为我，为我们大家，说几句好话。如果事成了，我们是不会忘记你的。”

海藻站起来，低头想了一想说：“好。”

老板几乎是雀跃而去。

海藻又静静坐下，心头的想法被验证了。这是个非常糟糕的局面，海藻在思考如何脱身，她慢慢地收拾手头的资料。

晚上海藻关起房门，靠在门上对电脑前的小贝说：“小贝，我需要你的帮忙。”小贝笑着回头，看见海藻凝重的面色，笑容就收起了：“怎么了，海藻？有什么事直说。”

“我需要你支援我 12000 块。要得急，马上就要。我一有钱就还给你。”

“海藻，出什么事了？你我之间为什么要用借和还？”

“就是上次，我姐姐急用钱，你不愿意，我偷偷地问别人借了两万块先给姐姐救急。不过，现在人家催着要，我拿不出来。”

小贝站起来，径直走到衣橱下，打开抽屉，在里面翻着查看，选来选去，选出两张存单，塞到海藻手里：“一张是 9000 块，刚存的，一张是 1 万 3 千块，存的时间也不长，你明天去银行取出来拿去还人家吧，密码是你的生日。”

海藻塞回那张9000块的，说：“这个就够了。”小贝又塞回去，说：“那天你跟我说姐姐要借钱的事情，我当时没同意，过后其实懊恼了很长时间。我自己没有兄弟姐妹，体会不到你的心情。可如果你不开心，我即便存够了钱买了大房子，又有什么意义呢？你叫我把所有的钱都拿出来支援姐姐，我承认我做不到。但如果让我拿出1/3，我觉得可以。这是最好的方法，你不会太难过，我也能安心。多出的两千，你留着吧，把自己户头上的钱凑个整数，也存一张。这是我留给你的种子。以后咱们可以展开竞赛，看谁存得快！你这个小东西！工作也不好好做，做做停停，老是存不下钱来。其实，我觉得吧，老跳槽并不是一件好事，没积累，也没升职的机会。”

小贝看看眼泪都要掉下来的海藻，有点儿慌，忙说：“算了算了，其实工作就是为个开心，不开心，不做也罢，以后我养你。我要努力工作，你这个小女人爱怎么就怎么吧！”

“小贝……”海藻将头埋在小贝的怀里，眼泪簌簌落下。

下午，海藻报着文件夹来到宋秘书的办公室。

“海藻！”宋秘书显然非常高兴。

“宋秘书。”海藻一副汇报工作的样子，“我们老总让我把标书给您送来，请您帮着看一下有什么问题没有。”

“坐！坐！”

“我还有事，不坐了。哦！对了，宋秘书，非常感谢您在我困难的时候给予我的帮助，这是两万块钱，我已经攒够了。还有，这部手机，当时您说试用产品，两个月以后要还，正好我男朋友送我一部新手机，这部也没用了，还给您。里面的信息反馈书，我填好了，手机非常不错。呵呵。”

宋秘书明显感到两人之间筑起了一道厚厚的墙。海藻每当结束一个动作，都将两手防卫式地抱在胸前，表现出一副敬而远之的架势。宋秘书的心又开始揪起地疼了。他知道，这是海藻在用她的方式委婉地跟自己道别。

宋秘书的心，竟像被撕开一条大口子似的开始滴滴答答流血。这个道别来得这样突然，突然到他的美好尚未开始就结束了。而他，什么也不能说，不能做，只能假装什么都没发生过一样依旧和海藻业务往来。心尖尖很痛。这种痛叫“被拒绝”。

宋秘书什么都没表露，依旧保持与过去一样的笑容说：“那好，东西你都放这吧！我不送你了，还有很多事情要处理。再见。”

海藻转身飘然而去。

宋秘书呆坐在椅子上至少20分钟没动静，然后开始挂电话：“陈寺福，你马上到我这里来一趟。”声音里有不容别人思考的强硬。

陈寺福闻讯兴高采烈地往宋秘书办公室里奔，看样子，这小妖精还真管用！骨子里的闷骚，马到成功啊！第一次被宋秘书这么直呼其名地招呼，关系明显进了一步。以前都一直叫自己“小陈”的。

“宋大哥！您找我？”

“你跟海藻说了什么？”宋秘书的声音里明显压抑着怒气。

“我？”陈寺福被陡转的风向一时吹晕，“我没说什么，我只说，要她对您更关心点。”

“你！你！”宋思明的手指着陈寺福，眼珠都要弹出来了，想发的怒气在胸腔里转了几圈，最终压抑下去，将拳头重重砸到桌面上。“你怎么这么热心呢?!希望你做好自己的事情，不要替别人操心。标书你拿回去，我没时间看。但我不看也知道，以你们公司的规模，是根本吃不下那块地的。无论怎么努力，也不可能跟中房、绿城、锦江置地相比。你要愿意去做这个陪衬，我也不反对。但话我要先说在头里。”

“哎！哎！宋秘书！我……我……我不是那个意思！我不是要整块呀！我就是想吃那个边角料！就是那个那个……”老板的手隔空指着自己的标书。宋秘书已经把标书直接塞回给他。

“我还有事，这就要出去，不送。”然后拿起衣包架上的公文包出门去了。

“哎呀！我的海藻啊！你到底跟我的财神爷说了什么嘛！你倒是说话啊！”

海藻一脸无辜：“我什么都没说呀！你不是让我去送标书吗？我就送了呀！”

“你什么都没说？你没说他怎么会那样！啊？他怎么会那样！”

“哪样？我真的一句话都没说。”

“你一句话都不说，我要你去沟通什么感情?!我送你去，不就是叫你去说话的嘛！”

海藻懒得装下去了，脸色一沉道：“陈老板，你一个月就付我3680块，我自然只干3680块的活儿。你招聘的时候明明白白写的是‘文案’。文案包括沟通感情吗？文案包括暗度陈仓吗？我除了文案，还打杂当信使陪吃饭陪唱歌陪跳舞，就差陪人睡觉了。总不至于，你出那点钱，就想让我卖身给公司吧？现在人力市场再贱，也找不到一个如意算盘打成你这样的！我挂价出售的是我十几年的知识！不是我这个人！你要是再有过分要求，我就不干了！”海藻的脸都气红了。

陈老板第一次看见一向柔顺的海藻也会发飙。海藻属于弹簧式员工，无论多大的承载量，都会有弹性地向后缩缩。看样子，今天到底了。还是退一步的好，她若真走了，基本上从此跟宋秘书就结下梁子了。

“海藻，我不是那个意思，你误解了。我看，我们今天都不要再说了，改天聊，改天咱们好好聊聊。”老板匆匆走人。

一进办公室，陈寺福就想：“她什么意思？她一直说3680块，是不是嫌钱少啊！加薪！马上加！小蹄子不添点夜草，还不肯跑嘞！”

海藻开始收拾桌上的东西。这里是呆不下去了，跟老板都崩了。得，晚上回家还得买份晚报，看看人才市场有什么招聘没有。不是我不想做，但每次怀有良好的愿望却都做不久。哪怕自己赌咒发誓，刚下决心要在这里扎根一辈子，却立刻就沦落到要卷铺盖的境地，这就是现实。

13　为先富裕起来的人民服务

午餐时间，海萍在办公桌前边翻报纸边吃盒饭。一翻开满版的新房开盘广告就饱了，而且被噎得难受。房价跟当年大跃进放卫星一样，没有最高，只有更高。海萍越看报纸，越觉得自己很土，远远被时代抛在脑后。如果做一个统计数字，房产广告占报纸广告2/3强的版面，而最多出现的宣传字眼是——“别墅”、“高尚住宅”、“尽显尊贵”、“名仕身份”、“贵族享受”、“典雅华贵”、“气派非凡”、“一户一梯”、“全进口装修”，配的图片就是游泳池、高尔夫球场、英国管家、印度包头门卫、健身房。宣扬的这一切跟海萍所需要的，简直驴唇不对马嘴。海萍要什么？——“家”、“交通便利”、“菜场”、“超市”、“学校”。敢情现在的房子，根本不是为海萍这类人盖的，但追捧着热潮的，却是囊中羞涩的海萍之流！这个趋势很是讨厌。你若追，就永远被人牵鼻子走，彻底卖身为奴，成为银行的小打工，工作一天不敢丢。你若不追，看现在造房子的气魄，个个都落地玻璃门窗，越造越先进，以前的砖头小楼都没有了，就单讲地价和造价，房屋价格怕也是回不去了。海萍都想不明白，在上海这种地方，要造游泳池做什么？一年只开一个月空调的地方，难道夏天游泳，冬天养鱼吗？设计图纸的人一定脑子有问题。

边嚼着青菜，海萍的眼睛边瞪了起来。她忍不住拿起报纸指给对面的小吴看，大声念着："你听听这位大爷的肺腑之言：'群众有个误解，认为房地产商造别墅赚大钱。其实造别墅承担的风险要比造经济适用房高。因为所谓的别墅有容积率和绿化率的限制，这从某种意义上讲，就不能把别墅排列得太密，否则也不会有客户前来购买。而且投资别墅工程，往往投资大，收效慢，一幢别墅从个体上看好像很贵，几百万上千万，从占地来说，并不如经济房的收益。同样的面积，经济房可以卖几十层楼的上百套，所以，开发商投资别墅，还是需要魄力和眼光的。'等等，他说的这段话我怎么越听越糊涂，感觉这世界上就是有那么一批人努力学做活雷锋，本着亏本的精神，宁愿给富翁锦上添花，不愿意给百姓雪中送炭？'为人民服务'这句话要改了，要改成'为先富裕起来的人民服务'。现在的报纸，整个一派胡言！"

小吴说："切，你信那个。报纸要能信，母猪都上树了。那都是托儿，一只手收钱，一只手交货。如果头版鼓吹南市区升值空间巨大，那么尾版南市区肯定有房开盘。联合起来作秀的。"

"可这秀有作用啊！弄得人心惶惶的，买房子跟春节前买菜似的，生怕民工走了买不到。"

"早买也对啊！纵观历史，房子什么时候有跌过。从解放时候的一套租金几毛，到现在，大方向还是涨的嘛！即便是跌，那都是暂时的。小跌是为了蓄积能量，让以后大涨。解放前香港多土啊！上海那时候看香港，那都是乡下，现在呢？人家什么价？我告诉你，上海迟早得涨过香港。"

"得！你这一句话，害我这半年都吃不下饭了。"

"嘿嘿，让你吃不下饭的事情还有呢！刚才我看到公司新来的小张在沿办公室发请柬呢！好像是29号要结婚。准备礼钱吧！"

"哎哟！怎么这么多人结婚呀！那天刚好我一个朋友也办喜事，我肯定去不了了。"海萍的第一句感慨是真，结婚的人太多，而且都是八竿子打不着的关系，隔几代的远亲，N年不见的同学，以前单位的同事追着电话套近乎，还有脸都没混熟就又跳槽走的新人。送出去的钱都是绝对没机会收回来的——除非自己离一次再结。嗯？搞不好这些人真的是为筹集房款不停跳单位不停结婚办喜酒。

后一句是假的，海萍决定不掏冤枉的份子，随口编了句ᅟ

话音刚落，一张陌生笑脸就踏进门了："郭姐姐！请你喝喜酒！"

海萍赶紧做出一副灿烂笑脸相迎："哎呀！恭喜恭喜！恭喜新娘子！真是双喜临门啊！刚通过试用期，又办婚庆！可惜29号我已经有另一个婚宴了，去不了。只好在这里预祝你新婚快乐！白头偕老！"然后就不停作揖。

准新娘子并不走，依旧笑眯眯地递上请帖说："郭姐姐，不冲突的，我28号！"

海萍的笑脸顿时凝固，想收都没收回来，"啊？28号啊！""对哦！到时候我恭候郭前辈大驾哦！"然后将请柬塞进郭海萍的手里。又笑眯眯地躬身往小吴手上塞。小吴也笑着说："真是不巧，28号我外甥满月，我肯定去不了了，预祝你们白头偕老！早生贵子啊！哈哈哈哈……"然后促狭地向海萍眨眼。

海萍对着请帖生闷气，心想：NND，为什么不先问小吴！可恶！就不去，偏不去，死活不去。

海萍得省钱。因为每一分每一毛都是以后家里的地砖莲蓬头。这些东西，不从牙缝里抠，是抠不出的。而且，等新房子弄好了，儿子爸妈都过来住，一家开销很大，那时候就不可能从嘴巴里省出什么来。孩子要长身体，你总不能叫他跟你天天吃清汤面吧？父母一辈子操劳，不能到老了过来给你带孩子，却光干活看孩子吃，自己空着嘴吧？老小都吃，能忍心看你一个人啃冷馒头？所以，到时候，家里桌上，菜肯定是要有几个的，还得有荤有素。

能省钱的大好时光，就只有这一段的两人世界了。

苏淳这天晚上回到家，看着桌子上的面，终于忍不住摔筷子了："一连吃了五天的寡面，你真的不腻？反正我是一口都吃不下去了。"

海萍其实也吃不下去了。一看到面就打恶心。可如果吃饭，就得配菜。如果吃面，一包榨菜就够了，要么一包雪菜。"亲爱的，这是本周最后一顿面。等明天海藻来，咱们不就做菜了吗？吃得苦中苦，方为人上人。这房子，说买就买了。掏钱就在眼前。装修啊家具啊，人家都不会送给你。你就将就一下子。明天你说，你要吃什么，我去买。"

"我今天晚上就不吃了。我绝食。"

"一顿不吃也饿不死你。真是的。你就是现要吃，我也得变得出菜啊！这都大晚上了，到处都收摊了，我到哪给你变菜去？"

"海萍，我们应该略微提高点生活质量。这样才有得盼头。每天都在捱日子的话，会短命的!”

“好好好！那你说，怎么个提高法？怎么个改善法?”

“我要吃方便面。不要吃寡面。”

海萍原以为苏淳会说出要求隔天炒个菜什么的，一听说不过是方便面而已，忍不住大笑起来：“方便面难道不是面，就比寡面好一点?”

“嗯。”苏淳认真点点头，“统一黑胡椒里，有一点点牛肉丝。”

周一上班，部门经理走进来，笑着说：“上个周五隔壁办公室的小张结婚大喜，我们科室9个人只去了4个，但人家也留了一桌给我们，怪不好意思的。当时我们一起包个红包，1288块，图个吉利，以我们科室的名义，红包当时已经给了小张了。这样平摊下来，一人大约出143块的样子。零头部分我出了。其实，在上海，143块真的不多，现在哪个酒店婚宴不上两千？1500块的都没样子。看样子这次小张还亏本了。哦！对了！小张的喜糖我也替大伙都领回来了，等下到我桌上去拿，一人两盒。”

海萍和小吴目瞪口呆地听着经理的擅作主张。

小吴低声嘀咕：“咦？还有这样的啊？强迫人家交罚款单啊？不去吃都逃不掉?!”

海萍都要心绞痛了。143块！自己还自作聪明地逃跑！而且那天晚上两个人躲在家里，就吃面条还是方便面的问题争吵。早知道还不如去呢！空一个位子把苏淳也带着，那满桌子的鸡鸭鱼肉啊！海萍要晕倒了，天旋地转。那种懊恼的痛心，简直要窒息了。143块！可以给儿子买多少玩具!

NND，TNND，就当捐给灾区人民好了。

现在，还有比我更穷的灾区吗?

海萍突然恨恨地冒出一句没头没脑的话：“怪不得要闹洞房。”

小吴疑惑地看了海萍一眼。

海萍继续恶狠狠地说：“怪不得现在闹洞房越来越不像样。这是把满腔的怒火变相发泄在这对提着红灯笼明抢的强盗身上。”

海萍哭丧着脸回家，苏淳正在泡方便面。看海萍一眼，继续忙手里的调料。“怎么了，这么难看的脸?”

“天灾人祸。我今天口袋破了个大洞。”

“钱包给人摸去了?”

"比那个还惨，我想报案都没地方去。单位一个连脸都记不得的新人结婚，我被领导讹诈去143块礼金。"

"大家一起凑份子？好啊！至少你能落顿吃了。"

"哭就哭这点。上礼拜五的事情，咱俩在家吃面那天。我以为自己聪明逃掉了。人哪！不是说你不偷鸡，就不蚀米的。只要你仓里有米，耗子狼鸡，隔三岔五都来惦记。存点钱怎么就这么难哪！计划永远赶不上变化，我从没存够我希望的数字。无论我把目标放得多么低，总要差一点点。一想到错过的那顿大肉肉，我的心都碎了！"

苏淳的表情也跟牙给蛀了似的抽搐着："哎呀！这下真亏了。你真不该错过那顿饭，哪怕你不去，换我去呢？其实你脑筋不转弯，这种事情，你要先摸经理的底。他如果去，你就当花点钱买舒坦，套个近乎。其实参加婚礼，哪是看新人啊，不就是买个社交机会嘛！你越不去，就越被边缘化，跟领导关系不近，好事都没你的。所以，你也别抱怨自己光干活不涨钱了。因为那些该花的潜钞票你没投资。吃一堑长一智吧！"

海萍恼了："你当我不想套近乎啊！钱呢？投资要有本钱的！你不说你个男人没本事，让我活到32岁都还住不上套房子，反而怪我！"

苏淳看海萍声音高了，连忙软语求饶："好好，怪我，都是我的错。原本是外面受的气，怎么这么快就转化成内部矛盾了？不说了，吃面。"

海萍瞪着眼前的方便面，腮帮气得鼓鼓的，拿起筷子说："这是四喜丸子。"然后吃一口，"这是全鸡汤。"又喝口汤，边吃边说："换个心理满足。气死我了！"

晚上，夫妻俩躺床上。苏淳的手伸进海萍的睡衣里，微微地动着。海萍一点反应没有，眼睛直瞪着房梁说："我决定了！我要买辆旧自行车，每天骑7站路，这样可以省下转车的1块5毛。这趟车真讨厌，我只坐那么短，也收全程。这样，我一天省1块5毛，一个月省33块，6个月就把车钱省回来了，再往后的钱就是赚来的。"

苏淳听了没动，回答："你脑子受刺激了吧？一个月才省33块你都计算？不就143块吗？你上班交钱的时候疼一下下，过几天就忘记了。睡吧。"

"我不是算计，我是想，有辆车到哪也方便。以后即便搬了新家，如果地方远，买东西什么的，骑车去省时间。一举两得，并不是光为了省车费。当然，车费也要省。33块还是满多的。两三个月就省出一件衣服来呢！又运动又环保。就这样决定了。"

苏淳叹口气："突然间少了400块。本来只折100多。睡吧！"苏淳暗示了很多次睡吧，希望海萍理会其中的含义。不想海萍的大脑在高速运转，根本不理会。

“海萍，咱们要不要现在运动运动？环保？”苏淳笑着挑明，并且手指在海萍的胸前跳舞。

“不要！”海萍干脆利落，“一动地板都咯吱咯吱响，哪有心情！”

“可是海萍！我觉得我都快成风干的木乃伊了！一个月连一次都没有！我们才多大啊！你这不是压抑人性吗？”

“没有房子才是压抑人性呢！饱暖思淫欲。你吃着面条，连和尚都不如，还有这心思？温饱以后再说吧！”

苏淳不再做声，默默地背过身，留给海萍一个委屈的后背。

海萍歪头看看身边的丈夫，想着从恋爱起到儿子两岁多，两个人似乎就没有好好爱过。谈恋爱的时候躲在公园的黑暗里苟合，租了房子隔音效果几乎没有，好不容易适应了，海藻住进来了，大半年里俩人在提心吊胆中偶尔做做，再加上怀孕、月经，算起来苏淳的确没有真正享乐过。还好，他很少抱怨。

“唉！”海萍叹口气，从背后抱住苏淳，开始在他身下抚摸，并贴着他的脊梁亲吻。

苏淳开始反应，温柔地，温柔地，将头埋进海萍的胸。

窗外，麻将声、电视声，还有家长大声地训着孩子，旁边马路的车辆来回穿梭着。

海萍周一就开始骑着她从市场上淘来的自行车上班了。看着还满新的，价钱也不贵，才 180 块。

14　有点浪漫的心动

海藻这一向出奇地空闲。老板大约把她遗忘了。每天晚上同事招呼着离去，各奔业务，唯独她早早就回去了。这可不是好现象，海藻正加紧找工作。与其让人家放着坐冷板凳，看人冷面孔，等人撵走，不如自己腾空儿。老板心怀鬼胎的样子，不晓得要怎么整治她，每次见到她时都礼貌客气周到，感觉很虚伪。

“切，不就一破工作嘛！此处不留奶，自有留奶处。跳槽我拿手啊！”海藻想。

邪门，月底，海藻的工资单开出 5000。海藻简直不敢相信自己的眼睛，彻底搞不懂老板葫芦里卖什么药，如果说想让自己去腐蚀宋秘书，他压根也没提啊！而且有几次去参加有宋秘书的活动，他都没招呼自己。第一次工资拿这么多，还没名目，心里不由七上八下。

“不管，有人送钱来，不要白不要，反正自己早把话挑明了，他若开我，我拿钱走也不吃亏。”海藻暗暗打定主意。

陈老板内心里坚信海藻和宋秘书俩人有一腿，海藻肯定在宋秘书那里搬弄是非。自己对海藻好，宋秘书迟早也会知道。“既然上头不喜欢自己的女人出去应酬，我还是有点眼色，替他养着二奶得了。”所以，陈老板这一向好吃好喝伺候着海藻，绝口不提任何要求，打算以诚心感动对方，间接达到目的。

宋秘书近期也与陈老板接触过几次，每次都是蜻蜓点水，每次都不见海藻，每次都很失落。碍于身份和内心被伤的痛，他忍住不问。“也许，也许，海藻已经被她老板赶走了！我不会再见到海藻。”

MSN 上，憨厚小熊又捂着嘴笑了。小贝在跟海藻打招呼。

“我的漂亮小猪，今天有什么安排呀？”

“闲得很。”

“不如晚上一起去 Happy 吧！”

“哪里？又是绕楼行兼跑？”小贝会经常带着海藻绕小区散步。即便是普通的散步，不花一分钞票，小贝也会搞得有声有色。他会拉着你做木头人，假装两个人的左右脚被绑住，一同迈步。或者两个人竞走，小贝会夸张地扭动臀部，快速行走，把海藻丢在后头，海藻忍受不了输，便行兼跑，落后了就跑，追上了再走。所以，他们笑称这种运动是行兼跑。

“今天换新花样，带你出去玩！晚上在人民广场地铁站 3 号口等你。”

“什么花样？”

“保密！”

晚上小贝拉着海藻直奔科技展览馆。这里正展出光的媚影，一走进展厅，满屋星空！

“好美啊！”海藻忍不住赞叹。

“送给漂亮小猪的礼物！庆祝我们认识 500 天！”

海藻愣住了：“已经认识 500 天了吗？为什么仿佛还是昨天的事？”

“笨笨，那是因为你爱我嘛！相爱的人总恨时间短。”小贝怜爱地拍了一下海藻的脑袋。

“哎呀，真太不好意思了。我完全没想到，连500天都要庆祝啊！我以为只有过生日过节才庆祝呢！”

“以后啊，我们值得庆祝的日子会很多很多，我们会一直这样庆祝下去，一直到很老很老！”小贝揽着海藻在她额头上轻轻一吻。

海藻闭着眼睛，内心默默许愿：“要和小贝永远在一起，这是我在第500天的许愿。”

突然，科技馆里竟有流星划落的声音，一首悠扬的歌曲缓缓响起，在海藻的头顶盘旋。

空气里躲着什么
有点浪漫的心动
我偷偷看你
你也偷偷看我
世界上多了什么
好像变得很不同
站在你身边
这一切都好宽阔
我还在等着你
静静地爱我
只要有你陪我
静静的就足够
你也在等着我
静静的温柔
就这样手牵手
静静地看着天空
心里面藏着什么
你只想要让我懂
原来我的梦
也就是你的梦
哦……
纸条上写了什么
我好想要听你说
让字字句句
充满我们的笑容

永远要记得那天彼此许下的承诺
瞬间点亮的火花
是我们的拥有
静静地手牵手
是最简单的

15 文学是鱼上的香菜

海萍快崩溃了！

今天下了第一辆公车，到路边停放自行车的地方，找了N圈，居然没找到自己的自行车！才刚骑了9天！海萍情急之下眼泪都要出来了。可无论你多么急，多么恼，找不到就是找不到。没办法，海萍天崩地裂，头晕目眩地上了另一辆公车。

正是下班时分，车上爆满，呼吸里都能闻到其他乘客口里的蒜味。

一站停下，上来一位孕妇，肚子已经很挺了，在狭窄的空间中无法转身。无论司机怎么播放让位的请求，居然没一人起身。

海萍今天心情糟糕。因为糟糕而被广播搅得烦躁，尤其是看到面前那个戴着耳机假装听不见的时髦女郎，跟完全没事儿一样，穿着高跟鞋的脚还一抖一抖。那个抖来抖去的脚好几次都差点碰到海萍的裤口。若搁平时，海萍是视而不见的。可今天海萍很窝火。

海萍一把把她耳机给拽下来，大声问道："你戴耳机装听不见是吧？你坐的位置是老弱病残孕专座！赶紧站起来，给人让位！"女郎不干了，瞪眼用上海话说："你怎么知道我就没毛病呢？我今天也不舒服呀！你也是女人，总不会不知道吧？再说了，明知道这个时间那么挤，一个大肚子还跟着起什么哄啊！怀孕了嘛就该去坐小车叫叉头！不能老仗着自己有个肚子，平白就赚位子吧！切！多管闲事，脑子被屎塞住了！"

孕妇吓坏了，忙说："我马上就要到了，没几站，站站没关系的。"

周围人居然都事不关己地望着窗外。现在的局势就是海萍跟女郎的对峙。女郎翻翻白眼，又把耳机戴回去。

海萍大怒，不晓得自己哪里来的力气，一把把女郎从位子上拽起来，非常粗鲁，然后用胳膊肘把女郎给拐外头，又一把把孕妇给拽到位子上，说："你坐！"

女郎不干了，嘴里开始不干不净。

海萍冷冷道："闭上你的臭嘴！迟早有一天你也会怀孕，我倒要看看你是不是有钱到日日坐叉头。我已经警告过你了，你要再乱骂，我就把你扔到车外去。”可能海萍的样子非常难看，而且又领教过海萍的力气，女郎竟然心不甘情不愿地闭上嘴了。

旁边一个中年市井女人笑眯眯地赞赏着说：“真看不出啊！看上去也是个白领，竟然这么有魄力！”

海萍心里正窝得难受，想到自己这一向吃糠咽菜，房子买不起，车子又丢，突然就被中年妇女给刺激了，怎么听着白领二字那么刺耳别扭，好像是人家故意在扇她这个从出生就开始奋斗，到今天依旧一无所有的人的耳光，她瞪着眼冲那个中年女人：“谁是白领?！你才是白领呢！你们一家都是白领!”

中年妇女吓一跳，低声解释：“火气这么大！机关枪乱发。我不是夸你吗?”

海萍不耐烦地回敬：“我不要你夸!”

海萍神色黯然地回到家。苏淳关切地问：“怎么了？又不开心?”

“车丢了。我一定是个倒霉蛋转世。今年我运气不顺，改天我要到庙里去拜一拜。”越想越难受，海萍眼泪要掉下来了。苏淳半心疼老婆半心疼钱地埋怨：“你这不是自己找堵吗？跟你讲不要买车不要买车，硬听不进去。花钱买气受。你这人，最大的毛病就是听不进人劝。丢就丢了吧！小坎坷，不算不顺，这就是生活。真正的不顺，我们还万幸都没碰到过。”说完摸出一支烟来点上。

海萍正有气没地方出，看到苏淳抽烟，火冒三丈：“都怪你！要不是你，我车怎么会丢？你以为我喜欢顺马路吃灰？不就想能省则省吗？我贴心贴肺地补贴家，你倒好！还在这里有闲钱抽烟！我这里吃糠咽菜，你那里烧钱！你到底有没有良心啊！有你那个烟钱省下来，我们也不必天天吃面条了！我告诉你，你马上给我戒掉！我不想再看到你糟蹋钱!”

苏淳真生气了，一面掐了烟塞回烟盒，一面说：“海萍你讲不讲理？每次你做错事情都把气撒在我头上。你说，你做什么事情我不都顺着你？我要求过你什么吗？我都希望你过得舒心高兴。可你怎么这么难哄呢？总想挤占我的空间，我已经无路可退了。我除了抽烟，还有什么爱好？何况，我已经很克制了，一天就抽六支，也不买贵烟，你为什么每碰到事情都拿我的烟开刀？有意思吗?”

“怎么没意思？你一个大男人，好意思看老婆一年到头都买不到一两套衣服，不化妆不护肤不做头发？你老婆为省一分钱都能多跑半里地，你还在这里吞云吐雾？你有没有想过你作为一个男人对家的责任？不挣钱还糟蹋。有那钱不如省下来给儿子买玩具咯！你也算个爸爸！儿子长这么大，你有主动说给儿子买点什么吗？你有想到过他吗？还好意思说你的爱好。你的出息怎么就这么点呢？世界上这么多爱好，你怎么不爱好挣钱？你怎么不爱好干活？你怎么不爱好寻点儿门路升职？从毕业到现在，还是一个小科员。我不升我没话说，我生孩子了。你干吗了？……”

苏淳从心底深处发出深深的一声叹息，摇摇头，换了双鞋子出去了。

“你上哪去?!没说你两句就跑！你有本事就不要回来！我警告你！我再看到你抽烟要你好看！”海萍还不甘心地追到门口喊一句。

苏淳的心，重重地压上了大石头，那种想吼吼不出，想挣扎逃不出的痛苦却无法诉说。男人，很累。

想不通自己当年为什么要恋爱，要结婚，难道就为找一个女人，在不久以后指着鼻子骂自己？在没结婚没工作以前，自己一直都是骄子，是父母眼中的骄傲，邻里羡慕的对象，因为成绩好，不远千里来到大都市，以为很有面子。然后就深陷其中拔不出。结婚在这里，生子在这里，捆绑在这里。当初的决定对吗？如果自己不贪恋都市虚幻的华美，不贪恋爱人酥香的怀抱而是坚决返回自己的小城，那么现在，自己该混成市长了吧？人离乡贱。古人说的“宁做鸡头，不做凤尾”是对的。唉！失足啊失足。

苏淳被自己悲观的想法吓了一跳。然后哑然失笑，在城市的街道乱转，很没出息地想反悔。仅仅为了烟而已，自己竟然如此悲观。可见他的底线原来是那一支烟。海萍说得不无道理。那个花季的姑娘，一路跟自己走来，从鲜花盛开到现在的憔悴。她虽然脾气暴躁，但那不是她的错，是生活所迫。一个女人，如果出门有车，入门有仆，是很难保持恶劣脸孔的。在这样的一个浮光媚影的城市，有一个女人肯这样跟着一无所有的自己，应该感激她，包容她，爱她。让她快乐。

回去吧！不怄气了。

抽完刚才剩的半支烟就走。

海藻周六过来换衣服，路上买本杂志。

海萍每周六都是开荤的日子，买了鱼和肉，还有菜。“淳，我买了五花肉，你说怎么吃？烧土豆还是海带？”“土豆吧！香点。”

海藻蹦跳着上楼，桌上已经一片丰盛。“哎呀！有鱼啊！我最喜欢了！姐姐你吃！”海藻把肚子上的一块整肉夹给姐姐。“我爱吃头。苏淳，你吃肉。”海萍把鱼肉还给妹妹，又给苏淳夹两块肉，自己从鱼头上把眼睛挑出来。以前，家里在没有妹妹的时候，鱼基本就海萍吃。自从有了妹妹，海萍突然就变得懂事，她一直觉得，妹妹是自己要的，所以，自己要比妈妈还疼她。家里，海藻吃肉她啃骨头，海藻吃鸡腿她吃鸡头。她总跟妈妈说：“我爱啃骨头。”然后把肉省给妹妹吃。久而久之，她就真的喜欢了。

海藻看海萍挑鱼眼睛，笑了，说：“我刚在杂志上看到的，说有个女的爱上一个穷小子，穷小子每次都把鱼眼睛留给她吃，因为他觉得那是最好吃的部位。后来女的不甘忍受贫困，离开男的出去赚大钱，等发达了回来，男的已经结婚了，还请她到家吃饭，把鱼肉都给她吃，却把鱼眼睛留给自己老婆，把这个女的难过的呀！感觉忙碌大半辈子，把最重要的眼睛给丢了。”

“矫情。一看就知道这种文章是从《读者》上出来的。这就叫闭门造车。都是吃饱了饭没事干的人硬编的煽情。骗稿费的。他要真经历过没饭吃的日子，就知道如果能日日吃大鱼大肉就是幸福。这女的都有钱了还想要什么？她当年选择出走是正确的决定。贫贱夫妻百事哀，她要是现在日日吃眼睛，肯定要把丈夫骂个狗血喷头，俩人早离婚了。以后这种无病呻吟的文章不要看，浪费时间浪费金钱。”

苏淳听了海萍在妹妹面前的言论，有骨鲠在喉的感觉，饭都不香了，埋头不说话。

“啊！姐姐你现在很现实哎！已经完全不文学了。想当年，是谁在校刊上发表《一起捕捉有雨的夜》的？是你吧！”

“文学？文学那是鱼上的香菜。有鱼了香菜才好看。不然光放一盘香菜，你吃得下吗？”

16　婚姻就是元角分

海萍今天收获巨大！

与海藻一起看上一套房子。这是海藻正在上班的单位的二期开发工程，海藻力荐姐姐去看看再说。

虽然有点远，虽然环境还没建设好，虽然交通目前为止还不方便。

但海萍第一眼看上去，就认定了，这是自己的家。

“很宽敞的客厅啊!”海萍看到样板房的时候就喜欢上了。她看的是一期工程的样板房，而她的房子，才盖了一半。“欢欢可以在地上爬来爬去。阳台也大，才算一半面积！有一间房子的面积呢!”

“对，因为是顶楼，所以比楼下少一间。这套很划算的，北阳台面积也大，那都是送的。”售楼小姐解释。

“现在盖的那套跟这个一样吗?”

“完全一样。我们这里的房子很好卖的！一期很快就卖光了，这套是作样板才没卖的。不过买一期不好，你也看到了，楼后面就是工地，虽然价钱上便宜点，但最少要吵一年多，路况也不好，下雨的时候都是泥。所以买二期比较划算，等你搬来的时候，这里草也种上了，路也修好了。”售楼小姐介绍说。

“还有这间卧室也很划算的！后面那一片也是送的。高度不满2米的地方就不收钱。”

海萍很喜欢屋顶的尖角，显得很高，而房子的斜角边，有一扇像阁楼一样的小窗，很洋气。

“我可以在这里放一张儿童床。这间屋子面积很大，儿子的玩具书桌都放得下。真是不错。”海萍的眼睛里，都看见未来屋子的家具和摆设，墙应该是天蓝配海蓝，再贴一点云彩的壁纸，而儿子则穿着海盗的衣服戴着独眼龙的面具，拿着刀在屋子里跑来跑去。

“海藻，你觉得怎么样?”

“好是好。就是有点远，再有就是楼层有点高，6楼，天天爬死了。”

“没关系，就当锻炼身体了。我喜欢这里!”海萍满脸笑容，“那这房子什么时候完工交付使用?”

“应该10个月吧！你看都盖到4层了，再加上扫尾工作什么的，10个月肯定行了。不过如果您要买，合同我们是写1年以后交付。这样比较保险些。您决定了吗?”

“呃，我再跟爱人商量一下，这两天就给你答复。”

“您最好快点，我们这房子很好卖，如果您真有意向，我尽量为您保留两天。但如果时间长了，别人就买了。”

“好，我尽快答复。”

海萍出了楼，问海藻：“行吗？我可买了啊！93万啊!”

海藻：“我看行。虽然比预算多点，可这房子看着多正气，室和厅都大，面积也够住了。等过一段时间，你把那间阳台给封上，搞个玻璃房，拉上窗帘什么的，不就多一间屋子了吗？我看了一下，面积还挺大的，最少有15个平米呢！”

海萍都笑开花了，简直淘到了大宝。

“不行，我得赶紧给苏淳打个电话！让他赶紧过来看房子，我怕万一迟两天，给人家买去了。”

“你快打电话呀！”

海萍掏出手机，打开盖儿一看，愣住了。海藻也凑过来看，俩人面面相觑，然后忍不住哈哈大笑，手机上写着：“江苏移动欢迎您。”

“有点儿偏。”海萍撇着嘴断言。

“是太偏了。”海藻笑，“你回去跟苏淳一说，他肯定得笑话你。当年是你一定坚持要留大上海，留半天，又出去了。哈哈哈哈！”

“笑什么！这只能证明我当年的选择是正确的！说明上海发展得快，前途无量。要是回我们老家，逛一个城也就三个钟头，出租车起步价就到头儿了，那有什么意思？再说了，按这种发展趋势，很快江苏都得给划进来。现代人都这么生活的。美国人都住城外到城里上班的。这叫时髦。”

“嗯，是够时髦的。人家开车，你坐公交。这上一趟班，在路上得俩钟头还多吧？”

“那是我现在的单位。以后我会换的，到时候找个近点的。我不给苏淳打电话了，这里打要漫游。回去说。”

“哎呀！得了吧！你回去跟他说，再陪他来一趟，车钱也比漫游贵。还是打吧！用我手机。”

海萍想想也对，就拿海藻的手机给苏淳去了个电话，不过没告诉苏淳，这地界属于江苏。

苏淳一看也很喜欢，除了地方有点偏，周围间或可以看见农舍和小片菜地，不过也不见有大的超市。“那以后买东西怎么办呀？”

小姐赶紧接口道：“很快的！等你们来的时候，超市就跟过来了。现在这一片人口还没发展起来，等发展起来，你看，周围这么多楼在开工。又不光是我们一个社区。人气一聚，你还怕超市不来？现在都有超市开车过来，免费巴士，接送居民购物，就是班次少点。”

苏淳又问海萍：“有直达车去我单位吗？”海萍说：“有一辆到你单位附近，还要在徐家汇转一下。”“晕倒！徐家汇到我们单位也要40分钟啊！那叫附近吗？”“很近了！我现在觉得什么都好，就是价钱超一点点，首付可能不够。”

苏淳想一下，坚定地说：“没关系，只要你喜欢，钱不是问题。”

“还有就是每月还贷，不晓得什么时候开始，还多少一个月？”

小姐热情地说：“我帮你算一下，如果10年还清的话，以目前的利息，每个月10800。”

苏淳忙问：“那20年呢？”

小姐又按计算器：“只要6000多就够了。”

苏淳再问一句：“30年呢？”

小姐问：“先生您今年多大？贷款有规定的，退休……”

海萍打断小姐的话说：“就20年好了。我们什么时候付定金？”

“定金很便宜的，马上付好了，首期可以过一段时间。等入住的时候开始还房贷。”

“海萍，你打算20年把贷款还清？”苏淳在回去的路上一边查看周围地形，一边问海萍。

“嗯。”

“你不觉得日子太紧张了？我们俩月收入9000多，还款6000多，剩下的钱要管一切，稍微有点差池就不够了。”

“一定要20年还完。如果30年还完，利息都要滚出一套房子来了。我这一辈子不就在替银行打工吗？而且，早还完早了心事。不然今天利息涨明天利息涨，你我都控制不住。就算20年还完，我都该退休了。要真30年还完，那我不是退休后还得拼命？9000块，如果我们真能拿9000块到老，我也就笑死了。就怕这30年里，哪个病了，哪个失业了，难道房子供一半给人收去？”

“可是，你不觉得这样很有压力？”

“压力就是动力。光吃寡面是省不出几个钱的。哪怕吃两年，都省不出一个平米来。我看还得想法子开源。你最近没事儿的时候出去找找，看有没有什么第二职业可以做。与其在家捧本闲书浪费时间，不如出去赚钱咯！我也要寻寻看，哪里可以找点新门路。”

“太好了！你终于想通了！我们可以不用吃面了吧？我早就跟你说过，光吃寡面是解决不了实质问题的，而且把身体搞坏了不就四大皆空了？人首先要吃饱吃好，其次才去做其他事情。”

海萍白了苏淳一眼：“面条还是要吃。开源还要节流。争取早一点把款还掉。一天背债，我一天睡不安心。”

海藻拉着海萍的胳膊在一旁安静地听。

这就是婚姻吗？这就是婚姻。婚姻是什么？婚姻就是元角分。婚姻就是柴米油盐酱醋茶。婚姻就是将美丽的爱情扒开，秀秀里面的疤痕和妊娠纹。

海藻见证了姐姐从爱情到婚姻的整个过程。第一次见姐夫的时候是姐姐大二的寒假，姐姐带着苏淳从上海回到老家，三个人穿着棉袄逛遍小城。那时候海藻是多么羡慕姐姐，摆脱了繁重的课业，开始享受人生。有一个人可以拉着她的手，与她聊电影艺术文学绘画，讲动听的历史故事，并且和她分享一个红薯。

才几年啊！那个英俊的大男孩变成男人了，背有点弓，脑门开始有点亮。

而姐姐，美丽的姐姐，从依人的小鸟轻声细语，身材曼妙，到怀孕的水桶，再到现在穿乳罩要把乳房拽进乳罩里，说："给吸下垂了。"并嘱咐自己不要买低腰裤，因为她的腰上都是纹路，不能露。然后大声地说话，经常训斥那个她曾经崇拜得像王子一样的男人。

"所以，婚姻，婚姻是爱情的坟墓。"海藻叹口气，"而我和小贝，也会这样吗？而我以后，也会变成姐姐吗？"

17　千万别提钱，提钱伤感情

宋秘书在某茶室的包间，仰靠在沙发上，显得很放松，与平日里的严谨截然不同。他正与另一个人对话。

"老大啊！现在我接了个烫手的热山芋！这块地刚标下来，房价有掉的迹象。温州炒房团跑了，海外买房的也不那么热乎了。最近政策在调控，我手里三处地产这两个月成交都不怎么好，加大广告力度了也没用，买房的人都在观望。你帮我问问上头啊！国家出台的这几项措施，对房价很有打击的。怎么办啊？搞得我都忧郁了，手头这块地万一钱砸下去血本无归，我们就死定了。"

宋秘书应着："房价其实是一个指标，是经济在增长还是放缓的一个龙头指标。我们也很关心。依我看，这房价不能跌，房子涨起来气势如潮，跌起来如山倒，万一一跌，引发的震荡不可估量，也很影响大局。你想点办法，看看能不能联合其他几个龙头暂时先把市场炒得热起来。关键是要有人气。市场什么的，就靠人气聚，气氛热烈了，不怕人不来。再说，手里有钱的人还是很多的。但一有跌价的趋势，他们就止步不前了。手里持着货币不进场。你们现在就要负责让他们感觉还是有吸引力，还是有涨价的空间。"

那人一听，来了劲头："老大，你这么一说，我想起来了，我觉得以前用的那招不灵了。皇室二期开盘，我们找了好多民工排队啊！都彻夜排，一人发50块，但效果不理想，跟风过来的人少。前两天，宁静港湾的老总跟我说，让我们两家互相买，到银行抵押贷款，自己把房价给抬起来。我想想有点后怕，就没干。你想啊，万一我买他的他不买我的，我不就吃亏了吗？再说了，我老觉得我们的位置比他那个好，等以后我拿他的房，搞不好出不了手。”

宋秘书：“你既然前怕狼后怕虎，就自己买自己的房子好了。把价钱标高点，多贷点出来，光首付那部分，你就赚回来了。其他的，能供就供吧！供不起就让银行来收咯！当然，也许不等你供，可能价格又上去了。总会有人来接棒的。我的话也只能讲这么多了。”

那人笑了：“大哥高明！只是，只是，万一银行不肯贷怎么办？”

“他们为什么不肯？羊毛出在羊身上。你呀，胆气不足，有勇无谋。不是说你埋头苦干就有收获的。除了努力，还要有脑子，要学会资本运作。你懂不懂？”

“哦！……”

晚上喝了点酒，人很清醒但情绪很高亢，拒绝了别人夜生活的邀请，又让人把车开走，宋思明漫无目的地在街头乱逛。

很久没有这样的时间和空间，只属于徒步的自己。上海的夜晚，灯红酒绿，色情男女，空气中弥漫着一股暧昧的丁香气息。宋思明喜欢这种十里洋场的明暗交替，醉心这种慵懒的步履。

路过一间橱窗，里面展示的一个娃娃突然就让宋思明止步了。这是一个穿着蓝色睡袍，闭着眼睛的的甜蜜娃娃，像个梦游的女孩，那种即便是在梦中也若有所思的表情，怎么那么像一个人——海藻。宋思明站立在橱窗前凝视。

海藻，她好吗？

宋思明走进店里，问店员要了个娃娃，买单的时候发现，这个娃娃的价格远远超过他口袋里钞票的价钱。他掏出一张信用卡刷了，抱着娃娃走出店门。

拦了一辆出租车，带着娃娃，他奔着海藻的住处而去。

他幻想着，也许就在路上，也许恰好海藻就在前面，然后他装作偶然巧遇，将这个娃娃塞进她的手里。

车都快到海藻家楼下了，也没见海藻的身影。所有的偶遇，如果不是上天的安排，那么就是有心人的等待。42岁的宋思明，很不和谐地抱着个娃娃，站在海藻的楼下，嘲笑着。这不是他这个年纪的男人应该做的事情。算了，回去。

宋思明又抱着娃娃拦了辆车，驶进夜色中。他没有注意到，马路的另一侧，海藻正拖着疲惫的步伐往家走。很多时候，人生就这样在你期盼中失望，而在不经意间又错过了机会。

宋思明显然不能抱个大娃娃回家，他让车直接开进市委的办公室里。进了屋，他将梦游娃娃放在桌子上，对着娃娃仔细端详，笑了。自己还真傻。

海藻上了楼，一开客厅门吓了一跳，另一屋的人在宴客，高朋满座，海藻淡淡招呼一声，走进自己的房间躺下。

小贝正在打电脑游戏，头上戴着耳机，见到海藻忙摘下耳机说："要不，咱们出去走走？屋里太吵。"

海藻摇头说："不要，我累了。走了一天。"

小贝把耳机递过去："那你把耳机戴上？"

海藻生气一摔门："怎么那么不自觉呢！三天两头搞聚会！这房子又不是他们家的！还让不让同屋的休息了！"

小贝用手指放在嘴唇上暗示海藻轻声点："别破坏了人家的兴致。再说毕竟还早，到11点还不走的话，我就轰他们。"

海藻不说话，忍受着外面公鸭嗓子的嚎叫："三节棍！吼吼哈嘿！……"

沉默片刻，海藻对打游戏的小贝说："你说，咱们以后也会为钱而吵架吗？"

小贝头都不回地大声问："什么？"

海藻问："小贝，咱们什么时候会有自己的房子？"

小贝摘下耳机："很快的。再攒一两年，加上你爸我爸的资助，咱们就能买得起了。"

海藻叹气说："你就不用惦记我爸了，我爸的钱都给海萍了。咱们还是靠自己努力吧！"

小贝笑着说："要是完全靠自己，咱只有两条出路，一条是一夜暴富，一条是夸父追日。"

海藻问："什么意思？"

"就是说，总追总追不上。就像你姐和你姐夫一样。他们俩就是咱们俩的榜样。"

“姐姐他们今天买房子了。终于追上了。我去看了，除了远点儿，真是喜欢，多希望有一天，咱们也有一套属于自己的房子啊！不必每天跟人家抢厕所，不必听别人的热闹。”

“哎？你以前不是一直说不买房子的吗？慢慢来吧！罗马又不是一天建成的。这城市这么多人不都这么过来的吗？再说了，你不是涨工资了吗？咱们的钱也在涨 ing。”

海藻苦笑，是啊，这钱涨得不明不白，莫名其妙。

海萍又发飙了。最近海萍常常发飙，苏淳总不按她规划的日子前进。

“售楼处通知我们要交首付了，签合同的时候付清。你爸妈的钱到了吗？”

苏淳听了一愣，习惯性地就去摸口袋里的烟，刚摸到手，就看见海萍探询的目光。

“到了到了，你放心，那天签合同的时候我就带去了。你难道还想现在看看？”

“只要你说到了我就放心了。不过，首付比预期的要多两万啊！这下要命了。到哪去借这两万呢？哎，你同学里，哪个可以暂时先挪借两万的？”

“哎呀，算了吧！同学之间谈天说地都可以，千万别提钱，提钱伤感情。跟咱差距大的，也不会搭理咱，跟咱情况一样的，也掏不出。我会想办法的，你别急。”

“想什么办法？”

“你别问了。到时候我找同事凑凑。”说完，苏淳踏上鞋子想出去抽根烟，把问题好好想一想。

“你去哪儿？”海萍一面叠衣服一面问。

“呃，我去散个烟。”苏淳本想说散步的，脑子不在上头，岔嘴了。

海萍警觉地放下衣服，站起来，走到苏淳面前开始翻他口袋。苏淳左躲右闪不让摸。海萍到底把烟给缴获了：“好啊！苏淳！你竟然表一套里一套！你你你！”海萍一气之下将烟扔出窗外。苏淳立刻往楼下跑，连头都不回就去拣，海萍趴窗台上看苏淳低头拣烟的样子，心里那个恨！怎么找了个这么没出息的男人！

等苏淳回家以后，海萍就开始了长达一周的静默行动，她已经单方面决定，不跟苏淳说话了，实在是无话可说，一张口，可能就要火山喷发。

18　守得云开见日出

宋秘书办公室里。他正跟一个小姑娘说话："哦？这个活动还是很有意义的，我等下看看。哎？最近怎么没见你们公司的郭海藻？她已经不在公司了吗？""小郭啊！她升职了，专门负责策划活动，不再跑外勤了。""哦！是这样啊！"

小姑娘走后，宋秘书想了想，笑了，主动给陈寺福打了个电话："小陈啊！有些日子没见了。最近好不好？呵呵。上次那个投标的事情，很抱歉啊！没帮上什么忙。主要还是公司实力问题，我们搞行政的，是不方便干预的。不过呢，你的事情我也放在心上了，等下你去找找天大置业的徐总，他会关照你的。就这样吧，有什么问题再联络。"

电话那头的陈寺福自言自语："守得云开见日出啊！宝还是押对了！"掉头就往天大置业跑。

海藻在办公室收拾文档，同事小刘跑过来说："海藻，海藻！我今天去宋秘书那里了，他还问起你呢！""哦？"海藻疑惑地问，"他问我什么？""他问你还在不在我们公司。奇怪吧？""呵呵。"

街道居委会主任在天大拆迁办副总的办公室里。

副总翻看着桌上的小册子，说："怎么到现在连登记造册都没完成？我们在抢时间，你办事不力嘛！"

居委会主任说："已经有2/3的人登记了。剩下的人有各种原因没登记。像15号302室的房东，人早不在这里住了，把房子租给住户，手机号也换了，我们联系不上她。17号212室在外面做生意，半年不回，家里老太太又聋又糊涂，没办法交代，我已经跟他们电话联系过了，最近他们就回来。另外就是还有几家，催了几次都不来登记，也没什么原因。我看，这几家才比较麻烦。"

"登记暂时就告一段落。他们不登记，你也不要主动找，否则显得我们求他，就更不好对付了。等他们周围的邻居一个个都搬走了，水也断电也断，屋子走一家拆一家，到时候满地蟑螂老鼠满屋灰，不信他们到时候不来求我们。现在不识抬举，等以后再找回头，就没这个价了。跟我来这套。走着瞧好了，看谁凶！"

正这当儿，陈寺福走进来，笑容满面，还带着恭敬。"张总，呃，徐总让我来找您……"他比划了个打电话的姿势。"哦！是的是的。你来的正是时候，我正需要合作单位配合拆迁，以后，你就跟居委会王主任配合好了。我们定了个死期限，无论如何，到6月中一定要完成拆迁，离现在还有半年的时间，任务是很艰巨的。这个重担就交给你们了。在此期限之前完成任务，每提前一天就是3万的奖励。去吧去吧去吧！还有，你只要把这拆迁的活儿干漂亮了，这期工程的布线工程就归你了。"

陈寺福笑了，感觉天上掉下了大馅饼。一天3万啊！一个月就是近100万啊！我要提前个三五个月干完，那不就发达了？他的手指，已经下意识开始做捻钱的动作了。

说干就干，不带含糊的。

陈寺福回到办公室，召来小刘问："今天宋秘书跟你说什么了吗？""他说这个活动有意义。""没了？""没了。""就没了？""没了啊！哦！他还问海藻在不在咱们公司了。""对嘛！我就说，肯定有别的。你先去吧！"

陈寺福想了想，暗暗发狠说："舍不得孩子，套不到狼。"然后打开抽屉，依依不舍地拿出一套钥匙，给海藻打了个电话："小郭，你来一下。"

海藻来到老板办公室，老板吩咐："小郭啊！麻烦你下午到宋秘书那去一趟，把这个交给他。"说完，递过去一个信封。海藻疑惑地看着老板，那我说什么呀？老板说："你啥都不用说，就给他就行了。"

"那他问我，我怎么说？"

"他不会问你的。去吧去吧！"

海藻带着信封去了宋秘书的办公室。宋秘书正忙得不可开交，一看到海藻，很惊喜地叫了一声："海藻！哦！小郭！"海藻笑了，说："海藻是我，小郭也是我。你到底想见谁？老总让我给你送一样东西。"说完，将手里的信封交给宋秘书。

宋秘书拆开看了看，不动声色地收下了，放在桌子上，并没问话。

"哎呀！梦游娃娃！"海藻注意到宋思明桌上的娃娃。

宋思明捕捉到海藻眼神里掠过的喜欢。"喜欢吗？你拿去吧！"

"那怎么行！这个是奈良美智的！很贵的！一级棒！太酷啦！"说完，打开梦游娃娃背后的开关，梦游娃娃像在空中漂浮般地迈着脚步行走。

宋思明的办公桌上，一个蓝色娃娃走来走去。

"送给你。这个对我没什么用处。我一直头疼怎么处置呢！你看我这个大男人的办公室，怎么能放这个东西呢！”

“可是，你从哪儿弄来的？这是限量发售的。”

“别人放在我这里的。我看这个倒是跟你很合适。只要我看到你的时候，你总是心不在焉。”

“有吗？”

“是啊！对了，谁是奈良美智？”

“啊！奈良美智你不知道啊！你好土哦！他现在很红啊！是日本很著名的卡通造型设计师，他设计的东西很Q的！”

“哦！日本人啊！那我就更不能放了。你既然喜欢，还是拿去吧！君子成人之美。咱们皆大欢喜。”

“哈哈！看不出，宋秘书有抗日倾向哦！”

“哦？这个这个……如果从工作的角度来说，不存在。如果从个人情感来说，不回避。对了，海藻，我这里有个商界的朋友，是个外国人，他因为在我们这投资，需要找个学中文的教师，托我有一段时间了，可我一直想不到谁合适，你要不要去试一试？”

“我？我不行啊！我英语不好，没和外国人接触过。”

“没接触过才要接触啊！多好的机会，又有额外收入又能锻炼口语。别怕，去试试看嘛！”

“不行不行！我真的不行。我一看见黄头发就紧张。还是算了吧！要不我给你留意留意，看看周围有没有朋友愿意的？”

“行啊！那就拜托你了。你可要把我放在心上啊！我可是认真的！”宋秘书一语双关。

“一定。”海藻转身准备走。

“哎！带上娃娃！”宋思明将娃娃塞进海藻手里。

“那……谢谢啦！”

“你太客气了。”

19 百折不挠，越挫越勇

海萍突然换了一个人似的精神焕发，脸上总带着憧憬的笑，回家以后忙家务的时候也哼着歌。

这一周，苏淳试图跟海萍说话，总被海萍不冷不热地挡回来。海萍的由阴转晴，让苏淳很高兴。“有什么喜事吗？”苏淳再次挑话头。

海萍心里高兴，但依旧拒绝跟苏淳说话。“还生气呢？海萍，我错了，我真的错了，请你一定原谅我。”苏淳故意做出一副痛心疾首的表情，夸张地在海萍面前低头。如果真是针锋相对，苏淳是断然不肯道歉的，但如果过了对抗期，苏淳就很愿意以这种方式化解与老婆的敌对，他可以哄老婆，但不可以屈服。哄是没关系的，体现了男人对女人的包容，而屈服，对一个男人的自尊心来说，就有点勉强。

海萍白苏淳一眼说："说，你错哪儿了？"

"我不该惹老婆大人生气。只要老婆大人生气，全部都是我的错。我哪儿都错了。上上下下，里里外外，没一块对的地方。"

"你讨厌！一边去。"

"你瞧，就这么大块地儿，我能去哪边儿？"说完索性凑着海萍身边坐下了，"有什么喜事？"

"嗯……告诉你，我发达啦！"

"啊？什么发达？"

"就是，马上，很快，立刻，我就要成为百万富翁啦！"

"烧糊涂了。绝对烧糊涂了。说梦话吧？"

"切！现在还算梦话，等我真中了，就不是梦了。"

"中什么？"

"彩票啊！"

"晕倒！你怎么干这个呀！"

"为什么不能干？碰碰运气嘛！人这一辈子，不能总走背运吧！俗话说物极必反，搞不好我时来运转了呢？不试一下怎么知道？"

"哎呀！海萍！那都是不牢靠的。有多少人都你这想法，所以我们的博彩事业才蒸蒸日上。我以为买彩票的，都是些市井小民呢！连你都掺和进去了。"

海萍哼了一声："别清高了。你又比市井小民强多少？我看报纸上说，很多人中奖都是第一次买彩票就中的！我只要等到这个周末，就知道答案啦！你最好还是保佑我，万一中了，500 万啊！500 万啊！等我有了 500 万！哼！我才不要买现在的房子呢！我要在市中心买套公寓！200 平米的！"

"你痴人说梦吧！市中心的 200 平米 500 万能拿得下来？你看看那个汤臣什么的，黄浦江边上，一平米 11 万呢！你那 500 万，刚够买间客厅。"

"哼！那个啊！送我都不要！噱头！开盘那么久了，连个问的人都没有。迟早要跌价。到时候才难看呢！好房子都是越住越涨，它那房子一跌，就更没人买了。我有钱都不会买。哪怕我连中两次，够买一套

100平米的，到时候都给人家说，喏，就是那幢楼里最小的一套！多丢人啊！”

“看样子，你连这些细节问题都已经想过了。”

“哼，我这两天没事坐公车的时候就在看房子，看市区里哪套房子合适，等我中了就买。”

“哈哈哈哈……”苏淳看海萍的表情，忍不住大笑起来，“好！好！你仔细留意，有合适的咱们一起揣着500万直接砸过去，砸晕他们。对了，你买多少钱彩票呀？”

“不多，10块。”

苏淳的牙又开始疼了：“海萍！菜你不舍得买，烟你不给我抽！这种废纸，你怎么这么舍得花钱？”

海萍眼睛睁大：“废纸?！这是花10块买希望。买希望你懂不懂？你现在到哪去筹集装修的钱，家具的钱？万一中了，不都解决了？我现在就能退休了，做自己想做的事情。你真是鼠目寸光！你这一辈子，能挣500万吗！”

苏淳无可奈何：“好吧，随你随你。只要你高兴，你爱怎样怎样吧！只是，你别把所有的希望都放在这个上，万一不中，你会很难过的。有当无，就当是健康娱乐吧！”

海萍不响，又哼起歌来，满脑子都是500万在飘。

周五晚上一回家，苏淳就看到海萍泄气地坐在床上一言不发。

“怎么了？”苏淳径直走过来摸摸海萍的头。

海萍跟被戳了神经一样跳起来说：“鞋子不换你就进来！敢情地不是你擦啊！”

苏淳赶紧回门口换鞋，还解释：“不是关心你吗？以为你生病了。出什么事了？”

海萍哭丧着脸说：“500万没了……”

苏淳愣了一下：“什么500万？哦！哈哈！没是正常的。要是真有了，那就不正常了。人哪！还是要过得现实些，路要走得正常些。大起大落都不好。再说了，历史上中巨奖的，好像以后的日子过得都不好。美国有个人我印象里中了几千万吧，最后反而家破人亡。其实安稳过日子是福气。你还真当回事啊！”

“500万能算巨奖吗？500万在这个城市里，随便淘淘哪不是？我不过是想过一种略微改善的生活嘛！我又不贪心，没说中个十次八次买别墅洋房。我要的不多啊！”

苏淳开始大笑，怜爱地摸摸海萍的头说："小傻瓜。你当你是开彩票公司的啊！还想中个十次八次呢！一次就足够把你砸晕了。算了，老老实实过日子吧！不去想那些。"

"哼，人活着，若没点梦想，还有什么盼头？"

"啊！你的梦想就是中大彩啊！"

"唉！女人到我这年纪，也不指望什么嫁个王子，成名成家了，唯一剩下的梦想，也就只有中大彩了。当年满身都是梦想的时候，第一个叫我梦想破灭的是伏明霞，所以记她一辈子！当时十几岁，觉得自己啥都能干，未来一片光明的时候，发现一个比自己小的丫头片子都当世界冠军了，顿时就觉得自己老了。巨受刺激。不过这么多年下来，刺激刺激也就习惯了。再看电影电视上露脸的，个个都比自己小。唉！我看，三十不该叫而立，而该叫知天命。尤其是对女人来讲。"

"胡说什么呢！你都有我有欢欢了，还有什么不满足？"

海萍白苏淳一眼："从有了欢欢起，我才开始特别不满足的。想儿子了，想得不行。"

"那你晚上打个电话回去。"

"不行，我要把钱省下来，继续买彩票。要不，打个短的？就说两句？"

"你还买！不是说第一次特别灵验吗？都过去了你还买？"

"嗯。我要百折不挠，越挫越勇。就不信买一百次中不到一次！"

苏淳彻底折服了。

半夜里，海萍突然直直坐起，默不作声使劲回忆。

苏淳揉着眼睛跟着坐起来，问："怎么了？"

"我刚才在梦里梦到一组数字！搞不好是下期大彩的号码！老天在给我暗示！我要赶快记下来！"说完，下了床找笔。苏淳无可奈何地摇头，自言自语说："中邪了。"

又到周五，苏淳再回来，又看到老婆哭丧的脸。苏淳笑了，说："我要适应这种生活，每周有6天你情绪亢奋，然后一天低落。这就是你的周期。又没中是吧！老天给你的信息不准啊！"

海萍懊恼地说："准啊！"

"啊！"

"可惜数字排列不一样。号码倒是一个不错。梦里的是657803+1，开出来的是356807+1，NND，一个字都不错，就是一个奖都没中到！我太保守了！我要是把这个数字的全部组合都买下来，就500万啊！

500 万啊！投资只要 1 万块！”

苏淳觉得事态严重了。原来以为海萍只是闹着玩儿的，现在发现她全情投入了，把赌博当成了生活的全部，这样下去要成瘾的。

“够了海萍！玩玩就算了。你要真把这个当事业，以后会很惨的。我警告你！每次买，不许超过 10 块！你不能把身家性命都押上。听见没有！”

20 莫为蝇头小利错失整片森林

宋秘书在办公室毕恭毕敬站着接电话，陈寺福在门外探头探脑，等宋秘书放下电话，陈寺福进去：“大哥！”

“跟你说了不要叫大哥，这是在办公室。什么事？”

“没事！特地过来谢谢大哥。”

“天大置业的事情，你办得怎么样了？”

“我今天来就是跟您商量这事儿呢！原想着有钱还不能使鬼推磨？哪想到现在的鬼很难对付啊！有几家真是很穷的刁民，无论软硬都不吃。你吓唬也好，不理也好，耐心做工作也好，人家动都不动。”

“工作还是要细致地做。你们吃肉，也多少给人分点汤。以前的大户人家，逢个节庆都要布施仁慈。任何时候，利润都不可能实现最大化。当你在追求最高利润的时候，其实也就把自己的路给堵死了。我看，获得合理利润，就可以了嘛！你们针对不同情况，有时候能抬贵手，就多给人家一些。不要把局面给弄僵了，不要为一点蝇头小利而错失整片森林啊！”

“给的已经够高了！总不能一小间马桶大的房子，白送一套公寓吧！有些人，真的是很难缠，很叫人上火！”

“现在的情况是你急他不急，你若不做些让步，是很难绕过去的。不晓得小陈你会不会下围棋。围棋里对这个，有一种说法，争先手很重要。为了争先手，有时候会主动放弃一些小的得失，重要的是大局。我说的你明白吗？你们现在就是在跟时间赛跑，早一天把桩打上，就早一天预售。你回去把我的话带给徐总张总，就说我说的，还是要快刀斩乱麻。上面可能会有更多的调控措施出台，风云莫测。再说，我还是不希望在上海这个地方，出现什么负面消息。毕竟，这块地，市里还是倾注了很大的心血的。那些都是小老百姓，能不计较，就尽量少跟他们计较点。”

陈寺福一咬牙：“大哥的意思我明白了。我这就带话过去。”

21 终于跨入百万负翁的行列

海萍拉着苏淳从售楼处出来，神采奕奕，笑靥如花。“哈哈！再过一年我就有自己的房子啦！”海萍欢呼，然后跟苏淳规划：“我想，等明年宝宝一来，咱们就送他上幼儿园。咱们最好改天抽空到附近来看看，看周围有什么好点的幼儿园。你说呢？”

苏淳有心事地沉思，低头走路。

“我们还有一年的时间努力攒钱，把基本装修的钱省出来。家里总不能水泥地吧？就算墙只是粉一粉，但地不能不做，你说是吧？我想，简单装修还是够的，不用弄什么木地板了，太贵！我看那个复合地板很好，而且不怕水，可以随便拖，不用维护。家里孩子那么小，东西不必弄太精致，磕坏了心疼。等他长大了，懂事了，咱们新一拨的钱又攒出来了，有条件再添置？”

苏淳站住了，非常艰难地在选个合适的词跟海萍解释：“海萍啊，我觉得吧，我们是不是要把借来的钱先还掉？”海萍愣了一下，勉强地点了点头说：“也好。借的那2万，还是要先还的。唉！这可怎么好？”

苏淳吞吞吐吐：“海萍，我想跟你说个事儿。但我说完了，你先答应我不许恼。”

海萍脸色马上就一变，声音也沉了：“你说！肯定不是什么好事。”

“我……我其实借了6万。”苏淳说完头就赶紧低下。

海萍又怒又疑惑地看着苏淳：“你什么意思？你把装修的钱都借了？”

“呃……呃……是这样，我给我妈打电话，那边妈妈很为难。你也知道家里的情况，父母本来就不宽裕，还要供养舅舅，我作为儿子，一点没有帮到家里，还问家里要钱，我觉得……”

海萍恼了，站在大马路上就瞪着眼睛喊：“哭什么穷啊！就你家穷！就你没孝敬你妈！你妈是妈，我妈不是妈啊！凭什么就我巴着这个家，把爹娘的钱使劲往里填？你家有那钱往你那个无底洞的舅舅身上砸，为什么就不肯帮帮他们的亲儿子亲孙子！苏淳我告诉你，钱是你借的，你自己想法子去还，不要借钱的时候你自己做主，还钱的时候就我们我们的。我不认识你！我没同意你借钱！”

苏淳更慌张了，其实话的主干部分还没提头呢，海萍就跳起来。今天肯定是难逃一劫了！

“老婆你听我说，刚才我不是让你别生气的吗。我觉得吧，这钱，咱们俩还是要一起努力赶紧还了。当时我借的时候是觉得，利率10%还是不算贵的。毕竟，房子一年的涨幅是不止10%的。这次也赶得巧了，正好我们同事小周认识的一个亲戚在向外放钱，只比银行拆借利息高一点点，他说两方面的人都是认识的，比较保险。既不怕那边诈骗，也不怕我这边跑人，有他牵线，我就……我就……”

海萍听到这里，轮起手里的提包就朝苏淳头上砸去：“你给我滚！有多远滚多远！苏淳看不出你胆子够大啊！不声不响敢去借高利贷！你既然一个人能做主，为什么现在要来跟我说！你就当我不知道！你就当我死了！”

海萍噔噔噔跑了，眼泪止不住往下掉。眼前的世界都模糊了。真是作孽哦！人为什么要活着！还不如死了算了！

海萍无处可去，她觉得自己成了汪洋里的孤舟，整个被世界遗弃了。还有什么可信的呀！连枕边的人，连所谓的直系亲属都欺骗你！海萍边哭边忍不住冷笑，太有意思了，原本一无所有的海萍，在短短几年内，背了一个窝囊丈夫，一个养不起的儿子，一套没到手的房子和一身还不清的债，海萍终于跨入百万负翁的行列，现在的赤贫，比被强盗掳掠还惨。就算是强盗抢劫，也不过掏空你的口袋。现在倒好，连灵魂都被挖空了。

天黑了，海萍才发现自己摸到海藻的住处。海萍靠在海藻住的大门口，除了抽泣，不知道该怎么办。她显然不愿意妹妹看到自己如此狼狈，既不能进去又不想走，直到海藻的同屋爬上楼，被黑暗中的海萍吓一跳，惊呼着：“这是谁呀！躲走廊上吓人！你干什么的啊！”把海藻跟小贝给引了出来。

海藻都吓坏了，姐姐披头散发，眼睛红得跟桃子似的，鼻涕把黑棉袄的前襟都弄白了一片，脸上的绝望神情让海藻吓得不轻：“姐！姐！你怎么了呀姐！出什么事了呀！你别吓我！”海藻眼里的姐姐一直就跟妈妈似的是自己的依靠，突然间看这棵大树倒了，海藻自己就吓哭了，哭得声音比海萍还大，海萍一把抱着海藻，姐妹俩抱头痛哭。旁边的小贝怕被邻居围观，赶紧把俩人拽回屋。

海藻不停地摇海萍：“姐，姐，你有什么事想不开呀，你跟我说呀！你别吓唬我呀！”

海萍只在那里长一声短一声地压低嗓子哭泣，把这一向的忧郁苦闷从眼泪中发泄出来，海藻没由头地跟着哭。小贝在旁边问：“是不是苏淳出什么事了？是不是孩子病了？是不是家里怎么了？”

海萍一概不回答。

小贝下定决心，说："我给苏淳打个电话！"

海萍立刻止住哭说："别打了！我要跟他离婚！"

海藻和小贝的嘴都张开了："啊！"

海萍说："他……他到今天把定金付了的时候才跟我说，钱都是借的，全部都是借的，借的高利贷！"

海藻也呆了："哎呀！那怎么办呀！姐夫怎么这么糊涂呀！我找他去！"海藻要往门外冲，被小贝一把拉住，说："你去哪儿！这都几点了！你们俩都坐着！哪都别去，我去！"

小贝穿上衣服，匆匆出门。

海藻劝海萍："姐，你先别哭。哭也不解决问题。他这不是刚借吗？咱马上凑钱给还上，不会背多少的。他借了多少？"

海萍哭了半晌才答："6 万。"

"还好，不多。小贝那里有 4 万，我这里有 1 万多，加上咱们四个人这个月的工资，一下就还清了。问题不大。姐你别着急。对了，利息多少？"

海萍说："10%。"

"啊！月息 10% 啊！他疯了啊！一年翻 120% 啊！"

"年息。"

海藻舒了口气说："吓我一跳。还好啊！不算高啊！就比银行高一点点。我还真以为被大耳窿给讹上了呢！"

海萍擦着鼻涕问："什么是大耳窿？"

"啊！就是港台片里的黑社会！姐，小事一桩，不值得你这么难过，明天就解决了。我最近涨工资了，钱会很快凑起来的。你别担心。从下个月起，每个月我给你 3 千，我自己留 2 千足够了。你把这些钱都攒起来，没多久就要装修了。你手头紧，你先用。"

海萍看着妹妹打开抽屉数钞票，难过得眼泪又掉下来了："海藻，姐姐没用，还要让你为姐姐背债。"

"瞧你说的。姐！你是我姐姐啊！人为什么要有亲人，不就是为了互相照顾吗！以前都是你照顾我，现在也该我照顾你了。你先拿着！"

小贝和苏淳在路上走。

小贝："大哥，你劝劝海萍，哄哄她。女人靠哄的。"

"唉！能哄住的，那是小女人。等女人过了三十，你就知道了，根本不是几句好话就能骗倒的。放在眼前的一桩桩一件件，都是头等大事。女人要是有了孩子，那就不是女人了，首先她是母亲，然后就变成了母狼。你看女人又听话又顺从的，那都是还没长成呢，还需要崇拜需要精神支柱。等长成以后，主意大着呢！说什么就是什么，是不容你发表反对意见的。”

“是啊！其实从海藻跟我说你们要买房子，我就觉得不妥。何必趁房价高去趟这混水呢！租一套住不也蛮好吗！很好的两室一厅，也就两千多吧！挑选的余地也大，这才比较现实。这样负担不会太重。”

“你错了。你说的这个，不叫现实。你说的这个叫理智。现实的情况是，无论房价多高，人们总想削尖脑袋拥有一套房子。现实是，你周围的每个人都在谈论房子，炒作房子，囤积房子，你若没有房子，就被边缘化了，就有一种恐慌，就有一种不确定，就觉得付租金是在为别人买房子。于是你就心有不甘，不情不愿。海萍已经三十多了，她周围比她小的人都有房子了，她没有，她得多难受啊！”

“就为了攀比，硬给自己背上重重的蜗牛壳？幸好海藻没这种想法！她就不在意是否租着住。”

“哼！不是海藻没这种想法，是海藻的自我意识没有膨胀，没有觉醒。等有一天她觉醒了，我的今天就是你的明天。女人和女人之间，没有什么不同。每个女孩都想有一个芭比娃娃，每个姑娘都希望拥有一支口红，每个妇女都想占有一套房子和一个男人。”

“呵呵，只听说男人占有女人的，没听说女人也想占有男人。”

“唉！这个啊！你只有在婚姻走过一个阶段以后才会明白。男人的占有，就好比是打仗的阵地，只要进驻了，就算得到了，很快就要撤退。而女人的占有，那是细菌蚕食，是蜘蛛网的扩张，是棉花糖的膨胀，那是经年累月的，一点一点的，一直到最后完全占满，让你彻头彻尾无法逃避的吞并。你要是看过铜上长的锈，你就明白我的意思了。男人就是铜，女人就是锈，最终，锈会把铜的颜色全部覆盖。阵地全失啊！”

小贝听了苏淳这段沉痛的感慨，都忍不住笑了：“哈哈！大哥，你没你说得那么惨。至少，你还敢说。真正阵地全失的，那是亚伯拉罕·林肯，一句话都不敢说，对着老婆的狂风骤雨还全是恭维之声。你还没成伟人，你离阵地全失差远啦！”

海萍对海藻说：“如果不是为了孩子，住哪我都无所谓。跟他苦这么多年，没房子不也过来了吗？我能苦，可孩子不能苦啊！孩子投胎又没有选择，他为什么就得跟着没用的父母?”

“姐，你把孩子看得太重了。其实孩子只要跟着父母，吃什么穿什么住什么，他们根本没概念的。又不是揭不开锅。我们欢欢跟好多农民家的孩子比，要幸福得多了吧!”

“欢欢要真是农民家的孩子，就认命了。可他的父母是受过高等教育的!海藻，等你有了孩子，你就会明白，你是多么地想把天上的星星摘给他，你是多么希望哪怕自己苦一点，都让他有个幸福的生活。欢欢已经很懂事了，他马上就要受教育了，我怎么能让我的孩子窝在一个小房间里，连张书桌都摆不下，连个玩具柜都没有?我简直太无能了!”

“姐，你别生气了。别难受了。”

“海藻啊!人家都说，婚姻是爱情的坟墓。但我要告诉你，没有坟墓，这个婚姻就走不过去!而我呢!我现在就在自掘坟墓。海藻啊，我真不该打破你的梦，让你看到婚姻的疮疤丑陋。可你早看比迟看好，早醒悟比迟后悔好。我告诉你，爱情，爱情那都是男人骗女人的把戏。什么‘把我的心交给你，你会永远拥有我’，那都是一穷二白的穷光蛋的障眼术。他那是什么都没有了，就说点甜言蜜语。男人若真爱一个女人，别净玩儿虚的，你爱这个女人，第一个要给的，既不是你的心，也不是你的身体，一是拍上一摞票子，让女人不必担心未来；二是奉上一幢房子，至少在拥有不了男人的时候，心失落了，身体还有着落。哼哼，可惜，等我明白的时候，都太迟了。这世界上有两大毒草，一是莎士比亚，另一个就是琼瑶，这两个人最坏的地方，就是把无知少女给误导了。”

海藻无语。过了好一会儿，才说：“那你今天晚上怎么办?不回去了?不合适吧?要不?我让小贝跟姐夫住一晚上，你消消气，别轻易说离婚。”

海萍沉重地站起身，把围巾围到脖子上，理了理头发，往门口走。“我能上哪儿啊!我就算想离婚，连个落脚处都没有。再怎么恨，我也只有那一个地方去。海藻，我终于想明白了。我若把自己的命拴在一个男人身上，是绝对愚蠢的。对这个男人，我已经完全不指望了。我要赶紧想个法子摆脱困境。等我有一天，有一天，一旦有条件了，我立刻离开他，一分钟都不多呆。”

“姐，气头上的话，你就别说了。过两天就又好了。其实，姐夫除了不是很有进取心之外，其他各方面都是不错的。脾气好，人品好，单从这两点上看，他已经比很多男人强了。”

“唉！女人要是以这种标准过日子，那就没什么可说的了。全靠自我安慰才能有勇气活着。走了。”

海萍走到门口的时候，苏淳和小贝也正快要爬到五楼。两人一个在阶梯的顶端，一个在阶梯的末端，无言相对。小贝说：“姐夫特地来接你的。快回去吧！晚上谁都别说了。”然后推着他们俩往楼下走，并迅速招了一辆出租车，把俩人塞进去，不顾俩人的推辞，他往司机手上塞了50块钱，然后冲苏淳海萍招招手：“太晚了，打车回去吧！晚安。”

等海萍和苏淳那厢静了，海藻和小贝这厢烽烟四起。

海藻在翻小贝的存折，小贝问：“一进门就见你乱翻，找什么呢？”

“你的存折。”

“干吗？”

“替我姐还高利贷。”

小贝一把揪住海藻，抱着问：“你疯啦？”

“这都火烧眉毛了，你该不会不同意吧？”

小贝放下海藻，转身把围巾摘下来放床上，缓缓说：“我是不同意。”

“小贝！都这时候了你还敢说不同意？我现在不是征求你的意见，我现在就是直接拿。你同意的话呢，就做个顺水人情。你不同意的话呢，就当我欠你的，我以后当牛做马还你。我把这个人押你这里了，想我妈培养我这么大，好歹我还带薪，这点钱还是值的吧？”

小贝看海藻根本没有商量余地的样子，脑子里就浮现出苏淳说的话：“海藻的自我意识没有膨胀，没有觉醒。等有一天她觉醒了，我的今天就是你的明天。”看样子，海藻好像快醒了。以前海藻即便有什么不同意见，也会闷在心里不出声，表现得很乖巧的样子。

“海藻，人说救急不救穷。如果家里谁病了，我还不舍得钱，那我就是狼心狗肺。可现在这种状况，不是明摆着把咱们俩的生活押进海萍家了吗？你再好好想想？”

“小贝！现在的状况还不叫急吗？姐姐都闹着要离婚了！你忍心看我姐姐一个人过吗？你忍心看欢欢没爸爸吗？这又不是很多钱，很快就能还上的事情，你怎么这么狠心！你要是爱我，就必须爱我的家人！如果我姐姐不幸福，我和你之间也不会幸福的！”

“海藻？！你姐姐是你姐姐，我们是我们，你怎么能混在一起呢？我讲的话你为什么不仔细听听有无道理？没错，我可以因为爱你而无条件地把这几万块辛苦钱都献给你姐姐。如果这是终结的话。可问题在于，如果今后她又有困难了呢？如果他们又因为别的事情要闹离婚了呢？难道你不停地往里头垫？我今天不答应你把钱给他们，是因为我不希望你搅进人家的家事里。我希望，我们俩以后有自己的生活，不要因为海萍家的事情而经常吵架，鸡犬不宁！这是我的态度，是原则问题！与钱无关！"

海藻看着小贝生气而陌生的脸，完全不能把这个男人与前一阵刚说过"你的就是我的，我的就是你的"的那个男人联系在一起，耳热的话音还没散去，脸就变了。想到姐姐的话——"爱情，爱情那都是男人骗女人的把戏。什么把我的心交给你，你会永远拥有我，那都是一穷二白的穷光蛋的障眼术。他那是什么都没有了，就说点甜言蜜语。"是啊！才区区几万块，小贝的真面目就暴露出来了。

海藻沉下脸来，一字一句地告诉小贝："小贝，我还不是你的什么人，什么都不是。你若肯帮助我，我会用一生来报答你。你若不肯，我一点都不怨你。从今往后，咱们俩之间不会再谈钱的问题了。是我太幼稚。"

现在轮到海藻离家出走了，她套上衣服就冲出门去。

小贝反应过来，紧接着就冲了出去。

小贝追上海藻说："海藻！你到底要怎样？你真打算因为海萍的事情而让我们俩翻脸吗？难道我在你心中的分量，竟如此轻巧？"

海藻脚不停步地继续快走，一边擦眼泪，一边哽咽着说："小贝，你让我好好想一想。我会找到解决的方法的。"

小贝从后面喊了一句："海藻！我们不能为你姐姐的虚荣买单！"

海藻转过身，直直地看着小贝说："你根本不了解我姐姐。你不肯出钱我并没有责怪你，但你不要因为自己的吝啬而诋毁别人的尊严！"

22　她的房子就是她的坟墓

几天后，海藻神色憔悴地出现在宋思明的办公室里。

宋思明对海藻的到来感到惊奇，放下手里的事情问："海藻！你怎么来了？有事吗？"

海藻不说话，眼眶已经有些湿了，嗓子哽咽得难受。

宋思明觉得海藻神色不对，便问："海藻，你一定有事。是不是有什么需要我帮忙的地方？"

海藻苦涩一笑，鼓起勇气说："我需要一笔钱。一笔很大的钱。我想来想去，这个城市里，我唯一能借的人就是你了。”海藻其实想加一句，我觉得很羞愧。可这句话她说不出口。她为什么羞愧，她自己知道。前几个月还纯洁清高地站在这里大义凛然地将钞票还给人家，没几天又低着头爬过来抱人家的脚。人哪，既然迟早有一天你都得放下身段，为什么不早点做出副哈巴狗的姿态？

宋思明的神情也严肃了：“出什么事情了？”

“我只问你借钱，你若是愿意，就借我，不愿意就算了。”

宋思明说：“我愿意。但前提是我必须知道你为什么需要这笔钱。因为我能预感到其间有潜在的不安。我怕你出事。如果你兴高采烈地来借钱，我会很乐意借给你，我会猜想海藻也许要结婚了，好事临头。可你现在一副凄楚的样子，即使你是结婚，也不像是奔着幸福而去。若是其他的什么外力，超出了你的解决能力，我想，我可以帮助你，或因为年龄虚长你几岁，替你出出主意。”

宋思明走到海藻身边，拉着海藻的手，不带一丝猥琐，很平和而稳健地摇了摇说：“你当我是哥哥也好，叔叔也行，就是爷爷我都不在乎。但你要相信我，没什么问题是不能讨论的。”海藻的眼泪本来都掉下来了，因为他的一句“爷爷”又破涕为笑，不过笑得很难看，自己用手背擦着眼睛，扭过头去不说话。宋思明赶紧扯了两张纸巾塞进海藻手里：“海藻哭了不好看。笑笑的海藻比较美丽。这样，你等我手头的事情忙完了，我和你一起出去转转，好不好？”海藻点点头。

宋思明驾车带着海藻去了郊区的一个私人俱乐部。宋思明的车一停，就有服务生很熟络地招呼他。宋思明带着海藻去了一个小单间，不一会儿，一个一看就是经理模样的人亲自过来服务，彬彬有礼地打招呼并主动说：“梁生带来的铁观音，特地让我给宋先生留着。我们最近特别介绍女宾尝尝伊朗玫瑰水。这个很不容易弄到的，要不要试一试？”宋思明挥挥手说：“那个太浓郁，不适合她，还是上韩国的柚子茶吧！”经理爽快地答应着走了。不一会儿，推来一车的点心小吃和一个大水果拼盘，然后又悄无声息地退下。

宋思明走到窗前，将纱帘卷起，露出天边一弯弦月。然后走到一直低头不说话的海藻面前说：“说吧！我听着呢！”

海藻不知从何说起，沉默良久，宋思明也不催促，就静静看着她。

“我借钱是因为海萍。”于是宋思明知道海藻的姐姐叫海萍。“这么多年来，一直是海萍照顾我，我从没想到有一天，我必须强大起来，成为海萍的支柱。你知道吗，我小时候一直是跟着海萍的。有一年冬天，我和海萍坐长途车从奶奶家回自己家。半路上，车坏在一座大桥上，那时候已经是黑夜了，周围也没来往车辆。天气很冷，风从四面八方吹向我们，又没有灯火，我很害怕。海萍就一直抱着我，是那种紧紧的环抱，她站在风口上，替我挡着所有的风，给我唱歌，一直不停地唱。等我睡着了，她就脱下棉袄给我盖上。那一年我四岁，海萍十一岁。回去以后，海萍就病倒了，病得很重。我一直哭一直哭，我好害怕啊！要是没有海萍，我可怎么办呢？考大学的时候，妈妈希望我考家门口的大学，这样就不用两个女儿都离开她了。可我不肯，我觉得，有海萍在的地方，我就不会害怕。那时候我所有的衣服、花费，都是海萍给我的。她刚工作，每个星期都给我送吃的，过来帮我洗衣服。她其实只比我大七岁，可我总觉得她比妈妈还坚强。我毕业了，找不到工作，就跟着海萍挤在她只有 10 平米的家里。无论多么困难，海萍都会说，有我呢！你急什么。”

“突然有一天，她就倒了。倒在她的坟墓面前。我想，现在，应该是我来帮助她的时候了。我要做海萍的大树，不让她害怕。”

宋思明心头一紧，忙问：“海萍得的什么病？”

海藻愣了，说：“她没病啊！”

宋思明说：“那你说的坟墓是什么意思？”

“她的房子。她的房子，就是她的坟墓。这是她自己说的。现在的房价太贵了，她负担不起。小贝说，海萍是因为贪慕虚荣才要买一套房子的。可我知道她不是。一个女人，连婚姻的仪式都不在意，结婚甚至没有戒指，不买一件首饰，这样的女人是无论如何不能算虚荣的。那个房子，对她而言，不是生活的装饰品，却是必需品，如果没有房子，她就不能接儿子一起住，她就不能和儿子在一起。小贝说，我把海萍看得太重，重到超过自己的生活，我不可能帮海萍解决这种问题的。我真的错了吗？”

宋思明沉吟了一会儿说：“小贝是谁？你的男朋友吧？海藻啊，多年的经历告诉我，凡是钱能解决的问题，就不是大问题。人这一辈子，有许多困扰是无法解决的，比方说生老病死，比方说众叛亲离，比方说勾心斗角，比方说不再相爱。所有的这一切，都比房子啊，钞票啊要困难得多。我认为你做得对。因为人这一生，你可以背金钱的债，却不能背感情的债。背金钱的债你有还清的希望，而背了感情的债也许到死都会愧疚。其实换个角度想，海藻你是个有情义的好姑娘，小贝该高兴！你有一颗感恩的心，你会记得所有给予你恩情的人，那对小贝是好事。

今天你会在姐姐困难的时候伸出援助的手，以后若是小贝有了困难，你一定不会绝情而去。从这点上说，我倒是与小贝看法不同。一个人若连亲人都不顾，你还能指望他顾及别的吗？”

海藻叹口气说：“很可惜，小贝不这样想。”

“小贝不这样想，你也要理解。因为他输不起。人之所以慷慨，是因为他拥有的比挥霍的多。我们把慷慨作为一种赞美，是因为大多数人做不到这一点。尤其是对并不相干的外人。站在旁观者的立场，你和小贝都没有错。错在阅历和人生的经历还不足以看穿这一切。你说的姐妹之情我很理解。当年家里只能供得起一个孩子读书，我的弟弟就把机会让给了我。于是，现在我们两个人生活在两个不同的境遇里。不是我比他聪明，我比他成功，而是在机会面前，他把希望留给了我。所以，我无论走得多高多远，我都会觉得今天的一切是弟弟让给我的，如果换作他，也许他比我更优秀。人的伟大，不在于你为社会做了多少贡献，有多少成就，而在于面对诱惑的时候，你懂得牺牲。海藻，我觉得你借钱的理由很充分，非常打动我。请你允许我能有这样一个机会，帮你解决这个其实根本不算烦恼的问题。你要多少钱？”

海藻的眼睛睁大了，说：“你都没问我要借多少，就先答应？万一你没有呢？”

宋思明说：“根据我对你的了解，你提的数字我应该还是应付得了的。”

“你了解我吗？你了解我多少？”

“我知道你叫海藻，你姐姐叫海萍。光从名字上看，我就知道你父母生海萍的时候充满憧憬，到了你，就随便给你安了个名字。哪里有姑娘叫海藻的？哈哈哈哈……”

海藻忍不住也笑了，有些气恼地撒娇：“你真是很讨厌！海萍和海藻很压韵啊！”

“是是！我觉得海藻这个名字，更有个性，很容易记。好了，你告诉我，你到底需要多少？你要是买佘山的庄园别墅，我肯定是拿不出的。”

“6万。”

宋思明笑了，笑了好久。他是那么喜欢这个姑娘，纯洁得叫人心疼。“就为6万块钱啊?！你跑到我办公室来，鼻涕眼泪直流，吓得我不轻。又是生死相依，又是变成支柱，原来就为6万块！小事情。你什么时候要，随时到我这里来取。来，吃点水果，压压惊。”宋思明替海藻拿来一个草莓，送到海藻口边。海藻看着宋思明的笑脸，犹豫了一下，张开小口。

很诱惑，很美丽，那种梨花带雨。宋思明的心怦地撞击了一下墙壁，发出震颤的回声。

“你……从来没为钱烦恼过吗？6 万哎！你轻易就借给我这个不相干的人?”海藻忍不住问。

“哦！我已经过了为钱烦恼的阶段了。对我来说，钱只是工具，不是最终的目标。我不需要用钱来装裱我自己，所以钱对我没什么实际的意义。何况，你是海藻呀，你并不是我不相干的人。我很关心你。”宋思明很深情地望着海藻。海藻不好意思了，把头别过去。

宋思明赶紧化解她的尴尬：“这也是一种缘分。你就当我是你的大哥哥吧！”说完，用拇指的指尖轻轻擦去海藻腮边的一滴泪珠，而手指却不肯离去。

海藻撇撇嘴，好像并没有因为宋思明的慷慨解囊而领受恩情，依旧一副不以为然的样子。

门突然被推开了，一个周身金光闪耀的男人，正是上次向宋思明讨教如何处理积压房产的那位，端着高脚玻璃杯，胳膊下夹了一瓶酒闯了进来，口里还兴高采烈地喊：“宋哥！”一抬头，看见宋思明正坐沙发上，手端着姑娘的脸，愣住了，表情诧异。

宋思明非常坦然，毫不窘迫地将手轻轻放下，站起身笑眯眯地说：“怎么？又淘到好酒了?”

对方的表情还没回过神来呢！宋思明既不介绍，也不解释，故意忽略海藻的存在给对方带来的惊愕。

对方终于回过神来说：“看！你看看年份！”宋思明对着瓶子仔细看了一眼，忍不住赞叹：“酒王啊！不错！”

“听说你在这里，我特地带来献宝，一起喝！哎！再去拿个杯子。”那年轻男人对门口的侍从吩咐。

“不必了。我开车，不能喝，晚上我还要送她回去。再说，她也不喝酒，你不必再拿杯子了。这样，你替我留着，等我下次来找你。”

“要不……你把车留下，我找人送她回去?”

“不，我亲自送。”

说完，拍拍对方的肩膀，又转身，拉着海藻的手从旁人身边穿过，一直走出去。

宋思明边开车，边对旁边的海藻说："海藻，你救得了你姐姐的一时之急，救不了一世啊！就算首付解决了，那往后怎么办呢？她能应付得了吗？"

"也很紧张。所以我会每个月给她3000块，这样她会好过些。这个城市，你们这些人是怎么管的？房价那么高，工资那么低，还让不让老百姓活了？"

宋叹口气说："原本在光鲜亮丽的背后，就是褴褛衣衫。国际大都市，就像是一个舞台，每个人都把焦点放在镁光灯照射的地方，观众所看到的，就是华美壮丽绚烂澎湃。对于光线照不到的角落，即便里面有灰尘，甚至有死耗子，谁会注意呢？我不是在说上海，就是纽约、巴黎、东京，都一样。你能对外展示的，别人看到的繁华，只有那一片，而繁华下的沉重，外人是感受不到的。这是一种趋势，我们回不去的。如果你要我选择，是生活在过去的清一色土布灰蓝，每个人收入都16块8毛的日子，还是今天，我想，我还是愿意生活在今天的。至少，它有一种变化，它给予相当一部分人以希望。"

"还希望呢！都快绝望了。我们几家人在供一套房子啊！我都不敢想轮到我自己该怎么办。"

"资本市场原本就不是小老百姓玩的。但老百姓又逃不出陪练的角色。只能慢慢努力吧！海藻，也许你可以换一种活法，不走你姐姐的路。本来，这个世界就是一个多元化的世界，各种人都能找到自己的位置。"

"我是什么位置？"

宋思明意味深长地浅浅一笑："你自己会找到的。"

"对了！"宋思明突然想到了什么，"海藻啊！我觉得，授人以鱼不如授人以渔。你给你姐姐钱，或者他们努力去省，这都不是办法。我倒想到个法子，上次我不是托你帮忙找人给一个外国朋友上课吗，你看能不能让你姐姐去？"

"啊？不行吧？她不是学外语出身。以前大学学化工的。"

"这个世界上，没有不行，只有不敢。我倒觉得，这对她是个机会。多学点东西总比原地踏步好。她还年轻，趁有能力的时候可以多储备点能量，这样以后也许会用到。"

"能行吗？我觉得她肯定会说不的。她以前学的那些单词，估计早忘光了。学校学十几年英语，那不都为应付考试的吗？两个语言不通的人，那不是鸡同鸭讲吗？"

“去试试看。真教不了就算了。但连试都不试，那不是很可惜？我等你消息，你尽快答复我。”

23 你抽一辈子烟就烧掉我半套房子

海藻去海萍家的时候，刚到楼梯口就听见房间里传来海萍的咆哮：“你去！你去把那1块钱给我拿回来！你要是拿不回来，今天你就不要回来！”

旁边是苏淳低低的解释声：“当时不是赶时间吗？而且我以前没放过，不知道怎么把小推车给插回去。我怀疑是那个接口有问题。我其实试了。后面很多人等着推车，我就……”

“你以前没放过?！那你说说看，你以前干过什么事情！你对这个家做过什么贡献？不挣钱还穷大方！1块钱不是钱啊！你一个月能有几个1块被糟蹋？你这一辈子又糟蹋了多少钱？你抽一辈子烟就烧掉我半套房子！这丢1块那丢1块，你说！你能干得了什么？”

苏淳压着火说：“海萍！只有1块钱而已！你为什么没完没了没完没了?！一路吵吵到家！你究竟是因为这1块钱，还是故意想找个话头吵架？如果你只为了吵而吵，要适可而止啊！”

海藻站在门口不敢进去。

海萍的声音更歇斯底里了：“你说我无理取闹是吧？我今天就闹给你看看！一个大男人，要能力没能力，要责任没责任，整天圈在这间房子里，你凭什么结婚？像你这样的就不该娶妻生子！你就不配去做个男人！一个男人，在家里被老婆指鼻子骂，在单位被领导拨来弄去，你难道就没一点点自尊心？你就不觉得丢人？我都替你没脸！你这都奔四十而去了！土都埋到腰了！你难道没有紧迫感?！你对老婆孩子，难道没点内疚?！”

苏淳声音都开始颤抖了，说话也开始结巴：“郭海萍！我不跟你说了！你你你！你不要住在这里就把身段放得跟小市民一样低！你你你！你到底想不想过了?！你要是觉得我什么都不好，我放你走！我同意跟你离！你说怎样就怎样！我随便你！”话音一落就拉着门冲出去了，跟海藻撞个满怀，连句话都不留就走了。

海藻站门口，听见屋里一片寂静，不一会儿，海萍呜咽的哭声就传出来了，先是细水潺流，后是坝口决堤。海藻赶紧走进去，拉着海萍的胳膊摇着说：“姐！姐！你别哭啊！就为1块钱！至于吗！姐！你别哭啊！你坐，你坐！喝口水。”

海藻扶海萍坐下。

“姐，小事，你别生气了。这不是给自己找不自在吗？你要真介意这1块钱，我补给你。你别为难姐夫了，他都够可怜了。你也不想想，这世界，除了姐夫能这样任你说不回嘴，其他人谁行啊？你别老欺负他，我都听不下去了。”

海萍口齿不清地说：“你以为我愿意欺负他啊！他要像个男人，我也想把他当菩萨供着！他就是条猪大肠，拽都拽不起。人家天天向上，他天天向下！人活着总要有点奔头吧！我和儿子这一辈子还得靠他呢！他这样！能靠上吗？我真是自己套了个死扣往里钻！现在我人也老了，儿子也生了，他居然说离婚！他想毁了这个家！他不想要我了！他这是成心气我的！想把我气跑了他好再找！我算看透了！女人啊！把命拴在男人身上，简直就跟把命拴在风筝上一样不可靠！我当年怎么想的呀，找这样一个宝！少年无知啊！”

海藻一面给姐姐擦鼻子说：“擤擤！用力！”一面理着姐姐的头发，“他那是气话，不是真要跟你离。你明明不想跟他分手，何必总刺激他呢！万一有一天他真跑了，你不是懊悔？既然打算跟他在一起，就好好对他嘛！又在一起过，又寻别扭，何苦呢！你这样子，都不像以前的姐姐了，让我看着好害怕呀！”

海萍抽泣着收声：“哪个女人想做泼妇？哪个女人不想自己像公主一样美美地坐着仪态端庄？我告诉你，什么样的男人注定了你会成为什么样的女人。是这个男人让我有做泼妇的能量。你只要是对贫贱夫妻，你就摆脱不了泼妇的命运，悲哀的结局！”

海藻无语。

“哦！对了，姐，我跟你说件事儿。有个朋友想让你去教老外中文，你愿意吗？”

海萍沉思着不说话。

“你要不愿意，我就回了他。”

“行。我去试一试。山穷水尽的时候，哪尊佛都要拜一拜。甭管教好教不好，我就当是自己学点英文了。这个男人我是指望不上了，我得靠自己想办法。你去问问他，什么时候开始？”

海藻回到房间，将包往床上一丢。小贝不在房间。不知道干吗去了。

不一会儿，小贝捧一大堆东西，嘴里叼着一支狗尾巴草进来了。

“你干吗去了?”海藻问。

“当当当噔……!”小贝把东西放在桌子上，手举那支狗尾巴草说：“祝我们漂亮小猪冬至快乐!”

“冬至?圣诞节要到了啊！日子真是飞快！一年又要到头了。”海藻内心里暗暗感叹。

“这是什么?”海藻问小贝手里拿的奇怪东西。

“木棉啊！看！有特色吧?我刚才去买吃的时候在菜市买的。1块钱一支，我见着有趣，就送给你。”

又是1块钱！1块钱看着不起眼，可生活就是由许许多多的1块钱堆积而成。1块钱可以给你带来欢乐，也可以带来悲伤。1块钱很渺小，可1块钱又暗藏能量。不晓得，今天的这个1块钱，会不会就是日后的那个1块钱呢?海藻若有所思地接过花，并没有如往日那样面带喜悦。

男人在骗女人走进坟墓的时候，总是先罩点鲜花。因为有表象掩盖，你才不觉得害怕。

“看！今天的晚餐！有肉哦!”小贝从塑料袋里倒出一点酱牛肉。

是的，这就是海藻未来的生活，晚餐有肉。

“海藻，有肉你都不高兴?”小贝故意逗海藻笑。

海藻淡淡一笑，说：“我不饿，你吃吧!”

小贝的生活是，有肉就高兴了。这却不是海藻的目标。快乐的人生应该是“一亩土地两头牛，老婆孩子热炕头”。可首先你得有土地，有牛，然后才能招来老婆，然后才能有孩子。没有人说“老婆孩子热炕头，一亩土地两头牛”的，连老农都懂得这个道理。海藻在笑，笑自己面对着几片牛肉和一碗泡菜的时候，很有哲学思想。

海萍等海藻一走，就开始翻箱倒柜想找出一本外语书。好不容易翻出一本《许国璋英语》来，开始伏案苦读。

海藻给宋思明去了个电话说：“我姐姐同意去了，怎么联系那个人?”

宋思明说：“我给他去个电话约个时间，然后把他的联系方法告诉你。”

海藻说完谢谢，却不肯放下电话，她停顿了一会儿说：“圣诞夜你有空吗?就是明天晚上。”

宋思明电话里没回过神来：“圣诞?那个节日我们不过的。明天晚上我有约了。”

海藻电话里“哦”了一声。

“你有事吗?”

“没有。就是问一下。”

“那就这样，再见。”

海藻觉得自己很鲁莽。那个宋思明，是自己以为的情愫罢了。他并没有什么想法。也许，从开始到现在，都只是自己潜意识里有一种喜欢，又怕这种喜欢真的蹦出来把自己吓一跳。

逃了半天，其实逃的是自己。傻。算了。

宋思明拿着电话没放，想了想，笑了：“小姑娘。”

海藻问小贝：“咱们圣诞夜去看电影吧?”

小贝：“你想看哪部片子?我去买盗版碟来。在电脑上看。现在外面卖的碟片都比电影院里放得早，才5块钱一盘，还省了路上跑。冬天窝家里床上，多舒服啊!”

“盗版碟跟电影院效果能一样吗?我要的是那种感觉!是坐在电影院里抱着爆米花看电影的感觉!环绕立体声，大屏幕，很多人聚一起的感觉!”

“哎哟!算了吧!切!中国有什么电影能看啊!所有的大片都是华而不实的，那是拍给外国人看的，不是拍给我们看的。老外的片子也给审查得露点大腿的都剪了。还不如在家呢!想看什么看什么，都是原版的。你说，你想看什么?”

“我不想看什么。”

“没必要啊!把钱送给人家花。两张票怎么都得上100吧?加来回车费，在外头吃顿饭，半个月菜金都够了。关键是不好看。换个别的活动。要不，咱们去教堂看人唱诗?”

“不去。我还是去海萍那里吧!我要跟她说个事情。”

“什么事?”

“既然海萍的事是海萍的，你的事是你的，你问那么多干吗?”

“还生气哪!气性真长。好好，我不问了。”

海藻其实是不放心海萍，原本可以电话通知的事情，她特地过去看看，想知道海萍和苏淳和好了没有。一进海萍的门，发现她正挑灯苦战呢!“姐，你都准备上啦?可人家老外现在正过圣诞节呢，得到1月才能开始上课。”

“太好了!我还有段时间准备。我昨天都去买书了。好长时间不学，都忘光了，要狠下点工夫。”

“姐夫呢？你们和好了吗？”

“不知道。我不再过问他了，当前最主要的事情，就是把我自己给修炼好，把我儿子给照顾好。他，我就当他不存在。没男人，难道不过了？”

“还在生气？我给姐夫打个电话吧！让他回来吃晚饭。”

海萍突然愣了：“你在这吃饭啊？我没准备菜。”

海藻说：“又不是外人，准备什么？有什么吃什么。”

海萍站起来就要出门：“我还是去买点菜吧！不然你肯定吃不下。”

海藻坚决拦着姐姐：“你能吃我怎么就不能吃了。你说，家里有什么？”

海萍掏出一包方便面和半筒白面：“我晚上就吃面，你吃这包方便面吧！有点味道。”

海藻看着姐姐手里的面，鼻子酸了：“姐！你天天就吃这个呀！”

“我怕麻烦，吃这个省事。”

“你就算想省钱，也不能这样糟蹋自己！鸡蛋总要保证一个的！不然身体会坏掉！”

“我吃啊！我早上吃过了，不能一天吃俩吧？”

“那好，我今天没吃，你拿一个鸡蛋给我吃。”

海萍尴尬了：“今天早上刚好把最后一个吃完了。我出去买吧！”

“姐姐！你骗谁？你还当我小孩子？我警告你！我以后不定期来抽查你的晚饭，你要是再被我抓到光吃白面，我就告诉妈去！我让妈不把欢欢给你送来了。孩子跟着你不是受苦吗？”

“等孩子来了，我就不吃了。好了好了，赶紧下面吧！”

那顿饭，姐妹俩为了究竟谁吃好点的方便面而争执半天，最终海萍又赢了。海藻回去的路上，眼泪一直在眼眶里直打转。她想不通，这么克勤克俭，这么永远心里装着亲人的姐姐，怎么会是小贝嘴里那个虚荣的女人？

24 黑夜白天，两张面孔

私人俱乐部，上次那个拿酒王的家伙和宋秘书正推杯换盏。

“大哥，你不要老看贼吃肉，没见贼挨打。我这点利，看毛的是挺大，四下散散就没了。哪不要用钱啊！而且，说真话，这块地看着是肥肉，其实真难搞。住的一帮穷腿子，个个都张着血盆大口等咬掉你一块肉。我这拆迁的钱砸下去，命都赔半条。而且我磨不过他们啊！死硬死硬的。富的怕穷的，穷的怕不要命的。我黔驴技穷了。”

“金元和大棒都上，恩威并重。必要时候还是要想点办法的。总之，要快刀斩乱麻，不要拖成鸡肋。”

晚上喝了点酒，不多，刚够热血沸腾。一出门，冷风拂面，心头怅惋。

开着车，漫无目的，不知道该去哪儿，等回过神儿的时候，宋秘书发现自己的车正驶在通往海藻住处的路上。

有一点点想。那个看着柔软，骨子死硬的女孩，像丝绒袋里裹着的核桃。这辆车里一直弥漫着她的气息，一股迷迭香的味道。身边这个座位，后来一直没让别人坐过。她就那么一脸迷惘地靠在车门上，留给他一个长长睫毛的剪影。

很想握她的手。

然后在酒后把她攥在怀里，用带着一点男人味道的烟酒气息品尝她，看着她融化。

宋思明觉得自己很情圣，在这样有点暧昧的夜里，拒绝活色生香的邀请，独自一人驾着车，扮演纯情，黑夜里站在一个迷迭香姑娘家的门口傻等。肯定是因为酒的关系，因为喝了酒而勇气倍增，放纵自己把白天坚硬的外壳卸下，露出内心晶莹的珍珠。

宋思明并不清楚海藻住在第几层，记得上次的路灯一直亮到第五层。抬头看看，每户人家都灯火通明，透露着家的温馨。那个小姑娘，是自己住，还是和男朋友在一起？

海藻拖着脚步低着头往家走，突然一个身影横在面前。一定是小贝在迎接自己。抬头正要喊小贝的名字，发现竟然是宋秘书，她笑了，真诧异。

“哎呀！是你！你怎么会在这里？你今晚不是有约会？”

如果是白天的宋思明，如果是清醒的宋思明，他会说：“开会路过这里，正好遇见，多么巧！”

“看你。”宋思明不受控制地说，说完就开始后怕。其实没什么，人总需要有那么点时刻，说两句实话。

“看我？”

“看你！”说出来就豁出去了。

海藻的心脏扑腾跳了一下，有种异样的电流划过身体。说不清楚是羞涩还是高兴。她不知道该说什么，低头浅笑着不说话。

宋思明看着海藻和自己两个人的影子，在两灯的中间，两对影子在前后各拉出一条长长的距离，在脚下交汇一起。海藻的影子，投在自己影子的怀抱里。然后宋思明做了个大胆的举动，他一把夹住海藻，把她搂进自己的风衣，不由她同意或不同意，紧紧夹着她，把她塞进车里，绝尘而去。

海藻似乎早有预料，在她走进宋思明办公室张口借钱，并知道自己还不上的时候，就知道会有这一天的到来，她已经准备好了，她既不惊慌也不迟疑，温顺地被宋思明拉着去这里或那里，一言不发。

宋思明把那只温软如玉的小手放在方向盘上，自己的大手盖上去，一路握着不忍放开，不时将小手拉到唇边，充满爱意地反复摩擦，想吻去手背的凉意。一种阳刚的气场环绕周身，而自己像一个雄赳赳气昂昂的小太阳。这个女人！这个小女人！这个像海藻一般柔若无骨的小女人！

一路狂奔，宋思明带着海藻来到一处幽静的湖滨，湖岸边重重树影后一幢小楼掩映其间。宋思明夹着海藻奔进楼里，奔进二楼的卧室，关上门，把海藻逼退在门与自己之间，毅然决然将带着酒的豪迈、烟的执着的嘴唇贴在海藻的唇上。海藻有一丝丝的抗拒，无声，有些犹疑，有些慌张，有些颤栗。海藻的牙齿咯咯作响，海藻的嘴唇僵硬。宋思明都有些不忍心了，看那双不知所措的大眼睛在黑暗中乞求地望着自己。他将手掌盖在海藻的眼睛上，轻轻抹下她美丽的双眼皮，将身体紧紧贴近海藻，让她感受他的热力，然后下定决心用舌尖撬开海藻的嘴唇，撬开她的牙齿，探索她瑟瑟发抖无处躲藏的小舌头。

海藻坚持了。

没坚持住。

身体由僵硬到酥软到几近虚脱。在宋思明漫长而柔情的亲吻里，坚硬的防御一丝一丝褪去。

"嗯……"海藻轻轻呻吟了一下，表示不要，她眼见着宋思明的手一点一点从腰际爬上胸前，开始解开外套的纽扣，将毛衣掀起，解开衬衣的纽扣，手指在胸衣的下围来回婆娑。除小贝外，这是第一个男人，如此亲密地接触自己。

"嗯……"海藻尽量将自己的后背贴紧门板，试图拉开与宋思明的距离，显然这在近乎于零的接触中是徒劳的。海藻的躲闪显得无比诱惑。

宋思明果敢地将海藻的胸衣推上去，一面狂热地亲吻海藻，一面用手指在海藻小巧玲珑的乳尖上来回拨动，像弹奏动人的琵琶曲。

海藻彻底瘫软了。

床在咫尺。

两个人俯倒在厚重的地毯上，无声，翻滚。

“啊……海藻，我是多么多么爱你。”宋思明一声叹息。

等一切归于平静，海藻无声穿起衣服，静静坐在门口，目光迷离。看不出她究竟是害怕还是生气。

宋思明现在酒醒了。他觉得自己很无耻，只因酒的冲动，就将自己并不年轻的身体暴露在一个如玉般透明的女孩子面前。喜欢，为什么一定要拥有？然后将不眠的黑夜和担忧留给这个打动我心的小女人。

宋思明愧疚地将海藻扶起来，说什么都很多余。

两个人又坐在车上向海藻的家驶去，路上要穿过灯火魍魉的市区。

海藻止不住地发抖，浑身肌肉因为紧张而酸痛不已。头也疼，然后肚子也开始疼了。

她咬紧牙关，伏在车上，用手抵住腹部，冷汗直冒。等下车的时候，无论是后背还是裤子，都湿了一片。一到楼下，海藻推开车门狂奔上楼，留下略有内疚的宋思明。

海藻冲进家门，直进浴室，关上门，开始放水。热水器里的水有一点点余温，有一点点冷。海藻被水冲了个激灵，牙齿已经抖了两个钟头了，一直不停。

小贝听见声音出来看，敲门问：“海藻，海藻，怎么了你？没事吧？我打你好多电话，怎么联系不上你？海藻??”

海藻张口正要说：“没电了。”声音一出口就吓一跳，因为紧张，喉咙痉挛，声音僵硬。海藻咳嗽。

“海藻，你没事吧？怎么了你?”

海藻平复一下情绪，说：“麻烦你帮我拿一条内裤一个卫生棉条来。我意外了。”

小贝冲回房间。

海藻的门开了一条缝，伸手接去。

再出来时，海藻头发湿漉漉，面色惨白。小贝关切地问：“意外来了？好像提前了呀！肚子疼？”海藻点点头，无力地走进房间，将自己丢进双人床里，背对着小贝不说一句。

小贝赶紧拿来电吹风，斜靠在床沿上帮海藻吹头发：“吹干再躺。

要生病的。等下哥哥帮可怜的小猪揉揉。”说完温柔地在海藻的屁股上揉了揉。

海藻哭了。泪无声地流淌。

“我一定是疯了。我一定是疯了。我一定是疯了!”

海藻内心的呐喊都快奔出嗓子了。那么温柔的小贝，那么纯洁的小贝，那么爱自己的小贝。我怎么会做出这种事?

海藻转身趴在小贝的腿上，用手环绕着小贝，开始哭泣。

“哦！哦！我们小猪肚肚痛。”小贝揉了揉海藻的头发，轻声哄着，又在她头上吻了吻。

夜里，海藻生病了。高烧，额头滚热，呼吸急促。小贝翻出退烧药让海藻吃，尽管自己睡得迷糊了，还不忘时不时用手心去试探海藻的额头。

“肯定是冻的！晚上的水不热你就洗。”小贝嗔怪海藻。

“肯定是冻的。”海藻想，“那么冷的天，在地上偷情。这是上天在惩罚我。我欠他的，已经还过了。”

宋思明更怅惋了。他怏怏地转着车钥匙回家。海藻，小海藻，以后该怎么见她?要不要和她说对不起?

宋思明早上拉开车门正发动车子，有一丝爱怜和一丝眷恋地转头看看旁边海藻的位子，然后，突然怔住。位子上有一块暗红殷殷的血迹。

胸口突然有口热血涌到喉头，狂喜。海藻，我的海藻！果然是我心中的小女孩，纯洁美丽。昨天夜里，自己干了一件正确的错误，或者说错误的正确的事情，在那张白纸上画下了自己的印记。海藻是我的！宋思明想到海藻的紧张，把自己的舌头咬得生疼的牙齿，和发抖的小身体。“我要让海藻呼风唤雨。我可以。因为，她是第一个属于我的女人。完全彻底。”

宋思明到办公室第一件事就是给海藻打电话，他要让她知道，他有多么想念她。正当他喊出“海藻”两个字的时候，电话那头传来一个男人的声音:“喂?”

“呃……郭海藻小姐在吗?”

“哦！海藻她病了，她跟我换了个手机。你有事吗?”

“哦，没事。哦，有事，工作上的事，我以为她今天来送标书。”宋思明立刻恢复他往日的机敏。

“哦！对不起，我想她今天一定是去不了了。要不您跟她的总经理联系一下？对不起，我这里没他的电话号码。”

“没关系。我有。你是……”

“我是她男朋友小贝。”

“小贝你好。我是市委宋秘书。”宋秘书对电话那头的小贝礼貌有加，内心里既有抱歉又有得意。海藻是我的了，她一定会是我的。对不起，小伙子。

下午，宋思明迅速处理完工作，早早离开办公室，带了些水果和药奔到海藻住处。凭运气，他敲开的五楼第一家，开门的就是海藻。因为同屋的人都去上班了，就海藻一个人在。

海藻穿着一件浅色兰花的棉袍，面色憔悴神色冷淡地站在门口，看到宋思明，既不惊讶，也不高兴，只开半扇门，丝毫没有让他进去的意思。

“海藻，听说你病了，我来看你。”

“不必了。我很好。”海藻说完就开始咳嗽。

“海藻，昨天晚上，很抱歉……”宋思明原本根本没想道歉，但因为海藻的一脸拒绝神情，他莫名其妙地就道歉了。海藻立刻打断他：“你要是没事就回吧！其他的就不要说了。”海藻的眼神里竟有一丝明显的厌恶之情。

宋思明突然觉得自己很愚蠢，完全没掌握形势。至少在他感觉里，海藻昨天晚上是半推半就的，他理解成初夜的害羞。而今天的海藻，换了一副神色，完全不像夜色下那么无助迟疑，又像上次还钱还手机一样决绝了。这个女人！难道黑夜和白天，她有两张脸孔？

而显然，白天的宋秘书，他是宋秘书。他做不出夜的勇敢，说不出夜的放肆的话，即便他想说“海藻我爱你”也不敢，因为他有身份。

“海藻，那你好好休息吧！这是水果和药，你要早些恢复啊！”

海藻用手一挡说：“你带回去吧！我有药，而这些水果我是不吃的，再见。”

虽然没关门，但眼神坚决，没有商量的余地。

宋秘书心痛地喊了一声：“海藻。”然后颓丧地转身离去。

海藻关上门，对自己说：“的确是意外。绝对的意外。从今天起，我就当什么都没发生。我能，我一定能。小贝是永远不会知道的。”

早上的宋思明还是信心满满，下午的宋思明却被打击得体无完肤。他多年来运筹帷幄，却从没想到今天败在一个小丫头手里。这个姑娘，如果笑，他就会心头柔软；如果哭，他就会手足无措；如果冷漠，他就会害怕；如果决绝分手，他就内心痛楚。这已经是短时间内，他第二次被这个小丫头抛弃了。她想要你的时候，甚至不必招手，你就自己赶着送过去，而她不想要你的时候，哪怕你苦苦哀求也没用。

注定，宋思明要输在海藻手里。怎么办呢？

25　老婆就是那个在你耳朵边叨叨一辈子的人

夜深的时候苏淳才踏进门。他最近尽量避免跟海萍正面接触，总是早早出门，晚晚归家，这样，即使两人不说话，也不必捱太久的沉默。苏淳几次想张口和海萍说话，发现海萍总是板着脸冷冷的样子，丝毫没有结束冷战的意思，而对苏淳来说，其实两个人说不说话，对他影响不大。脸色，他也可以视而不见。但他每次都忍不住先打破僵局，原因是，他怕海萍的怒火因找不到宣泄口，以后产生更强烈的爆发。而且，无论海萍说什么，她是老婆。老婆就是那个在你耳朵边叨叨一辈子的人，你不可能指望老婆像巴结你的小妾一样对你低眉顺眼。想来哪怕皇上的老婆，都是很威风的吧？史书读来，似乎就没见有对哪个大老婆是温顺贤良的描述，举案齐眉那个，是因为容貌有明显的缺陷吧？

海萍正挑灯夜战，最近海萍学习英语热情高涨，希望她不是赶现在的热潮，打算去考个研究生啥的。她的那个专业，会越学越死的。

苏淳没说话，拿了毛巾准备到楼下洗漱。海萍却破天荒开口了："今天房东给我打电话了。让我们在下个月底前搬家。"

苏淳放下毛巾脸盆，问："这么急？咱们合同不是还有半年吗？何况，当初租这房子就讲好的，没期限。他是不是想变相涨价？"

"不是他想赶我们，是这里要拆迁了。他好像迫不及待。还跟我们说，如果提前半个月走的话，就不收当月房租了。"

苏淳皱眉头："提前？不推后都很难。哪那么容易找房子？"

"找吧！不是自己的家，人家让你住到什么时候就什么时候。你能怎么办？"

"还能找到这个价钱的房子吗？"

"找是找得到，就是远，跟人合住，像海藻那样。这事就交给你吧！我最近很忙，分不开身。"

"我看中的能定吗？你要不要看看？"

"不了。反正就凑合不到一年。很快就有自己的家了。随便哪不都是对付吗？"

苏淳坐在海萍旁边说："最近你怎么开始用功了？想考研究生？"

“海藻给我介绍了个外国学生，学中文，我正恶补呢！”

“啊？这活你干不了吧？何况，你也没时间啊！整天上班。”

“一周3个晚上，8点到9点半。过了元旦，我一三五晚上到家就得超过11点了。”

“不行。你不能去。太晚，不安全。再说了，你学生男的女的？万一动机不纯怎么办？你跟海藻推了。”

“我的事，不用你管。你有那闲工夫，把自己弄弄好吧！”

苏淳不再发表意见。本来他在家的意见也不作数。而他若再坚持下去，就又回到“没用，不挣钱，让老婆抛头露面”的老轨迹上。

海藻在办公室搞策划，老板走过来递给她厚厚一个信封：“是宋秘书让我交给你的。”

海藻拆信封的时候，发现封口上有一个奇怪的记号，三角形外面画了一朵花。里面是厚厚一叠钞票，海藻冷冷一笑，想来这就是自己的卖身钱？果然春宵一刻值千金啊！哦！万金，如果猜得不错，应该是6万块。唉！想自己在过去的一年里，浪费了好几百万了。可悲可叹。钱的外头裹了一张字条，上面寥寥几个字：“不是我故意冒犯你，而是情不自已。请你原谅我。”

海藻突然周身轻松。以前借了人家的钱，总在心头压块石头，慌张。现在拿着这叠钱，觉得心安理得，也不那么迫切地想还了。

海藻给姐姐去个电话：“我下了班去你那一趟，有事找你。”

海藻到了海萍家，递给她这个信封。海萍一翻看，狐疑地问：“你哪来这么多钱？”

“我问朋友借的。人家不收利息，你先把高利贷还了。有了多余的再还人家。”

海萍笑得灿烂，站起来一把抱住海藻：“真谢谢你海藻！我轻松多了。”海藻看着姐姐浑身松快的样子，觉得自己很干净了。

这几天海藻总不让小贝碰自己，小贝以为她还在因为海萍的事情跟自己生气，其实海藻知道，她已经不再是小贝那个海藻了，已经变得很污浊。没事的时候，她会很勤快地清洗下体，她内心里老有克服不掉的恐惧，担心身体里残留其他男人的味道，被小贝发觉。而且，她没办法做到让小贝的身体也进入自己，感觉自己是被两个男人使用的牙刷。她很佩服以前书中描述的荡妇，可以毫无障碍地在几个男人中间穿梭，那该是怎样的革命斗士啊！心理状态就像洪湖水一样经得起风吹浪打。

前两天她刚看到一篇新闻，说的是一个姐姐为了供养弟弟读书，白天在学校里做乡村代课教师，晚上出去卖淫赚钱。虽然卖淫会得到更高的收入，但这名女教师依旧不放弃自己的教书事业，还为穷苦的孩子贴补作业本儿。当时她觉得这种报道都是引人眼球的，现在她明白了。就像宋思明说的那样，懂得牺牲的才比较伟大。而那白天的老师是为了拥有一个感动自己的精神，洗涤夜晚的卑下。

不过睡一觉，不算什么。

海藻第一次觉得，睡觉这个普通的动词，也可以用得狎昵，猥亵，格调低下。

和小贝，叫做爱。

和宋思明，叫睡觉。

好了，放下了，今天晚上可以和小贝做爱做的事情。

苏淳回来见桌上的钱，很吃惊，问："哪来的？"

"海藻的朋友借的，不要利息。"海萍特地把重音放在不要上，以故意羞辱苏淳。

苏淳皱着眉头说："海藻？海藻怎么可能有这么有钱的朋友？6万啊！不是小数字，还不要利息。说什么时候还了吗？"

"她说人家不急着要。"

"不对。海萍，你最好去问清楚，这钱我怎么感觉拿得不踏实啊？现在这世道，没这样的活雷锋。"

苏淳一说，海萍本来是心里疑惑的，但一听苏淳最后一句，恼了，以为苏淳自己没本事，还要把海藻拖下去。"你没有这样的朋友，不代表海藻没有！你不要拿你的人缘去度量别人。"

苏淳不再发表看法。

26 租一间，越便宜越好！

海萍今天晚上去上第一次课。这个老外很不错，热情，耐心。即便自己不会表达，他也会努力猜测。俩人靠肢体语言比划了一晚上，走的时候海萍才发现一个半小时的课上了两个小时，时间过得飞快，屋子里温度正合适，而海萍却热得一身汗，一出门就被冷风激得直打颤。

"很好！至少今天晚上我学会了'请你再说一遍'居然有三种说

法——‘Pardon me?’‘Beg your pardon?’，还有一个居然是提了声调的‘Sorry’。”这三句是今天晚上俩人对话之间最常出现的话，以至到最后结束的时候，老外要求海萍把中文拼音“请你再说一遍”写在笔记上。

海萍趁记忆还新鲜，赶紧把包里的书掏出来在车上研读。书上有字，但没有声调，现在好了，听了真人说话，大约知道点儿。“我居然花了10年学英语！感觉啥都没学到。”海萍感慨。翻翻书，路上的一个多钟头很快就过去了。

不过同样的满意显然没有发生在老外身上。老头第二天一大早就给宋思明去了电话。

“宋，你好吗？太感谢你啦！昨天晚上你推荐的老师来了，她很……很认真。不过你能不能给我再换一个老师？因为，因为她完全不懂英文，我感到非常吃力。跟她学，我大约只能学习哑语。”

宋思明听完笑了，用流利的英语回答：“你需要一个懂英文的老师？像我这样的？那我可以跟你保证，你除了学习Broken Chinese，其他的中文是学不会的。我的想法恰恰跟你相反，我觉得，你若真的想学好中文，就应该放下你的身段，搬出你的五星级宾馆，在上海买一套房子或租一套石库门房子，你周围的邻居都是中国人，你每天除了说中国话没有别的选择。这样，你才会很快融入上海。英语怎么说的？学游泳最好的方法就是把鸭子丢进水里。你呀，现在只能说是浮在水面上。我看这个老师很好，我很期待再过一段时间见到你的时候，我的老朋友，你已经会说中文了！”

老外带着笑脸对电话投降：“OK，OK！我会努力的。我会努力适应！”

放下电话，宋思明沉思一会儿，拨通了海藻的手机：“海藻，刚才那位外国朋友特地打电话来，说你姐姐教得很好！我很高兴，你替我谢谢海萍的努力。她帮我解决了个大问题。”

海藻在电话那头沉默良久，轻轻答了一句：“谢谢。”

宋思明一听到海藻的声音，心都柔软了，忍不住说一句：“海藻，我想你。你想我吗？”

海藻根本不接下话。宋思明觉得自己很莽撞，在一个小姑娘面前显得骨头很轻。谁知道，过半晌，海藻居然说：“一点点。”

宋思明的心都飞到天空中去了，如果此刻能有一幅卡通漫画的话，你会看见半空中几颗粉红色的心在快乐地舞蹈。

“你晚上有空吗？我想见你。”

对面又不说话。

“不要说不。”宋思明有点命令的味道。

“不。”海藻说。宋思明的柔情开始结冰。“今天不行，我晚上去看姐姐。明天吧！如果你明天有空的话。”

“好，我去接你。你等我。”

海藻放下电话，立刻给海萍去电话：“姐姐！我朋友说，你教得很好！老外满意极啦！夸你是个好老师呢！你太棒了！”

海萍的声音里洋溢着兴奋和成就感：“真的啊！我自己也觉得很有收获！那个老外人很好！非常耐心！我现在每天抽空就在看英语，非要把这个难题给啃下来！我就不信我教不了！”

海藻由衷高兴：“姐姐！加油！”

“对了，海藻，你们那片还有没有空房子出租？我们被房东赶出来了。这一带要拆迁。我正发愁呢！不晓得下个月住哪里。”

“啊?！我帮你问问，留意一下。你要租一间还是一套?”

“显然一间啊！越便宜越好。没家具也没关系，反正我们再过一段时间就要搬新家了！”

“好。”海藻放下电话。

海藻今天晚上不是去海萍家里，她对宋思明撒谎了。她今天晚上与小贝有约，两个人去穷逛街。这是一种本能，她说不出由头地就不想在宋思明面前提小贝的名字。

小贝碰到海藻的时候，海藻心不在焉，她对穷逛街没什么兴趣。小贝问她，你干吗不高兴啊?

海藻说，我想回去看看，在我们附近有没有便宜房子出租，姐姐要搬家了。

小贝说：“她要搬也别搬我们这来呀！离单位多远啊！太不方便了。再说，她还有大半年就住新房子了，哪个房东愿意租个短客？即便租，价钱也不会便宜的。”

海藻不死心，说：“找找看，咱们就从市中心往外找，见个房屋中介所就钻，看看有没有合意的。”

一夜跑下来，海藻沿着中介橱窗一个一个仔细查，最便宜的也要1000块，没见有租单间的。失望！

苏淳拿着厚厚一叠钱来到办公室，递给同事小赵：“呃，不好意思，我这边又筹集到钱了，所以，这钱先还你。”小赵笑了，把钱推过去说：

“苏淳啊苏淳，你这不是玩儿我吗？是你说急着用钱，我替你跑去拿，刚签了合同你又来还，还让我替你送回去？你当我圆通快递啊？我跟人家也不好说啊！最少你也得借一年吧？”

苏淳愣了，说：“当时借的时候没规定最少借一年啊！主要老婆嫌太贵，大家又发动群众凑了凑。那现在怎么办？”小赵说：“那我也不好做人啊！我真是自己找事。你等一下，我给我表姨去个电话，看你能不能这么快还。”过一会儿，小赵回来说：“唉！到底是姨啊！没这层关系，谁干呀！我姨说了，你还就还吧！反正她也不指望这个吃饭。不过，这一进一出，你就算临时拆借，利息也得付一点，哪怕就算银行贷款，也是这道理。你还6万零6百吧！”

苏淳想了想，答应了：“这里是6万，那6百，我这个月发了工资就给你。谢谢你啊小赵！”

27 拥有物质就会拥有精神吗？

海藻等到7点，办公室都没人了，也没等到宋思明。宋只在下午4点的时候打了个电话来说，自己有点事情，可能要迟些去。海藻不知道这个迟要到几点，她给宋思明发个短信说：“你要是太忙，就算了。改天吧！”

不一会儿，宋的电话来了：“海藻，还有点紧急的事情，不会太久。你若等急了，不如在我办公室坐会儿好吗？”“不好。”“来吧来吧！有你陪着我会很高兴的。打个车来，凭单据我给你报销。”海藻出了门打了一辆车直奔那个熟悉的大院。

宋思明听见轻悄悄的推门声音，很高兴地招呼海藻：“你来了！”边说边站起身来，走到海藻身边，用双手替海藻梳理了一下头发，顺便摸了一下海藻的脸，有吻她的欲望。这个小女人，表现得总是很倔强，而行事上总是很顺从，可爱。宋思明拉了一下海藻的手说：“你坐，我很快就结束了。临时一个报告明天要交。”

海藻在宋思明办公室里无聊乱转，翻翻书架，都是各种选集，不好看。在书架的下方杂七杂八地堆了些报告和广告，海藻找了找，掏出一份房地产的杂志，乱翻着。

宋思明伏案，终于放下笔，喝了口水，站起来，走到半倚在沙发上津津有味翻杂志的海藻面前，“这种杂志好看吗？都是卖房子的广告。你也想买？”

“不是。海萍住的房子要拆迁了，她下个月就没地方去了。我在替她找找，看有没有什么房子可以租。”

“她现在住哪儿？”

“复兴公园后面的石库门房子，面积很小，但交通很方便。她想找我现在住的附近的房子，凑合一段时间就搬新家了。”

“哦！她不是在给 Mark 上课吗？住你那里肯定会赶不上夜班车的。你那里车很早就停了。”

“对呀！我都没想到。”

宋思明突然想起个什么事，走回办公桌前翻了翻，从信封里拿出一串钥匙说：“海萍住的时间不长吧？我这里有一套朋友的房子，空着，暂时没人住。是暂时。在静安寺，离 Mark 住的地方很近，你可以让海萍暂时住那里。先过渡一段。如果朋友真催着要的话，咱们再想办法。”

海藻看着眼前的钥匙，不可置信地问：“是不是任何时候我提的任何问题，你都有解决的办法？为什么你总能变出这些来？”宋思明浅浅一笑说：“因为是你要的。如果是别人，我不一定能变出来。我希望能在物质上帮助你，并让你最终得到精神上的快乐。”

“你以为拥有物质就会拥有精神吗？”

“不会。精神比较强大。但通往精神的路很多，物质是其中的一部分。你知道吗？毒品为什么给人快乐？生物学的研究，如果吸毒的话，会给某些神经中枢以直接的刺激，人这边一吸，那边大脑的愉悦神经就会在图表上闪现火花。当然别的事情也会产生这种火花，但不如毒品来得直接。所以我们要拒绝毒品，因为一旦这种终极快乐可以很简单获得的话，你就不会再对其他各种通过努力获得的快感产生兴趣了。如果每个人的快乐都这样容易得到，你还会去寻觅爱情吗？你还会去努力工作吗？你还会因为失去而伤心吗？”

“明白了。你在告诉我，物质就是鸦片，而我在慢慢中毒。”海藻的表情变得很不自在。

宋思明撸了撸海藻的脑袋，一松手指，将钥匙坠进海藻敞开胸襟的大衣口里，笑着说：“错。这点物质，顶多也就算大麻吧！要让我的海藻快乐，我会有很多秘诀的。走，吃饭。我饿了。”

宋思明开着车带着海藻在城市的中心地带乱转，终于绕进一幢闹中取静的老式洋房前。他停了车，带着海藻走进去。宋思明刚一进门，就有人迎上来，把他俩带到楼上角落的一间小房间。海藻很喜欢这里，楼下人很满，很有吃饭的气氛，而楼上很温馨，装修非常简单，看着很不起眼。

“这是什么地方？”

“一家饕客们才知道的吃饭的地方。这里不对外挂牌营业，所以来的人都是熟悉的人介绍的。”

“有什么特别吗？”

“等一下你就知道了。”

宋思明根本没看菜单，就直接对那个笑盈盈的女人说：“山药羹，烤红薯，蜜汁莲藕和芦笋。”完全不问海藻爱吃什么。说实话，海藻以前吃烤红薯吃太多了，一点不想吃。

不一会儿，上了一碗透明薄瓷装的粥样糊糊。宋思明说：“尝尝看，山药，看你喜不喜欢。”

海藻一看到那粥上飘的香兰叶，就不想吃了。山药，听起来不像好吃的东西，勉为其难尝了一口，突然眼睛就瞪起来了：“这是什么？山药？”

“是啊！”宋思明开心地笑了，他喜欢海藻瞬间万变的表情，从意兴阑珊到惊讶。

“这个山药，好像很好吃啊！”

“是的。这家的菜，每一道听起来都很平常，吃起来才比较独特。这碗羹是用野山鸡和鲍鱼做高汤吊的，你吃的一丝丝很润滑的东西，是一品翅。”

“这个东西，它居然敢叫山药？它怎么好意思叫山药？”

宋思明笑得更欢了，说：“可是，很抱歉，它就是叫山药。”

紧接着，海藻又吃了一个浇着奶油盖着黑鱼子酱的烤红薯，和塞了鳕鱼做瓤的芦笋。每道菜都超过被狂捧的什么外滩18号。

“喜欢吗？”宋思明问。海藻歪头看看宋思明说：“还行吧！最主要的是，我终于第一次在晚宴桌上吃饱了。那个烤红薯，是挂狗头卖羊肉。那个芦笋是败絮其表金玉其中。我很想尝尝那个蜜汁藕，可惜我吃不下了。”

宋思明夹了一块放进海藻的碗里：“尝一口。你不会后悔的。”

海藻咬了一口，叹气说：“我真应该先吃这个的。这个最好吃。”

宋思明招呼那个女人过来说：“买单，顺便帮我多打包一份蜜汁莲藕。”

海藻和宋思明肩并肩出来。海藻站在宋思明的车前不动，冲宋思明招招手说：“谢谢你的晚餐，and good night。”

宋思明不由分说开了车门把海藻塞进去，从另一边上了车，舒了一口长气道："你的 night 太短，而我的 night 才刚刚开始。前面的是预演。"

宋思明又载着海藻去了第一次偷欢的别墅，一靠近那条路，海藻的心就开始怦怦乱跳。她明知道会发生什么，可她逃不开。这种奇怪的关系像一块磁铁，让你在正面相对的时候拼命抗拒，而在背身过后又期待被拽入磁场。

还是二楼的那间屋子，宋思明将房间温度开到最大，拧开一盏散发着极度诱惑的橙光台灯。这一次，宋思明不紧不慢，他不再像第一次那样急迫与不忍心，却悠悠地按照自己的节奏带着海藻起舞。

吻吻海藻的脸庞，解开她的大衣，将她逼到床边然后一点点在悠扬的班德瑞的"秋叶"中将海藻剥成赤条条的葱白。青春女人的皮肤，在灯光下泛着丝绒光泽，手指触碰之处，像蜜汁藕一样薷糯，像睡莲一样水灵。海藻这一次乖巧地闭着眼睛并不看。

"看着我。"宋思明说。

海藻不理。

"看着我。"宋思明深吻海藻，并在海藻的注视下缓缓将自己脱成一株白杨。

音乐钻进屋子的每个缝隙，海藻能够感觉到宋思明的嘴唇一点点向下退去。海藻一把抓住宋思明的头发，手轻轻地盖在芳草地上。

宋思明吻吻海藻的手指，将中指在口中含着，咬一下说："松开。这是我的芳泽，我的最爱。"

海藻都快羞晕过去了。她不敢想象，白天这个正襟危坐的男人，在夜色中竟如此狂放。

"我喜欢这种味道，女人香。"宋思明说。

海藻真快羞得背过气去了。

宋思明一路引导着海藻，用自己的手按着海藻的手，在他的身上或轻或重地抚摸。

然后，宋思明坐在床边，让海藻跨在自己的身上，海藻突然发现，床头是一扇宽大的镜子，将两个人的裸体尽览无余。宋思明并不急迫，他时而跳着华尔兹，时而跳着奔放的拉丁舞，突然的一瞬间，海藻的热血蓦地冲向大脑，从脚底释放出一种近乎麻醉的酥痒，迅速扩散全身，她止不住尖叫。

在两个人几近虚脱的颓废中，海藻深叹一口气。

这就是传说中的高潮吧？

海藻和小贝瞎折腾了一年多，每次小贝都在最后关头问一句："海藻，你高潮了没有？"

海藻闹不清楚哪一段算是高潮，是小贝的狂轰滥炸中的激动，还是小贝爆发前的抽动。她会说："高了，高了。"

海藻看过对高潮的描写，看来看去都觉得那是文学的夸张。什么人有销魂的感觉，什么人会意识不清楚，什么人会因为高潮而放声痛哭。

"也许上一次算高了？也许第一次高过？"海藻总是不清楚。

今夜海藻终于明白了，高潮是那个你不需要猜测就明确知道的东西，并且，在那一瞬间，你有从悬崖坠落的害怕。

宋思明摸着海藻的嘴唇，咬着她的耳朵说："说你爱我。"

海藻不说话。

宋思明再次乞求："海藻，说你爱我。"

海藻依旧沉默。

宋思明不再要求。"总有一天，你会说的。"宋思明回想着刚才那个小女人浑身颤抖，周身痉挛的样子，由惊恐到绚烂的表情，内心得意。

海藻穿上衣服，再叹一口气。

你知道吗？人的肉体和精神是可分的。你即便在精神上很爱一个人，肉体却不会忠于他。肉体是很无耻很无耻的贪婪，在贪婪的肉体面前，精神会显得很渺小。

海藻完全没有想到，她在探索高潮一年多的布满荆棘的路上，只一两次，就被一个中年男人轻轻松松给攻克了。那种肉体的欢愉震撼，让她才刚刚结束就期盼立刻体验疯狂。高潮，也许正如宋思明所说，应该是人的另一种毒品吧！

做爱算什么？不过是给爱一个称号。

睡觉，睡觉也很好。并不如想象中那么低俗。

其实，人若真低俗了，就会很快乐。

人的肉体和精神，是可以完全分开的。

28　以一个人为中心画一个一百人的圈

小赵把钱交给一个中年妇女："表姨，这是上次借的那6万。我实在是不好意思，想两边都牵个方便线，没牵好。"那个女人接过信封说："没关系。原本也不指望这个赢利，闲钱放家里又不知道该干什么。"

“同事说，另 600 的利息月底给。”“那你留着吧！不必给我了。”

中年妇女在小赵走后，打开信封点钱，突然信封口上的记号引起她的注意，她不由得拿起信封仔细端详。

晚上，宋思明回家，已经半夜时分。那间显得相当陈旧的屋子里，走出的女主人是小赵的表姨。

“回来了？”

宋点点头。人有点倦，腰有点酸。

“我累了。想睡了。”

“擦了脸再睡。对了，问你件事，你是不是拿家里的钱出去借人了？”

“怎么了？”

“今天人家还我一笔钱，信封上的记号，是我画的。”

“前几天我的确拿过，各有各的用处去了。你现在叫我辨认哪笔钱去哪里，我认不出。原本世界就很小，转来转去就这么大。以一个人为中心画个一百人的圈，其中一定有人是相互交叉的关系，互相认识的。没什么奇怪。”

女人狐疑地听宋思明的论调。

“你不要去做这种危险的事。会有麻烦的。”宋思明一边擦脸，一边说。

“把钱放家里才会有麻烦呢！”

宋思明叹气。对老婆，你是没办法说服教育的。因为你跟她有床笫关系，因为你跟她有契约保障，因为你跟她有血肉联系，所以无论她说什么做什么，你也只能干瞪眼。

29 先自掘坟墓，再埋葬爱情

海萍买了个 MP3。她称之为投资。上班的路上，她带着英语书在车上看，好几次因为汽车急刹车而砸了人家的脑袋。而且，光背单词是没有语感的，所以海萍特地买了 MP3，把整个日常生活用语对话都输入进去，一进车厢就塞上耳塞，她现在能利用的时间，也就这一段了。

晚上，海萍教 Mark 汉字。这是海萍坚持的结果，她的论调是“口语的学习还是要以汉字为基础，如果不认字，你很快就学到头儿了。除了会说吃饭睡觉你好谢谢，然后就没了。想长久深入地学，你就得学汉字”。Mark 拗不过海萍，只好开始学习。海萍想方设法找些有趣的汉字写给他看，如“木、林、森”，“人、从、众”，“口、吕、品”，“日、月、明”，乐得Mark眉开眼笑，说，汉字很好学嘛！有意思，很好玩！我学会啦！

海萍趁机就把那个地主孩子学习写字的故事讲给Mark听，说那地主的孩子一天学三个字——一、二、三，就跟爹说学会了，结果写个字条给万先生，写到半夜，哭了。把Mark给乐得呀，海萍转脸严肃地说：“Mark，你就是那个小孩。汉字要这么容易学，你就不需要老师了。”

海萍觉得自己最近口语精进，不仅能说话成句，甚至还能开始引申，演绎了。而语言的学习是这样一种奇妙的过程，就好比是骆驼进沙漠前贮存的驼峰。也许你贮存了10年，如果不进沙漠，你就永远用不上它。一旦有机会进入沙漠，驼峰的功用就显现了。海萍现在挖掘出许多高中大学学的词组，会使用“about to”，“as long as”和“this”的句型。每当一个久违的单词突然蹦进脑海并准确运用的时候，Mark和自己都会惊叹不已。现在的局面是双赢，Mark可以舌头打转地说“鸟儿”，当然也会闹笑话地说出“椅儿”，而海萍的英语表述却日趋清晰。

这天晚上，Mark突然蹦出一句：“郭老师，‘阳痿’是什么意思？”

海萍半天没敢接下话。她思忖着，以她的了解，Mark肯定不是登徒子一类，看他的样貌年纪，怕是碰到实际问题了。怎么解释才不伤害他的情感呢？

海萍斟酌了半天，说：“阳痿吧，就是说一个男人不能工作了。”

Mark愣了，说：“你的意思是退休？”

海萍摇摇手说：“不是，是某个部位不工作了。”

Mark更疑惑了，又问：“你是说残疾人？”

海萍想，说残疾，也算吧？不过外貌上不显著就是啦！于是点头说，只有男人才会有的残疾。

Mark百思不解问：“那你为什么每次都说‘这个字这样造，是阳痿……’难道中国字分雄雌的吗？”

海萍一怔，开始掩嘴大笑，边笑边作揖说：“对不起对不起，是我误解了。那两个字是‘because’，‘因为’，‘因为’，不是‘阳痿’。在中文里，‘阳痿’有另一个意思。”

Mark仔细想了一想，也大笑起来，追加着解释一句：“Not me!”说完在自己胸前画了一条线说：“My body, above this, very old. Below, very young.”

海藻周末到海萍这里来，送来一串钥匙。海萍问：“这是什么？”

“你临时住的房子。一个朋友暂时不住，空着，你先住一段。万一人家要了，再搬吧！”

“多少钱一个月？”

“不要钱。白住。”

海萍欣喜刚现，突然就疑虑了，问海藻：“你最近在搞什么名堂？什么朋友这么帮你？又是借钱白借，又是住房子白住？还给我介绍工作？这朋友是谁？我怎么没听你说过？”

海藻淡淡答：“工作中认识的朋友，有业务往来。业务上求助于我们公司，便巴结我。”

海萍不安地说：“不会吧！如果是业务上的事情，你牵扯到私人里，万一业务不成，你不是很难做？这把钥匙你拿回去，我不能要。”

海藻又塞回去说：“你放心，是业务上熟悉以后产生的私人感情。不会影响工作的。”

“男的女的？”

“男的。”

“不行，海藻，我觉得这不牢靠。一个男人，无事献殷勤，绝对没安好心。”

海藻调皮地看着姐姐说：“那你说，一个男人，对我这样一个既没能力，又没靠山，还不漂亮的女人没安好心，又送房子又送钱的，我是不是该迅速假装晕倒，扑倒在他的怀里？免得过了这村没这店了？”

“我是觉得你这种状态危险，小贝要是知道了，你怎么办？”

“小贝又是我的什么人呢？我并没有嫁给他，好像没必要对他负责吧？”

“海藻？！你最近怎么变得这样玩世不恭？你要认真地生活！你今年是要结婚的！”

“结婚又怎样呢？认真生活又怎样呢？先自掘坟墓，再埋葬爱情？是你说的，爱情与房子相比，你觉得房子更重要，至少有地方放自己的身体。”

“你！你！我那说的气话！你怎么就听进去了？你胡闹！你把东西还人家！跟他把关系断了！我警告你啊！你可不要玩火自焚！人这一生，能找到一个相爱的人很不容易。你要珍惜小贝的感情。”海萍把钥匙重重丢回去。

“那你还珍惜跟苏淳的感情吗？你觉得现在的生活是你想要的吗？”海藻的语气里无限凄凉。

海萍无语了，现在海藻在拿自己的矛戳自己的盾。这个理论与实际联系在一起是很困难的。

“好！我现在不跟你讲大道理，我只问你，你打算跟那个男人发展到什么程度？还有，小贝，你打算怎么处理？”

“我和他……只是普通朋友。小贝依旧是我的所爱。他不会知道的。”

海萍叹气：“真是自作孽不可活啊！我不会去住你的房子的，我不希望你被一套临时房子给牵制。”

“不会的，姐姐。他不会牵制我，这个你放心。我已经是成人了，会处理自己的事情。马上就月底了，你赶紧搬！地段很好，离 Mark 那里很近。”海藻把钥匙放在桌上，走了。

海萍带着苏淳去看新房子，一进社区的门就折服了。市中心的一块腹地，动静两相宜，区内小桥流水，会馆儿童游乐场。上楼的时候发现电梯是一梯一户，应该是大家所说的公寓吧？打开房间的门，完全的精装修，宽敞的客厅，明亮的卧室，背着衣服过来就可以入住了。

苏淳光着脚站门口不敢进，探头看了几回，跟老农民进城似的啧嘴：“天哪！这房子，没 500 万该拿不下吧？”

海萍苦笑。

“海藻最近这段时间能力通天。她碰到什么财神了？”

海萍没回答。

“你真搬到这来住？你能踏实？你不觉得海藻有问题？”

“我问过她了，她的事，我已经管不了了，她不是孩子，说起来一套一套的，比我可厉害多了。”

“你真住？我看算了吧，还是自己租放心保险。”

海萍鄙夷地看了苏淳一眼：“你钱都拿了人家的了，房子住几天又害怕了？我们短期借住，等我一找到合适的房子就搬！不过，我倒有个想法。马上要过年了，我想把宝宝和父母接过来在这里享受一段。也许今生我们都没机会住这么好的房子了。你说呢？”

“不妥吧？人家的房子，一下住那么多人，欢欢这个年纪最容易闯祸，万一把人家装修的东西给弄坏了，你拿什么赔人家？”

“我们仔细些，尽量少让他在家呆着。我刚才看了，楼下有儿童游乐场，还有温水游泳池、图书馆什么的，他在这里一定会很高兴的。只住这一段，过完年就让他走。”

苏淳不说话。

30 鱼水欢娱不过是过眼云烟

海藻在过一种非正常生活。用一本书的名字可以概括：一半是海水一半是火焰。

宋思明变幻莫测，真的像海水那样时而平静祥和，时而波澜壮阔。他会很久不来一个电话，让海藻猜测他已经将自己遗忘，过往的鱼水欢娱不过是过眼云烟；又会突然缠绵悱恻，出人意料地来一个电话说几句让人脸红心跳的话。海藻的心总悬在半空中，不知道他什么时候会不定期骚扰，有点担心又有点期待。被人爱的感觉比苦苦追寻要好得多。当然，海藻并没有经历过求而不得的情感。有的女人就是很幸运，不必付出就有收获。小贝也好，宋思明也罢，给自己带来的永远是多情的爱。

而小贝，依旧沉浸在与海藻的两人世界。他会拉着海藻去逛菜场，或者在家附近乱转，星期日若有空，两人就去郊外运动野游，穷开心。海藻于是觉得自己将身体一会儿泡在火锅的红汤里，一会儿泡在白汤里，在滚烫的火焰中眼看自己像虾一样从透明变成香艳粉红。

也许前一天海藻如贵妇般穿梭于某个酒吧会馆，而第二天又一身粗布在厨房里做饭。她觉得自己有双重的人格，而人向下的堕落总比向上的攀爬简单。前一阵还觉得荡妇的生涯很难捱，这一段已经适应角色的变换。

宋思明总是扮演强者的姿态。他会冲海藻勾勾手指头说："你过来，让我亲亲。"她会一皱眉头说："讨厌！"然后宋思明就笑着勾引她，让她步步就范，在冲向巅峰的关键时刻突然止步不前，用深不见底的目光直视欲罢不能的海藻，再无限温柔地看着海藻在欢愉中呓语。

而小贝，会可爱地要求，让我吻你吧！海藻就温柔地闭上双眼。两人的爱，纯洁得像个小孩。面对熟睡中恬静的小贝的脸，海藻就会内疚，说，我再也不要伤害他。

可宋思明的声音一在耳边萦绕，她就无法抵御，如扑火的飞蛾。四十多岁的男人，像舞台上的指挥，你的双眼逃不开他手中指挥棒的上下跳跃。

宋思明终于犯了大多数男人都会犯的错。现在，宋思明与克林顿、成龙、某老师和彼导演一样，终于站在同属于男人的那条高原线。在宋思明年轻的时候，甚至也就几年前，他还特别鄙视这种生活状态，心想自己怎么也不能和那类没有追求的兽辈沦为一类。宋思明的婚姻是一种自然状态，到了婚龄，与同事恋爱。他追求的妻子，他迎接的小孩。他期望的家庭生活，就是那种朝九晚五，回家吃饭，辅导孩子做作业，周末一家出去转转。

然后，他步入中年。

他发现，他的期望，一个都没实现。首先他无法朝九晚五，他的日程表里没有家庭时间。如果需要，他可以连续工作几天几夜，如果没事，他会被相邀去举杯换盏。他越来越少有机会回家吃饭，每天回去的时候，甚至不能和孩子说上一句话。好不容易到了周日想陪孩子太太转转，发现她们已经各人都有了自己的世界。孩子要上各种补习班，而妻子则陪着孩子车轮飞转。她们空闲的时候，他在忙碌，他空闲了，她们又不见影踪。

当初是他选择的婚姻，现在却被婚姻牵着鼻子四处乱转。他早已明白，老婆穿透明睡衣在你面前转圈的时代，那是生育以前。等生完孩子，她会当着你的面脱个精光毫不遮掩，问题是并不好看。乳房下垂像个面袋，肚皮松软。她上厕所的时候总是门不关，让你猛一推开看见她捧着杂志面目紧张地使暗力，并且臭味绕梁半晌。尽管你多次抗议，她都会理直气壮地告诉你，好看的衣服要到外面穿，家里，请穿件破汗衫。然后两个蓬头垢面的人在清晨起来，揣着各自的口气冲锋打仗似的在家里争厕所，训小孩。

婚姻的热度由滚烫的浓咖啡，转向温牛奶，到现在的凉白开。“睡吧。”他说。

“你先。”她说。

“换个姿势。”他要求。

“快快，明天还要上班。”她催促。在你开足马力即将越过终点线的时刻，她会突然来一句：“坏了，明天女儿要小测验。”

“睡吧！”她说。

“等一会儿。”他说。

然后日记变成周报，半月谈，月刊，年终总算。有很多次两人躺在床上，四目相望互问一句：“上次是什么时候？该做一次了！太久了！”然后，宋思明就发现自己处于一种很尴尬的形态，需要很久才举起来，还得看点儿毛片。

宋思明觉得，这种状态让自己早衰。老婆是这样一种女人，她跟你同甘共苦过来，所以无论你多么成功，她都不会崇拜。你即便众人景仰，在她面前，也是当年那个差一分钱憋死的穷汉。别人对你恭敬有加，不会对你公开说反对意见，而老婆则会直呼其名，并想甩脸就甩脸给你看。

作为一个男人的渴望，你不可能在老婆身上实现。比方说，你不会带老婆去五星级饭店，或有热情带她到秘密的地方偷爱。无论你多有钞票，去高级饭店吃饭老婆只有两种状态：一种是指责菜不好，价钱贵；另一种就是受之坦然。她不会娇羞着对你说“谢谢”，并用惊奇的眼神看你说：“为什么你都知道？”

因为你们是夫妻，你带着太太去哪里都没有障碍。每个人都会大方地向你打招呼，从没有人眼露暧昧神态。你会觉得没劲，无奈。

直到海藻出现。

这个小女人，时而胆小，时而死倔，时而无助，时而媚态。她会抬眼看你，她会低眼睨你，她会掩嘴笑你，她会撅嘴不理你。于是你又回到20岁的状态，如周身散发着荷尔蒙的香獐一般将掩藏已久的欲望完全散发出来。你可以满足她各种各样并不过分的小要求，并尽情开发这个原生态。

以前鄙视的行为，宋思明突然间就理解了。每个男人都会犯的错，不过是走向中年对青春的羡慕，走向成功对仰慕的承受，走向人生之巅对幸福的又一次追求。于是，每个男人，确切地说，每个成功男人都会犯错。这种错，是有意识筑就的，以显示自己驻守在巅峰行列。并不是每个人都有机会到中年还能将青春攥在手里，并肆意把玩。

宋思明很合理地解释了自己的这种蜕变。正如在少先队时所唱的那样：“沿着先辈的足迹……”他不会是空前，也不会是绝后，他不过是这个大军中普通的一员，跟上了时代。

宋思明给海藻电话：“海藻，周六和我一起去高尔夫俱乐部吧！”海藻犹豫了一下说：“不行啊，我要到姐姐那里去。”

“你好像每个礼拜六都到你姐姐那？”

“嗯，我要去换衣服。”

“换衣服？”

“我和她换着穿。”

宋思明想了想说：“今天晚上我要见你，你下班后在办公室等。”声音里完全没有商量的余地，不容拒绝。

海藻下了班不走，在办公室等宋思明的电话。MSN上小贝又跳出来：“漂亮小猪猪！晚上咱们去买芋艿吧！我昨天在超市里看到有卖哎!”海藻回了一句：“不行，我今天晚上加班。你去买，我回去再吃。”“早点回来哦！不要太迟。等你，爱爱。”红唇立刻飞过来。

宋思明的电话也来了：“下来。”

海藻出门上车，宋思明开着车带她又往外奔。“去哪?”“吃饭。”“吃什么?”“西餐吧？下午有朋友告诉我他的餐馆刚进了小牛肉。”海藻把嘴撅起来了：“不好。我不喜欢吃西餐。又是刀又是叉的，很难拿，还要注意仪态姿势，根本吃不香。”

“那你说吃什么?”

“火锅。我要吃好吃的四川火锅。”

宋思明怔住了。这么多年来，请吃饭的，没去过火锅店。他沉吟片刻，打了个电话：“哎！你知道哪家的火锅比较正宗?”“……”“好不好找?”“……”“你去帮我订个位，要包厢。两个人。”

宋思明开着车带海藻就去了。这条路很难开，绕了好几个圈都找不到进去的路，宋思明不得不把车停在附近的大酒店，然后带海藻钻小弄堂而进。店门口狭窄到只能容一辆车进出，若两头堵上就塞车了。服务员把门一拉，一股浓郁的火锅气味扑鼻而来。海藻进门就笑了，说：“没错！是这味儿！我的最爱!”

宋思明几乎是照着菜单顺着叫过来，偌大的桌面上放了一个一个小篮头，老板娘亲自布菜：“唐老板特地嘱咐说要好好招待您。”老板娘在一旁总没话找话，介绍菜的新鲜和口味的正宗，一会又让换罐煤气，一会又让上点热毛巾，宋思明先是笑着客套，最后不得不说一句：“一起坐下来吃吧!”老板娘愣了一下，赶紧说：“哎哟！你们吃你们吃，我还有事，不打扰了。”这才转身离去。

海藻早已压抑不住的馋虫在门合上的一刹那奔涌出来，她舒坦地开始享用晚餐。宋思明看海藻举着小漏勺，一会儿捞起脑花看看，一会儿举着脑花再看看，心急吃不到嘴的样子，笑着说：“你不会把脑花放进去烫？这要煮很久的。一定要煮透，不然搞不好有绦虫卵什么的。很不安全。奇怪，一个女孩子，怎么喜欢吃这么野蛮的东西。”

海藻白了他一眼说：“老土。就你文明。这多好吃啊！像豆腐一样的绵滑。”“你到底想吃什么？你要喜欢吃豆腐，就索性烫豆腐啊!”

海藻的表情很轻蔑：“像你这种单向思维的人，是体会不到这种复杂快乐的。我问你，你为什么抽烟？你究竟是喜欢烟头飘出的烟，还是喜欢里头的尼古丁?”宋思明还真没想过这个问题。“你明知道尼古丁有害，为什么还抽呢？如果仅仅是喜欢烟，那你拿根棍儿在火上烤烤，不也出烟吗？你享受的既是烟的漂浮，又是尼古丁的瘾。这就是我的脑花。既要有豆腐的味道，又要有肉香。两者缺一不可。至于绦虫，可以忽略不计。”

宋思明笑：“你这样一说我倒想起来了。前一向有个朋友出了车祸，因为植皮的缘故，这不能吃那不能吃，把他口味清淡坏了，有一天居然要求我们带他去吃斋。宴上的素鸡，素虾，素鹅什么的，他吃得那个香啊！后来问他，好吃吗？他答一句，好吃，就是没肉味儿。”

“哎！所以说，和尚吃斋拜佛，那心都不诚的。好吃的斋宴都在庙里，据说斋宴比的就是谁做得更像荤菜。你要真想诚心修炼，索性就啃菜叶嘛！何必口上说非，心里想是呢？口是心非。”

“因为你在达到目标的路上是迂回的，你必须学会绕道而走，既要达到目标，又要让这个过程显得不是特别苦痛。”

“你的目标是什么？”

宋秘书抬头看看海藻，把手里的烟灭了，摇头笑一笑说：“这个……很难说。现在的目标就是把你喂胖点儿。女孩子肉肉的比较好看。”

海藻又撅嘴：“你这个人，用词很淫秽。有那么多的字形容女孩子丰满，比方说丰腴啊，杨玉环啊，小蛮腰啊，你怎么用个‘肉肉的’？”

宋笑着说：“因为这就是我喜欢的状态。”

吃完饭，海藻想，他的 Night 又要上演了。晚餐他总是吃得很少，而 Night 却精力旺盛，他靠什么支撑啊！出乎意料，宋思明带着海藻直奔回她家的路，并把车停在小区门前。“我今天还有事情，早点送你回来，改天跟你联络。”海藻心头竟有股失望，这个家伙！他想要就要，想不要就不要，哼！海藻狠狠从心底白了宋一眼，推开车门就走。

宋思明突然拉住海藻的手，将一个信封塞到她手上：“海藻，这个，你拿去买点衣服，以后不要跟你姐姐换了。我喜欢你穿得漂漂亮亮的。”

海藻质疑地看着宋思明，略有恼怒地后退一步说：“你把我当成什么了啊？你怎么这样啊！”说完把手抽回去，把钱丢给宋思明。

宋思明一用力，将海藻抱在怀里，吻了吻她的嘴唇说：“我把你当成我的女人，我有义务让你过得好。知道吗？你是我的。”说完，开始深吻海藻。

海藻由抗拒到逐渐软化。宋思明再将钱塞进海藻的大衣口袋里，海藻不再拒绝。

31 我大脑搭住了才会在这里加班

周日，海藻和海萍两家都在打扫卫生。

这个星期天轮到海藻小贝做公共值日，两个人把客厅和自己的房间收拾干净。海藻拿着抹布在擦厨房，小贝撅着屁股在洗厕所。小贝喊："海藻，我把厨房丢给你是绝对错误的决定。一个厨房，你都拾掇三个钟头了，还趴那里抠瓷砖呢！你不必弄那么仔细，大面上干净就行了。"

"不行！除非你不叫我干活，我不能容忍瓷砖缝里有油泥。"海藻还拿根小牙签在缝里戳戳捣捣。

"行了行了，你去收拾我们自己的屋吧，外头我来干。你有那工夫不如把自己的屋弄整洁了。除了我，谁会珍惜你的劳动啊？"

"你这个人啊，毛病就是自扫门前雪，永远分得清自己的和别人的。"

"我不是心疼你吗？去吧去吧！"

苏淳把家里不要的东西都堆在门口，海萍不一会儿又从门口捞回来。

"不都要搬了？你怎么把这些东西带过去呀？那里有水池有浴缸的，你把这些脸盆都带去做什么？"

海萍一边擦脸盆底一边说："你又不在人家那住一辈子。再说，儿子来了，洗点小衣服什么的，不得多几个盆啊？搬了新家，这些东西也都要买。不要扔了，又没坏，留着用吧！"

"你没地方放啊！来回搬，车钱都比那点东西贵了。"

"我乘公车去，这两天一天带一点过去，顺便。"

扔来扔去，就扔了点旧报纸。

"这几个内裤上都有洞了，总可以扔了吧？"

"哎！别呀！都洗干净的。你脏手别动！我等回去看儿子的时候路上穿，到地方再扔，省得洗了。方便。"

"海萍，我觉得，最适合你的工作，是发掘拯救文物，你总能找到最后的价值。"

海萍笑了。

小贝拉着海藻的手躺在床上，说："咱们出去吃吧！太累，不想烧了。"

海藻说："行。吃什么？"

"永和豆浆？"

"好吧！"

小贝拉着海藻，为顿永和豆浆又上了淮海路，每次都有借口出去逛逛，真不错。永和豆浆里还满座呢！等好半天才占上位子。

海藻问小贝："我要喝豆浆，你喝什么？"

小贝看看菜单说："那我也来一杯豆浆。"

海藻撅嘴说："人家都点豆浆了，你也点。哥哥你能不能换一个？"

小贝对着菜单就拿不定主意了，说："行啊行啊，海藻你说，我吃什么？你说我吃什么我就吃什么。"

海藻说："你喝美禄吧！"

小贝对服务员说："她喝豆浆，我要美禄。"

服务员问："要冰的要热的？"

海藻说："我要冰的。"

服务员看看小贝。小贝看看海藻又问："海藻，你说，我喝热的还是喝冰的？"

海藻说："热的。我点冰的了。"小贝转头对服务员说，热美禄。

小贝举着热美禄递到海藻面前说："海藻，你先喝。你喝剩了我喝。"海藻当仁不让。

旁边突然站了个十多岁的少女，冲远方喊："妈妈，这儿！这儿！他们俩快吃完了。"不一会儿一个中年妇女也过来了，笑着说："你们慢慢吃，我们不急。我们就等你们这位子啊！"海藻没理，低头继续和小贝分包子。哪有这样的？说是不急，人就杵你桌子前头站着看，还让不让人吃了？

那女人突然招呼门口："思明，这儿！这儿！"

海藻蓦地怔住抬头看门口。

宋思明低着头手插口袋正走过来。他一抬头，被眼前的海藻吓了一跳！

"海藻？！"

海藻非常尴尬地笑了笑，说："这么巧？我吃完了。这地方让给你们。"说完拉着还在喝最后一口豆浆的小贝，迅速走掉。

宋思明老婆问："谁？你认识？"宋看着海藻远去的拉着小贝的手的身影，半天回不过神来。"哦！一个地产公司的策划，以前打过交道。""萱萱你想吃什么？""南瓜饼……"

小贝问海藻："你认识那个男的？"

海藻说："见过一两次。""那他喊你海藻？也太不那什么了吧？""他跟我老板喊的。我老板喊我海藻。我怀疑他根本不知道我姓什么。""你怎么能让你老板喊你海藻呢？我去给他提意见，以后让他喊你小郭。海藻，那是我喊的。""你又发神经了。得了吧你！"

海萍今天晚上有课。下班正收拾包，经理来通知："晚上要加班，大家把这个计划给弄出来。海萍，你别急着走。"海萍脑子里算盘立刻打上了，这边是无偿劳动，那边是一个半小时150块，我大脑搭住了才会在这里加班。"不行啊王经理，你要加班得早说，我晚上要去医院，老公病了，我得送饭。""哦！那这事情很紧急，你先走吧！"

海萍迅速逃跑。

一进Mark的饭店，Mark很高兴地冲海萍摇着手里的名片说："郭！快看！今天我很骄傲啊！下午别人给我名片，我念出来了！每个字都认识！高小明！我记得你说的板凳桌子板凳木头，Mark站在上面往下一看就很高！明是过了一个太阳和一个月亮，明天就到了！对不对！你都没看到当时那个人的眼睛！瞪这么大！哈哈哈哈！"

海萍也乐了，特受鼓舞！

临下课了，Mark拿了一个信封出来交给海萍："郭，这是我的学费。非常感谢你！你教得很好！我曾经怀疑你不可能教到我什么，事实证明，我错了。"海萍欣慰地接过信封。为这一天，她努力了很长时间。每天晚上都琢磨怎么说Mark才会明白，而又让语言课不是那么无趣。

Mark又说："我听了宋的意见，打算搬到附近的一座公寓去住，有更多的机会接触中国人，而且，看样子我在这里长住是一定的了，我得有个固定的住所。"并把地址交给海萍。

"谁是宋？"

"你不认识？啊！我以为你们是朋友！是他极力跟我推荐的你。当时第一次课完了以后，我跟他说要换老师，他还批评我了。事实证明，他是对的，他比我对你更有信心。"

海萍若有所思。

海萍把钱拿回家，丢在桌面上，苏淳打开看看说："这是什么？奖金？学费？"

海萍点点头。苏淳忍不住夸道："老婆真能干！一周仨晚上，拿的钱快赶工资了。"

海萍答一句："我能干有什么用？我希望你能干，我才心里踏实。"苏淳又不说话了。

"哎！苏淳，咱们这个周末搬家吧！"

苏淳懒洋洋答："说真话，我对那套房子很是感冒。觉得住得不自在，不踏实。"

"就是要你不踏实，天天刺激你，才能让你有努力赚钱的欲望！别废话了，礼拜六我让海藻、小贝一起来帮着搬。四个人一趟就够了。这几天我已经七七八八都搬一些了。"

海藻今天被几通电话骚扰。先是姐姐说要搬家，让她周六去。

"不行，我周五晚上去无锡出差，我可以让小贝去。但我去不了。"

然后又接到宋思明的电话。"不行。我星期五要出差，去无锡。"

宋思明怅然。过后给陈寺福去个电话："海藻要出差？""是啊！这个星期五。她手头的一个项目出了点问题。别人去，不熟悉，我以前派别人去过，没解决。""哦！她住哪儿？""天鹅宾馆。"宋思明放下电话。

32 男人不如衣服靠得住

因为第二天要出差，海藻下了班就直接冲到街上买衣服，宋思明那沓厚厚的钱，海藻抽出一叠后，锁在办公室抽屉里。她没想好怎么处理，因为放在银行里，很难不被小贝发现，所以就暂时放办公室，其实最保险的方法，就是赶快花掉。

海藻不能回想与宋思明在一起的嘉年华时光，她觉得与之不相配的，应该是自己并不招摇的内衣。既然宋思明希望自己打扮得漂漂亮亮的，人家的钞票，自己自然要达到人家的消费目标。海藻在戴安芬柜台，对着缤纷色彩，满是喜爱，手指拂过雅致的蕾丝，爱不释手。选了几套惹眼性感的内衣，在试衣间对着镜子顾影自怜的时候，心神都开始荡漾，连自己的视线都忍不住在胸前停留片刻。50 块钱的内衣和 500 块钱的内衣，本质的区别是：女人与女色。可惜，胸太小。海藻又买了两个硅胶垫塞在乳罩的衬里，乳房刹时被托得傲人挺拔，穿着外衣也可以看出波涛起伏。"可见电视里明星一走三颠的胸是假的。搞不好脱了还不如我的尺寸呢！至少我不用硬低下头夹紧胳膊硬夹出两道乳沟。"海藻对着镜子自赏，都舍不得离开试衣间了。"钱的好处在于，你的胸可以想大就大，想小就小。"海藻叹气。

出了内衣部，海藻又到二楼柜台买了两套羊绒衫，两条细毛料的裤子，搭配起来显得自己修长清爽。人靠衣衫马靠鞍，这话是没错的。

拎着大包小袋正要出门，突然就被眼前的一件大衣吸引住了。雅雅的暗绿色，小小的立领，直统统到膝头以上，剪裁明快又特别高雅。海藻印象里，奥黛丽·赫本在某部悬疑片里就有这么一件，不过好像是白色的。海藻爱不释手，反复触摸。那种轻柔的质感，那种飘逸的风格，太喜欢了！低头一看价格，嗯，价格也够好看！3300多一件。海藻内心里犹豫着。

销售的小姐并不热情，在远处冷冷地看，过一会儿走过来说："小姐，这件衣服是很高档的。您若喜欢，可以看，但最好不要摸。因为颜色淡，万一沾了脏，我们是很难销售的。对不起，请原谅。"小姐那口气，显然已经把海藻归于没有购买力的一类，意思是非礼勿摸。

海藻抬眼看了小姐一眼不温不火地说："我在想要买几件。你们这里还有其他颜色的这个款吗？"小姐立马热情起来，点头又哈腰地说："对不起，我们的衣服都是单款单色单码的，这一款就三件，大中小号。小姐正适合这个中号。不过我们其他款式的大衣也是很高雅的，非常适合小姐您这种气质。您再看这件！"说完立刻从架上拿了一件橘红的大衣，这件显得特别俏皮，略敞的领口里若配上今天买的米色羊绒衫正合适，因为没穿在模特身上，所以被埋在一堆衣服里并不显眼。海藻也很喜欢，一看价格，3680。

海藻心里一动，说："包起来，两件我都要。"小姐忙不迭地仔细包装起来，并引领海藻去收银台。海藻在等付账的时候，听见卖大衣的小姐在跟旁边的另一位柜台的售货员用上海话低声细语："这个小姐很辣手，买两件大衣眼都不眨，试都不试的！我跟你讲，现在真的是人不可貌相。哪怕来个巴子，你都要小心对待的！"

海藻听得一清二楚，第一次心里觉得原来花钱是这样一件风光的事情，非常舒坦。海藻数完大把的钞票给收银员之后，拎着大包小袋，迈着高傲的天鹅步，款款走出营业员羡慕的视线。

因为手里的东西太多了，海藻出了商场就直接打了部车去海萍的家，今天星期四，海萍没课，正在做最后的拾掇。"姐，来试试，快！这件大衣好看吗？"海藻兴奋地用脚踹开门。

海萍的眼珠都掉下来了，惊讶地说："天哪！太好看了！我喜欢这个咸菜色！这件大衣多少钱啊？"

海藻一撇嘴说："一提钱就俗了。喂喂，姐，我发现你现在真的很要命！那么好看的一件衣服，被你那个咸菜一形容，都没胃口了。你哪怕就算不是文学女中年了，也好歹要向那个方向靠拢吧！你就不能说，这件秋香绿的大衣很漂亮？”

“去去去，这哪叫秋香绿？你连颜色都分不清。秋香绿有点靠近绿豆的颜色。”

“我服了你了，姐。你现在就跟非洲难民一样，一张口形容的都是吃的。就跟以前那个馋嘴媳妇似的。问她雪下多大？她说有一张薄饼的厚度了，再问就是烙饼的厚度，打她一巴掌脸就成了发面馒头。切！”

海萍大笑，说：“我真的这么庸俗了吗？我真的沦落成那个媳妇的样子了吗？不过这两件大衣，你买的真有眼光！像这种衣服，我是看都不敢看的，直接从橱窗下面走过。”

“这件送给你。我穿这件橘红的。还有，裤子和毛衣，咱俩一人一件。我过两个星期过来换。这样咱俩都有的穿。”

“海藻！你你你！你一下买这么多！哪来这么多钱？对了，那个宋先生是谁？”

海藻一愣，说：“你怎么知道？”

“Mark 告诉我的。你自己老实交代，不要让我一点点查出来。”

“他是个小小的官。很普通的一个人。”

“结婚了？”

“废话，孩子都快上大学了吧？”

“那你打算跟他怎么样？”

“我没打算跟他怎样。”

“那你这样打算混到什么时候？等你年纪大了不是吃亏？你不能这样啊！这几件衣服，这点东西，那都是暂时的，难道等你老到嫁不掉的时候，就留一柜子衣服陪你？”

“衣服至少还能陪我，男人还不如衣服靠得住呢！就这样吧，走一步看一步。”

“你究竟是喜欢他，还是纯粹因为迷恋他的钱？”

海藻想了想说：“我还是有一些喜欢他的。和他在一起，很刺激。”海藻脸有点红，说到刺激两个字的时候，浑身酥软。

“什么刺激？偷情的刺激？海藻啊！追寻刺激，也只有你这个年纪才会做。人只有在年轻的时候才有资本如此挥霍青春。你到我这个年纪，就发现，有个老实的老公，有个乖巧的孩子，有一个稳定的住所，做爱在家里的床上而不是随时可能被抓奸是件多么幸福的事情。”

“我以后会过你这种生活的。但现在还不羡慕你。我不想两个人的生活没幸福多久就淹没在柴米油盐的争吵里。”

海萍轻叹一口气说：“是啊！我在你这年纪上有青春可以浪费的时候，没去浪费，所以现在才心有不甘。人很难说清楚哪种选择是正确的。也许我的观点正在慢慢老去。随你吧！”

海藻又从兜里掏出3000块说：“这个月的3000。你拿着。”

“我想把欢欢和妈妈接到你借的那套房子里过年，行吗？”

“应该行的。我替你去问问。”

“如果行的话，你带小贝过年在这边过吧！难得一家团聚。”

“哎呀，不可能，你别留他了。他家就一个宝贝儿子，一年就团聚一回，我是不打算剥夺人家的天伦之乐，免得遭人嫉恨。我留下就行了。哦！对了！我回去得说衣服是你买了送我的，你别给我说漏了啊！不然我跟小贝不好交代。”

海藻拎着轻了一半的衣服回到家。小贝正在电脑上忙碌。海藻悄无声息地把内衣和衣服挂进衣橱，尽量不引起小贝的注意。但小贝还是回头看见了：“买衣服了？”

“没有，姐姐送给我的。”

小贝让海藻套上，忍不住赞叹说：“这衣服真漂亮，很衬你的皮肤。得好几百吧？”

“不知道。”

“不符合你姐姐的做派啊！我以为她只在七浦路买衣服。难道发财了她？”

“不是。她最近开始教老外学生，有外快了。到人家老外家里，总不能穿得太寒酸，门面嘛。对了，周末姐姐搬家，你一早就过去帮忙。我要出差，去不了。”

“知道！”

33　衣服有价，青春无价

海藻周五下午出发去无锡。手头一个项目都接近收尾了，对方抓住个错误拒绝付款，要打官司。老板扣着人家钥匙不给，陷入僵局。老板暂时不想出面，让海藻去摸摸人家的口风。

到达无锡的时候，已近黄昏，海藻给对方打了个电话，约好周六早上8点见，然后就乱转悠。跟上海比，无锡真的很小啊！不过海藻很喜欢，有一种家乡的味道，比家乡还繁华一点，店里卖的排骨很好吃。吃饱喝足，沿街逛到所有店铺都关门，海藻才意犹未尽地回到住处。这是个很小的宾馆，不奢华，但很舒适，躺下就有沉睡的欲望。海藻躺在床上不想动，脑子不停斗争，要不要去放水洗个澡，还是先睡一觉。

手机响了，一定是小贝。

抓过来一看，居然是宋思明："海藻，休息了吗?"

"正要呢!"

"房间里就你一个人吗?"

"显然啊！你期望有谁?"

"也许小贝正陪着你，与你在灯下共舞。"

"这是你希望的吗?"

"我想啃你。当着小贝的面。"

"有本事你来啃啊！如果你的嘴够长的话。可惜你鞭长莫及。"海藻趴在床上，跟宋思明调情。

"你不要刺激我，小心我收拾你。"宋思明的电话背景里传来喇叭鸣叫的声音。

"好啊！我等你收拾。反正电话里，你嘴硬好了。"海藻咯咯地笑。

"你那里什么天气？冷不冷?"

海藻答："不冷。跟上海差不多。"

"哦！那如果脱光了还是会感冒。你光着吗?"

"嗯呀，光光的，一丝不挂。"海藻其实穿着毛衣，她坏笑着挑逗宋思明。"你好放肆哦！敢讲这样的话，若不是喝酒了，就是不在家。我看你在你太太和女儿面前，乖得很呢!"

"我的坏，只有你会看得见。你晚上吃的什么?"

"小排骨，馄饨，很棒哦！可惜你吃不着啊!"

门口叮咚有门铃。海藻对电话说："你等一下，有人按门铃。"

"你小心点，陌生城市，不要随便给人开。"

"我知道了，我不会的。"海藻扬声问："谁?"

门外答："查夜房。"

海藻对电话说："查夜房的。我挂电话了，一会你打到我房间来。"海藻挂了手机，把门开了条缝。

门突然被很鲁莽地撞开，一个穿着风衣戴着帽子的男人一把捂住海藻的嘴将海藻背转过去，用脚关上门。海藻惊恐得大声叫喊，可是因为嘴巴被蒙上，声音只在喉咙间打转。

那个男人并不出声，使劲按住海藻的头，用另一只手夹住海藻的两个胳膊，然后用腿制服了海藻的手，腾出一只手在海藻的胸前放肆袭击，过一会儿就直接插进海藻的内裤里，在海藻的私处四下游走。海藻的泪都出来了，逮准机会趁男人分神，在他手掌上狠狠咬了一口，男人大叫着松开手，海藻扯开喉咙放声喊："救命啊！救命！"冲男人的脚又使劲一跺，拉开门夺路而出，口里放声喊着："救命！"

男人一个箭步追出来，用力把海藻拉回门，捂住海藻的嘴嘘着："海藻，海藻！是我，宝贝，是我。"

海藻睁开泪眼，抬眼看见的竟然是宋思明！

海藻忍不住号啕大哭起来，抱着宋思明的脖子，像只小猴子一样吊在他身上不撒手，眼泪喷泉一样往外涌。

门口一阵急促的脚步声，保安和楼层服务员都来了。"开门，出什么事了？快开门！钥匙，钥匙！"

宋思明赶紧打开门，对门口的人说："误会误会，刚才以为房间里藏着人。"又一把把海藻拽到前面来，让海藻点头。

海藻还哭得上气不接下气，一面咬着嘴唇，一面使劲点头，连声嗯嗯。保安出于安全因素，又进去巡视了一遍才出门。宋思明跟着道歉。

转身关上门，宋思明向海藻的床边走去，跪在地上，捧着海藻的脸说："对不起，海藻，吓着你了。没想到你这么激烈。我放心多了，以后要有什么坏人，看样子，只有你欺负人家的份儿！我手上的肉都快掉了！"

海藻破涕为笑，眼泪还扑嗒扑嗒呢，嘴角已经扬起一个好看的弧线。"你讨厌！你吓死我了！你干吗呀！你坏蛋！"海藻拿手捶宋思明，捶得宋思明血气翻涌。

"让我看看你的手。"海藻拿过宋思明的手掌，上面有好大一块血紫，有一两个牙印还在渗血丝。海藻对着伤口舔了舔，有点心疼地说："要发炎的。"

宋思明笑着搅住海藻的头在胸前揉了揉说："不会，我担心的是狂犬病。"

海藻娇嗔地白了宋思明一眼说："你才是疯狗呢！只有你这样的才会干这么疯狂的事。四处盯梢的，那是女人干的事。你跑到这来干吗？"

宋思明恨恨地说："好！我就是女人！我就来追踪你，我来骚扰你，我来干掉你。"说完迅速把自己剥得一干二净，又三下五除二把海藻给褪得就剩个小三点。海藻以最快的速度把灯都灭了。

"开灯。"

“不要。”

“开灯，我要看。”

“我不要你看，好难看哦！”

“我喜欢你的小可爱。”啧啧有声。

“我喜欢你的小沟沟。”啧啧有声。

海藻忍不住笑了说：“少儿不宜，同志们闭眼。”

宋思明温柔地要求：“海藻，过来，亲亲。”海藻趴宋思明脸上吧唧。

“亲这里。”海藻再趴宋思明胸前吧唧。

“亲这里。”海藻又趴宋思明肚脐上吧唧。

“亲……”

“你少来！我还要吃饭呢！你再往下指我就用刚才咬你手的牙，一口把它啊呜掉。没灯，我看不清，出错不负责。”

宋思明呵呵笑了，一把搂住海藻。窗外，月牙儿正偷窥。

清晨，宋思明光着上身躺在床上，看海藻在穿衣服。

“我喜欢你这件大衣，气质美女。”宋赞叹。海藻边扎头发，嘴巴里咬着发夹，边说：“刚买的。是大爷您的银子。所以花着不心疼。一口气买了两件。”

“喜欢就买，衣服有价，青春无价。现在不打扮，等过几年再回头看，会后悔的。”

“听你那口气就知道是过来人的感言。跟我老爸口气一模一样。我买的时候，旁边的营业员眼睛都红了，不过收银员脸都绿了。人家买个几百块的东西都刷卡，我倒好，扛着现金就去了，数得她手酸，看她恨恨的眼神，肯定怀疑我是个暴发户，要么偷税漏税。”海藻咯咯笑了。

宋思明转头点了根烟说：“我的失误。等过段时间，给你办张卡，你出去就刷卡。带现金不安全。我可不想把你置身于强盗蟊贼的眼皮下面。”

“算了吧！卡还是没钱方便。不是每个地方都刷卡的。而且关键时刻，救命的还是钱。你不必费心了。你这样，让我很不自在，感觉自己像是世间鄙视的二奶。”

宋思明不说话，过一会问：“你早上去哪？”

“红星置地。”

“我和你一起去吧！反正闲着也是闲着。我看你个小丫头，也办不了什么事。”

“原本也不让我办什么，不过是探人家口风。我把话两头传就行了。”

宋思明和海藻到了人家的小型会议厅。红星置地的业务经理一上来就气势汹汹，很有拉开架势吵嘴的阵势：“你们搞什么嘛！你们干的好事！你去告诉你们老板，这楼，叫他整个拆掉！我找人重盖！”

海藻低眉顺眼说：“对不起，对不起，我们老板也没想到搞成这个样子，主要是下面实施的人擅自做主。老板让我来问问，贵公司对解决问题有什么提议没有。”

“你这简直就是奸商行为！是欺诈！你这样，搞得我们公司名声很坏！非常影响我们的声誉！你要我提议，那就是把楼拆掉！重新盖！”

海藻继续道歉：“您先别生气。对不起，但我觉得这……这房子连内装修都做了，再拆好像不合适吧？”

“谁让你们装修的？谁同意你们装修的？啊！你们以为快快把活儿做完我们就没办法了？告诉你们，对于这种商业欺诈行为，我们绝对不会罢休的。你回去跟你们老板讲，咱们法庭见！”

“可是，可是……”海藻在强势之下，都不知道怎么接下茬了。

宋思明一把拉住海藻的手，说了句：“这样吧，我们先跟老总商量一下，等下午再来答复你。”

“我告诉你们，现在赶紧把钥匙交出来，不要以为你们不交钥匙，我们就没办法了。像你们这样的，根本没商业信用可言！”

宋思明拉着海藻的手就出门了，过了街，走进一家咖啡馆。宋思明把手一伸说：“你把手头的资料让我翻翻。”海藻把卷宗交给他。

宋思明一页一页看得很仔细，紧锁的眉头很有男人味。熨烫得笔挺的衬衣领子在昏暗的灯光下散发着雅雅的蓝。海藻则一边喝咖啡，一边饶有兴趣地欣赏眼前这个中年男人的性感。

性感。

这是海藻的感受。时间久了，承受的雨露润泽久了，这个男人哪怕穿着衣服，哪怕随便在你身边一坐，你就能感受他衬衣下筋骨的力度和抱紧你的热情。

“我大致看了一下，他们提的其他几个问题，那都无关紧要，一是拆除围栏的时候污染了周围环境，二是绿化率差0.1，三是垂直偏差0.3，还有这个这个这个，这些都是扯淡，这些误差什么的都在允许范围之内，告也告不赢的，只这一条是要害。你们老板为省钱，把坡顶擅自浇筑成平顶。这个跟图纸差别很大。”

“是的。老板说，当时是跟他们老总通过气的，浇筑的当天晚上还拉他去喝酒。可后来老总突然走了，换个人接手，就抓住不放。”

“这也是个小问题。钱就可以摆平。”

“可问题是，我们都来谈几次了，他们就是不往钱上绕，我们想提个赔偿方案，可他们老说我们影响他们的声誉了，造成无法挽回的名誉损失什么的。我们根本提不出啊！”

宋思明歪嘴一笑一摇头，说：“他们不提，是因为不好摆台面明说。各人有一本账。他们老总叫什么名字？你有他的信息吗？”海藻翻翻手头的卷宗说：“好像姓孙，他们的集团还满大的。”宋思明转身出去，临走前撂下一句：“我出去打几个电话，你在这等着。”

街道上飘着似雾非雾，似雨非雨的水汽。宋在咖啡馆外的长廊下来回踱步，打着一通又一通的电话。等宋思明回来，好像什么事都没发生一样，结了账，带着海藻去看影视城。一路上，海藻直犯嘀咕：“我来出差的，不是旅游，等我回去，我跟老总说什么呀？”宋笑着让海藻站在世界城里的一只荷兰鞋上拍照，说：“有我在，你怕什么？”

一圈逛完，天色已晚。海藻都累了，问：“咱们现在去哪儿？”宋思明说：“我在等电话。要不，先回吧！”

吃完晚饭，海藻和宋思明回到宾馆。海藻不免担心地问：“你的电话怎么还不来？该不是没消息了吧？”宋非常肯定地回答：“不会。”

宋思明的手机没响，海藻的手机响了。海藻一看号码，立刻挂掉，发了个短信回去。不一会儿，房间的电话响了，电话那头是小贝的声音。

“小猪猪，你今天忙什么了呀？”

“工作。”

“吃饭了吗？”

“吃了呀，你呢？”

“我和你姐姐姐夫一起吃的。今天他们搬家。”

“哦！对了，他们那怎么样啊？”

“哇！超豪华！你绝对想象不到！”

“是吗？”海藻的回答开始心猿意马。宋思明躺在她身边，开始玩小动作。海藻任他拨弄。

“我觉得你姐姐肯定有问题。海藻，你想不想听？”

“什么？”海藻看见宋思明的手伸进被子里头。

“我有个预感：你姐姐肯定有别的男人了！”

“别胡说！我姐姐不是这种人！”

“真的，不骗你！你想，她自从有了那个教老外的工作以后，好像再没为钱发愁过。又住新房子又买衣服的，我怀疑……”

“不要乱猜！那只是学生，顶多朋友。”宋思明的头也钻进被子。海藻的嘴巴和眼睛都张得老大，表情骤变。

“你信我。普通朋友绝对不会这样。不信，你改天问问海萍。哎！你别说是我说的呀！”

“啊！”海藻突然在电话另一头低叫一声。

“海藻，怎么了？”

海藻赶紧回神说：“碰着脚了。房间小。家具多。”

“你小心点。今天我看到苏淳，真的好同情他呀！他还很高兴呢！可能一点都意识不到威胁的逼近。男人啊！通常周围所有的人都知道了，而他却还蒙在鼓里。”

“呀！！！”海藻声音都变调了。

“海藻！怎么回事？”

“蟑螂，是蟑螂。我挂了，我抓蟑螂。”海藻想匆匆收线。

“哎呀！你别自己抓，快打电话给总台。”

“哦！哦！拜拜。”

“我爱你，小猪猪。你也爱我吗？”小贝甜蜜追问。

“我也爱你。”海藻迅速放下电话，扯着宋思明的头发揪出来，眼神迷离。“你干吗呀？”

宋思明的眼里有一股火，他一面发力一面问：“你爱谁？”边说边做边揪住海藻的头发。海藻被揪得生疼，嘴上还邪笑着答：“我爱小贝。”宋思明真的怒了，一面用力一面大声问：“你到底爱谁？”海藻也瞪起眼睛回嘴：“我爱小贝！”声音铿锵有力。宋思明一只手捏住海藻的下巴，一只手攥住海藻的胸下力揉捏：“说你爱我！”“我爱小贝！”“说你爱我！”海藻的声音都变了，瞳孔开始逐渐放大，她不由自主地双腿环绕宋思明，颤抖尖叫着喊：“我爱小贝！我爱小贝！我爱小贝……我爱……”

宋思明伏在海藻身上，摸着海藻的额头心痛得发抖，突然很颓丧地翻身而下，背过身去。

海藻乖巧地贴过去，将腿搭在宋思明的腰间，双手抱着他。

“海藻，和小贝断了吧！我要你只属于我。”宋思明的声音很受伤。

海藻不说话。一片静默。

第二天的宋思明显得有些阴郁，不主动跟海藻说话，坐沙发上想心事。海藻见他不说话，也不自讨没趣，大家都保持沉默。海藻把宾馆送的报纸都快翻烂了，也没见宋有出去走走的意思。

到中午时分，宋思明的手机铃把他拉回到现状里。“说……拣重点……多少？……没问题。就这样。”宋思明大部分时间不做声，都在倾听，等电话收线后，宋思明用吩咐手下的语气对海藻说：“你给陈寺福打个电话，跟他讲下午过来送钥匙。”

海藻不可置信地看着宋，心想，老板要听你就怪了，两百多万的尾款呢！把钥匙给人家回头收不回钱怎么办？但海藻没敢多问，赶紧打电话，又不知道该不该在电话里提宋思明这三个字，于是含糊地说：“老板，你下午能不能把钥匙送过来？”电话那头一阵咆哮。海藻脸色尴尬，又不晓得如何作答。宋思明示意海藻把电话递过来，说：“你下午赶紧过来一趟。把钥匙带来。我给你都安排好了，你这边交钥匙，那边付你200万。”

“啊！大哥啊！我晕！他们欠我比这多得多呀！收200万我不亏了吗？”

“你到底想不想解决问题？要不你就跟他们耗，打官司。别说你不赢，你就是赢了，中间砸的钱也得超过那18万。”

“切！他们敢不给我！我手上有头儿！到时候摁他们！”

“你到底是求财还是想惹事？进庙烧香你不懂？何况换了菩萨呢？你就是再摁前头的，后头这个不给你钱，你还是拿不到手。你究竟想斗气斗狠，还是想留个门缝？生意不可能笔笔都赚，不亏就行了。你赶紧过来。”

陈寺福又在电话那头磨蹭什么。宋有点不耐烦地答：“我知道了。还有，你对我的女人客气点儿！说话别那么大声。”宋思明挂了电话。

海藻的心像花苞苞一样软软一拱，走到宋思明面前，有点怯有点娇地拉了拉宋思明的手。宋还是不开笑脸。海藻的脸红了，下定决心似的说：“好吧好吧！你气性那么长！为了让你高兴，我就哄哄你。你把耳朵伸过来。”说完冲宋思明勾勾手。宋思明疑惑着把耳朵凑过去。海藻趴边上嘀咕了一句。

宋思明更疑惑了，粗声说：“大声点儿，没听清。”

“你讨厌！好话不说二遍。听不清算了。”

“我真没听清，你爱我的什么？”

海藻愠怒了说："你去死！死得越远越好。"说完生气地绕到床的另一边坐下。

宋思明转念一想，突然笑了，倒在床上一把把海藻拉倒说："哦！明白了。真的？你真的喜欢？"海藻拿胳膊抱着头，不让宋思明看她的脸，宋思明使劲掰她的手，说："你再说一遍嘛！你再说一遍。"

海藻不接下茬，说："我只说哄你高兴的，不是真的。"

宋思明笑得很得意。

两人躺床上说话。

"哎！有没有什么问题是你解决不了的？"

"这世界上，我想，除了我们思维领域或科学技术达不到的我们解决不了。其他问题没什么不可商量的。一定有一把钥匙，或是一个通道可以把两边的门打开。只是，有时候双方都把钥匙当宝贝藏起来。事实上，你藏自己的钥匙不让人进，你也出不去。我不过是站在局外，掂量一下两边的底限，找把钥匙，给两边建个通道，然后各取所需。"

"听你这么一说，我觉得你比较像商人。"

"你错了。商人，看似灵活，其实比较愚笨。他们的交易方式就是物换钱，钱换物。这就像是单行道，而我是立交桥。这个问题，你不会明白的。"

"我不明白，那你说给我听呀？"

"没必要，你快快乐乐的就行了，有我在，你不必自寻烦恼。对了，晚上你要不要一起去吃一顿合欢宴？"

"和谁？"

"红星置地。"

"我不去。昨天他们还训我呢，今天就合欢？我脸转不了那么快。"

"没事儿，你招呼好桌上的菜就行了，人不用你管。"

果然，一顿晚饭大家吃得气氛热烈祥和，仿佛完全没发生过龃龉。临行时分，红星置地的新老总还非要派车把他们送回去以示热情周到，被他们再三推辞掉了。

晚上，陈寺福在前头当司机，宋和海藻坐后头。陈不断跟宋确认："大哥，我钥匙给他们，没问题吧？万一他们钱不过来呢？"宋懒得理他，过一会儿答："你怎么就这么点出息呢？你要是老这么锱铢必较的，你还是回老家吧！"陈寺福嘿嘿笑着不说话。

34 一信封的“江山如画”

海萍已经厌恶了一叫加班自己就老得找借口。今天在经理又来要求一班人马加班的时候，自己主动说：“经理，以后一三五的加班不要叫着我。我开始进修了。我要再不自我完善提高，很快就要被社会扫地出门了。”

旁边的小吴还跟着答腔说：“就是哦！我们怎么老是成为被社会抛弃的一代？想当年我们考大学，那真是万人齐过独木桥，我们是经过真金白银考出来的！当时的大学生，就能跟现在大学生一个价了吗？现在倒好，公司连打字员都要本科以上文凭了。硕士博士满地走。多少年都这样，干什么都放卫星。”经理不满地看看小吴，又不悦地警告海萍：“这是日资公司！现在各个部门都是考核制，每个人都要打分。你这样拒绝加班，到时候分高分低的，你也不必抱怨。”

海萍原本想回嘴说：“本来就已经垫底了，再差也不会差哪去。”但想到自己毕竟还在人家手下，多少得给人家点面子，就收声，又加一句：“我二四会多做的。如果真有需要，周六也会过来。”

海萍晚上去了 Mark 的家。Mark 一看到海萍就做鬼脸说：“郭！你知道吗？现在在上海，想找上海土著是很难的！我住的这里，问了好几家人家，没一个是上海本地人，都是外来的移民。而且外国人比中国人还多！我真不骗你！你到徐家汇广场上向下一看，跟纽约差不多，除了黑人少点。有不少黄头发了。今天我跟我们楼下一个看起来像是中国人的人用中文打招呼，谁知道她听不懂，原来是日本人。”

海萍嘲笑 Mark 的眼光：“日本人跟中国人差远了，他们多矬呀！凡是一见你就点头哈腰的，一定是日本人。”海藻还学日本人躬身的样子。Mark 也笑了，说：“我看你们都一样。你能看出我有芬兰血统吗？你们中国人也看不出我们的区别的。对了，今天那个日本太太夸我中文说得好，还问我的老师是谁呢！她有个儿子在这里上学，想请个中文老师。你要不要去跟她谈谈？”

海萍不好意思地赶紧摆手说：“我？我不会去找她的。我不懂日语。”

“你很聪明啊！学什么都会很快的！没关系没关系，我陪你去！”Mark 硬拉着海萍跑到楼下去敲开日本太太的家。海萍跟日本人对着不停地鞠躬。那个日本小男孩也突然蹿出来吐个舌头，又不见了。最后两人敲定，每周的二四六海萍过来给日本孩子上课。

海萍心下发愁了，这以后二四六的加班，可怎么办呢？

海萍回到家中，苏淳竟然还没回来。海萍都诧异！最近一段时间，苏淳回得比她还迟。虽然离他工厂远一点，但不至于要耗费这么久在路上吧！

快 12 点了，苏淳才拖着疲惫的步伐进门。

“你干吗去了？你们那里现在也要加班了吗？”

苏淳笑了，从棉衣内口袋里掏出一个信封，随意地丢在桌上说：“看看这是什么？”海萍放下手里的书，打开信封一看，是一沓江山如画。“你们发奖金了？”

苏淳暧昧地笑笑，摇头。

“你哪来的钱？”

“我接了点私活儿。以前开会认识的福建一个厂里的人，让我帮他们描几幅图，我这半个多月就干这个了。”

“啊！老公！看不出你有这水平！你这半个月的水平赶上我一个月的总和了！以前怎么不知道你还藏着这根金箍棒？”

苏淳又笑了笑说：“这种机会又不是常有。赶巧了，他们要的图我以前制过，很熟悉。”

“嗯，咱们家最近有点时来运转了。自从换了这房子以后，运气来了，我今天又接了个日本人的家教。这样算来，我的总收入也要有近 8000 了。当时贷款买那套大房子，是明确的选择。以发展的眼光来看，一是房子会升值，二是有了压力，就逼迫你有动力去想点子赚钱，努力提高自己。人活着，一点压力承受不起，是不会进步的。你看我们以前不买房子，怎么会这么钻墙打洞找门路呢？”

“你怎么又接啊！你哪有时间啊！”

“挤呗，时间就像牛奶，只要去挤挤，总会滴几滴的。我说吧！搬到这里给你刺激吧！马上就出去找事做了。我也是，每天出门我都不好意思。人家都开着自备车出去，我倒好，骑辆自行车出去。那天我出门，看我们对门的女的，挂着个毛巾，穿件运动装围小区绕圈跑呢！我心想，她真是奢侈，居然有那闲工夫，我都恨不得一天有 25 小时。”

“哎呀！你也别嫉妒人家。现在开车是小菜，骑车是时尚。下个月，你买辆山地车，买顶瓜皮帽，也穿上那个紧身服，撅着个屁股夹着个水瓶趴在车上出去。人家开车的就羡慕你了。说我们天天忙着拼命，她倒好！有这闲工夫！”

海萍被苏淳描述的景象逗乐了，放下书，跑到浴室洗漱。

海萍躺在床上还舍不得关灯，捧着书嘴里念念有词。旁边已经累迷糊的苏淳翻了好几个身之后，终于忍不住催了一句："睡吧！别太拼命了。你这样睡太少了。"

海萍一边看书一边回答："我明天第一次给那日本小孩上课，我得看点怎么跟孩子交流的英语，不然会很枯燥。小孩子比大人难教。"

苏淳不说话，半晌终于冒出一句："可你不关灯，我怎么睡啊？"

海萍停了一下答："那你睡吧，我出去看。"说完拉了灯跑到另一间房间。

苏淳看海萍出去了，追一句："等下要过来睡啊！我可不打算跟你事实分居。"海萍笑了，突然意识到什么，问："哟！你是不是有什么不轨的意图？"说完拿手试了试被子下头的苏淳。苏淳那里很平静，没什么跃跃欲试的样子。苏淳拿手拨开海萍："什么呀什么呀！你看你，狭隘了不是？我心疼你，那边房间的被子薄，也冷。"海萍觉得心里很温暖，对着苏淳的头发亲了亲，说："那我不去了，睡觉。"关灯。

半夜里，海萍突然坐起来了。那厢苏淳睡得香喷喷。海萍推了推苏淳，苏淳睁眼问："干吗？上班时间到了吗？"说完开灯看床头钟，"还早呢！才 4 点多，还有俩钟头可以睡。"说完又躺下关灯。海萍说："苏淳，我做梦了。"

"噩梦？睡吧睡吧！没事，都是假的。反梦反梦。"苏淳在海萍的肩膀上撸了两下表示安慰。

"不是。梦里我讲一口英文。我真的在用英文跟你对话，我刚才在梦里跟你说'Turn on the light!'很顺当，就像我的母语一样。还有其他好多哦！说得很流利，跟我们老板说的也是英文。"

苏淳笑了，说："走火入魔。"

海萍又躺下。

经理越来越叫人讨厌。就因为海萍说一三五晚上不加班，他现在把活儿都堆在二四下午快下班的时候交代。而非常不幸的是，从这个礼拜起，海萍连二四六都不能加班了。海萍一看到经理走进办公室，头就开始大了。只好假装没见他。但你不招呼人家，藏电脑后头，不代表人家也忽略你。

"郭海萍，这个要得很急，我也是刚拿到的，你争取明天一早交给我。"说完递来一份材料。

海萍看了一眼，说："哦！"说完就开始收拾包，准备走人了。经理奇怪地看着海萍说："你现在不干还要等什么时候？"海萍一脸无辜地说："下班时间到了啊！我今天要去买菜，我妹妹晚上来吃饭。"

"那你明天怎么交给我？"

"你不是明天早上要吗？到明天中午12点以前，那不都是早上？我反正完成了给你就行了。你要的究竟是结果，还是要看我加班的过程？"

"我都要。我就在这等你，看你怎么做的，这样有问题我们也可以讨论讨论。你明天中午11点59交给我，我有问题，到那时候哪有时间改？"

"好好，我明天早晨10点交给你，让你有两个小时挑毛病的空。"

"怎么是挑毛病呢！这是正常工作。"

"经理，我真要走了，赶时间，你放心，我肯定能干完。"说完，拎包就走，不给经理在后头追着喊的时间。

经理非常郁闷，对着海萍的背影发狠："这30多的女人，是真不能要，每天不是烧饭就是带孩子，像这样的，就该在家做家庭妇女。省得耽误人家。"

旁边几个人面面相觑，光传递眼神不说话。

海萍一进Mark住的小区，就笑了，想自己现在每天都到这里来报道。日本人家在7楼，Mark家在16楼。海萍一进门，日本女人很客气，又点头哈腰一番，请海萍直接去了小孩的书房。日本人说英语很难听，不过因为不是母语，用词简单容易，海萍倒觉得比Mark说得容易懂。

"我家正雄上二年级了，我让他在本地小学读书，因为我希望他学习说纯正的汉语。但他刚进学校不久，汉语说得不好。主要是很多字不会写，小学教的很难。老师教的时候都认为这些你在幼儿园和一年级都学过了，但我家正雄没学，所以考得很差。"说完就把正雄的作业本和考试卷一一摊开给海萍看。海萍一看就开始叹气了，第一个词就把她给弄晕倒，书上写着"热闹"两个字，正雄在旁边画了个大大的问号。这个"热闹"，该怎么跟他解释？再翻一页书，"难道"又跳出来了，海萍心里就开始七上八下，这个"难道"，又怎么解释？

小男孩手里捧着一大堆玩具走进房间。孩子的母亲一改温良的样子，换种不容反对的声音对儿子说："去洗手！玩具不要拿进书房！马上老师要上课了！"完了又换了一张笑脸对海萍。

海萍坐下来跟孩子聊天，她发现这孩子会说一点儿，基础比Mark

当时强多了，但说着说着，日语英文一起往外蹦。海萍先检查一下他的学习水准，发现书上的字，他除了“你我他的妈是了”其他的一概乱讲，连回家的“回”和过马路的“过”都不认识。海萍开始跟他一点一点顺，逐字逐句讲解。

其间，日本妈妈进来送了水果和点心让海萍吃。海萍往男孩那边推了推，男孩主动摇手说：“妈妈说上课的时候不许吃东西，吃东西一定要在餐桌边。”

可海萍吃的时候，孩子就那么干瞪眼咽口水，明显是饿了的模样。其实海萍也饿了，那么好看的点心，非常诱人。海萍眼珠转转说：“咱们一起吃了吧，这样好肚子饱饱上课，你才会集中注意力啊！放心，我不告诉妈妈。”男孩犹豫了一下，抵不住诱惑，最终开始大吃起来。

海萍下了课没回家，而是直奔办公室，把文件打开处理。她一面干活一面内心牢骚：“从没见过我这样加班的，人家都表现给老板看，我这是专门趁老板走了偷偷干。”等把活儿处理完了，一看表，完了，什么车都没了。今天晚上回不去了。打个电话给苏淳：“我今天晚上加班太迟了，回不去了，你别等我了。”

“那怎么行?！回来！一个人在外面，出什么事都没人知道！而且办公室里又没被子没床的，你怎么睡？打车回。”

海萍想，晕了晕了，打车回去至少得30块吧？不知道要不要加夜间费？今天晚上的课上了等于不赚啊！“算了，我还是不回了。”海萍说，“就凑合一夜。”

“不行，一定要回。你明天难道不刷牙不洗脸就见同事？回吧回吧！又不是天天打车。我在家等你。你不回我不睡啊！”

海萍没辙了，只好拎包出门打车，心里那个疼！这一下就丢了好几块瓷砖！

周日，海萍对第一次来新家的海藻说：“你替我谢谢他。还有，这里一万块，你先还他。人家不收利息，我们也不能不自觉。反正我有了就还。”

海藻把钱推回去说：“不急。你急什么，不有我在那当人质呢吗?”

海萍叹气：“海藻。人穷志短。我因为前一段时间被钱拖累得觉得世界都快塌了，所以根本没时间去关心你。我一直很想跟你谈谈这个宋什么，你如果仅仅是因为要帮我渡过难关，我想，我尽快把钱还给他，你还是跟他断了吧……”

海藻不等海萍把话说完，马上堵姐姐的嘴说：“不是因为你。我没那么高尚。各种各样的事情交织在一起，就慢慢成今天这样了。你别老往你身上扯。我自己知道该怎么办。我不是小孩子了。”

正说着，苏淳进门，手里拿了一张纸，表情奇怪地看着俩人。海萍问：“怎么了?”

“物业管理放楼下的单子，说每个月物业费2200。怎么办?”

海藻海萍都呆住了。

海萍下决心说：“正好，反正我们也是打算另找住处的，这个月我们交，下个月我们就搬了。”

海藻忙阻拦：“那欢欢和爸妈呢？你不是让他们来过年?”海萍说：“我让他们别来了。来也住不了几天就走，浪费钱。”

海藻犹豫了一下说：“姐，这钱，你先拿去交物业费，最少要住满两个月，你盼欢欢来都盼那么久了。欢欢一定要来。”

35　我就愿意这样漫漫地想你

宋思明胸口憋了满满的气。

他在生海藻的气。回来以后，他就打算给海藻压力，不再去电话给那个妖女，等她主动来说想念。这一个礼拜过去了，海藻一点动静都没有，根本连问候的意思都不存在。仔细想想，这一路和海藻交往下来，几乎一直是自己在付出，而海藻，并不为之所动。

“算了，不要为一个女人花这么多心思，不值得。到此为止。”宋思明暗暗想。

就在这个时候，手机电话响，一个远方的老同学：“宋思明，你小子混得不错啊！找你要下面通报了!”

“胡说啥呀！你这不是就找到我了?”

“你的号码我还是问葫芦要的呢！跟你说个正事儿！20年同学会，今年过年，定在桐乡，到时候别不去啊!”

“怎么跑那地呀?”

“周中义包办的。那地方他搞了一个宾馆，有吃有喝有玩。因为是过年期间，你去别的地方，搞不好人家都门庭冷落车马稀。你去不去?”

“我看情况。过年期间，能有多少同学往那奔啊！不都各自回家了吗?”

“切，你土了吧！告诉你，一多半男的都去。这不正找个借口出来溜达溜达吗！多好的幌子啊！”

“你什么意思？”

“大家都说好，不许带家属不许带孩子，就叙叙旧。”电话那头意味深长地嘿嘿笑了。

宋思明眼前迷雾拨开，马上回答说：“我争取。”

“那我把你名字写上了啊！我们需要大批人马，这样好交代。”

要不要给海藻打电话？要不要？宋思明的脑筋又回到这上面来。不想了，打了再说。

海藻在办公室里正无聊。要过年了，业务基本都瘫在那里，谁都没心情做。要不要给宋思明去个电话？好几件事要跟他说。可他最近摆出一副不理不睬的样子，万一自己跑过去主动，倒显得有些热贴。而且，这个人，她总拿不准他在想什么，有点点怕。不像和小贝一起，小贝就是一汪清澈见底的清泉，你不必在意他究竟在想什么，有什么地方会惹着他。对于自己没把握的人，最好不要主动去贴人家的冷屁股。海藻下定决心。可“冷屁股”三个字一旦跃入脑海，自己就开始心神乱飞。

手机响了，天哪！是思明！海藻的心一阵狂跳。这大约是第一次，海藻在期盼他的电话，而且是那么焦灼。

“海藻，在忙什么？”对方语气一如既往地平静。

“不忙什么。”

“最近工作怎么样？”

“还可以。”海藻也一如既往地无可无不可的声音。

“去看过海萍了？”

“是的，礼拜天去的。”

电话那头的声音突然急转直下，带着急促和恨道：“你个小东西！你不忙什么，没别的事情，为什么就不能主动给我一个电话！你难道从来就没想到过我吗？”

海藻的心一下就酥了。对嘛！这才是我想要的嘛！

海藻的声音无限柔媚：“我不忙什么，没什么事情，大部分时间就在想你。我不能主动给你电话，因为我怕打扰你。我想你想得要命。”

宋思明那头如被电击。他抬手看了看表，果断地说：“你打个车，到上次那个地方，我现在有两个小时。我马上就要见你。”

海藻的“呀”字差点就蹦出来了，愉悦。“我不要见你。两个小时以后我又孤单了。我就愿意这样漫漫地想你。你……是不是有点……硬硬？我好想那个那个你……在你的……哼哼……”海藻在办公室，虽然里头没几个人，她还是压低声音在电话的这一边哼着说，她能感受到身体的某个蓓蕾绽放。

宋思明在那头气开始喘得有点重：“你赶紧给我出来，半个小时后，我要是见不到你，你死定了！我挂了。”说完迅速放下电话冲出门。

宋思明和海藻两个人光光地躺在床上。一副完事后的疲倦与狼狈。宋思明深深叹口气，翻身压在海藻身上：“你这个小妖精，你这个小妖精，你这个小妖精……”海藻无限满足，用手缱绻地在宋思明身下柔顺地抚弄。宋思明拿手拨开海藻的手说：“不要了。我要它一出现就是你爱的样子。这样子不好看。”

海藻主动亲亲宋思明说：“只要是你的，我都喜欢。大的神气，小的听话。你看！我叫它到这边，它就到这边，我叫它到那边，它就到那边，我让它敬礼，它就敬礼，我让它转圈圈，它就转圈圈。我让它打个结……哦！不够长。”

宋思明看海藻一个人玩得高兴，忍不住笑着摇头，一巴掌打在海藻的手上：“这是你玩的吗？你当它是玩具？”

海藻嘿嘿笑了，把头靠在宋思明的怀里。

“海藻，我真的很爱你。真的很爱。我自己都觉得不好意思，在我这个年纪上，像小年青一样说这么愚蠢的话。而在我年轻的时候，我从来都不好意思说出来。”

“你没对你太太说过吗？”

宋思明愣了一下，不接下话，拨弄海藻的头发。

“你的年纪很老吗？”海藻再问。

“嗯？不是你一直说我很老很老？我已经认命了。”

“那是以前。现在觉得，你一点都不老，而且……非常厉害！”海藻的表情陶醉。

宋思明受到莫名的鼓舞，海藻说他年轻！海藻说他厉害！宋思明很唐突地就将海藻的手拉过来放在自己的身下。海藻感觉猛虎在苏醒。然后叫道：“哎呀！不行！我累了！我不行了！”

宋思明不理她，低头深吻。

“求大爷饶命，你放了我吧！”海藻一边躲闪一边求饶。宋思明还是不理。

“真的不行了，真的不行了！哎呀！还有半个小时就到两点了！你还不快走？”海藻看了表说。

宋思明突然停住，趴在海藻身上不再动作，然后缓缓坐起来说："下次再收拾你。走吧！"

宋思明在穿衣服，海藻躺着不想动说："我累了，想睡觉。我不想上班了。我一高兴完了就瞌睡。"

宋思明巨得意，回一句："你那又没什么要紧的事情，你睡吧！"

海藻真的躺下了，藏在被子里酝酿睡意。"哦！对了！我姐姐不住你那了。你上次借的那套房子，哪怕不收租金，她都住不起，你知道物业费多少？2200！"宋思明把外套披上说："我既然说她能住，她就不必担心这些。钱有人交。你叫她安心住吧！"

"还有，她想过年的时候把欢欢和爸妈接过去住几天，你觉得可以吗？"

宋思明正准备出门，收住了脚步，回头问："你父母要来？那你过年在这里？"海藻点头。

"可以倒是可以。"宋思明迟疑地说。

海藻内心一惊，觉得宋其实想说拒绝的话。

"不过……过年里，有两三天，我想带你去一趟桐乡。这样，你还能出来吗？"

海藻乐了，原来是想私奔。"我试试看。你赶紧走吧！回头迟到了。快去！"

楼下是车发动的声音。

离开了宋，这套郊外的别墅就显得特别空旷和寂寞。刚才海藻还想投在宋的怀里睡一觉，现在就完全醒了。你想睡，是因为你喜欢的人在身边。他一走，睡意全无。海藻也穿起衣裳，离开这里。

海藻一出门，赶紧给车上的宋思明去电话。宋戴上耳机问："什么事？"

"你这个人呀，我不给你打电话你抱怨，我给你打电话你又那么冷漠，没事不能打的话，那我不会有什么机会给你电话了。"

宋笑了一下说："有事快说，在开车呢！"

"姐姐攒了一万块钱，要我还给你。"

"她那么急着还干吗？用钱的地方多着呢！"

"她说，快快把钱还掉，我就不必做你的人质了。"

宋思明哼了一声说："她以为她还了钱，不住房子，你就能跑得掉了？幼稚。"

海藻调笑着说："那你以为这点钱加一套暂时的房子，就拴得住我了？可笑。"

宋思明笑笑，车进大院，他收了线。

海藻对着滴滴的电话一撇嘴说："哼，连个再见也没有。"

36　加班，是亚洲文化的一部分

海萍下午正在干活，经理走进来说："郭海萍，周六上午过来开个会。"

海萍呀了一声说："都要过年了，还开什么会呀！你们难道都不用准备年货的吗？"

经理说："饭碗比年货重要多了。大老板从深圳过来，就那天早上有空，你还是来吧！早上9点。"

海萍不做声，过一会说："我儿子周六到，我要去车站接他。爸妈也一起来，老人带着孩子，没人接，人生地不熟的，我怕出事。"

经理的火气终于爆发出来了："郭海萍女士，你既然这么舍不得你的爱人、你的妹妹、你的儿子和你的父母，我倒有个建议，你不如不要出来工作，整天在家守着，他们随叫随到，我觉得做个家庭妇女比较适合你现在的状态！你占着这个位子又干不了这个活儿，门外那么多失业的人在等工作，你这不是浪费社会资源吗？"

海萍也怒了，回嘴道："经理大人，我怎么干不了这份活儿了？你吩咐的事情我不折不扣地完成，我不但干得了，还游刃有余。我现在拒绝的是加班。因为我能力足够，所有的事情都可以在工作8小时内解决，不需要侵占业余时间。我认为每天加班是低能的表现，当然有些人为表现自己，非要熬到老板走人才走，那是他个人的事情。可那也不能因此强行要求下属为他的业绩做垫背吧？我觉得白天不干活，到晚上点灯熬油磨洋工那才是浪费社会资源呢！"

经理怒发冲冠："郭海萍！你是不是不想干了？你要是不想干，完全可以辞职，没有人强迫你。我们公司就这制度，加班就是工作的一部分，你爱干就干，不干滚蛋！"

周围的同事一边拉着经理，一边拉着海萍，开始做和事佬。

海萍也不示弱："你凭什么叫我滚蛋？我要走要留自己决定，与你有什么相干？我一没触犯公司条例，二没不胜任工作，叫我滚蛋你拿出个说法！我告诉你！这是在中国！社会主义国家！你宣扬30多岁妇女真不能要的论调不是一天两天了，你信不信我去妇联告你歧视妇女？一个月你就付我3500块，除了税、三金和社保，剩的不到2800，就凭这点钱，你还想买断我24小时了？你算盘倒挺如意的！”

经理被众人哄着拉出门，还回头喊：“嫌钱少你可以找个钱多的啊！不用在我这里呆！”

门口老板出现了，很威严地冲办公室里看了看：“现在是上班时间，大家都各回各位。王经理，你到我办公室来一趟。”大伙都赶紧各就各位，海萍还气呼呼的，眼眶都湿了。

“事情就是这样的。”经理躬着身很小声地跟老板汇报，“您看……”

“她既然不愿意加班，那就不加。她不辞职是吧？你晾着她。给她换个位子，让她把桌子搬到走廊上去。从明天起，她不用干活了，就给她一张空桌子。她爱看报纸也好，爱打毛衣也好，你都不要管她。有事情也不必找她了。她爱呆多久呆多久。”

王经理点头称是。

晚上海萍一脸忧伤地回家。坐沙发上不说话。苏淳回来的时候，海萍都没问一句。

“怎么了？看你那张脸啊，如丧考妣。”

海萍摇头叹气不说话。

“出什么事了？说呀！”

海萍继续摇头叹气，最后吐出一句：“我搞不好要辞职了。”

苏淳根本不当回事，说：“你辞职那不是家常便饭吗？表现得那么难受干吗？”

“唉！你不明白，主动辞职和被迫辞职那是两码事。我现在不能失去工作，每一分钱对我都很重要！我既有内债又有外债，怎么也不能丢工作啊！”

苏淳问：“那为什么丢工作了呢？”

“别提了，为加班。那个鸟人经理，三天两头盯我加班，我现在哪能随便加班呢？每天晚上都是课。”

“那你不能怪人家经理啊！是你自己不愿意奉献，你两头都放不下，那怎么行呢？”

“咦？你这说的是什么话？你到底是哪头的啊？我不加班难道还是过错了？我加班他该感谢我才对，现在变成我欠他的了！”

“可加班就是亚洲文化的一部分。你看哪个亚洲国家的人不加班？人那么多，机会那么少，你不努力马上就给挤掉了啊！”

“苏淳！我在单位受了气！你作为男人，不但不安慰我，还要帮别人说话！我不加班为了谁？还不是为了这个家？我难道出去玩了？我难道出去花天酒地了？人家男人有本事的，谁让老婆出去工作受罪受气？你看这里住的女的，哪个不是在家带孩子做太太？怎么到了我，就得拼死拼活？你还向着人家说话！”海萍又开始拍桌子。

苏淳赶紧放下手里的茶杯，跑到海萍身边拍她的背安慰她说：“我不是说你。你对家的贡献是最大的！家里离了你，简直就过不下去了。我这是换个角度劝你，让你想开点。其实，不就一个破工作嘛，干不干有什么了不起的。此处不留爷，自有留爷处嘛！快别气了，看！这是什么！”

苏淳赶紧从口袋里拿出一个信封。海萍赌气不接，苏淳硬塞进她手里。海萍打开信封一看，又是厚厚一沓钱。“你……？又帮人画图了啊？”

苏淳笑笑说：“不费力钱就到手了。不过不是总有这种机会的。过了这个村，可能就没这个店了。这钱总够你好几个月的工资了吧？你就拿这钱当失业救济金好了。”

海萍还是生气，把钱丢在茶几上说：“你的钱还是你的。你挣再多，也不能让我好过。”

“奇怪，你刚才还说，人家男的怎么怎么有本事，让老婆在家当太太，我这奉献票子了，你还是生气？”

“那我要是工作不丢，这笔钱不是多出来的？凭什么让我把到手的钱当救济？哼！”

苏淳忍不住摇头笑了，说：“这个女人啊！真是没办法，进了她们手的钱，再想让她们掏出来，比登天还难。你要这样想，你现在每天晚上代课的钱，已经超过你现在挣的工资了。有这份工作和没这份工作，有什么区别啊？不上班你还清闲点。别气了别气了。赶紧休息吧！对了，你现在就辞职啊？这马上到年底了，你都干一年了，好歹要把年终奖拿到手吧？”

“哼！我没那么傻。怎么都得熬到拿年终奖，想现在赶我走，没门！”

第二天一大早，海萍去上班，发现走廊边厕所门口多了一张桌子。她没留意，继续往办公室门口走。等到了办公室门口才发现事有不对，每个人经过她身边的时候，都表情尴尬，而自己以前的位子，竟赫然摆了个文件柜！桌子不见了！

海萍勃然大怒，站门口就喊："这谁干的？我还没辞职呢！不给我桌子是吧！"掉头就往经理办公室跑。

经理坐着看文件，海萍冲进去就拍桌子："我桌子呢！是你搬的是吧！对不起，我今天就在这办公了！"

经理不阴不阳地答一句："你不是不喜欢上班吗？现在没你的公好办了。你爱干什么就干什么。喏，你桌子就在走廊上，厕所旁边。你爱看杂志也好，报纸也好，随便。但我先提醒你啊，你除了在桌子边上坐着，哪都不能去，要是三次点名不到，无故旷工，就自动除名了啊！这可是工作条例上写清楚的。"说完丢来一张纸，让海萍自己看。海萍把纸团作一团，丢向经理的脸说："你不就想要我辞职吗？好！我辞！你把奖金给我拿来！这是我去年应得的！"

经理阴阳怪气地笑了，说："哦！奖金啊！真不巧，今年我们部门奖金还怪多的！听说比平均奖还高出好几分呢！不过，公司临时决定，我们的奖金过年前暂不发放，待统计。等到三月再说。不过呢，如果统计得慢，四月五月也没一定哦！你呀，就老实在厕所边上坐着吧！"

海萍真想顺手拿起桌上景泰蓝的花瓶朝经理头上砸过去。胸口气得都有血腥的味道了。冷静，冷静。海萍告诉自己："我儿子还小，我父母都老了，可千万不能为了这个杂碎蹲监狱。"海萍的手都快摸到花瓶了，想想又收回来。她拎着包转身走出了大楼。

经理跟着探头看看，然后对对面办公室的人喊："给她记着，旷工一次。"

海萍哭着回家给苏淳打电话，电话里还口齿不清："凭什么扣我的钱？想叫我主动走人，门都没有！他不给我钱，我明天起就坐在厕所门口。我把着门不让他上厕所！看谁狠！"

苏淳皱着眉头小声说："海萍！你想开点，不就为了那么点钱吗？你何必跟自己过不去，搞得心情那么糟糕？给就给，不给就算了。人不能为了那么点钱，自尊都不要了。"

海萍边哭边喊："他凭什么呀！自尊，自尊值几个钱？自尊能当饭吃吗？我不是因为那几个钱！我就是咽不下这口气！当时说好的，80%做工资发，20%做年终奖。他现在扣的，是我一年里20%的工资！我凭什么便宜他呀！"

苏淳看旁边科长不时瞟过来的眼神说："好了好了，你先冷静。等我晚上回家再跟你说。我现在要上班。你在家呆着，哪都别去，听见了吗？"

海藻打电话来的时候，海萍还哭着呢！海藻一听电话里姐姐声音沙哑，没什么劲头，就觉得情况不对，赶紧打了个车就来到姐姐的家。

海萍不想让海藻担心，坚持不说，总说没什么，没什么。海藻生气了说："姐！你有话就明说。苏淳要是敢对你不好，我修理他！什么事情你干吗非得瞒着我呢?！你说！你要不说，我这就去找苏淳!"

海萍没办法，只好把事情说了出来，边说边擤鼻子，越想越难过。海藻听完了说："算了吧，姐。何必给自己找不愉快呢？我看算了。辞就辞呗，不就几千块钱吗？我补给你。"

"这不是钱的问题！他这是欺负人！故意叫我难堪！我咽不下这口气！一想到这个我就堵得吃不下饭!"

海藻沉吟了片刻，说："你暂时别去了，免得到那就难受。要不，我替你想想办法?"

海藻坐在办公室里，也跟着生气。小贝的头像在MSN上又开始跳："小猪猪啊！在干吗呢?"

海藻噼里啪啦地打回几个字："别理我，烦着呢!"后面无论小贝再怎么追问，她都懒得回答。

小贝只好追电话过来："怎么了海藻，出什么事了？值得你生这么大的气?"

"我姐给人欺负了。"海藻把事情的经过说给小贝听。小贝听完后说："那能怎么办？人家就铁了心不打算给你钱了，你又不可能为这点钱去告人家。我看你姐姐还是算了吧！何况我觉得你姐姐也不是一点错没有。现在每个公司都是要加班的。她不加班还对经理那么冲，人家不整她才奇怪呢!"

"你怎么这样说话呀！你到底向着谁呀!"

"我不向着谁，我只向着你。我是把道理说给你听嘛！你劝劝海萍，让她安心过年吧！别为这事让整个年都不痛快。"

海藻气呼呼把电话挂了。

宋思明的电话适时响起。

"喂。"海藻的声音一听就有气无力的。

"怎么了海藻？听你声音有点不高兴。"

"我不想说话，你别来烦我。"

"工作中有什么麻烦吗?"

"我不想再讲了，讲也得不到同情，好像都是我的错。"

"你说说看，也许我会同情你?"

“不讲不讲。你有事没有？没事我挂了。”

“晚上我想见你。”

“我没心情。没时间。我要回去陪姐姐。你晚上自己亲镜子去吧！”

宋思明乐了，说：“有话快说，我替你分析分析。我很讨厌亲镜子。”

海藻把过程再叙说了一遍。那厢宋思明哈哈大笑说：“我当多大个事呢！你姐姐工作这么多年，怎么气量还这么小？让她拉倒吧！几千块而已。”

海藻怒了，电话里喊：“你讨厌！不帮忙还说风凉话！我再也不理你了！”

宋思明继续笑着说：“不是我不帮，这种事情，我没法帮。也不值得我出手嘛！你让你姐姐眼光放远一点。工作总会有的，何必吊一棵树上。再说了，这世界原本就不可能事事如意，要想开点。”

“你你你！就是因为世界上像你这样什么都不在乎的坏蛋太多了，所以才有那么多平民百姓受欺负！你还觉得理所当然。你就像那个皇帝，问人家百姓，受灾了没米吃为什么不吃肉呢？”海藻真生气了。

宋思明故意逗她：“我？我到皇帝可差远了。那依你这个正义感很强的替百姓伸冤的小姑娘的意见，这事该怎么办？”

“不能让他们得逞，怎么都得把钱给弄回来。”

宋思明坏笑着说：“这样，我给你出个主意。你跟人家硬碰硬，是搞不赢的。可以来软抗，目的不就是把钱给弄回来吗？还是为出一口气？你叫你姐姐到地段医院去弄个肝病证明，或者随便什么病，心脏病，肾病，让医院开两个月的假。她也不必上班，钱，人家单位也不敢不给。等混两三个月后，谁吃亏就说不定了。你让你姐拿出长期泡病的架势，若过一段时间再拿个工伤证明巨额医药费去报销，人家会主动请她走人的。哈哈！我现在真是给你这小丫头搞得没办法。为了讨你高兴，我居然跟你一起玩这种猫捉耗子的游戏。”

海藻一听，立刻神情愉悦，接话说：“那你去替我找医生。我要这两天就拿到病假条。”

宋思明愣了：“我？又是我？我不干。你自己去想办法。我都替你想出点子了，你不会要我把水端到你面前吧？我这个身份干这种事情，太丢人了。”

“你去！你去呀！我不认识人！你快快去！我晚上好好犒劳你！姆嘛！”海藻甜甜地在电话里飞吻一个。

“我真不能去。我很忙。这样，我给你个号码，你去找这个人。你说是我让你找他的，他会替你办妥。”宋思明开始翻自己的号码本，“不过，说真话，海藻，我还是觉得，让你姐算了吧，为这点小事麻烦人家，何必呢？”

“住嘴！快找！”海藻娇嗔地呵斥。

两天后，海萍就拿到一堆看不懂的医疗报告再加上4个月的长假单了。

海萍得意洋洋地举着病假条对经理说：“休息4个月哦！估计三月是肯定不能上班了，四月五月也说不定，要是不好呢，病到年底也是有可能的。你们大家要是发奖金的时候，别忘记我哦！我现在回去休息了，拜拜。”

经理拿着海萍的病假单和一大堆病理报告找总经理。

“您看……这怎么办？她刚才临走还说，工伤，久坐坐出的毛病，月底来报医药费，说估计得好几万。”

总经理皱着眉头不吭声。

“我觉得她这肯定是假的！今天过来的时候神气得很，活蹦乱跳！要不要让她到我们指定的医院去查一下？”

总经理指着报告单说：“还查什么查？这是华山医院的！这是瑞金医院的！这是卢湾地段医院的。她三天就搞来这么多报告，你打算送她到浙江去查？这个郭海萍，什么背景？”

“不知道啊！没听说什么背景。那您看……”

“她今年合同什么时候到期？”

“她一签两年的，要到明年四月才到期。”

“合同怎么规定的？”

“提前终止合同要赔1个月工资。但工作表现不好除外。我们能不能以工作表现不好辞退她？”

“这样，你给她多发1个月工资，奖金全给她，让她走人。”

海藻晚上趴在宋思明的腿上抬头笑说：“你介绍的那个医生，好热情哦！还帮我找了另几家的医院，说多找几家，直接打倒他们。我谢谢他，他还说我见外了。宝贝，你很有人缘啊！”

宋思明眉毛挑一挑，说：“你只谢他？不谢我？”

海藻一翻身，一撇嘴说：“我当然要谢人家，你有什么好谢的。我人都是你的了。”

“嗯？你现在觉得理所当然啊！这样可不好。大家应该礼尚往来。”

“那你说，怎么往？你想我怎么谢？”

宋思明用眼神示意海藻。

海藻叹口气，开始松宋思明的裤子。“人情债我肉偿。”海藻无可奈何地说。

“你要这样说，我不要了。”宋拦住海藻的手。

海藻莞尔一笑说：“我心甘情愿的。巴不得多欠你几次。好了吧？快松手。”宋思明又笑了。把腿上的海藻抱到身边，压在头下晃晃，然后耳语道：“我要你……”

海藻一皱鼻子，说：“你怎么老想那样啊！不行！我有洁癖。我不适应，会恶心的。”

宋思明轻轻哄她说：“好好，咱们慢慢来，一步一步的。先建立你和它的感情。这样好不好，你仔细看看它，当着我的面儿。”

海藻脸红了，说：“摸可以，看不行。”

宋思明坐起来，把海藻放在自己腿中间说：“就看一眼。”海藻迅速掀下宋的内裤，猛一回头说：“看过了。”

“仔细看。”

“不要。好难看。”

“你仔细看看，看看就帅了。”宋思明循循善诱。海藻被迫仔细看来看去。“你的背面有颗痣，如果正常状态会藏起来。现在这样就看见了。”

宋思明笑了说：“有个笑话，有个家伙去做包皮环切手术，老护士看完了一哼，回来对小护士说，就那，他也好意思在上面刻着‘一霸’两个字！过两天，小护士跑来跟老护士说，你看错了，那上头写的是‘一柱擎天巨无霸’。”海藻哈哈大笑，“你是流氓！”海藻娇俏着捶宋思明。

“你把脸贴在上面。”

“去去去。”

“就贴在上面。”

“我不相信你。刚才叫我看，现在叫我贴，等我贴完了你就叫我亲了。我心里有障碍，不能克服。你不许勉强我。”

“你贴一下下。我保证不要求更多！我保证。”宋思明举起双手。海藻叹口气，把脸贴上去。

宋思明很喜欢看这个小姑娘一点一点走进自己的包围圈，慢慢地，掉进沼泽里。

宋思明在穿衣服，海藻站在床上抱着他的腰捣乱，宋思明笑着推她。海藻站起来，在他头顶一阵乱拨弄，头发给拨成一窝稻草。宋思明亲昵地呵斥她："别捣乱别捣乱。快穿衣服，回头感冒。"两人步出小爱巢，宋思明把海藻送到她的住所楼下，熄了火，然后从口袋里掏出一张卡，塞给海藻说："这个你留着，万一有需要花钱的时候，不必担心。"

海藻不接："都跟你说了我不需要了，你怎么还这样啊？我如果是为了你的钱，不如直接去找大款了。你讨厌。"

宋思明不由分说把卡塞进海藻的手里，握着她的手说："我知道这样很俗气。可一个男人爱一个女人的表现，就是让她过得好。我不能给你别的什么，只能这样了。请你不要拒绝。"海藻攥着卡说："你如果希望在我这里放个安心，那好吧，但我要明确告诉你，我不需要。我从未想过问你要什么，所以你不必自责。"

宋思明拉着海藻的手吻了吻。

小贝在楼上挂窗帘，无意中看见海藻从一辆车上下来。等海藻进门，问："今天谁送你回来的？老板？"

"不是，客户。晚上谈业务谈迟了，他住这附近，顺便送我回。主要是怕我不安全。他们最近传街上有榔头党，对准夜行的女人就敲。"

"是的，我也听说了，以后如果你坐公车回来，到站前打个电话，我去接你。"

37　钱，来得容易去得快

宋思明拖着疲惫的脚步回到家。爱人似乎已经习惯了他晚归，根本不问他去了哪，和谁一起。一边收拾他脱下的衣服往衣橱里挂，一边问："你说，咱们家要不要也装修一下，隔壁老周家刚装修完，他家找的师傅还挺好的，熟人介绍的。"

宋思明想了一下说："不必了吧？这种房子再装修也好看不到哪去。再说了，低调点比较好。"

"哎！你说，咱们要不要以爸妈的名义买一套房子？"

"最好不要。树大招风。"

"你这人！有了钱，不吃不喝不花，衣服不许穿好的，家具不许买贵的，那有钱有什么用？"

“你如果真的这么希望享受生活，那你就扛着我的脑袋去好了。你不要忘记你的身份，你是我的妻子。你出手几万十几万，钱是哪里来的？我告诉你，钱这东西，来得容易去得快。你现在收着，不代表就属于你了。迟早有一天它们都会有该去的地方。”

“好，你说怎样就怎样。但是女儿呢？她成绩不是很好，看样子想进好的高中很难，好大学就更难了，你为她想过没有？”

“我想过了。我会为她考虑的，你放心。”

宋思明和太太躺在床上聊天。

“你弟弟晚上来电话了，说陈寺福又给他送钱去了，问你怎么办？”

“哦！我明天给他去个电话。他没说爸妈的情况？”

“说你爸还是老样子，基本靠小菊伺候。你妈倒清闲了，整天出去打麻将。”

“辛苦弟弟和小菊了，过年了，你替我给他们寄一笔钱。我不能在身边照顾，父母就拜托他们了。”

“寄多少？”

“你自己看着办。对了，过年那几天。我们大学的老同学要聚会，在外地。20 年了，真快！都老了。”

“过年呀？那我不能去。我弟弟从外地回来，我们一家好不容易才团聚一次。你们怎么安排在这个时候？还跑到外地去？”

“有同学在外地开了个大酒店，他提供的地方，当度假。你不去就不去吧！不勉强。”

“在哪儿？”

“还不清楚，到时候他们会告诉我的。时间不长，可能初三去，初五或初六就回来了。”

宋思明的太太在黑暗中突然说一句：“我们俩是不是好久都没那什么了？现在真是老了，人一忙起来，一两个月都想不到。要在以前，简直是不可能的事情。人在 30 岁和 40 岁，差别真的好大啊！尤其是男的。”说完，手在宋思明身上探了探。

宋思明连忙推阻：“太累了。从早忙到晚。下次有需要，提前预约一下，我们暂定礼拜六好了。”

宋夫人一翻身，一撇嘴：“切！你还当你是专家门诊了！还预约呢！我是觉得两个人这样实在说不过去了，才主动安慰你一下的。不领情算了。”

38　女儿是爸爸的前世情人

海萍和海藻两人笑得倒在床上前仰后合。“你没看见我们经理那个馒头脸啊！当场就阴了。哈哈哈哈！”海萍好久没这么畅快地笑了。

“这下你解气了吧？现在可以高高兴兴过年了。”海藻也乐。

“唉！可惜，你怎么不早点认识他？那我也不必挺着八个月大的肚子还被迫主动提出休假不拿薪水，只保留职位了。现在的社会，你不认识人，没有后台，就只有被欺负的份啊！”海萍叹气，叹完气又无限担忧地看着海藻，“可是，海藻，你这样怎么办呢？这么跟着一个男人混，也不是个办法啊！还有，迟早小贝会知道，到时候你又怎么办呢？你老实跟我说，你和他，到底……？”

“我和他不会有结果的。他是走仕途的人，和我不过是朝露。找个机会，我还是要和他断的。这点我看得很清楚。对了，姐，说到小贝，我有个事情拜托你。过年里有两三天我要和他出去一趟，到时候万一小贝找我，你要替我遮一遮。”

海萍不答应也不拒绝，同情地说：“小贝这样太可怜了。他对你那么好。你怎么忍心欺骗他？”

“这也是我的痛苦所在，我现在一半是海水，一半是火焰。两边都欲罢不能。而且，我有预感，这种情况不会持续太长久。只是，我现在还没想好，下不了决心。”

“礼拜天爸妈来，你带小贝过来吃饭。”

海藻点头。

海萍接到公司人事部的电话，请她过去聊聊。海萍已经预感到他们要说什么了。

“呃，郭海萍，公司因为预算问题，今年岗位要大调整，不少岗位要紧缩，所以，很抱歉。”人事经理推来一个信封。海萍打开看了看。

“公司对你的表现还是基本满意的。但主要是现在公司的发展方向调整了，我们需要大量的技术人员，所以文案就不需要那么多了。”

海萍干干脆脆拿起笔，在合同上签了字，根本没多说一句话。

“预祝郭小姐未来更进一步！”经理站起来握手。

海萍打电话给海藻说：“他们要求我辞职了，连辞职报告都替我写好了。”

“那你怎么办？”

“我签了。反正原本就不打算在这里干的。该拿的钱也拿了，两清。”

“那你还打算找工作吗？”

“过完年再说。先好好陪陪儿子。我现在终于有大把的时间去办年货了，你说，你想吃什么？”

海藻跃跃欲试说：“我和你一起去！你等我！你在哪？我马上就到！”

“你不用上班吗？”

“没事儿！”

海藻和海萍在超市里逛，大包小袋装了一车，付账的时候，海藻争着就付了。海藻边迅速把钱递给收银员，边说：“又涨工资了！今年坐直升飞机上的。终于过上了工资过万，上两天歇五天的日子。我的梦想啊，实现了。”

“啊！你工资都上万了?!”

“还没，但也快了，如果连年终奖评起来的话。老板不过是拿宋的钱转手分我一点罢了。老板拿的才是大头。你可记得我上次出差去无锡了？那边的款到账了，老板这两天刚换了辆宝马。要是没老宋，他到现在还跟人家缠呢！我看他这两天，乐得屁颠屁颠的！”

陈寺福的确乐得颠儿颠儿的。他正推开宋思明的办公室。

“大哥，我刚办了点儿年货，突然家里通知我回去，我就用不上了，要不，给您送家里去？”

“你怎么回？”

“我开车回。”说完，使劲晃了晃有宝马标志的车钥匙。

宋思明淡淡一笑，一边整理抽屉一边说：“哟！换车了嘛！”

“嘿嘿，无锡那边的款子到了，赚的刚够一辆车。”

“哦！那说明你赚得不少啊！你小子怎么赚一个子就花一个呢？有没有想过把公司做大点儿？”

“哎！这就是我想的啊！我买车不是为了我自己，主要是公司的门面，现在人就认这个，你开个奥迪出门，人家都不搭理你，觉得你没实力。”

宋思明不屑地一笑：“那你觉得你开着宝马，就有实力了？我看你呀，只学到其表。”说完又想起一件事，说：“你哪天回来？”

“初十吧！反正公司里人都走光了，工人都要过到十五，我一个人在这里也没意思。”

“你初八就回来。初九有个港商到上海来转转看看，你全程陪伴。就用你那宝马车。”

“哎！行。大哥，有什么好处没有？”陈寺福嬉皮笑脸。

“没有好处。你要不愿意，我就找别人。”

“啊？我愿意，我愿意。真的一点好处都没有？”陈寺福还不死心。

“你呀！一看就不是个能成事的人。鼠目寸光。人干事情，不是图短平快的，也许你干十件事，只有一件有好处，但就那一件，说不定就够你用一生了。你做的时候，都要不求回报。有这个心态，你才能往高处走。你懂不懂？”

陈寺福半懂不懂，但还是应承着走了。

海萍晚上躺在床上跟苏淳聊天：“我终于失业了。”

苏淳一边翻着书一边答：“你又不损失什么。这不是最好的结局吗？再说了，你现在两个学生一教，不是和上班差不多吗？还清闲。儿子来了，你正好多陪陪儿子，一解你的相思之苦。”

海萍笑了，说：“人家说，女儿是爸爸的前世情人。我觉得女人生女儿是件愚蠢的事情。不是我重男轻女，而是我没道理给自己生个小情敌啊！”

苏淳说：“得，就算儿子是妈妈前世的小情人儿，你也没捞什么好。你再怎么爱他，等他一长大，今世的小情人又来了，你还是白疼。”

海萍笑着拧苏淳的嘴：“好话不说。但最少在他18岁以前，他是完全彻底属于我的。哼！”

苏淳还在翻书，又接话：“现在都早恋。只怕他14岁的时候就已经不属于你了。刨去前面的3年，你还有11年的乐。”

“礼拜天早上，我和海藻去接站，你跟小贝在家做饭。听到了？”

“那我跟小贝说什么呀？”

“咦？这叫什么话？有什么说什么呀?!”

“我现在见他，都不好意思。你说，他要是问起这房子，问起咱的首付，我该怎么答呀！这个海藻，不是陷我于不义吗？”

“他俩的事，与你有什么相干？你统统都不知道！你们男人在一起，不就聊聊无关紧要的国家大事吗？有那么多话题，伊拉克战争、美国对华政策，什么不好聊？非得聊家里头？听见没有？”

苏淳叹气。

周日一大早，确切地说是头天晚上，海萍就兴奋得没睡着，把给儿子买的衣服玩具，一样一样摊在床上摸来摸去。终于盼到天亮了，睁着两只兔子眼刷牙，边刷边跑到床边推苏淳："喂喂，等下我一给你打电话，你就把鸡蛋肉末炖上，儿子回来正好吃。一路没吃东西，估计饿坏了。还有，等下你去菜场，记得买条大的鲫鱼，再买点白蘑菇，炖一锅汤。不要放盐，我回来放。"苏淳正睡得香，迷糊着嗯嗯啊啊。

"还有还有，我把玩具收起来了，你可别拿出来，等下给他惊喜。"苏淳只好半靠着听，眼睛还没睁。

"对了，我还买了个跳跳虎的头套，等下我们一按下面的门铃，你就戴上，那条尾巴你也别在腰上。"

"什么呀！什么呀！为取悦你儿子，我都成什么模样了！你看你激动的！想当年恋爱，你也没这么殷勤地对我吧！"

"你懂什么呀！想儿子，那比想恋人可狠多了！他是我的血和肉给喂出来的。能比吗？我走了，拜拜！"海萍系上围巾匆匆出门。

海萍在公车上给海藻打电话："你出来了没呀？怎么听你那边还没动静？"

海藻还睡着呢，回一句："你起那么早干吗？你以为谁去得早谁接得快呀？火车都是有点的。"

"我怕堵车，早点到。"

"今天礼拜天，堵什么呀。你先去。我等会打车去。车站见。几站台来着？"

"8 车厢 3 站台。你快点儿！"

海萍收了线，满脑子都飘荡着儿子等会儿一见面抱着自己啃啊啃，啃出一脸口水的模样。小家伙肯定得长高长壮了，又半年没见了。想着想着，海萍在公车上一人就开始美美地乐了。

海藻是掐着火车进站的点儿才到的。兴许是要过年了，车站里满满都是人。海萍找到卧铺车厢，第一件事情就是把儿子从车窗里抱出来，下狠劲地亲："哎呀！妈妈的大乖乖呀！你想不想妈妈？你想不想妈妈？"海萍硬逼着人家回答。她想当然地以为自己如此思念儿子，想来母子连心，儿子也是想自己的。

谁知儿子非常干脆地摇摇头说："不想！"

海萍哭笑不得。姥姥还在旁边赶紧接茬："怎么不想？怎么不想？咱可想妈妈了，每天晚上睡觉前都举着电话说，喂，妈妈，给欢欢买糖。"

海藻跑到车厢里运行李，姥姥姥爷一起跟着下来。

海萍一只手抱儿子，一只手提个箱子。姥姥拿手直推她："行了行了，人多，你把孩子给看好就行了。丢东西我都不怕，要丢了孩子，谁都别活了。"海萍遵命只抱着儿子，边抱还边亲着。欢欢终于忍不住了，说一句："妈妈，你亲我一脸口水。好臭。"大家都忍不住大笑。

海萍对海藻说："对了，你赶紧给苏淳去个电话，让他把蛋蒸上。"

那一边，苏淳和小贝在厨房里忙。小贝系着围裙杀鱼，苏淳正在蒸蛋。小贝笑着说："世界终于颠倒黑白了！现在都是女人出去闯，咱们两个连襟下厨房。"

苏淳笑，突然问："小贝，你是不是打算今年结婚啊？"

小贝说："是啊！本打算五一的，但经济上有点紧张，争取十一吧！最迟不超过元旦。"

苏淳若有所思："哦！那你们打算租房呢还是买房？"

"我们买房。买套小的，先住着。过两年经济条件好了再换。我听海藻说，你们一次就搞定了？买了套大两室一厅？"苏淳笑着摇头说："还不是你老婆和我老婆两人的意见。我反正不做主。你千万不能让两个女人凑一起，基本上都是商量怎么败钱的。"

"海藻还好，不太讲究吃啊住的。对了，苏淳，你有没有觉得海萍最近这一段时间比较忙？"

"是的。她要上班还要教书，是比较忙。不过刚把工作辞了，这两天闲了。"

"她是不是每天回来得都比较晚？"

"是啊！课都是晚上的。"

"你见过她学生吗？"

"那倒没有。都是老外。没法交流。"

"哦！这样啊！你注意提醒提醒她，别太累了。"

"我知道了。哎！对了，小贝，你和海藻最近关系怎么样？"

"不错啊！"

"海藻是不是也比较忙？"

"她一直都很忙。现在上班不都那样吗？"

"你有没有问过她忙些什么？"

"没有。我不干涉她的工作。我想她属于那种比较勤奋的，所以工资涨得很快。人都是要付出才有收获的。"

“哦！那你也要劝劝她，让她不要太辛苦了。毕竟，家庭生活还是满重要的。”

“哦！”

晚上，小贝和海藻回住处。

小贝在收拾海藻父母带来的土产，海藻在上网。

“海藻，我今天跟苏淳聊了聊。旁敲侧击问他关于海萍的动向。”

海藻心里一惊，面上镇定地问：“他怎么说？”

“苏淳真是个老实人。我都把话说那么明了，他居然一点反应都没有。唉！”

海藻恼怒地冲小贝发火：“我家的事情，要你管什么管？多事！管好你自己就行了！”

“哎呀！你别生气呀，我不是不忍心看这个家以后出什么差错吗？欢欢那么小。你也不劝劝你姐姐，你怎么能看你姐姐在岔路上越走越远呢？”

“贝利！我警告你！你不要把你的猜测妄加到我姐姐头上。你怎么现在跟个事儿妈一样啰嗦？一点都不男人了！”

小贝吓得赶紧收声。

那厢，海萍经过激烈的斗争，最终失败了。儿子死活不愿意跟她睡一个床，任她把玩具堆满床。一到困了，儿子就开始往姥姥怀里钻。海萍有心等儿子睡熟了再抱过来，姥姥不肯了：“你那搬来搬去的不是折腾孩子吗？大冬天的，回头冻病了。算了算了。别强求人家，等过两天熟了，人家自然就跟你了。”

海萍无比失落地回了房间。

苏淳还戴着老虎头套，夹着根尾巴照镜子呢：“这都什么呀！为一小屁孩，让老子我出尽洋相。”苏淳爱怜地发着甜蜜牢骚。海萍还嫉妒着：“早知道不如我戴头套了，都怪你，就因为你戴着头套尾巴，他才和我不亲的。老跟你屁股后头转。从明天起，我戴着。”

“不妥吧？跳跳虎都是男生啊！突然明天变出一只女跳跳虎，很不像啊！”苏淳还冲着镜子摇尾巴呢！

“我贴上胡子。”海萍恨恨地说。

“对了，今天，小贝还问你的工作呢！”

“他问这个干吗？”

“可能是觉得你晚上上班不安全，让我劝你早回家。他真是个热心人，还有心思去管人家的事，他自己家都火烧眉毛了。我旁敲侧击地提醒他，他这个傻蛋，居然一点没意识到危险的存在。”

“苏淳！我讲的话你一点都没听进去是不是？我昨天晚上怎么跟你说的？你聊什么不好？你故意的吧?！海藻的事情，我做姐姐的还没说话呢，要你多什么嘴?!”

“你别生气呀！我其实什么都没说。我就是试探试探他，看他知道不，万一知道了，我也好提醒你们嘛！其实还不是为了海藻好。希望她以后幸福。”

“我家的事，你少掺和。老实装你的跳跳虎吧！”

39 中庸之道，就是中国之道

海藻送小贝到火车站，跟他吻别。

宋思明和太太到机场接小舅子一家。

满大街都张灯结彩，眼见着春节就到了。

海藻在海萍家的电话里跟准公婆拜年，电视里春节联欢晚会正在上演。

宋思明一家在宋太给弟弟买的新房里过年，爹妈也都在。

“这房子好可惜哦！每年就过年的时候热闹一下！”弟媳妇忍不住感慨，“你们平时干吗都不过来住呀！”

宋思明笑着说：“这是你姐姐送给外甥的礼物，那是你们家最后一点革命的火种了。”

年初二的晚上，海藻在收拾行装，海萍跟过来看：“你明天真去呀?”

海藻冲门外的爹娘使眼色，意思不让海萍大声：“你记得跟他们说我出差。”

“跟他们说什么都行，就怕回来跟小贝说漏嘴。他们一说你出差，你到时候怎么圆?”

“我尽量不带小贝回来，回也是快快就走。不给他们漏嘴的机会。要是小贝打电话来，你就说我回去住了，这里太挤。反正我住的地方没固定电话，他总得打我手机。拜托了！”海藻紧握海萍的手。

“他明天一早来接你?”

“嗯。”

“我想看看他。到时候我跟你下去?”

海藻迟疑了一下说：“为什么？你不放心我?”

“我总要知道自己的妹妹是跟什么人跑掉的。万一你出什么事，我知道去找谁。”

“哈哈哈哈，好像我去送死一样。”

海萍扬手作势要打海藻：“大过年的！不会说吉利话吗？呸三声！”

海藻赶紧呸。然后说：“那你明天送我下去好了。”

大清早，海萍送海藻到楼下，看宋思明开着那辆陆虎来了。宋思明下了车，并不意外地跟海萍打招呼。眼前的宋，中等身材，看起来精干得很，不像许多当官的那样脑满肠肥，油腔滑调，看着还挺稳重。

海萍笑了笑说：“谢谢你。海藻就交给你了。”

宋思明简短地回答：“放心。”然后给海藻开了车门，就开了车出发了。

宋思明的车直接驶上高速。和他在一起，海藻从没像跟老板在一起时那样手忙脚乱过。老板总是在前头一边开车一边冲海藻喊：“快，快查查，是不是下个路口出去！”海藻一听这个就头大。她是完全的地图盲，越是催，越看不懂。而宋思明开车的时候仿佛车里装着卫星定位系统，他对路线都谙熟在胸，聊着天就下去了。这让海藻好奇，忍不住问：“你是不是去什么地方都认识路？”

宋答：“不是，我出门前都事先查好地图。”

“可你难道就没走错过吗？”

“经常错啊，刚才就早下了一个路口，我转了个圈又回来了。我不告诉你罢了，反正你也不认识路。”

“我从没见你烦躁或发火过。想知道你生气的样子。”

“烦躁或发火是只有两种状态才会有，一种是低能，一种是高位。我两种都不是。”

“你为什么带我去桐乡？我可以问吗？”

“同学会。”

“啊？你同学会带着我？你不怕人家都知道？”

“那我为什么要怕呢？”

“肯定会传到你老婆耳朵里。”

宋思明笑笑。“那你究竟是希望她知道，还是不希望她知道？”

“我怕什么呀！关键是你。”

“那我又怕什么呢？你这个小东西，想得还挺多。”

海藻觉得，宋思明说话，只要他不想让你懂的，你就肯定不懂。

宋思明的车停在一家很新的酒店门口，然后走进大堂。他一把请柬掏出来，服务员就热情地招呼："哦！您来了！老板吩咐把您安排在二楼的角头那间。"

"对面住的是谁?"

"是上海国资办的瞿主任。"

"还有谁到了?"

"目前就你们俩。因为周总说，大队人马应该是明天才到，或者今天晚上。"

宋笑着拉海藻的手上二楼，直接敲二楼角头他们房间的对门。"谁呀!"里面传出声音。

"桐乡振东派出所的，临时抽检。"

"谁捣乱啊这是!"里面的声音高了，不一会儿，一个正宗胖子伸出半个脑袋。"嘻！是你这个狗不理!"说完敞开大门，重重拥抱宋思明，海藻看有两个宋思明大的庞然大物就这样压在他身上，生怕他给闷死过去。

"进来坐，进来坐。这位是……"

瞿主任指着海藻。宋思明歪嘴一笑，并不答话。对方立刻了解。海藻一踏进门，就见另一个高挑的白衣女郎正对着镜子梳头。宋一点头，海藻一点头，对方一点头。瞿毫不避讳地说："你二嫂。"海藻的脸腾就红了。这家伙更牛！

过一会儿，四个人坐在餐桌边吃午饭。白衣女明显是睡眠不足的样子，哈欠连天，不断用手捂嘴。海藻不怎么吃；听二人叙。

"喝什么?"

"随便。"

"喝白的那是注定要败给你这个酒坛子，跟你喝啤的。虽然我在酒精上输你一筹，但在肚量上一定要胜过你!"说完拍拍凸出来的肚子。

"嗯，这两年，你的官位随肚子一起增长啊!"

"什么呀！光见肚子长！以前还能搞大人家的肚子，现在就只能搞大自己的肚子咯!"说完拍了拍旁边白衣女的手。"你小子，不是号称情圣吗，世人皆醉你独醒，怎么终于也步入我们的行列了?"

宋给对方斟满酒，叹口气说："都吃五谷杂粮，都有七情六欲，我也未能免俗啊！不过呢，我既不是空前，也不会是绝后，我就算个中流砥柱吧!"

对方一撇嘴："切！你小子永远这个做派。既不是先进分子，也不是落后分子，专行中庸之道。"

宋笑了，说，干。一杯下肚后，胖子开始吃菜，而宋继续坐着，并不动筷子，“中庸之道，就是中国之道。中国人一直以来就是沿着这个轨迹走的。看着不偏不倚，却是特立独行。它既不会迎合时髦，也不会沦于堕落，这种中间状态才能在维持自我过程中保持最大空间。你走得快了，容易脱离队伍，枪打的就是这种出头鸟，而且风转向了来不及调头。你走得慢了，很容易被人理解为迟钝、愚笨，被自然淘汰掉。所以，我看中庸之道最好。”宋思明微笑着看胖子吃菜。

“是的，你这小子一路走来，四平八稳，没有任何起伏。从没站错过队伍。这跟开骰子赌大小一样，每次都押对的可能性几乎为零。你是怎么做到这个的？”

“我？因为我不赌。赌是一种运气。人哪能靠运气过日子啊！我就老实干活，不闻窗外事。不论谁上，都需要干活的。你只要老实干活，总是不错的。”

“哎！老同学，我这还有一个事要问你。”胖子看看身边不停哈欠的女人说：“乖，你先回去睡觉。睡好了再下来玩。”转头对宋解释：“她昨天打了一夜麻将，今天早上被我从麻将桌上拽下来的，还没醒神。”白衣女冲大家招招手，翩翩而去。

“最近吧，我搞不好要动一动。有这个意向。想请你给我算一卦，我是走好还是留好。”

“你自己什么态度？”

“拿不准。各有利弊。但我老婆的意见呢，是按兵不动。她讲奋斗了这么多年的江山，放弃了可惜。你说呢？”

“这个这个，嫂夫人的意见，还是要听的。女人，有时候直感很准。”

“可我这个老二就极力鼓动我走。新的地方底子厚，耐折腾。”

“这我就不好说了。涉及到你的家事了，我总不好帮这方偏那方。不过呢，我可以给你讲个故事。范蠡你知道是谁吧？”

“知道。”

“他当年帮助勾践夺了天下，就放弃将位，退了。去了一个叫陶的地方定居。他的二儿子在楚国杀了人，他让小儿子带着钱财去楚国把二儿子想办法给赎回来，托的关系门子都找好了。结果呢，长子不乐意了，他说，父亲啊，你让小儿子去，不让我去，难道是我不爱弟弟吗？你怕我害他吗？这样传出去名声不好听，我要自杀。这个陶朱公，就是范蠡，给他闹得没法子，只好让他去了。结果呢，大儿子没按他爸爸的意见去办，自己托了另一个门子去救弟弟。他爸爸求的那个人请求楚王大赦天下，这样陶朱公的二儿子就放了。大儿子一听楚王要大赦天下了，心疼送给那个人的钱，又把钱给讨回来了。那人一生气就让楚王在大赦前一天杀了二公子。大儿子带着二儿子尸体回到陶的时候，范蠡就哭了。他说，我当初不让大儿子去，不是因为他不爱弟弟，而是因为他跟我是从苦日子里出来的，知道钱财来得不容易，他一定会去把钱要回来，坏了大事。而小儿子从一出生就锦衣玉食，他不知道钱财的珍贵，自然丢下就走。这是我不坚持的下场啊！”

胖子看看宋思明，一拍他肩膀说：“你小子，这不是知子莫若父的故事吗？你的意思是，我那两位东西宫，还是该听西宫的话？”

宋思明说：“你这聪明人怎么一涉及女人就糊涂呢？那是儿子，换到老婆，你就要换位思考。你想啊，大嫂是跟你一路打拼过来的，知道你这一路的辛苦，她的角度，多是从你的大局考虑。这位二嫂，却是你风光荣耀之后的陪伴，她自然是希望家底越丰厚越好。你明白我的意思了？”

胖子放下筷子，一举杯说：“干！”

不一会儿，几瓶啤酒下肚。

胖子狡黠地笑着看宋思明说：“你……喝这么多，难道不想上厕所？”

宋笑着摇头。

“不好吧？……要去大家一起去嘛！不然我多丢人啊！”

宋继续笑，又自己喝了一杯说：“你肾小，原本大家都是知道的。没什么丢人啊！”

“走嘛走嘛，同去同去。”胖子拉着宋思明的胳膊要走。宋无可奈何地摇头说：“看在同窗的份上，我就与你同去，羞辱羞辱你。”

回来一坐定，胖子又拉开架势，一副轻松模样再上酒。

“还有个事啊！我这需要提个副主任。我若真走了，也就不管这鸟事了。但我若不走，这人就很重要了。现在手上两个人选，一个兢兢业业，任劳任怨，人也聪明踏实。另一个吧，有点散漫，听说喜欢那什么。”说完手指捻了一下，做摸麻将的样子，“但他的好处就是忠诚，义气，叫往东不往西。你说提哪个好？”

宋沉吟了一下说：“你知道普京为什么被叶立钦选为接班人吗？当时叶立钦考虑的人选很多，有能力强的，有背景强的，有温和派，有铁腕。但他最终把普京定为接班人，原因就一点：他忠诚。叶立钦当时改革失败，一下台搞不好就要给清算。这时候，任你什么领导人，都不会考虑国家前途，人民兴亡了，第一要想的就是怎么保自己的命，保家人的命。在这点上，普京是最好的人选。当年提携他的那个地方长官后来给轰下台了，是普京冒着政治生命的危险，千方百计把他给保护起来，并安全送出去。一个人有这样知恩图报的心，这才是叶立钦看重的。你现在选人，要选什么样的？能力强的？那是组织部干的事。能力越强的人，越觉得自己得到这个位置是理所应当的。他不会感恩于你。你在位的时候，他可能还尊重你，等你不在位的时候，这就难说了。相反的，那个礼义道德不通，四书五经不读的，他不会想那么多大道理，他就明白一个事情，那就是忠。你提拔一个人，究竟是要选个能力上业务上强过你的，让人日后记着他忘了你，还是找个不如你，跟随你，让人日后怀念你的呢？”

“嘿嘿，嘿嘿，嘿嘿，你这几年，通读上下五千年啊！你说的有道理。这个问题我也反复考虑过。行！听你的。”

没间隔多久，胖子又开始用拇指指背后厕所的方向：“你……要不要再去一趟？”

连海藻都笑了。

宋说：“为了不伤你的面子，我就再陪你去一次。”

厕所里，胖子尿之前，从口袋里掏出几颗蓝色小药丸来。“告诉你，不是咱嫡系，咱轻易不出血的。正宗美国货。拿着。算是哥哥我对你的一片感激。”

宋哈哈大笑，推着说：“拿回去拿回去。这东西，我不需要。”

“切！你不需要？你不需要说明你没达到一种境界。旁的哥哥听你的参考。这个呀，你得听我的。我一看你那小二子，就不是什么好摆平的料。眉粗毛散，鼻翼外扩，绝对是侯门深似海型的。她现在是还没发力，等她一发力，过不了两天你就应付不了了。你还是拿着！”

宋思明摇头笑着收进裤兜。“你为什么总喜欢拉人入伙？将你的小样本对应到大样本中？”

吃完饭，海藻闷闷不乐地跟着宋思明回房间。

“怎么了？一脸不开心的样儿？”宋边脱衣服边问海藻。

海藻不说话，过了一会儿才说：“我总算听到你的真心话了。你的老婆是与你共打天下的，是靠得住的。而我，不过是依傍你的权势罢了。”

宋思明一摆手，走过去打开电视机，将声音开大了，然后再走回来低声说："我那是说给他听的。其实，我是希望他不挪位子，我过一段时间要用他。你多心了。"

两人正叙着话，对门传来奇特的声音。海藻趴到自己门边听。听了一会，掩嘴笑了："这这这！这也太过分了吧！天还没黑呢！这才过晌呢！怎么动静闹得这么大呀！"

对面的白衣女叫得极其夸张。

宋听了一会儿，皱着眉头说："哼！这家伙，在向我宣战呢！刚才邀我去厕所的时候，就变相攻击我摆不平你。不行！今天我跟他杠上了。你别动，就站门那儿，回头你有多大声叫多大声。"

海藻笑得趴在地上："老大！这个这个，不是我的长项啊！早知道你们除了拼酒拼尿还要拼这个，我就带个扩音器来啊！"

"严肃点！我认真的！是可忍孰不可忍？说我别的我都一笑而过，偏就这个，不能输给他！"说完就开始褪衣服了。海藻不等宋思明过来，就把门开了一条缝，开始唱咏叹调："安娜啊啊啊啊啊啊啊啊啊啊啊啊……滴梭罗，提被子米呀啊啊啊啊啊啊啊……"回头冲宋一挤眼睛，"切！我比她高级，我都能上维也纳金色大厅！Who 怕 who？"

宋思明刚才还摩拳擦掌的，突然就爆笑到无力了，趴在床上喊："关门关门。你个小东西！你知不知道，幽默是这个最大的敌人？不能笑的！哈哈哈哈！"

40 我很认真地求你，做我的爱人

对门那间房间里，白衣女子面趴着床，两只手像坐飞机一样高举着。胖子一只脚踏在她背上，两只手拽着她胳膊正抻呢！

"啊……啊……！"女的叫声惨烈，"你轻轻的呀！我的腰都快折了。"

胖子都出汗了，边踩边说："叫你上按摩院你不去，我倒好，纯粹给自己找罪受，家里一个奶奶伺候着，外头一个奶奶伺候着！我这不有病吗？"

"啊……啊……"女的继续叫着不理。

"还没好啊？我已经不行了，我下了啊！"胖子的汗顺着脸都滴到白衣女的衣服上。

"瞧你那点劲儿！叫你运动你不运动。干这点事都嫌累。人家那不是椎间盘不好吗，让你踩那是对你的信任。旁人谁能随便摸我呀！"

“舒服不舒服?”

“去去去！死猪头！一看你那眼神，就飘荡着邪恶!”白衣女一脸娇嗔。

“我真是冤枉。人眼看粪佛眼看花。我这么说心底坦荡荡，倒是你这听的心术不正。却要责怪我。”胖子压在白衣女身上亲了亲她头发。

“我现在严重怀疑，我这腰病就是你这胖子压的！你赔我的下半生!”

“你那下半身，我不早赔给你了吗，我把我的下半身都搭进去了。你还不满足?”胖子快乐地捉弄白衣女。

“你呀，就没个正话。我问你，你去社保局的事情，你问他了吗?”

“问了。”

“如何?”

“不乐观。他给我打哈哈。”

“不是说你老同学吗？不是说以前同寝室的时候连内裤都换着穿吗?这点事情他都不帮忙？你是不是要下点本钱啊?”

“不需要。我了解他的为人。他要是能帮的，根本不要你多一句话，他就给你办了。他要是帮不了的，他也侧面告诉你，不伤你。我怀疑，这也不是他的意思，可能还是上面不打算让我动啊!”

“那现在怎么办啊?”

“等咯！等机会吧!”

听到门铃响，胖子赶紧站起来整整衣服跑去开门。门一开，对面宋思明也站着，中间夹了个凸脑门儿。“哈哈，戴三个表!”三方都笑起来了。

这个绰号是这两年刚给他安上的。前两年的一次聚会里，他学他们的头儿，那次刚兴学三个代表的时候，头儿喝得晕乎，根本搞不清楚状况，稿子摸半天没找到，秘书人又不在，一横心，决定凭三寸不烂之舌摆平台下听众。“三个代表，这是我们党我们国家进一步发展的需要，是社会的责任和群众的义务，对推动社会发展，走在世界前列起到标志性作用。”说完台下掌声一片。“我们不仅要戴三个表，领导时代的潮流，更要把握时机，走在机遇的前头!”他当时学得惟妙惟肖，过后大家都喊他“戴三个表”了。

晚餐的桌上成了三对。各人偕同女伴。“戴三个表”对着海藻上下打量。另俩人在聊天。终于忍不住了，“戴三个表”问胖子：“哎！你可觉得她像一个人?”

胖子也仔细打量海藻。海藻莫名其妙，都不好意思了。宋只管低头笑，并不接话。

“像谁呢？我就觉得她一低头的样子，那么熟悉，可一时就想不起来到底是谁了。”“戴三个表”还在研究回忆。

胖子也答：“你一说我就想起来了，我早上见她的时候，就觉得她看着面善，倒是没觉得像谁，你这一说，我也觉得有点。”

“戴三个表”执着地就海藻像谁的问题在反复思索，直到三个人打台球的时候，他突然一拍脑袋：“苏惠！她像年轻时候的苏惠！”“哦！哦！”俩人开始嬉皮笑脸地指着宋思明的鼻子，意味深长地点来点去。宋思明一脸无辜：“你们这副样子，搞得我跟苏惠怎么了似的。像就像呗，指我做什么？”

海藻一回屋就拦着宋思明问：“谁是苏惠？”

“大学同学。”

“他们为什么用那种腔调说我？”

“我也不知道。”

“她这次来不来？”

“她不可能来了。大学没毕业两年就得病去世了。”

“你和那个苏惠，真的没什么？”

“没什么。”

“哼，我不信。”

“信不信又如何？一个故去的人。倒是你这副样子，像足了一个拷问丈夫的妒妇。呵呵。”

“不理你，我去洗澡。”

“多放点水，我要和你一起洗。”

“呸！流氓。”

浴室里传来海藻放水的哗啦声。

放在床头柜上的手机开始叮咚起来。宋思明正想喊海藻，突然注意到屏幕上跳着“小贝”的字样，他心头一动，果决地拿起电话打开：“喂。”

电话那头本能反应了一句：“嗯？”然后愣了一下说，“对不起，打错了。”就准备挂。

“你没打错，你是找海藻吧？我给你叫去。”

“哦？请问，你是……”

“我是她的朋友。”

“她在哪儿?”

“她在宾馆浴室洗澡。你等一下，别挂。”说完，宋思明已经到了浴室门口，他推门进去，将电话递给澡盆里的海藻，并用手势告诉海藻有电话。

海藻拿起电话喂了一声。那边宋思明在关水龙头。

“海藻，你在哪儿?电话响了那么长时间你都不接?”

“啊!我在家呀!”

“我给你姐姐刚打了电话，她说你回去了。”

“是啊，我在我们的家呀!你在做什么?”

“我刚想起你，想都半夜12点了，问候你一声。家里就你一个人?”

“当然，这大过节的，还能有谁?不都回去了吗?”

“哦……那你晚上睡觉要把门关好，当心坏人。你住的地方比较偏。自己要小心。”

“知道啦!你怎么听起来不高兴的样子?难道是因为想我了?”

对方沉默片刻说：“是的，海藻，我很想念你。”

“你乖乖的，再过几天不就见了吗?爱你。”

“我也爱你。我挂了。”

小贝面部表情奇特，感觉很受伤。

海藻挂了电话，包着毛巾走出浴室：“你怎么接我电话呢?”

“我喊你了，你没听见。电话都响了好几拨了。我怕他着急。”

“你没说话吧?”

宋思明抬眼看看海藻答：“你是傻了还是糊涂了?这种问题你也会问得出?”

海藻笑了，说：“嘿嘿，我怕你把我戳穿了。”

宋思明并不高兴，过后自己去洗澡，洗完后坐沙发上抽烟，不与海藻说话。

“又怎么了?我又哪惹着你了?我这香香地躺在床上，也不见你来抱抱我。”

宋思明掐了烟问：“海藻，你是不是打算一直在我们中间徘徊着?”

海藻觉得气氛有点冷。她也不说话了。她没什么好办法对付宋思明。她只能在他心情愉快的时候说一点锦上添花的话，却不敢在他生气的时候与他调笑。他生气虽然不暴跳如雷，可让你觉得寒冷，有一种不可触摸的距离感。

海藻等了半天，没见宋思明有回床的意思，只好主动走过去拉着宋思明的手摇一摇说："我都没要求你跟你老婆离婚，你干吗就不能容我？"

宋答："这不一样。没哪个男人容忍自己的女人有另一个男人存在。"

海藻原本想戗他：依你的意思，女人天生肚量比较大？

可看宋思明很伤痛的表情，就话改边锋了："给我时间。让我慢慢解决。毕竟，我们原本是打算结婚的，感情很好。"

宋一把抱住海藻的腰，将头贴在海藻的肚子上："可海藻，你是我的。你的第一次是属于我的。"

海藻愣了，心想，这是哪跟哪啊？我什么时候第一次跟你了？

"说什么呢你？"

"海藻，我很珍惜你，我知道我很鲁莽，将你的第一次拿去。但你要相信我，我并不像许多男人那样，只对情人逢场作戏。我把你当我心头的珍珠，和我生命中最珍贵的东西。我要对你负担起责任，一个男人对一个女人的义务。你知道吗？我这一生，从不请求别人，但我很认真地请求你，做我的爱人。陪伴我，和我在一起。"

海藻心头有一点点感动，这个男人很动情啊！

虽然海藻没给他承诺，但还是怜惜地将他的头揽入怀中。

41 威严，富态，大奶气势

第二天，临到中午的时候，同学陆陆续续都到了，基本上都是男同学搭一小秘的格局。只有俩例外。一个是刚离婚的女同学，估计是趁机会来看看有什么机缘没有，不过看她落寞的表情，就知道基本没戏了。同学离婚的倒还真大有人在，只是都不单身，胳膊上都挎一个。而从年纪和外貌看，自己显然是没什么竞争力的。

男人都聚一堆该说的说，该笑的笑，小二奶们也都各自寻有意思的去聊了。这个女同学觉得自己哪拨都不属于，只好孤单地坐在鱼池边看鱼，好不容易，终于等来个伴儿。

班上杰出的著名的坚持不懈始终如一地怕老婆的葫芦同学携妻不带子地前来报到。葫芦的老婆，一看，那就是大奶气势。威严，富态，带着说一不二的做派。一进门就在人堆里扒拉认识的人，转一圈回来，勃然大怒，敢情以前认识的家属们，一个都没来！离异的女同学正巧碰上，赶紧凑一块儿聊天。

“这搞什么这是！太不像话了！这一个个的离的没离的，倒也通报一声啊！现在见面，那都没法称呼！你好，二奶！你好，情妇！你好，小秘！靠！”

离异女同学深表赞同，带着怅惘和嫉妒回答：“是啊！我真是不该来。”

“等一下吃饭，咱俩坐一拨啊！我是不能跟这些个人坐一起，太掉身价了！”她的手还四处乱划，把二奶们挨个都指过来。

人家二奶瞧她这边的架势，也主动拉开距离，省得自讨没趣。

开饭的时候，因为人多，男一桌，女一桌。大奶和离异女直往桌子的上位奔去，其他人各自找位子。海藻偏就恰恰落座在离异女的身边。

男的那边在高谈阔论。女的这厢显得相当地冷清。虽说是二奶，可列位架子都不小，依仗着傍的那个宠着，倒都不太客气。唯一的大奶脸都绿了。看那富态样，按说是爱吃的主儿，可对着满桌的佳肴，愣是不举筷子，旁边的离异女也只好陪着干坐。海藻不忍心了，便主动倒了点饮料递过去，又体贴地给两位布了菜。“大姐，吃吧！别客气。”

大奶瞟了海藻一眼，冷气直冒地说：“大姐？不敢当。想当年我们年轻的时候，社会啊，没这么开放。你说是吧？”说完捣了捣离异女的胳膊，然后又特别放肆和嘲弄地哈哈仰天大笑。

桌上立刻有奶奶不干了，迅速回嘴说：“怕是没赶上大好时机吧？要不然，估计比谁都急。哈哈哈哈……”笑得更加放肆。这一桌，气氛紧张了。

海藻都坐不下去了，耳朵眼睛和屁股，没一样不难受的。旁边离异女看出海藻的不自在，突然很温柔地来一句：“你和她们不同。我看得出。你知道吗，你长得很像我们大学时候的一个同学。”海藻浅浅一笑说：“苏惠吧？”

“啊！宋思明都告诉你了？”

海藻摇摇头：“昨天我也是听他的同学说的。苏惠是谁？”

“哦！我们系一个教授的女儿。人非常好。你的某些神态和她很像。”

“我听说她去世了？”

“是的，突发的白血病。很快就走了。引起班上一大堆男同学的扼腕叹息。”

旁边大奶忍不住接一句：“一群癞蛤蟆张着嘴等吃天鹅肉，没想到肉飞了。”

海藻不是很喜欢这个大奶，气势凌人，居高临下，当然也可能人家带着一肚子气。

散了宴之后，大家都回房休息，等晚上的卡拉OK。没醉不累的都去棋牌室报到。葫芦正要去打牌，见老婆横在面前：“你去哪儿?”

“我看他们打会儿牌。”

“跟我回房间!”说完头不回就进了屋。

葫芦跟着进来。

“你你你你为什么会带我来参加这种流氓大会?！你看看你们那拨同学，没一个好人。简直败坏风气！我跟那些个女人坐一起，我都丢人！她们怎么都没一点羞耻心?”

“是啊，我也觉得很丢人。”葫芦无限伤感地说。

“你丢人？我看你思想觉悟没那么高吧？你怕是因为自己带不上二奶才觉得丢人的吧?”

葫芦忍不住内心赞叹：老婆的水平就是高，一语中的！

但还一脸苦涩地说：“我也痛心啊！说起来都是20年的同学了，怎么大家都完全背离了当年的理想了呢?”

“我警告你！以后这种聚会，坚决不许你参加。不然迟早给带坏了。这次都带二奶，到下次，搞不好换妻都没一定了！道德败坏。”

葫芦忍不住笑了，心想：“我倒想换，可谁跟我换呀?”嘴上赶紧收住了笑答：“是没什么意思，下次不来了。不过，我现在去看看他们打牌，你先休息吧!”

“不许去！等会儿咱们就走了。”

“可说好了大家住一夜的嘛！我这一来就走，多不厚道啊!”

“你要表明你的立场！坚决不与他们同流合污。我在这呆得别扭。”

“我到这来，又不是为了宣传孔教的。跟大家加强一点横向联系，对自己以后也是有好处的。这社会，谁知道自己哪天要求到谁呢？你现在这样不给人家面子，等以后要用到人家的时候，怎么办?”葫芦跟老婆讲道理。

“那好，你去你的。反正我不会跟着你了。明天一大早就走。”

“吃饭的时候你还是去吧！不然一个人在房间里也没什么吃的。吃完就回来。你看电视也好，看杂志也好，再不行，你找陈蓉珍去聊聊天。”陈就是那个离异女。

“你去干你的事好了。不用管我了。我自己会安排。你要记得啊！

拒腐蚀永不沾!”

“知道了知道了。我带你来，本身不就是一个表率吗?你该高兴才对。人家的太太都蒙在鼓里，就你一个是被丈夫宠着当宝贝的。你还有什么不满意啊?”

大奶甜蜜地笑了，主动给葫芦开开门说:“吃晚饭的时候回来一趟，带我一块儿下去。不然我都不好意思。”

葫芦走到棋牌室的时候，几个人正在打120分。

“葫芦，你小子太不地道了。说不让带老婆你怎么又带了?”

“要么你们别告诉我，只要告诉我，那就该预想到我到哪不拖着她?不带根本出不了门儿。”

“你回去叮嘱你老婆一声，别出去乱嚷嚷，破坏社会和谐。”

“敢做不敢当?我不去说。谁怕嚷嚷谁去说。你怕?”葫芦挨个儿指着问。

“我不怕。”“我更不怕了。”“一边儿去一边儿去!”

指到宋思明，他不置可否地笑笑。

“这葫芦不地道，罚他倒酒。明显不跟我们一个战壕，把他踢出去。”胖子一边甩牌一边叫。

晚上，宋思明回房间，海藻正在浴室里。宋思明趁机给老婆孩子挂了个电话:“你们那边怎么样?丫头高兴吗?”那头的老婆赶紧把电话交给女儿，让父女俩通话。女儿在那头正叽里哇啦兴奋地跟老爸说什么。海藻擦着头发出来，一看宋思明那慈祥的表情就知道他在干吗。

“可是，现在是过年啊!没有商店开门呀!”“……”“为什么每次都是你对我提要求，而爸爸对你的要求你总达不到呢?这不公平。”“……”宋思明看到海藻，神情略有不自然，但谈话却在继续:“我明天就回去了。等回去再通过你这两天的表现决定……”

海藻灵机一动，坐在宋思明的腿上晃啊晃。

“好了好了，我不跟你说了，你把电话给妈妈。”宋思明在等。海藻的手开始松他的皮带。电话那头传来一个中年女性的声音，不停地说话，宋思明间或“嗯”个三两声。

海藻手在把玩，脸上带着不怀好意的笑，宋思明嗔怪着皱眉头。海藻越发起劲，坐在地上认真研究，毛巾滑落。宋思明突然不急着挂电话了，却絮叨上了:“你让爸这两天不要太兴奋，容易血压高。还有，最好不要下彩。不管多少对他都不好。上次他的同事不就因为自摸了个清一色杠上开花一下就中风了吗?”

海藻手不停，不时顽皮地抬头看宋思明。

宋思明依然保持着面部表情的平静，口里依旧絮叨着家常，过了十几分钟，终于听他说：“好了好了，不说了，明天我就回了。我挂了。”然后将电话挂上，低头看海藻一个人忙活。笑着摇头叹气：“你不要以为这样，就糊弄过去了。我们现在涉及的是大是大非的问题。”说完，站起来，将海藻拖到床边。

42 有情妇的男人，干的都是蓝领的活

小贝回来了，明显情绪不高。海藻去车站接他，拥抱，他没有像以往那样重重地将她揽入怀中。海藻没有察觉小贝的不同，依旧高兴地回家。

晚上，海藻吃了饭邀小贝去楼下行兼跑，小贝答：“我累了。想休息。”海藻讨了个没趣。待到熄灯时分，海藻在床上百般娇柔，小贝却不理睬，直到海藻拿出杀手秘技，小贝才慢慢恢复热情。海藻并不是真有洁癖，但某些亲昵之举，她只会和小贝才有。她会固执地认为，某些付出，必须是自己的至爱才可以。

小贝似乎有些力不从心，心不在焉，匆匆行事，完成任务。

“小贝，怎么了？这次回家，你不太开心?”

“嗯。父母问了我们什么时候结婚。”

“那你怎么说?”

“我说再等等。”

“等什么？等攒够房钱吗？我说了我不在意的啊!”

“哦！还是等等。”

“你对自己要求太严格了。”

“也许。”

海藻在上班的时候，小贝还是会发来 MSN，却不似以前那么开心地称呼她为小猪猪。只会问：“你晚上什么时候回去?”海藻会答：“下了班就回。晚上咱们吃什么?”小贝便说：“随便。”

陈寺福给宋思明打电话：“大哥！嘿嘿，真是太谢谢你了！红星置地刚跟我敲定一笔生意。你说的留条门缝，还是对的。我明天去无锡，你看……你那个香港的老板，是不是再换个人去？我都陪他两天了。”

“不行！你要么不去，要去就陪到底。红星置地那边先放一放。”

“哎！哎！那都是真金白银啊！人家不等我怎么办？大哥，您还是

换个人吧!”

“不等就不等。这边你无论如何要奉陪到底。”宋思明略带恼火地挂了电话。

晚上,宋思明一回去,就发现老婆脸色不对。不主动说话,闷头擦地。根据他对老婆的了解,她若是下狠劲干活的时候,通常情绪都不太妙。宋思明主动凑过去:“这大半夜的,又为什么不高兴啊?”

老婆并不接下话。还是擦地。宋思明只好抱起老婆的肩膀柔声问:“怎么了你?”

老婆眼泪就掉下来了。却不说话。宋思明一看这劲头就大约明白了,但还打算装糊涂到底:“家里出什么事了?萱萱怎么了?”老婆依旧不答,眼泪跟断了线的珍珠似的扑嗒扑嗒往下掉。“有什么事情说出来,看看我能不能帮上忙?”

老婆坐在床边抹眼泪。宋思明赶紧倒杯水递过去。“单位不顺心了?”

老婆哽咽着说:“今天,孙丽给我打电话了。”

宋思明一猜就是这事。“哦?她说什么?”

“你还装糊涂!跟你去的是谁?”

“我根本没必要装糊涂。我算准她会去,我算准她会给你电话,我算准你会知道。只是,她的嘴比我想象的还慢一点儿。我以为你前两天就该问我了。”

“我要你回答我的问题。别跟我也来这一套。”

“什么问题?”

“她是谁?”

“我想孙丽肯定已经告诉你了。连她长什么样,什么年纪,干什么的,她应该都说了。”

“可我要你自己说。她到底是谁?”

“你知道她是谁干吗?对你有什么好处?难道你去骂人家一顿?打人家一顿?”

老婆哭得更厉害了,虽然没有声音,但是压抑得喉头一动一动。宋思明等她哭得差不多了,递上一块毛巾说:“你该问我,为什么明知道你会知道,还要带她去。你难道不想听原因?”

老婆根本不接他下话,擤了鼻涕继续哭。

“她是谁并不重要。重要的是,她是一个女人。”宋思明顿了顿,看看老婆的反应。

“我在这个圈子里，如果这个有，那个有，我没有，很快我就给排出去了。慢慢地，我就被边缘化了。你在这里干，就要遵守这里的潜规则。你不遵守这个潜规则，别人就不会视你为知己，会防着你，背着你。这也是我必须要收钱的原因。在你心里，我真的是个贪图钱财女色的人吗？”宋思明坐在老婆面前的沙发上，握住老婆的手。

“我始终认为，钱只是一种途径，却不能作为最终的目标。做清官容易，不过博得个死后的好名声。而做好官难，因为你的职责，不是为了博个后世好听的名声，而是要切切实实做点事情。你要想达到自己的目的，就必须迂回前进。”

老婆背过身去不理睬宋思明。

“以前有个著名的清官，他的名字叫海瑞。海瑞一生清廉，穷到母亲过80大寿都舍不得买2两肉。的确，后世人都知道他是个清官儿。可是，他在位的时候，并没有实现他的抱负。他是支持张居正改革的。按说张居正掌权以后，应该把自己线上的海瑞给提拔起来，重用。可张居正一想到海瑞的清名，他最终还是没有用他。到死，海瑞都在被排挤。为什么？因为他的特立独行，他的不合群，他让人不放心。独善其身，听起来是很高尚，其实很愚拙，一个不懂变通的人，一个不懂得迎合低级趣味的人，是不能在这个世界上生存的。如果世人皆醉我独醒，那么疯的是自己。”

宋思明站起来又给老婆拿一块毛巾。“我相信，去的那么多同学，并不是每个人都心甘情愿地踏入浑水。可如果你已经身处浑水之中，就只能任鞋子被浑水沾湿。当大家出来的时候，都是泥袜子，那么互相之间谁都不会鄙视谁，并会传递信息，这个人是我族类。这就是我要的结果。你知道了，别人也会知道，这样我才安全。你明白我的意思了？”

老婆还在哭，不过声音明显小了。“那你和她到底有没有实质关系？”

“唉！我不过是逢场作戏。在我的心里，永远不会有人能够取代你。你何必为个不相干的人生气？”

“我不信你的话。我早就该想到你外面有人了。有多少日子了，你根本对我没有一点兴趣！我真是太傻了！”哭的声音又开始大起来。

宋思明叹口气，关键时刻到了，必须挺身而出。

宋思明抚摸着老婆的肩头，非常温柔，并不断加力，将头贴过去，闭上眼睛亲吻。老婆的肩头摆动，不让宋思明碰，被宋思明坚决地扳过身子，将手探入怀中。不一会儿，老婆流着泪软化了。

这是安定大后方的灭火剂。

怪不得胖子说需要蓝色小药丸儿，果然有点力不从心。下次要记着随身带。

自己与古代帝王的区别是：帝王想宣谁宣谁，别人都跟着伺候着。

而自己，谁宣自己，自己都得跟着伺候着。

做男人真不易。

别羡慕有情妇的男人，那干的都是蓝领的活儿。

43 我不过是你的一个棋子

海藻坐在办公桌前整理文件。桌前突然站了个影子。

抬头一看，她脸立刻变色，赶紧站起来。

对面是宋思明的老婆。

宋太上下打量海藻，半天不做声。海藻紧张得手里汗都出来了。宋太突然温和地笑了一下，轻轻说："原来是你。我们见过。"

海藻没敢接话。

"我在外面等你，你出来一下。"说完，宋太步出办公室。

海藻心底跟长了草一样的慌。这可怎么办呢？她怎么来了？她知道不知道啊？宋知道不知道啊？我要不要出去啊？她会不会带人来毁我容啊？她会不会叫人当街扒光我的衣服啊？我要不要给宋打个电话啊？海藻六神无主。想了半天，她决定给海萍去个电话："姐！你能不能到我办公室来一下？我这出了点麻烦。我有点怕。"

"出什么事了？"

"宋的老婆来了。"

"你等着，我马上就到。我打车去！你先拖她一会儿。"

海藻磨磨蹭蹭走到电梯口，看宋太在等她，四下观望一下，似乎没见带帮手来。海藻保持距离低声说："您有什么话就在这说吧，我还要上班呢！"

宋太又轻轻一笑说："你这个班，我看也是可上可不上的。你是不是害怕了？"

海藻不答。

"你放心，我不会对你怎么样的。我就是想和你聊聊。咱们到楼下的咖啡馆坐坐。"

海藻跟着宋太进电梯，依旧保持安全距离，又跟着她进了咖啡馆。

"我要柠檬茶。你要什么?"宋太跟服务员吩咐。

海藻低头答:"我什么都不要。"

"给她来杯咖啡。"

"什么咖啡?"服务小姐问。宋太愣了,心想咖啡就咖啡,怎么还有什么咖啡呢?思考了一下答:"随便。"小姐一看气氛不对,迅速退下。

宋太并不说话,一直在研究海藻。海藻吓得不敢抬头,心想:"海萍什么时候来呀?万一她在这里骂我,我该怎么办呀?我可千万不能哭啊!我这一哭气势上就短了。还有,真不该跟她到单位附近的地方,万一闹事,以后不要混了。"海藻的心七上八下。

"郭海藻,郭小姐。"

海藻迟疑着点头。坏了,她搞不好在确认会不会泼硫酸泼错人。我不该点头的。万一她抬手,我就赶紧把桌布掀起来,好歹挡一挡。对!我要紧盯她胳膊有没有什么动作。

"可惜了。"宋太又说。

海藻嘀咕,什么可惜了?说我这张脸蛋马上就要可惜了?NND,以后出门,我要准备个铁面罩!像我这样一个地下工作者,怎么能没有一点防护呢?尤其现在身份暴露的情况下。

"郭小姐,你这么风华正茂,和他在一起,真的可惜了。"宋太保持着面部表情的微笑,"他是什么样的人,我比你清楚。他这一生,不说一句废话,不干一件错事。所有的人或事,都是他棋盘上的棋子。像我这样的,作为一颗棋子也就罢了。可你还年轻,你太可惜了。"

"哦!原来是假意劝退的。当我是白痴。你以为说两句他的坏话,我就信你了?"海藻虽然不抬头,心却像奔腾电脑般高速运转。

"我和他只是普通朋友,我想您误解了。"

"呵呵。你不必遮掩了。他全都告诉我了。包括你们做了些什么,说了些什么。他需要你做他的门面,我也认可了。但有一点你要明白,他是不可能与你有结果的。他对你,不过是逢场作戏。他不会娶你,也不会给你任何承诺。他需要你当门面的时候,你就得在那杵着。他不需要你的时候,你就要适时告退。如果以后再有其他的门面什么的,你也别抱怨别生事。应该说的,我现在已经都跟你说明白了。你要想清楚。"

海藻的心哗啦哗啦地如砸破的钢化玻璃般碎成细渣。海藻不做声。

"作为虚长你几岁的女人,我好意劝你一句:还是不要拿青春赌明天了。他什么都不可能给你,到最后,吃亏的是你自己。"

海藻忍住胸口的气和泪，说话的声音有些颤抖，她的牙齿止不住地打颤：“谢谢你的好意。我从来没把未来押在什么人身上。我很快就要结婚了。我有自己的爱人。你又如何知道我不是逢场作戏？你的丈夫是不是爱你，你心里清楚。请你不要因为得不到，而将怒气发到我这里。”

宋太依旧淡淡一笑，毫无怒相：“该得到的我都得到了。爱我的丈夫，可人的女儿，应有的社会地位和尊重。女人到我这个年纪，活得这么舒畅的，不多。我没任何怒气。我倒是很同情你，希望你能在我这年纪上，也能拥有与我一样多的东西，而不是像过街老鼠一样出门小心翼翼。希望你以后的丈夫在知道你这段不堪的历史之后，依旧把你当成宝贝。你好自为之吧！”说完，拎了包走了，在桌子上丢下100元钞票。

海藻的手机响，电话那头海萍的声音：“你在哪？我在办公室里没见到你。”

“我在楼下的咖啡厅。”

海萍匆匆推门而入，看见海藻一个人孤独坐在角落，赶紧迎过去。海藻的眼泪一滴一滴掉下来，可怜巴巴地喊了声：“姐……”然后抱着海萍痛哭。

海藻不停哭泣，一看就知道受了惊吓和委屈。海萍拍着她问她俩人说了什么，她坚决不回答。海萍拿起桌上海藻的电话就走出门去。她搜索到那个“宋”字的号码，拨了过去。

宋思明正在政治学习，口袋里的手机震动，他掏出一看是海藻的电话，连忙悄悄走出报告室，去了厕所。“海藻！什么事？”

电话另一头海萍的声音传出：“呃，我是郭海萍。我和妹妹在一起。刚才，你爱人来找过她，她现在情绪很不好。我觉得吧，她们俩没什么见面的必要，你说呢？”

宋思明的心咯噔一下：“我知道了。你劝劝她。”

“改天有机会，我想和你好好谈谈。”

“改天吧！我现在在开会。”

“那好，不打扰了，再见。”

宋思明推掉晚上的应酬，下了班直接回家。家里一个人都没有。宋思明打了老婆的手机：“你在哪儿？”

“哦！我陪萱萱补习去了。得过一会儿才到家。你等我回去做饭。”

宋不说话，把电话挂了。

过了很久，老婆带着女儿有说有笑地回来了，看女儿在边上，宋忍住话没说。一家人吃完了饭，宋把女儿打发回房间做功课，然后拉着老婆进屋，压低声音说："你去找她了？今天？"

老婆漫不经心地一边擦护手霜一边说："是啊！"

宋心头怒气开始升腾："为什么去？"

"我会会她。看她是怎样的三头六臂。说实话，很普通。不符合情人的审美标准。至少没胸没腿没媚劲。就皮肤白点儿。"

宋压着怒火，开始压指关节。当他把关节压得咯吧咯吧响的时候，其实就是在疏导怒气。"你去找她，到底有什么目的？"宋的语气并没有失去平和。

"哦！纯粹的好奇。没什么目的。我原先挺可怜她的，觉得这样一个小姑娘，将青春搭进去很可惜。不过现在发现我实在是太老了，老到完全看不懂现在的女孩子。事实上，人家根本不以为意。我劝你，还是要小心玩火，别到最后烧到自己。她都跟我说了，有自己的爱人，今年要结婚，对你不过是逢场作戏。你心里有个数就行了。"

宋思明的心也开始裂成碎片了。他依旧平静地说："我早就跟你说了，都是逢场作戏。"

第二天一整天，宋思明都坐立不安。几次想给海藻去电话，都因为工作忙碌，跟着上头来回跑而没有时机。到下午临下班时，终于抽空给海藻去个电话："我晚上要见你！你在公司等我，我接你。"

海藻眼眶又红了，回一句："不见。"可惜，话筒里已经是嘀嘀嘀了。她呆坐着想了一会儿，在 MSN 上给小贝发消息："我今天晚上临时有应酬，不能回去了。你自己做饭吧！"

宋思明直到夜幕低垂，华灯绽放以后才给海藻去了电话。海藻一上车，宋思明二话不说就开着车把海藻带到郊外的别墅。他们的车后，一直跟着一辆出租车。

宋思明携持着海藻一路奔上二楼，反手开了灯，任海藻不停反抗。宋思明把海藻丢进沙发里，恶狠狠地指着海藻说："你！你！你对我逢场作戏！你！你！你要结婚！你！你有爱人是吧！我今天就做给你看看！"说完又把海藻一把推到床上，在海藻的推打中，强行进去。海藻先是低声哭泣，再后就眼泪奔流而下，无声流泪。宋思明带有发泄性质地折腾海藻，直到一动不动。

海藻哭得筋疲力尽，胸口脖子上是被宋思明发怒时吸的红印。她就那么瘫着，一动不动。

宋思明醒过神来，给海藻盖上被子，抱着海藻不出声。过了好久，他才说："海藻，我的心都碎了。"

海藻又开始哭，反手抱着他说："你为什么要那样说我？为什么？"

宋思明心疼又怜惜地摸着海藻的头发海藻的背说："我早已经不是我自己。对不起，海藻，对不起。"说完，非常非常温柔地在海藻身上的红印上亲一亲，"海藻，我无法不爱你。"

海藻哭着说："你根本不爱我，你只爱你自己！我不过是你的一个棋子！因为你，我才要忍受别人的唾弃！"

宋思明把手压在海藻的嘴上，亲吻她的脸说："对不起，对不起。我保证，我会用我的一生保护你。不会让你受委屈。"

海藻哭累了，沉沉睡去。宋穿上衣服，坐在她身边安静地守着，不时试探她的额头，摸摸她的手。等海藻睁开眼睛，发现已经是午夜1点了。她弹簧一样惊恐地坐起，迅速穿好衣服往楼下奔去，边奔边喊："天哪！太晚了！"

宋思明赶紧跟着出去发动汽车。别墅的铁门缓缓打开，汽车往门外行驶。突然，宋思明一个急刹车。车灯前面，是满脸写着伤痕和痛苦的小贝。海藻的头突然开始暴疼，无法自制。"天哪！"

海藻呆在那里。

宋思明也不动弹。

小贝的眼神痛到可以将海藻侵蚀，体无完肤。小贝就那样站着，看着车窗后面的海藻，然后默默地，孤独地离去。

44 里子伤了无所谓，面子丢了就完了

海萍晚上下课后，Mark拦住她，送给她一个包着漂亮包装纸的礼品盒。海萍很诧异，问："这是什么？"

Mark说："帽子。你不穿帽子。冬天冷，我想你是头疼的，送给你，是一个谢谢。"

海萍大笑，说："我们说戴帽子，不说穿帽子。我们说'你会头疼'，不说你是头疼的。"

Mark就感到很奇怪，问："你不是说wear是穿吗？为什么帽子不是穿呢？"海萍说："我们习惯说穿衣服戴帽子啊！你问我为什么，我也不知道。"

Mark又问："那你告诉我，什么用穿，什么用戴呢？如果是鞋子，用什么？如果是手表用什么？如果是眼镜用什么？"

海萍把她能想到的都用笔写下来，让Mark去背。她明显看出Mark

一头雾水。回家的路上海萍还在琢磨这个事情，怎么跟老外解释穿和戴的区别呢？晚上海萍坐在厕所马桶的盖子上洗脚，旁边苏淳在刷牙。海萍问：“你说，穿和戴有什么区别？为什么我们平时有时候说穿，有时候说戴呢？”

苏淳说：“习惯用语啊！很多习惯用语，你很难跟老外解释的。我们就这么说的，没道理。要不，英语里的 in、on、at、of，我们为什么老分不清呢？人家就是这么说的。”

海萍还在琢磨，她说：“不行，如果你这样教学生，就不专业，不系统，让人觉得语言没有标准。我一直跟 Mark 鼓吹中文是最科学的语言和文字，因为非常精练。英文得背十几万个单词，每个东西都有不同的发音。但中文就很系统，一看字形就猜出个大概。可如果我解释不通，他不会信服的。”

“那你就跟他说，穿是大件，戴是小件。”

“可袜子算大件还是小件？”

“这个……”

苏淳躺床上翻书，海萍还在旁边的梳妆台上翻字典，“字典上也没这个解释。我下次去，怎么跟 Mark 说呢？”海萍深陷其中。

“唉！就俩字儿，你花那么多时间干吗？多着眼大处。”

“不是，这个问题不解决，等下那个日本孩子又来问，我不是每次都尴尬？哎！对了，你发现没有，用穿的物件都很重要，用戴的物件都不太重要。比方说，你不穿衣服就出不了门，不穿裤子就出不了门，冬天不穿袜子就出不了门，但帽子、项链、眼镜、手表，都属于附属品，不是每个人都必须拥有的装备。是吧？”

苏淳琢磨了一下，好像是这么回事。就说：“要不，穿是一种生活必需或者是礼仪必备？戴是一种锦上添花？哎！那你说，戴套套怎么解释？这要是不戴，就不能干革命啊！这算不算生活必需？”

“去你的！讨厌！我先试试这么跟他说。等下次他再碰到类似问题不能解决的时候，我再想对策。我告诉你一个奇怪的现象，老外学中文吧，特好钻牛角尖。很多平时我们根本不会在意的问题，他们总想知道是为什么。看起来很浅显的问题，甚至根本不成为问题的问题，被他们一问，就觉得很难办。”

“这就是语境。”

“告诉你一个好玩儿的事情。你猜，英文衣服穿反了怎么说？”

“那我哪知道啊？这根本就是八级考试嘛！”

"叫 inside out。上下反，叫 upside down。你想不到吧？居然这么容易。里面的出来了，上面的下来了。那天我跟他说 opposite，你的衣服 opposite，他愣好半天。哈哈……"

"老婆现在很厉害啊！这种生活用语，大概只有在生活中你才能接触到。我们考的科技英语，没人教这个。"

"嗯，我现在觉得，照这么下去，我很快可以进国际大公司了。语言是一种工具，只有在你需要用它的时候，才突飞猛进。平时不用光为考试，还是不会说。"

"睡吧睡吧！你现在一天最少有 10 个小时在搞你的英语。剩下的时间就是陪儿子。我都快被你遗忘了。"

海萍恍然大悟地赶紧往被窝里钻，边钻边嘻嘻直笑："你要不要穿套套？"

觉正酣时，家里门铃大作，吓得海萍噌地就坐起来，另一间房的父母也赶紧跑出来看。海萍问："谁呀？这大半夜的？"

一个陌生男人的声音传来："海萍，我是宋思明，我送海藻过来住一晚。麻烦你开门。"海萍心里咯噔一下，想，坏了，肯定是出事了。赶紧开门迎接。

宋思明半推半抱着把海藻给搡进海萍怀里，喘着气说："对不起，半夜打扰你。拜托你照顾海藻。先让她睡吧！有话明天再说。我走了。"说完冲海萍父母微微一躬身，告退。

海藻已经哭得不成样子了。父母在一旁都吓坏了，追着海藻问，海萍赶紧挡着说："有话明天说，有话明天说，大家都睡吧！别冻着。苏淳你睡书房，海藻跟我睡。"

海萍摸摸海藻的手，冻得跟冰棍似的，脸色也惨白惨白的，赶紧把她扶到床上坐着，弄点热水给她洗脸，又翻翻冰箱，把儿子的晚餐奶拿出一包放热水里泡上。

"你晚上肯定没吃东西。怎么给冻成这样？先喝点奶。"海萍把奶塞到海藻手里。海藻都哭呆了，也不接也不喝。海萍替她开了口，硬塞她嘴里说："先吃东西，吃完了再想你的心事。喝了。"海藻又开始哭。

"出什么事了？怎么半夜跟他在一起？断了？"海萍关切地问。

海藻摇头。

"他老婆又找你了？打你了？他没护着你？"海萍急了，"哎呀！你倒是说话呀！你这样，不是吓唬我？出什么事情，姐姐都替你扛着。你杀人我替你去坐牢。但你得说话呀！"

海藻哭着说："小贝……小贝看见我们了。"海萍脸色刷就变了："给堵床上了？"海藻摇摇头。海萍舒口气："还好还好，不是最坏情况。你别哭了。他知道，本来就是迟早的事情。关键是现在要想个解决的办法。你的想法如何？"

海藻哭着说："我不知道。"海萍想了想说："你先休息吧，明天再商量。总会有解决的办法的。"

海藻又哭了，说："可是，可是，小贝不见了！我刚才回去，家里没有人。他会去哪儿啊！他会不会自杀啊！他家就他一个儿子！我可怎么办啊？"海萍一听，情况有点严重。说："你等一下，我给他去个电话。"

"他手机关了。"

海萍赶紧跑苏淳房间，把情况大概跟苏淳讲了一下说："你还是去找找小贝，万一他出什么事情，干系就大了！我们哪能赔得出人家的独生儿子啊？"

苏淳反问："这大半夜的，你说我上哪找？我跟他又不熟。"

海萍又赶紧回房间，摇着海藻说："别哭了别哭了，干正事。他的好朋友有哪些？他办公室电话多少？办公室地址多少？找人要紧。"

海萍又拿着电话地址什么的去了苏淳的房间。"你一个一个地去问，去找。一定要找到。"

苏淳闷坐半天不吱声，过一会儿闷声回答说："我觉得不好吧！这大半夜的，往人家家里挂电话。很快所有的人都知道了，你觉得这对小贝合适吗？他已经是成人了，不至于为个女人就跳楼。咱还是等等吧，免得人家本来没跳楼的念头，给你们这么一宣扬，真没活路了。男人都要个面子。里子伤了无所谓，面子丢了，就完了。"

海萍一听，觉得也有道理，又束手无策了。

"都睡吧！明天再说。也许明天小贝自己就出来了。给他点空间时间。"苏淳说完就关灯准备睡了。

等海萍回到房间，另一个麻烦又站在眼前——妈。

"哎呀！妈！你别跟着添乱了，赶紧睡。"

"你们是我的女儿。出了事情我怎么能睡得着呢？有什么事情，你们还是说出来听听，也许妈妈能给你们提个解决的方法。"

姐俩没一个接话的。海藻的眼睛跟桃子一样红。这一晚上，海藻除了哭，没干别的。

"如果我没猜错，海藻，你跟刚才那个男的，是不是关系不太正常？

我看他抱着你回来的。”

姐俩还是不说话。

“海藻啊！你是不是和小贝断了？这么多天，我就见过小贝一回，还是那天到的时候见的。他回来了也没给我们打个电话，没说来看我们一下。我昨天就跟你爸说，小贝这孩子一直都特别热情，平时还给我们去电话呢！怎么这次我们来反而疏远了。看样子我果然没料错啊！”

妈妈看着沉默的二人，叹气道：“你们不说，我也能猜个大概。不过海藻，小贝是个好孩子，靠得住，人也好。你们俩交往的时间也不短了，本来今年都要结婚的。不能说散就散。人总要讲点感情的。刚才那个男人，我看了。觉得……觉得不自然。你可千万不要糊涂啊！”

“哎呀，妈，你快去睡觉吧，这大半夜的，你光着大腿披着件毛衣干吗呢？海藻的事情，我会替她处理的。”

妈妈叹口气，转身出门了。临出门前突然丢下一句：“我看你，根本就是个糊涂人。还替人处理呢！”

45 低头一笑时分，突然魂归大学时代

宋思明到家的时候，都过了夜里三点了，非常疲惫加头疼。小贝转身离去后，海藻愣了足有一刻钟才跳出车去准备追，被宋思明拉住了。外头起了大风，要变天的样子，落叶满空飘荡，他怕海藻出事，硬把海藻塞回车里。他默默看前方，等海藻从抓狂的反抗转为嚎啕大哭再转为啜泣，然后才发动汽车把海藻送到楼下。该来的总要来，海藻迟早要经历这一天。也许别的苦痛他可以替海藻分担，但这种分离之痛，只能海藻自己承受。

他把海藻送到楼下。海藻根本没勇气踏出车门。没办法，他又夹着她回到五楼，替她掏出钥匙，开了门。门后面的事情，得海藻一个人面对了。他帮不了忙。

等他再发动汽车准备离去的时候，海藻从楼上狂奔下来，擦着车身跑出去，他赶紧再追上：“你去哪?!”海藻大叫着说：“小贝不在家里！他没回来！我要去找他！”宋思明一看这状态，再想想这时间，显然把海藻一个人留大街上是不可能的，他当机立断推了海藻上车，直奔海萍的家。

等忙完这一切，宋思明已经精疲力竭。他省略一切洗漱，直接上床，身上还带着海藻的味道。老婆背对着他，等他躺得近乎入睡了，突然来一句：“你这逢场戏，做得很投入啊！”

宋思明的无名火噌地就上来了。今天这一夜，所有的一切，既是他期待的，又是他害怕的，既希望早日来临，又害怕面临终结。他自己这一阵都在痛苦中摇摆，究竟是迫海藻了断，还是保持现有状态。虽然每次床笫之欢后，他都有一种心痛的感觉，觉得这个女人并不完全属于他，从不说爱他，也不表现得特别依恋。他很介意那个占据他所爱的女人心灵一半的男人。可他又害怕在时机尚未成熟的时候，搅乱局面不过是让自己提前下野。

他不轻易决断。不过他的不轻易决断，被他老婆的一次意外相见而破坏。

所以有了他对海藻的愤懑发泄，所以有了海藻哭着说被人唾弃，所以有了最后的兵戎相见。

她如果不来招惹，宋就咽下这口气了，毕竟有愧在先。可她很不识相，在自己已经肉体精神都疲乏到顶点的时候，冷言挖苦。宋思明觉得自己拳头发热，有揍人的欲望。不过在宋四十二岁的生涯里，没对人动过武，尤其是女人。

他想说："我警告你！你最好别去招惹海藻！不然我叫你好看！"这句话都卡在喉头了，却在出口前的一刹那骤然转向。谁之过？是老婆吗？是身边这个与自己生活15载的女人吗？是谁造成了今天这样混乱的局面，让身陷棋局中的每个人都很受伤？

说起来，自己应该是受伤最轻的。是他在海藻低头一笑的时分，突然就魂回大学时代。那个穷小子暗恋大学教授之女而不得，苦苦熬过爱极却不敢表白的青涩年代。当年的他就默默发誓，如果有一天，上天再给他一次机会，而他能够有条件有勇气有能力，他一定不再错过。

而妻子，又有什么过错？

即使在他知道自己不是妻子的第一个男人的一刻，他已经选择了忽略不计。当人选择了向上的阶梯之时，就要丢弃很多细枝末节。

海藻，是上天放在他眼前的那个弥补的机会。让他有机会重新活过。也许，这20年的奋斗，都是为等待。

这一切，与身边的这个女人无关。

他调匀呼吸，轻轻说一句："我提醒你一下，以后，不打招呼的事情不要做。免得不好收拾。我的意思，你明白。"

一片静默。

海藻虽然躺着，眼睛却睁着，思想高速运转，五点多的时候，突然坐起来说："姐，我得回去。我还是得回去等小贝。一切都是我造成的，我不能在这里躲着。"说完就穿上衣服准备走人。

海萍披了衣服追出来："我陪你吧！"海藻说："不用。我们俩自己的事情，自己解决。"

海藻出了卧室，看见父亲正坐在客厅的黑暗处默不作声。海藻原本想偷偷溜走，却听父亲喝了一句："哪儿去？"

"回去。"

"你回去，替我给小贝认个错。就说我没把女儿教育好，对不起他。"

海藻简直像被父亲扇了一巴掌一样地难过，跟过街老鼠似的悄悄拉门走了。

海藻没请假，也没上班，在家一直等到早上10点多，才听见小贝开门的声音。海藻拉开门，被小贝的样子吓坏了。

46　这一天，他本该是个父亲

宋思明如常起床准备上班，路过客厅的时候，发现餐桌上放了满满一桌的菜，老婆还在往桌上端呢。宋思明不知老婆葫芦里卖的是什么药，一大早要起来做满汉全席。老婆不解释，依旧忙碌自己的。"坐，吃早饭。"老婆平静地说。

"这么一大早，吃这些，我吃不下。我上班去了。"宋思明看看桌上的菜，准备走人。

"坐！吃不下也要吃。这个土豆丝你一定要尝尝，是你女儿亲手做的第一个菜。"

宋思明迫于太太的坚决而坐在桌边，直到太太端出一盒被切去一角的奶油蛋糕，上面依稀仍见"15岁生日快乐"的字样。宋思明突然眉头紧皱，懊悔地用拳头一捶桌子。昨天是女儿虚15岁生日，他这个做爸爸的完全忘记了。

老婆跟叙说人家的事情一样平淡地说："昨天，萱萱等你等到12点才睡，其实也不是等你，在等你答应的礼物。你要么别答应她，既然答应了，就要做到。我们都以为你会回来，没想到这么迟。不过迟也好，你今天还能补，就说是昨天买的。"

"为什么不提前告诉我一声？"

"萱萱在你去桐乡那几天，不是打电话告诉你了？没几天的事，没想到你会忘记。你以前是从不会忘记的。"

宋思明发自内心地说了句："对不起。"

"你别冲我说。你跟萱萱说去。这应该是她长这么大，你第一次忘记她生日吧？你心里有没有我，没关系。但女儿是你自己的。你没她可就……你今天还是替她去买了吧！"

"我今天没空。还是你去吧！就说是我买的。谢谢。"

"怎么，你还是要去见她？"

"不是，今天有几个重要的会议，可能会走得很迟。我现在已经要迟到了。拜托了。"宋思明匆匆出门。

宋思明自信自己的头脑像电脑一样清晰。别人当秘书的，都特别有条理，他曾经看过好几个秘书，把文件整理得从 A 到 Z，从日到月到年，规范操作。他看起来并不是特别有序，但他的头脑却像瑞士钟表一样精准，绝对不会记混一个会议，不会写岔一篇稿子，记错一个人的名字。每天一睁眼，他甚至不必仔细去想，就心中有数今天要做哪几件事情，甚至时间的长短，轻重缓急，他都有一本明账。这是一种天生的素养。他不必在日历上写下每个人的生辰八字，每年的节气假期，提前几天他自然就了然于胸。他甚至记得每个老干部退休的日子，提前提醒领导前去拜望，并按级别准备相应的礼品。

可就在昨天，他的电脑突然产生了病毒，或者说，海藻就是那个病毒，因为她，他居然忘记了自己爱女的生日，忘得一干二净。在女儿炒菜的当儿，他搂着海藻在床上折腾，在女儿等待的当儿，他看着海藻熟睡。

他竟然忘记了，这一天，他本该是个父亲，有幼女需要呵护。

很愧疚。

小贝的鞋子满是灰尘，裤腿泥泞，头发蓬乱，眼红如兔。那种带着颓废的肮脏，很吓人。海藻除了看着小贝，一句话都不敢说。小贝在门口僵立了一会儿，转身又要出去。海藻上前一把拽住小贝："别走！你累了，需要休息。等会儿我走。"

小贝估计也是实在撑不住了，跌跌撞撞走进房间，扑倒在床上，连一秒钟都没有，就睡了。小贝走了一整夜，从城市的这头走到那头，中间还迷了路。刚开始是五雷轰顶，明明大约知道结局，可还是无法接受。在走了 6 个钟头后，思绪就全然不在精神痛苦上了，而陷于肉体疲惫。他又不想回去，又不知道去哪儿。在街头游荡到第 9 个钟头，终于发现自己最终还是站在了自己家的楼下。

睡了再说。

然后这一睡，到天黑都没醒。小贝开始发高烧，嘴唇燎起一圈泡，嘴唇皮开始一点一点脱落，阵阵发冷，无论海藻给盖多少层被，他都像受惊的孩子一样瑟瑟发抖。其间海藻摸了他额头几次，觉得有些怕，想送他去医院，都被他推开了。海藻又担心惊动同屋的人，只好自己去药店买了些退烧药，酒精棉和葡萄糖粉。

海藻仔细地替小贝脱了衣服换了衣服，帮他擦干身，用酒精降温，喂了药下去，又灌了点葡萄糖水。海藻很害怕，不知道小贝这样要烧多久，是不是该叫姐姐一起把他送进医院，可她又期待，也许下一分钟，小贝的烧就退了，毕竟，他还年轻。

夜里，海藻坐在床边，静看小贝英俊的脸庞，那样清澈与无辜。

小贝会在半昏迷半睡梦中突然睁开眼睛，看着海藻，然后轻轻说："海藻，我爱你。"海藻的眼泪扑扑直流。

到天亮的时候，小贝醒了，却不动弹，一个人背对海藻冲着墙发呆。海藻就趴在床沿上睡着了。小贝转身看看海藻和身边乱七八糟的酒精棉，叹口气，将搭在被子上的自己的棉袄给海藻披上。海藻立刻惊醒，瞪着慌张的眼睛看着小贝，却一句话都不敢说。

小贝无限伤痛地盯着海藻死看，再叹一口气，背过身去不理。海藻伸手摸摸小贝的头，已经不烧了，心中的重石顿时轻了一大半，赶快去熬粥。等海藻把粥熬好了，放了糖吹到不冷不热给小贝端进来，发现小贝又睡着了。海藻将粥放下，又轻轻坐在小贝的床头。

到晚上九十点，小贝的热度又起来了。海藻又一轮忙碌。海藻摇着小贝说："小贝，求你，和我一起去看医生。"小贝根本不理。海藻就站在床前掉眼泪。小贝回头看一眼海藻说："我没事。烧是一种自我保护。你不必在这守着了。回你姐姐那去吧！"海藻站着不动，只是哭。

小贝太累太累，怎么都感觉睡不够，老是不想醒，他于是说："海藻，我再睡一会儿。等起来就没事了。"再睡。

梦里，小贝对着墙说："海藻，我真的很爱你。"

海藻抱着小贝的胳膊靠过去，流着泪说："我也是。小贝，对不起。请你原谅我。"

小贝很温柔地揽着海藻，不一会儿，就像婴儿一样很有安全感地硬将自己塞进海藻的腋下，睡得很踏实。

而等小贝清醒过来，又是一副拒绝的表情。不说话，阴郁。

海藻很希望小贝一直熟睡，梦里乖得像个宝宝，又温柔又深情，一直都不醒，直到再次醒来的时候就什么都忘记了。

小贝这样反复着，四天没吃东西，只喝一点水。人都瘦得脱了形。另一个脱了形的，是海藻。海萍几次打电话来，海藻都用平静的声音在电话里跟海萍说："我很好。我们都很好，你别担心。你不用过来。你过来了他反而没有勇气面对。"

到第五天上，小贝彻底醒了。一大早就坐起来，看身边的海藻被痛苦折磨得非常苍老的脸，带着惊慌、愧疚，不敢直视小贝，偶尔目光里会流露出一种"随便，爱谁谁"的决然。小贝突然就有些不舍得。这个小女人，跟自己到处搬家，在街头穷逛，上菜场买四两韭菜被人笑，两人绑着腿学三脚猫，趴在自己的背上让背着上楼，生日礼物只要一块价值两元八角的小蛋糕。说起来，自己是Nobody，可这个小女人却说，以后，我们俩会在一起，结婚。你叫贝利，你的儿子会叫贝肯鲍尔，你的孙子会叫贝克汉姆。我是一棵大树，发出好多枝杈，每个枝杈上都挂满果实，他们都叫我老奶奶、老太太，而你，就是那个被我踩在脚下的根。我越老，被你拴得越深。

小贝的眼泪掉下来，滴在海藻的头上。海藻更加不知所措。她不敢说对不起。因为这种过错已经不是一句道歉可以解决。现在，她就是犯了罪的囚犯，在等待小贝的宣判。无论结果是什么，她都决定承受，只要小贝好过。

小贝一直流泪。小贝仰望天花板，希望眼泪回流，可是就是止不住。

小贝终于一把揽过海藻的脖子说："海藻，我爱你。我还是想和你在一起。我该怎么办?"

海藻哇地就放声大哭了。

这么多天，海藻每次哭，都是悄悄的，只敢流眼泪，不敢出声音，她生怕自己的声音打破这种安静，让最坏的结局提前到来。海藻怕小贝醒来，然后清醒地丢一句："海藻，我已经不爱你了。"以前，小贝一直说"海藻，我爱你"。可海藻从不珍惜。听得太多了，以至于觉得这是自己应得的。

人哪，只有当你失去的时候，你才觉得珍惜。海藻在小贝睡着的时候想，若是能有个大大的盒子，将以前小贝说过的所有"我爱你"收集在一起，即便小贝走了，她也可以每天拿出来听一遍，这样就不会太伤心。

现在，小贝说："海藻，我爱你。我还是想和你在一起。"

海藻拼命点头，她非常想答，亲爱的，我也爱你。可她就是说不出口。她觉得，她说的分量，与小贝相比，太轻太轻。

两个人抱在一起流泪。

海藻终于累到了极限，突然放松，现在可以睡个安稳觉了。

47 你，就是那个被我踩在脚下的根

祸不单行。

这两天海萍那厢也出麻烦。

晚上她去日本孩子家里，孩子的母亲倒是一如既往地面带笑容请她进书房。但孩子看起来很不好，抽泣得上气不接下气。母亲立刻换了副后娘脸用日语呵斥孩子，再换副待客脸冲海萍一笑转身出去。

海萍问日本孩子："怎么了？你闯什么祸了？妈妈要骂你？"

孩子光哭不说话，哭就哭呗，还哭得特压抑，让海萍看着怪心疼的。这不是那种号啕大哭，也不是孩子撒娇闹人的哭，却是一种特别委屈的，感觉在心中化解不开的哭泣。海萍不好过问人家家事，就只好对孩子说，来，坐。我们上课吧。孩子站在板凳边并不落座。海萍觉得这样给他上课很不方便，于是再三要求他坐。孩子就拘谨地轻轻放半个屁股上去，心思明显不在书本上，屁股扭来扭去。

海萍察觉不对，说："是不是妈妈打你了？"孩子既不点头也不摇头。海萍在他屁股上摸了一把，孩子立马惊跳着站起来。海萍问："你到底犯什么错误了？妈妈要这样打你？你说给老师听听？如果你不犯大错误，妈妈是不会打你的。"

孩子哭着摇头说："我没有。我没有。妈妈打我，是因为我没有考到100分。"

海萍问："什么没考到100分？数学？英文？"

"语文。"

海萍眼睛就瞪起来了："你？语文考100分？中国孩子都考不到呢！你数学和英文考多少？"

"数学100，英文99。"

"那你语文呢？"

"70。"

"那妈妈打你几下？"

"少一分打一下。"

"啊？你给打了30下？"

"31。还有英文的1下。"

海萍怒气腾然而起。"啊！99也要挨打啊！你成绩单呢？拿来我看看。"

孩子把旁边的成绩单交给海萍。海萍翻看一下说："我觉得你学得很好！很努力！因为你看，你第一次考12分，第二次考25分，第三次考50分，这是第四次，考了70分。你在不断进步。任何人都不可能每次都考100分的。只要努力了，就是好学生！"海萍鼓励地摸了摸孩子的头。

"可是妈妈说，考不到100分，就是失败。她说，今年不会带我去日本了，要我留在这里学中文，下次一定要考到100。"

海萍拿着成绩单，思前想后，最后下了决心地跟孩子说："你等在这里，我去跟妈妈说。"

海萍走到厨房，通常孩子妈妈一天到晚就守在厨房的。虽然有钟点工，她也总是在忙碌，显得很勤快的样子。海萍站门口，孩子母亲并没意识到后头有人。海萍只好敲了敲门。

"呃，太太，我想和你谈一下关于孩子学习中文的事情。"

日本太太非常客气地摘下橡皮手套，点头哈腰地招呼海藻坐在餐桌边。

"太太，今天正雄跟我说，他因为语文考得不好受罚了。我看了一下他的成绩单，说实话，我觉得吧，您应该多给他鼓励，多表扬他的进步，而不是责罚他。这个孩子是我教的，我很清楚，他不是淘气的孩子，他很用功，凡是我布置的功课，他全部都能完成，并且上课会提问题，会思考。他现在成绩不是很理想，并不是他不努力，而是他比别人少学了六七年的时间。再给他一段时间，他一定会追上来的。您看呢？"

日本太太很认真地听海萍的意见，笑着说："他的确进步了，但进步得不够快。孩子在他这个年龄上，学语言应该是非常容易的事情。我知道很多孩子只用半年就赶上来了。你说他完成了你布置的功课，但我检查过，我觉得那是因为你留的功课不够多的原因。他是我的孩子，他的潜力我知道，他原本可以学得比现在更好。他比别的孩子起步晚，就应该更加加倍努力才行。"

海藻不得不换个角度说："我想，对于孩子来说，学习最重要的一点，应该是保持兴趣。他学习是因为喜欢。这样，学习的热情才能持久。即便以后他不在中国居住，因为喜欢中国的文化，他自己也会继续学下去。如果给他的压力太大，对他的要求提得不切实际，他很快就会厌倦学习，在这种状态下学习，首先破坏的是我和他之间的教学关系，并且以后还可能产生对中文的逆反心理，您说呢？”

日本太太已经有些不悦了，但还能保持礼貌：“我觉得，如果单凭孩子的热情去学习，一定无法长久。我想你一定没有孩子，所以不了解孩子。而我有两个孩子，我很有经验。小孩子学习全是三分热度，他们今天喜欢这个，明天喜欢那个，如果没有家长的督促，学什么都会半途而废。我作为母亲，责任就是教导孩子，严格要求他们。请你做好你的分内工作，教他学业就可以了，至于教育的方法，这个由我负责。”

海萍真生气了：“可我的确不认同您的教育方式。他虽然是我的学生，可我也不能眼看着他在付出了努力以后，不但没得到回报反而遭受打击。这样孩子太可怜了。人是不可能十全十美的。即便是您，也做不到每次考试都得100分吧！他考99你都要打，这对孩子而言，生活该是多么的不幸啊！他还有什么童年可言？”

日本太太也顶真了：“人来到这个世界，本身就是一种不幸。我们日本人之所以有今天这样的成绩，完全是因为拼搏的结果。如果都像你们中国人这么懒惰，我们早就没饭吃了！我今天严格要求他，是为了让他将来感谢我！你不要拿中国的小皇帝教育方式来教育我的孩子，你们这代的孩子都是毁掉的一代！”

海萍勃然大怒：“我们中国人懒惰？我们中国人要多勤快有多勤快，与你们相比，至今没你们发达，主要的原因就是不会掠夺。如果我们像你们这样整个亚洲都扫荡一遍，把别人的东西都抢走，据为己有的话，我们早就比你们发达了！你现在在中国的土地上，你最好要注意你的用词！”

日本太太一拍桌子，指着门外说：“够了！我觉得我们没必要再谈下去了，谢谢你教育正雄。咱们的课上到今天就结束了。”

海萍一听，不对。你让我走我就走，你这个月的课时费还没给我呢！海萍立刻说：“非常高兴今后不必来了。不过，请你把课时费现在付给我。”

日本女人说：“你的钱我会交给Mark先生，请你放心，慢走，不送！”

就这样，海萍毁掉了自己月收入的一半。

海萍回家的时候还义愤填膺呢！苏淳问：“你今天怎么这么早就回来了？”

“我不干了！小日本绝对是野蛮民族！我快被气死了！”说完把事

情的经过跟苏淳说了一遍。

苏淳拍拍海萍的肩头说："不干就不干。何必真动气。又不是自己的孩子，要你那么难受做什么？"

海萍心疼地说："那孩子多乖呀！我真希望我家欢欢以后能像那孩子一样，注意力集中，会思考问题，上进心强，我给他设计的文字游戏，他玩过以后，就能设计出另一个让我做。这样又聪明又听话的孩子，上哪儿找啊！怎么他妈就这么毒呢！下手太狠！我怀疑，不，我肯定，他妈是后妈！"

"你呀！咸吃萝卜淡操心。教书就教书呗，还管人家的家事。到最后吃亏的不还是自己？"

"破小日本的钱，不挣也罢！本来就讨厌他们。要不是为五斗米，我才懒得去呢！"

"消消气。想想下一步该怎么办吧！"

这下就戳到海萍痛处了。海萍忧郁地叹口气说："年过完了，估计招工机会又该多了。我又要开始看招聘广告了。我就不信还找不着工作了。你放心，家不会让你一个人撑着的。我就知道你怕我失业。"

"放心，一时半会儿还撑得了。至少到年底拿房子前。不过等贷款开始还的时候，还真不行了。"

等海藻睡醒了，发现屋子里已经干干净净。小贝并不在电脑旁。她坐起身，有种不好的预感，小贝搞不好已经走掉了。那个他说的"我爱你"应该是自己内心期待的幻听。海藻踏了鞋子走出卧室，客厅的餐桌上已经摆好了两菜一汤，小贝一个人坐在沙发上发呆。海藻走到沙发后面，轻轻地揽住小贝的头，小贝一惊。拍拍海藻的胳膊，示意她松开，说："吃饭吧！我去把汤热一热。"

海藻小心翼翼地坐在桌边，等小贝把汤端过来。突然想到什么，又赶快去厨房盛饭。拿筷子。小贝吃得很快很猛，没两分钟就吃完了，中间一句话都不说。海藻却吃得很慢，心事很重。海藻下了决心开口说："小贝……"

"先吃饭，吃完了再说。"小贝打断海藻，不让她继续。吃完饭，小贝一如既往地收拾桌子，把碗放进水池里。海藻正要洗，小贝一把把海藻推开，自己打开龙头洗上了。"水冷，还是我来。"小贝说。海藻的心头好温暖，小贝遭受那么大的伤害，却一如既往地心疼自己，也许这就是他的个性，很会疼人，一点都不像独生子女，可具体到海藻身上，海藻觉得小贝是真的打算原谅自己。

海藻都想好了，只要小贝肯原谅自己，哪怕是当牛做马，海藻都愿意。海藻要勤勤恳恳任劳任怨地照顾小贝，以弥补自己的过失。而事实上，小贝并没有因此而忽略了海藻。

海藻轻轻地，试探地，将手放在小贝的腰上，再进一步环绕在小贝的腰上，把头贴在他的背上。小贝洗碗的动作迟疑了一下，并不反对，也不说话，只继续干活。

两个人在家里一直演哑剧。等小贝收拾完一切，叹了一口很长的气说："我有话想对你说，你去卧室等我。"

海藻觉得，难熬的时刻到了，她其实不想听。最好就是这么两个人默默地过下去，忽略，假装什么都没发生，时间久了就淡忘了。

海藻坐床上，小贝把椅子拖过来，面对海藻说："海藻，相爱是两个人的事情。即便我想和你在一起，如果你不想，我不能强迫你。我已经选择过了，下面该你了。我要你清楚地告诉我，你还要不要和我在一起?"小贝声音平静，非常理智。

海藻点点头，眼泪又掉下来。

"我要你回答我，是要还是不要。"

海藻觉得好难开口，她已经点头了，可小贝还是不依不饶。她鼓起全部的勇气说："要。"晕倒，声音小得听不见。

"大声点。"小贝有点粗声粗气。

"我要。"海藻的声音有点哑，不过这次很坚决。

"那好，你既然选择了我，以后就不许再见他了。我的忍耐是有限度的。你不要利用我对你的爱。如果我再发现一次，我们俩就彻底再见。你听见了吗?"

海藻点头。

"海藻，我和你在一起，是因为我爱你，希望一辈子都在一起。请你尊重我，也要珍惜你自己。以后，有什么问题，你要跟我商量，我们一道解决。但绝对不要背着我做伤害两个人感情的事。听见了吗?"

海藻又流泪，再点头。

"我虽然决定和你在一起，可是我心里并没有原谅你。很抱歉。我没办法让自己这么快就忘记。所以，我想，我们俩还会有一段磨合期，希望你和我一起坚持一下。我知道我应该像个男人一样，既然说了原谅，内心就要忘记。可我目前还做不到。我会尽量。但我想开了，所有的爱情也好，婚姻也好，都不会一帆风顺，也许这就是上天在考验我，看我是不是爱得彻底。我们一起努力吧！”

海藻的头点得跟臼捣蒜似的，泣不成声。小贝把她抱在怀里，使劲地挤了挤，好像要把那个让他伤心的海藻挤走，剩下一个干净的海藻。然后，自己的眼泪也掉下来了。

海藻趴在小贝的怀里说：“我去把工作辞了。再找个新地方。咱们把这房子退了，换个新住处。剩下的事情，我自己解决。请你一定要相信我，小贝，我对不起你。但以后不会了。”

小贝不说话。

海萍去 Mark 那里上课，Mark 递过来一个信封说：“这是日本太太让我转交给你的。怎么了？你不再去她家了吗？”

海萍点点头。

“出什么事情了吗？还是你有了新工作？”

海萍又摇摇头。

“可以说吗？”

海萍叹口气说：“是我不想教了。我很讨厌那家母亲的教育方式。她的儿子又听话又懂事，可她因为他没有考到 100 分，对他进行肉体惩罚。孩子太可怜了。我教不下去，不然我觉得和打我一样痛。”说完，海萍把那天的事情说给 Mark 听。

“简直不可思议！怎么可能会这样！不过你们亚洲人好像都是这样。”

“别胡说。我也是亚洲人，我就不这样。”

Mark 嘿嘿一笑说：“你不这样，但你是例外。我觉得亚洲人，把这个学习看得太重，仿佛学习就是全部的生活。其实，人这一辈子，学习只是一小部分，还有许多更精彩的生活。重要的不是要学得好，成绩好，而是要掌握学习的方法。”

“这是没办法的事情。亚洲人生存压力大。人口太多，资源太少。如果我们生活在中东，有老天给的石油，我们也可以懒惰，靠天收。如果我们生活在美国，地广人稀，我们也不用这么辛苦。不过，当中东人也不好，人口袋里有点钱，总被人惦记。伊拉克要不是那点石油，哪能被你们欺负得那么惨？”海萍看着 Mark 坏笑。

“关于美国的政治立场问题，我们俩肯定要 fight。这个不谈。不过，我觉得，在这件事上，你也不是一点过失没有。毕竟，孩子是人家妈妈的，你直接说出妈妈教育方法的错误，人家会受不了。亚洲人都很在意面子。”Mark 在自己的脸上指了指。

海萍叹口气说，不说了。

48 人这一辈子，不仅靠关系，更要凭本事

宋思明周末带着妻子孩子去周庄玩儿。女儿坐他的旁边，老婆坐后头。他好好发扬了一下父爱，一路上主动跟女儿聊天。在说话的过程中，他才发现，女儿长大了，大到现在跟她交流已经很困难了。首先不像小时候那样，你给她编两个故事她就会抱着你的腿缠着你；再就是，你不知道她的小脑瓜里现在想什么，话题的深浅掌握不住。两人的对话，老是说两句就断，说两句就断，自己得费心找话题。

老婆一个人坐车后面仿佛是纯粹的跟班，看着无聊的车厢杂志，一句话都不插。

“萱萱呀，马上就要面临升学的问题了，你觉得自己会考上重点高中吗?”

“难。”

“但如果不进重点，你的未来怎么办呢?”

“靠你呗！你想法子给我找找人哪！”

宋思明大吃一惊，觉得女儿这句话，简直不是孩子该说的。“萱萱啊！学习是真刀真枪的事情，不是说找了人，你就成绩好了。我即便帮你找了人，进了重点，你自己不努力，一样要被淘汰。人这一辈子，不仅仅是靠关系，更重要的是凭本事。有了本事，你怎么都可以立足，而依靠别人，却是不稳妥的。”

萱萱不接下话。过一会儿说：“干脆，你送我出国上学得了。国外读书多容易啊！随便考考就是国际名校。你要是把我送到美国去上学，我哪怕上个普通大学，都比中国清华北大强吧！还省了我费劲。”

宋思明都不知道女儿的这些思想哪里来的。现在的小家伙，怎么都这么现实？“爸爸不是企业家，爸爸就是一个公务员，我不可能有能力送你去国外读书。而且，国外读书并不像你想得那么简单。爸爸也在国外读过书，那是相当辛苦的，如果不做好吃苦的准备，你根本应付不下来。尤其是女孩子，身在异乡，语言不通，没有亲人在身边，日子是很难熬的。”

“骗人！小莹姐姐暑假回来的时候还说，在美国要多 happy 有多 happy，每天都是 party，根本不用学习的！”

“那只能说明她不是一个好学生。好学生，到哪都是好学生，不好

的学生，到哪都是不好的学生。中国清华北大的孩子，哪怕学校在世界上并不排名前列，但素质是高的，出去以后还是好学生，照样很优秀。你的学业上要向上比，生活上要向下比。知道吗？”

萱萱明显表现出一副跟爸爸有代沟的模样，不再接下话，转而跟母亲说话。

这一天的周庄游并不如宋思明想象的那样其乐融融，一是那里的人太多，多到除了头，什么也看不见。走上著名的油画中的那座小桥的时候，宋思明都有点害怕，怕因为人多造成桥的坍塌，孩子会掉进水里。他忍不住问老婆：“这河水有多深？”回头四顾。老婆看他一眼，没搭理。

老婆和孩子在前头高高兴兴地走，宋思明提着她俩买的破烂儿在后头纯粹跟班。

在这个家里头，宋思明感觉，随着日积月累，自己已经被排除在集团以外了。这么多年，欠老婆孩子的太多太多。在没注意的时刻，孩子都长成大姑娘了。而孩子儿时的样子，自己竟然都记不清了。唯一印象深刻的，就是孩子骑在自己脖子上看灯的喜悦，仿佛还在昨天。旁边，一对年轻夫妻举着个三四岁的小丫头，一家特别融洽地走在人群里，爸爸充满爱意地拉着小女儿的手，不停地说这说那。

真好！宋思明突然想有个小宝宝，另一个小萱萱，让自己可以拥在怀里，好好地疼一疼。

海藻。海藻。海藻这么久不给自己一个电话。从那天夜里起，就消失了，这对自己不是一个好兆头。还是给她时间，让她自己去处理。“我帮不了什么。”宋思明现在就在等海藻的宣判。

海藻去找海萍的时候，海萍正埋头写简历。海萍一看到瘦了许多的海藻，什么都不说，拉着她的手安慰地摇了摇，再抱了抱她。

“你和小贝怎么样了？”

“爸妈呢？”

“带欢欢出去转了。你和小贝到底怎么样了？”

“我们没事了。”

“唉！可怜的小贝。你真的要好好待他啊！”

“嗯。我今天来，就是想让你帮我办一件事。”

“什么？”

“你替我把这个还给他。跟他说再见。”海藻说完，拿出那张银行卡放进海萍手里。

海萍看着这张卡，心头百感交集："你为什么不自己去跟他说?"

"我没勇气。而且我答应小贝不再见他了。"

"你没勇气，说明你还没放下。你怕一见他又回到原来的状态，对不对?"

海藻点点头。

"这样，你还是危险的。你内心里并没真跟他断。我可以替你去做这件事情。但最终的路，还是要你自己走。明白了?"

海藻点头。

"晚上叫小贝一起过来吃饭，爸妈想他了。"

海藻迟疑了一下，走到电话旁给小贝去电："小贝，晚上到姐姐家来吃饭吧？我父母想见见你。他们想你了。"

电话那头沉寂了好长时间，小贝终于说："好。"

小贝来的时候，两手都拎着礼物，一边是给欢欢的 Automan，一边是给老人的营养品。海藻的母亲一见到小贝，像亲儿子似的上前一把抱住他说："孩子，你还好吧！好长时间没见你了，阿姨很想你。"

小贝很感动。

海藻的父亲也笑开了花，虽然不说话，却露出很欣慰的表情。"快坐快坐，我给你泡茶去。"

小贝赶紧点头哈腰地说："叔叔，我自己来我自己来。您喝什么?"

除了小贝多了点拘谨，一家人还是跟以前一样。欢欢最喜欢小贝，拉着小贝带他到楼下去看鱼。

晚上在回去的公车上，小贝的眼睛望着窗外的霓虹灯出神。海藻轻轻靠过去，把手塞进他的手里。小贝第一反应是甩开了，然后又反应过来，赶紧把海藻的手又重新牵起。可这一甩，让海藻很受伤。

已经两个星期了，小贝话少，经常魂不附体。两个人下班就闷在家里，哪都不去。晚上睡觉的时候，小贝不再似以前那样非要搂着海藻一定要让海藻枕着胳膊，才会入睡。现在两人都是分头上床，小贝都熬到困得实在不行了才掀开被。然后，背着海藻很快就进入梦乡。海藻常常趁小贝熟睡了，把脸贴在他背上。

夜里，小贝睡熟的时候，会突然翻个身，抱着海藻，并用下体紧紧贴着海藻。海藻能感觉他的紧绷的热力。海藻拿手轻轻试探，又来回抚弄，期待小贝会像以前那样热吻自己。

可即便在梦中，小贝都不会失控。不一会儿，他醒了。轻轻把海藻的手拿开，再翻身睡去。

海藻的心都绞痛了。他还在介意，他还在介意。

海藻跟小贝说："我找到房子了，咱们明天去看看？我不想住这里了。"小贝点头说："好，咱们搬。"

另一个在找房子的是海萍。

妹妹跟宋断了，自己也不能再继续住下去。这是一个立场和态度问题，自己要和海藻共进退。海萍晚上把妈妈叫到房间说："妈，我要搬了，这里不能住了。过两天，你们还是带着欢欢回去吧！"

妈妈叹口气说："搬了好。搬了好。搬了心里踏实。"

海萍的妈妈已经开始在收拾回去的东西了。这一阵，儿子跟海萍难得地亲，基本上就缠着海萍不撒手，到哪都跟着，连海萍上厕所，他都搬把小板凳坐旁边看，生怕妈妈跑掉。

而孩子，终于又要离去。海萍心里难受。

"欢欢啊！到年底的时候，妈妈就把你接来了。然后我们永远在一起，好不好啊？"海萍告诉儿子。

儿子非常干脆地说："不要！我不要年底。我要现在。现在我们就永远在一起。"

海萍的心也痛。

49 他的失态，老婆尽收眼底

现在，两个家庭都搬到新住处去了。

海藻在后悔。搬家的时候应该把所有的家具都扔了重买。现在虽然住址换了，可换汤不换药。同样的摆设，同样的床，只不过依据房间的不同形状而重新布置了一下。

所以，带过来的还是同样的小贝。

海藻说："小贝，咱们晚上去附近的商场转转吧！"

小贝会答应说好。只要是海藻的提议，小贝都说好。但此好与彼好大相径庭。两人在街上走，小贝再也不会声色俱佳地跟海藻形容往来百态，或者拉着海藻看他觉得有意思的事情。他的人在海藻身边走，心不晓得跑哪去了。海藻有时候逗他说话，很高兴地拉他看路边的小摆设，小贝也没露出很惊喜的神情，不过是应付罢了。

小贝依旧会拉着海藻的手上楼，不过脚步却很沉重。主要是心沉重。

海藻知道小贝的心结未解，她要给小贝留出时间空间消化。

所以，小贝一个人对着电脑里的怪物狂杀乱砍的时候，海藻会端上一杯热美禄，摸摸小贝的脑袋。小贝即便打游戏，也不像以前那样大呼小叫，嚷嚷着让海藻过来看。只一味地沉寂，小贝比以前沉稳多了。

小贝还多了个坏习惯，就是咬手指头。手指头上的皮都被剥得跟笋一样一层一层。海藻好几次看见了都很痛心，轻轻地将小贝的手从嘴边拨开，再给指头上点润肤油。

小贝又在打游戏，一人独战群兽，显然他是寡不敌众的，很快就被怪兽给捶死了，还丢了一只攻击力很强的戒指。小贝一个人面对自己惨淡的尸体，掉了一地的宝贝以及几个咆哮的得意怪兽，既不退线也不关机，就面对着屏幕发呆，咬手指头。

突然一阵剧痛，把小贝从遐思中拽回，手指缝里已经鲜血淋漓了。“操!”小贝愤懑地喊了一声，站起来找卫生纸。在一旁看书的海藻也赶紧站起来去寻创可贴。

海藻细心地给小贝贴上创可贴。“操!”小贝又愤愤地骂了一句。

这是海藻第一次听小贝讲脏话。

而小贝的阴霾在一句粗话中，得到相当的释放，让他觉得心胸之间突然打开了一条缝隙，让那些黑漆漆、脏乎乎、烂泥一样纠缠不清的一团海藻突然飘出了一些。

海藻没吱声。

到晚上，小贝睡在海藻身边。原本是背过身去的，突然就扭转过来，一把拽住海藻的胳膊说：“我要操你!”然后直接把手伸进海藻的衣服里，褪下她的裤子，自己连短裤都不脱，只拽出宝贝就塞了进去。

海藻很干，被弄得很疼。她咬着牙不出声。

没几分钟，小贝就结束了。他在结束前的喷发中，拿手指掐进海藻的皮肤里，非常用力地刻进去，从胸腔中发出轰鸣的一声：“我操!”

然后翻身下来。

海藻哭了。默默流着泪转过身去。

小贝这两天心情明显好转了。下班的时候会带回海藻爱吃的糖炒栗子，坐沙发上看电视的时候，就一颗一颗剥开来喂海藻吃。两个人也会交流了，看到屏幕上的小狗追尾巴打转一圈又一圈的时候，两人都会发出开心的微笑。

吃完饭，小贝会主动拉着海藻说，出去走走。

两人在路上聊着聊着，小贝会突然抓起海藻的手，很用力地握一握，很努力，很有信心的样子。

可现在阴郁的是海藻了。

小贝总在一个人呆着的时候，突然蹦出一两句很脏的话。脏得不能入耳。海藻知道这不是在骂自己，他只是在出气，要把胸中的憋气发泄出去。可这不是海藻喜欢的小贝。她听不下去。

小贝和海藻恢复了亲密关系。但此亲密不同于彼亲密。以前的小贝，在亲昵以前都会浪漫地说着故事，听着音乐，亲吻着海藻。而现在，小贝突然就爆发出一种狂野，二话不说就把海藻按倒，一边动作，一边咬海藻的乳头，海藻疼的不仅仅是肉体，还有乳头后面掩藏的心。她不叫不说话，甚至在某次被小贝的牙齿刮破皮肤的痛苦中，突然达到快意。这是与小贝的第一次。

在某次房事过后，海藻在黑暗中说了一句："小贝，别说了。我害怕听。"

小贝问："说什么?"

"那些话。"

"哪些?"

"脏字。"

小贝在黑暗中也沉寂了，过好久，抱着海藻，将头埋进海藻的乳房中间，说："对不起。"

海藻默默流泪。

海萍的求职信陆续有了回音，不过大多数都是"很抱歉……，"终于这天有个单位给了海萍一次面试机会。海萍特地把自己收拾得如职业女性一般去了人事部。她应征的这个职位，比以前做过的职位都高一些，并把履历吹得大了一点点。因为和以前一样的职位，薪水待遇实在是混不下去，没几个月就要开始供房子了。

人事经理和业务领导都在场。几个问题之后，海萍就开始流汗了。人家要求她会干的活儿，她以前都没接触过，没想到只是升个部门经理而已，责任一下提了这么多。

"虽然我没做过，不过我可以学。"海萍在面试临近结束的时候终于憋出了一句。

"抱歉，我们需要一个一上任就可以用的人。学习的话，基本就是底层的刚毕业大学生的事情。郭女士，我是觉得，你的简历与你的实际工作能力有差距。以后应聘请尽量提供客观真实的资料。这样不浪费双方的时间。”业务上的头儿收拾资料准备走人。临走对人事经理丢一句：“以后选人要稍微慎重点，你这不是耽误我工作吗？”

人事经理没敢顶嘴，把怒气直接发到海萍头上：“郭女士，你都三十多了，孩子又这么小，中间也没什么进修的履历，工作也没什么突出表现，我对你倒是有个建议，以后不必应聘这么高的职位，有什么收发，整理资料的工作，你倒可以试一试。你还要求工资待遇5000？真是……”

海萍真是自取其辱。心里无限悲凉。

是啊，大学毕业这几年，我究竟都在干什么呀？我在混日子啊！现在已经混到不好混的时候了，得另想出路了，否则就要沦落到打杂的境地。

海萍回家以后，郁闷了好久。现在海萍住在离Mark上课不远的另一处公房里，与人合租，两间房，一间750块。看着海萍泄气的样子，苏淳就知道没戏。“算了，慢慢找，不急。”

“不行啊苏淳，我得去进修个研究生学位了。不然，很快就没人要我了。”

“我看算了。你的年龄已没优势，而且履历也不好，即便进修三年出来，也不见得会有好的职位等你。现在社会上去拼的都是小年轻。要不然，你换个思维方式？在家自己倒腾点什么，开个网络小店什么的？”

“可是，我能卖什么呢？我又不认识工厂，也没进货渠道。”

“咳！你就直接去七浦路进点价廉物美的东西自己在家销售好了。毕竟外地人是不可能总来上海采购的。你就等于帮他们采办，赚点辛苦费。我想，时间自由，又能兼顾晚上给Mark上课，以后还能照顾儿子，很不错的选择。现在不都提倡自由职业吗？”

海萍说：“我再想想吧！”

在海藻的事情过后一个月，海萍才给宋思明去了电话。

这一阵宋思明特别忙，偶尔想到海藻，看她这么久不来电话，已经猜到些什么了。他想，该来的总要来，不属于自己的，也不能强求。尤其是那天看到陈寺福，陈寺福跟宋思明说：“大哥，郭海藻都大半个月没来上班了，说都没说一声，到底怎么了？”

宋思明很难回答，他心想，大势已去，罢了。

陈寺福看宋思明沉默不语，就有不好的预感，赶紧追一句：“那你看，她的工资，我还要发吗？”

宋思明说：“发吧，一直到她跟你辞职为止。”

“你们……到底……”陈寺福试探着问。

宋思明摆了摆手。

这一阵忙到深夜才回。回去以后，宋思明就抱一本书躺床上发呆，老婆跟他说的话，他完全听不进耳。总是心事重重。直到海萍给他去电话，他知道，这一刻终于到了。

“我是郭海萍，不好意思，我想和您聊聊。”

“我很忙，最近没有空。要不，等我有空了约你？”

“我不会耽误您很长时间，也就十几分钟。要不我去您办公室？”

“这样吧，午饭的时候我们在我办公室附近的一家茶餐厅见。名字叫铜锣湾。”

“好。”

海萍12点准时坐在这个装修简单的茶餐厅里。等了足有20分钟，宋思明才到。“对不起，临时有事耽搁了，让你久等。”说完顺手翻开菜单，“想吃什么？这里很随意，都是简餐。”

“不了，我吃过来的，我到这就为转交点东西给你。”

宋思明于是点了一杯清咖，一杯奶茶，把奶茶推到海萍面前。

海萍等服务员走后，从口袋里掏出一张信用卡和一串钥匙。“这个……还给你。谢谢你对我们这一段时间的关照。”

宋思明一看桌上的两样东西，明明来前就有思想准备，可心口还是像被用钝器拉开一般血淋淋地痛。“海藻……她……好吗？”

“她很好。她和小贝快结婚了。”

“哦！替我祝福她。我还有事，先走了。”说完近乎于仓皇逃窜般离去。

宋思明这一下午就在发呆。整个办公室里飘荡着海藻的气息。她曾经半躺在那张沙发上，用近乎诱惑的无邪眼神望着自己。她哭着捶自己：“你为什么要那样说我！为什么？”现在，她要结婚了。宋思明胸口压着的石头让他有旱搏的痛苦。海藻要结婚了，她将和另一个男人走进婚姻，把身体和心都留给了自己。

海藻是爱我的，可我，除了带她躲藏到无人之地攫取片刻的欢娱，什么都不能给她。而她要的，恰恰是和她爱的男人一起，走在阳光里。宋思明懊恼地闭上眼睛。

宋思明早早回家，进了屋，外罩不脱，包不放，拎着包咬着拳头想心事。平常，他只要早回，都会推开女儿的房门嘱咐几句，而今天，他径直走回屋里，关上门想心事。

要不要给海藻打个电话？要不要？宋思明的手指头轻轻按动着空气，在下决心。他最终没有勇气。海藻需要的，他给不起。

宋思明的失态，老婆尽收眼底。

海藻和小贝周日去森林公园踏青。毕竟春寒料峭，公园里门可罗雀，四下一片寂静。海藻和小贝手拉着手，各自低头想着心事，一直往最偏僻无人的角落里走。海藻沿一棵树桩坐下，并招呼小贝坐下。小贝嘴里嚼着根狗尾巴草，两人分望一片天空。

过一会儿，小贝看看目光虚无的海藻，说："海藻，看，小草都露头了，很有生机。"海藻根本不接话。

过了半晌，海藻叹口气说："我还要等多久？"

"什么？"

"我还要等多久，你才会吻我？"

小贝这才醒悟过来，从那夜到今天，已经很久了，小贝没有主动亲吻过海藻。海藻闭上眼睛扬起脸等待。小贝犹豫着，托起海藻的脸，在海藻的嘴唇上蜻蜓点水般轻啄一下。

海藻无限伤感地睁开眼睛，望着小贝。小贝赶紧把头回过去，不敢直视海藻的眼睛。"小贝，我在等，在等有一天你跟我说分手。我想，你现在不愿意分，是因为不习惯离开我。我在等有一天，你有勇气把我抛弃，然后我就可以走了。"

小贝听着心酸。他突然抱住海藻说："我们结婚吧！"眼眶有些红了，"再给我一段时间，时间会冲淡一切的。海藻，我们结婚！这样我们就会永远在一起。"

海藻过很久，下定决心说："好。"眼泪夺眶而出。

50 带着负疚去结婚，不如痛快分手

Mark 在电梯上遇见日本太太，两人礼貌问候。Mark 问："正雄有了新的中文老师了吗？"日本太太笑着答："是的。""他最近还好吗？""还好。就是……就是……他不太喜欢新的中文老师，可能还不习惯吧。"电梯到了一楼，Mark 心思一动，拦了门让日本太太先出去，然后说："我能和您聊几句吗？"日本太太一愣，答应了。

Mark 和日本太太沿着公寓的花园散步。Mark 说："您和郭老师之间的事情，我知道一些。您别误解，不是郭老师主动告诉我的，是我问她的。因为上次您要求我把钱……说真话，我一直认为郭老师是很难得的好老师，她非常喜欢您的正雄，几乎每次上课，她都会跟我说正雄有多么聪明多么好学，她希望自己的儿子将来也能像正雄一样。"

日本太太笑了，点头说："这个倒是真的。他们两个人感情很好。正雄从郭老师走后，就很抵触学习中文。新来的老师也没什么不好，可他拒绝跟人家说话，拒绝听课，上课就捂着耳朵。其实他平时是个相当听话的孩子，基本上我要求他做的，他都能做到。只这次，不知道为什么这么坚持。"

"孩子的心，是最懂得爱的。谁爱他，谁教得用心，他们比我们清楚。郭老师耐心，又有爱心，是不可多得的好老师。上次她跟我说你们的争论的时候也是觉得不妥当，因为孩子而冒犯了您。毕竟她只是老师，不能替代家长的教育。"

日本太太赶紧摇摇手说："哪里哪里，上次，其实我很无礼的，对老师不够尊敬。中国人讲究尊师重道，单从这方面来说，我就做得不够。郭老师很负责，也很爱孩子。"

"对呀！其实我看，你们之间并没有什么大的矛盾，不过是在教育正雄方面产生的意见，最终目的都是为孩子好。你们的目的都是一样的。多沟通沟通，一定可以达成一致。不如这样，明天郭老师到我家的时候，我替您请她回来继续给正雄上课？"

日本太太迟疑着说："这样啊？我想，她不会同意的。因为……上一次……我……很无礼。"

"不会的。为了孩子，她不会介意的。你等我的消息。"

日本太太非常高兴地鞠躬说："真是太感谢您了，那就……拜托您了！"

海萍次日晚上哼着小曲儿回来的，心情暴好。苏淳看在眼里，也很高兴，忍不住打探："捡皮夹子了？这么高兴？"

海萍笑着说："差不多。"

"说来听听？"

"今天，Mark 说，那个日本太太跟他道歉了，请我回去继续教正雄。好消息吧？"

"啊?！你上次不还说你最恨小日本，跟小日本有仇吗？怎么今天看样子又答应了?”

“切！我跟小日本有仇，我跟钱又没仇。更何况，日本侵略者和日本人民的小孩还是有区别的嘛！”

老婆说：“星期天去我爸妈那吧！过完年到现在你都没去过。”

宋思明坐在桌边想心事，并不答。

“听见了?”

“听见了。”宋回答得非常机械。这种机械让他老婆起疑。

“你听见什么了？你再重复一遍。”

宋突然就回神了，仔细捕捉刚才老婆说什么，却想不起。他放弃了，说：“我没听见。”

老婆不再啰嗦，拍拍床上的灰尘说：“星期天去我爸妈那儿。”宋想了一下说：“不行，星期天我要去龙华，有事。”老婆又沉默。过了好半天，老婆端来一杯热茶说：“不如……我们离婚吧！我知道你的心已经不在我们这个家了。我觉得很累，每天被你搅乱心情。以前你天天晚归，我从不觉得什么，现在只要你晚归，我的心就开始痛了。时间长了，我怕自己得忧郁症。大家都给对方一条路。分了吧！孩子归我，所有的钱归我。这套房子归你，你的官位归你，还有那个女人。各取所需。”

老婆说这话的时候，没有一丝赌气或怨妇神情，显然已经想了好久了。

宋的脑子一下就蒙了，完全想不到老婆会来这一手。他抬头看着老婆，然后站起来，摸了摸老婆的头发，搂了搂老婆的肩膀说：“你瞎想什么呢？我和她早就分了。我的心里，只有这个家，你和萱。你别胡思乱想了，我不会和你离婚的。没理由。”说完转身去洗漱，老婆的眼泪哗就下来了，站在那里不动，肩膀抽动。

宋换了睡衣回来，发现老婆还站那傻流泪呢，心就有点软软地动，他走过去，仔细摸着老婆眼角的皱纹，摸着老婆的脸，摸着老婆的嘴角说：“都在一起这么多年了，你怎么还这么不了解我？在任何时候，我都会对你和萱萱负责。别哭了，哭长的皱纹不如笑纹好看！嗯?”说完，抱了抱老婆，给她一个很温暖的胸膛。老婆伸手抱住宋思明，哭得更哽咽了。

海藻去姐姐的新家，小小一间，姐姐正在里面用功。看姐姐现在住得局促，再对比前一阵住的大房子，海藻觉得很抱歉。原本她是不该抱歉的，可她还是心存愧疚。

“姐，我要结婚了。”

“和小贝吗？”

“嗯。”

“打算什么时候办事？”

“我们不打算办了，就领张证。”海藻说这话的时候，语气里透露着无奈，完全不似一个新娘子应该有的喜悦。海萍心里就不舒服了。“结婚是人生大事，无论如何要办一办的。至少，小贝的老家你们总得回去一趟，父母那里你们也得回一趟，也算对老人有个交代。尤其是小贝家，人家是独生子。”

“嗯……小贝说，先领证。以后再说。”

“那你怎么想？”

“我无所谓。”

“他父母呢？能答应吗？结婚又不真是你们两个人的事，还是要听老人的意见的。当初我和苏淳就想偷懒，想反正是两个人的婚姻，为什么要做给别人看呢？不如两个人聚一起找个饭店吃一顿，有空出去旅游一圈了事。结果完全不是那样。他的父母爷爷奶奶盼他结婚都盼多少年了，回去以后还是大宴宾客，两个人像道具似的站饭店门口换一拨一拨的人合影。我告诉你，婚姻不是那么简单的事情，不是说你们两个你情我愿就合在一起了，最终，还是两个家庭的结合，两方面社会关系的结合。”

“他说，先不告诉他父母。等过一段时间再说。”

“不行。他这是让你难做。这么大的事情，不事先通知老人，人家父母不会怪儿子，却只会说你这媳妇不懂事。他平时考虑事情挺周全的，这次怎么这么马虎？你别听他的，姐姐是过来人，经验不敢说，教训却有一大把。这你得听我的。”

海藻不说话。海萍一看她有苦衷的表情，就知道这事海藻可能说话不算数。“海藻，我觉得……你暂时，还是不要结吧！我感觉不踏实。再等等？”

“我想赌一把。”

“他……心里还是疙瘩？”

海藻神情苦涩。海萍坚定地说：“你胡闹！婚姻怎么能当赌注呢？两个爱到不能自持的人走到婚姻里尚且问题一堆一堆的，你们俩这带着疙瘩去结婚，走一步算一步，这不是盲人骑瞎马吗？不行。我不同意。你去给小贝打个电话，说我要跟他谈谈。你不打？你不打我打！”

海藻低头说：“我的错，我自己承担。”

“这算什么错？你现在又没嫁他，你跟谁，和谁交往，都是自由的。现在婚姻里的人都管不住自己出轨呢！你怎么就对不起他了？摆出一副受虐的样子来给谁看？感动谁？你心理上本身就有问题。你带着负疚去结婚，不如痛快跟他分了算了。免得以后不幸福，再离婚两个人都受双重伤害。你难道怕以后自己嫁不掉了，这么急迫？我坚决不同意。”

“小贝是无辜的。他很痛苦。而他的痛苦，都是我造成的。”

“那你以为，你跟了他，给他当牛做马，他就不痛苦了？没解决根本问题嘛！我劝你再好好想想。别急，别想着换一个突破口马上就会扭转形势。还是一步一步稳妥地走，直到有一天，你们俩缘分到了再结婚。”

海藻听了姐姐的话，也有些犹豫。晚上见到小贝，她吞吞吐吐地说：“小贝，我姐姐说，咱们暂时不结婚的好，再等等。”小贝想都没想就冷着脸冒出一句：“她怕是舍不得你那边的大靠山吧？”海藻的眼睛立刻就睁大了，不相信小贝会吐出如此冷酷的话。海藻的眼泪在眼眶里转圈，低声地说：“小贝，我对不起你，但我姐姐没有。请你，如果讨厌我，不要把怒气发到我姐姐身上。”

小贝的眼睛也瞪圆了：“我难道说错了吗？我们俩的事，她有什么资格干涉？你情我愿，她反对什么？还不是因为人家给了她好处，帮她拿回了钱，又帮她其他的忙。我没说错吧？你不要当我是傻子，以前我的确很傻，还替苏淳难过，替他不值，现在想来，大约周围所有的人都在笑话我！”

海藻不再说话，流着泪回到卧室把门关上，人靠在门上。

小贝好半天才回过神来，敲海藻的门说：“海藻，海藻，你原谅我的口不择言。我错了。我改。你开门。海藻你开门呀！”

海藻除了哭，不知道该说什么。

晚上，海藻失神地坐在床上，旁边小贝在削苹果。他细心地将苹果片成小片递到海藻嘴边说：“张嘴。”海藻把头扭过去。“吃一片。很甜。你需要维生素。张嘴。”小贝继续哄。海藻坚持不张嘴不讲话。小贝叹口气说：“海藻，一切都是我的错，我向你向海萍道歉。请你原谅我。我认真的。你答应过我，给我时间恢复，我保证，我会很快就过去的。”

海藻终于说话了：“小贝，我在想，其实，有时候，大家都放对方一条生路比较好。长痛不如短痛。不如我们分手吧！”

“海藻，你不能因为我说错一句话就要跟我分手。这对我不公平，你那样了，我都原谅你……”小贝一说完这话，就知道大事不好，赶紧收声。

“小贝，我看，我们还是分吧！”

“不行！我不同意！海藻，你是我儿子的母亲，我孙子的奶奶，我们儿子叫贝肯鲍尔，孙子叫贝克汉姆，这都是你说的。你答应过我，一直到我们很老很老，都拴在一起。海藻，求你了，啊，求你了，你就当我放屁好了。”小贝开始耍赖，玩起以前的游戏。以前他一把双手求饶地高高举过头顶，海藻就撅着嘴笑着把他当个屁了。可时过境迁，屁味也不那么容易散去。

海藻苦笑。

海萍在收拾桌上的课本，并把手机放进包里，准备下课。正雄说：“老师，我要考试了。你多给我留点功课。”海萍一愣，笑着说，没必要，我相信你的实力。你又勤奋又聪明，一定会考好！耶！”说完和正雄双手一对，来了个 Hi-Five。

“老师，你觉得我会考到 100 分吗？”正雄不是很自信。

海萍认真地说：“正雄，不考到 100 分又有什么关系？难道你从此就不是好学生了？难道你就不优秀了？一次两次的 100 分或者输赢，都不代表你就比别人强。只要你一直努力下去，也许你在读书的时候一直都没拿过满分，但最终有一天，你会超过所有的人，拿到最高分。其实，我倒不希望你比所有的人都强。因为，这样你会一直很累很累。老师希望正雄有一颗很放松的心，考多少分都会高兴。尽力就行了。”

正雄突然压低声音说：“老师，你要是我妈妈就好了，这样我就不用被打。”

“我们说挨打，不说被打。虽然‘被’和‘挨’都是承受的意思。但挨字比较标准。你妈妈打你，也是望子成龙，她为你的心是好的，你要体谅。不过呢，我会去和你妈妈说，这次如果你进步了，她就不打你。所以，你只要考过 71 分就可以啦！简单吧？”正雄笑了，说：“你走以前，我们可不可以下一盘五子棋？”

海萍的眼睛夸张地睁大了：“啊?! 又来？不要了！你现在越下越

好，一盘要下一个钟头哎！再过一个钟头，我就赶不上车了！”

“哈哈，那你就住我家吧！就一盘就一盘！我很快就输哦！要不，我允许你悔一步？”

海萍眼睛骨碌骨碌转几圈说：“10分钟之内解决战斗，大家走快棋，不许想。你要允许我悔两步。”

“喂喂！你是老师哎！你比我大那么多！每次都要我让你！”

“那没办法，谁让你聪明呢？教会徒弟饿死师傅。已经过去半分钟了，还有九分半钟。”

正雄二话不说，就赶紧先把两颗子摆上了。

51 也许伤口不被磨擦，就会愈合

海萍今天去正雄家，日本女人异常客气，端出大碟小碗一堆，盛了各式日本菜肴请海萍品尝。海萍为难地说：“哎呀，我吃过晚饭了。多谢多谢。”意思是拒绝。可日本太太坚持留在桌子上。于是这堂课，课本都没地方放。

正雄情绪很低落。海萍让他背课文，他虽然一字不差，连标点符号都背出来，可并不开笑脸。海萍问：“怎么不高兴了？妈妈骂了？”正雄不说话。“考试没考好？”正雄还是不说话。

“没关系。老师都说了，一次两次的成功不代表成功，一次两次的失误也不代表失败。咱们有的是机会啊！”

正雄还是不说话，低着头开始啜泣了。海萍觉得问题挺严重的，内心里很过意不去。因为按她对正雄水平的了解，正雄不该考这么差，最少最少，80分的水平是有的。海萍托起正雄的脸，正要安慰，突然发现，啜泣的正雄原来是憋着笑在那里吭哧吭哧。“你这是干什么呀？又哭又笑的？”

“哈哈，老师，我这次考试考了98分哦！98分哦！”

海萍差点没放声大笑，这坏孩子，居然敢戏弄老师。不过她硬憋着，皱眉头说：“才98分，你就这么高兴啊！不高啊！没到100分啊！要打两下啊！”

正雄更得意了，说：“我是第一名。没人比我高啦！”海萍这下才真的舒心畅快地大笑了，怪不得今天日本太太的脸比牡丹花还俏。这个女人，绝对来现的，分数好坏都放她脸上了。“你怎么这么牛啊！你是大牛啊！”正雄愣了，问：“为什么牛？什么是牛？”海萍乐了，摸着正雄的脸说：“牛就是厉害！厉害就是强！你很争气哦！”正雄都被夸得不好意思了。

海萍转色道："不过呢，你即便得了第一名，也不能骄傲。因为你的成绩好，不代表你的水平就高。你考得好是因为你练习做得多，但事实上，你的语言能力并不强。这就像你是一名熟练工人一样，你可以做一个零件很快，但是，你不会成为有创造力的艺术家。你要做的是多读书，看故事，喜欢阅读，明白吗？"

正雄点点头。

等海萍下课的时候，日本太太在客厅等她，先是很多很多感谢的话，然后话锋一转说："我的朋友听说正雄中文学得很好，老师很好，希望您能去教他们，不知道您有空吗？"海萍说："我现在晚上全满了呀！"

"没关系，孩子们可以下午上课的。可以吗？他们不是在本地小学，他们是国际学校的学生，所以……要学的跟正雄不太相同。会说话就好。"海萍一听，这容易啊！于是痛快地答应了。

海萍沐着春风回到家中，苏淳看老婆最近这段时间心情很舒畅的样子，虽然换了小房子，虽然负担依旧很重，却很少听她说抱怨的话了，也难得有空来批判自己。很久不挨骂，很不习惯。

"又有喜事？"

"如何看出来的？"

"你的脸能藏话一分钟吗？"

"嘻嘻，名师出高徒。我的学生考得比中国孩子还好。"

"咦？你到底是哪国人哪？怎么政治倾向完全没有了？帮助敌人去了？"

"哦！两码事，两码事。我的政治属性不变，但我的自然属性很高兴。对，我要严肃，这样是很不好的。"

"哼！见利忘义。"苏淳故意逗海萍。

"喂喂，我这是在传播中华文化，宣扬博爱精神，弘扬社会主义价值观，我应该是对祖国有贡献才对呀！你没见美国天天给钱让我们的好学生去学习？你当人家都是活雷锋啊？人那不是把美国的价值观念都透过金钱渗透嘛！人家现在给我钱，让我去渗透，我为什么不去。嘿嘿。"

"那你说，你渗透人家什么了？"

"我瓦解他们的斗志。我教他们的孩子不求上进，告诉他们要学会自我满足，不要跟人攀比，不求最好，过得去就行。嘿嘿。"

"得得，以后我儿子不用你教了。我亲自教。"

“哎！我发现啊！我觉得吧！我认为哦！我比较适合教书。爹娘的遗传因素是很重要的。我爸妈教书，我这方面的基因就比较强，天生的。我一讲课就眉飞色舞，比换过的那么多个工作，都觉得有趣。终于摸到路了。”

“就俩学生，还一老头儿。你吹什么呀？成功的典范就一个。”

“三个了。又接个新的。”

“真的啊？”

海萍得意地点点头。

这一阵小贝心情很放松的样子，有说有笑，不知是天性还是刻意想恢复以前的气氛，晚上不是拉着海藻散步，就是跟海藻一起做晚饭，会故意没话找话，不让两个人出现沉默。海藻想，小贝，也许，真的快忘记了。毕竟他是个快乐的人，毕竟他还年轻，他不会将忧郁长久地带入生活。

小贝买了本杂志，看到有趣处说：“海藻，我给你算个命。看你喜欢什么样的男人。”

海藻本能保护性地立刻回答：“我只喜欢你。”她最近说话做事很小心，尽量不去触碰小贝的伤心地。也许时间久了，伤口不被摩擦，就会愈合。

“来嘛来嘛，好玩儿而已。快！你去拿一支笔一张纸，把你心目中那种可以上杂志封面的帅哥类型画出来。快去。”

海藻为应景，赶紧去找了纸和笔。“要画什么？我画画很难看的。”

“没关系，又不是考美术。只是画个大概。要画一个在演唱的男人，需要画他的上半身，包括五官和发型，还有他举麦克风的样子。你觉得他应该举什么样的麦克风？”

海藻开始在纸上涂涂画画。等过了好半天，她才不好意思地把一张跟三岁孩子水平差不多的图画交给小贝。小贝对着书点评。

“如果五官都非常清晰，没有特别强调哪一部分的图片，说明对男人的要求就是平均。良好的背景，良好的职业，良好的教育状况，良好的脾气，总之，就是要求一个各方面都很平均，没有哪方面特别突出的男人。哦！你不是，你连眼睛都没画。

“如果特别强调大眼睛，就说明你很注重男人的外表。对帅的男人，你很容易动心，如果帅哥出现，很容易让你忽略他的品行或般配程度。这个肯定不是你。虽然我很帅，但我发现你根本没注意到嘛！你把头发画那么长干吗？连眼睛都遮住了。

“如果是强调嘴巴，就说明你很喜欢听甜言蜜语，对那种会表达的男人，你很容易被攻陷。这个也不是你。你的嘴巴也不明显。”

“这个是你。如果强调鼻子，说明你对那种具有男人味的男人很容易倾倒。做事果决，有支配欲，但可以保护你。有吗？我有吗？我很有男人味吗？”小贝得意洋洋地冲桌面的小镜子照来照去。

海藻的心咯噔一下。

“再看发型。如果是中分的发型，说明你倾心于那种相貌老实的男人。一看到这种男人，你就会被收服。这个你不是。

“如果是边分的发型，说明是浪漫型。头发越长越浪漫。你会倾心于那种不在乎天长地久，只在乎曾经拥有的男人。哎！这个是你哎！我浪漫吗？我很浪漫！但我也在乎天长地久，所以这个不准。

“如果是卷发，说明是可爱型。生活中逗你开心，逗你笑的人会让你喜欢。这也应该是我啊！我觉得我ABC三个都占了。对不对海藻？”

“是，是。”海藻笑着答他。

突然，小贝对着杂志和海藻的图片爆发出长久以来都没听到过的欢笑，如此剧烈如此畅快，笑得前仰后合，笑得滚在床上，笑得上气不接下气。海藻都被他笑得心虚了，忙问：“你笑什么？你笑什么？快说快说！”

小贝边笑边说：“麦克风代表你的性欲，你对性的需求。画得越大表示需求越强烈。你你你……”

海藻顿时臊得满脸通红，一把抢过图片，拿起橡皮就把硕大的麦克风擦去一半。那个麦克风与海藻画的人脸相比，比脸还长。海藻结结巴巴地解释：“我……我……我那个头画得太小，画面太空，所以我用麦克风来补。这个不算。现在这样，这个就好。”

小贝摇着手笑到喘不过气来说：“别解释了别解释了，越描越黑。你那麦克风，不但有长度，还有重量，你那手都拿不动，得吊在屋顶上挂下来，还还还……这是什么？这个黑点儿？难道是痣？”

海藻五雷轰顶。那个麦克风面对脸的一面上，半截处有一个如此熟悉的黑点！

海藻脸色煞变，她背过脸说：“笔误。”

第二天早晨起来，小贝已经上班去了。屋里静悄悄的。海藻坐床上想心事，然后站起来换了套出门的衣裳去了从前的办公室。

小贝打了个电话问候海藻：“在干什么呢？”

“在路上。”

“去哪儿?”

“辞职去。很长时间连句交代都没有，办公室里还有我的一些私人物品。”

“哦！早去早回。”

陈寺福拿了钥匙正要出门，突然发现海藻从另一扇门进来，去了她自己的座位。他有些吃惊。才一段时间不见，海藻黑了，瘦了，像朵枯萎的花一样神情落寞，瘦瘦地藏在原本合身现在看起来巨大的衣服下面，状态不好。他立刻掉转方向，向海藻迎去：“海藻！今天来上班啦!”

“哦！老总，我是来辞职的。本打算先收拾收拾东西，等过一会儿去您办公室。”

“哦? 辞职? 这样，你到我办公室来一趟。一会儿吧！我现在在等个电话。”陈寺福说完，折身回了办公室。他迅速拨通了宋思明的电话。“老大，说话方便吗?”

宋思明在会议上，看到是陈的电话，原本打算挂了的，可突然心思一动，跑出会议室接听。“你说。”

“你最好到我这来一趟。”

“我正忙着。”

“你最好来一趟。海藻在我这儿。我看她……不太好。”

“怎么个不太好?”

“就是感觉。”

“我现在正忙着，不能去。”

“那我可提醒过你了。万一她要是出什么事儿，你可别怪我没跟你说。她在我这呆不长，来辞职的，估计一会儿就走了。”

宋思明挂了电话进会议室。过了大约十多分钟，在会议的间隙，他悄悄跟领导打了个招呼，说家里有事儿，然后一路狂奔到陈寺福公司的楼下。他从电梯里出来的时候，正见海藻站在电梯旁等着，四目相对，百味流动。海藻一低头想逃进电梯，被宋思明一把拉住，直接拖她到了逃生梯。

两人站在楼梯的门后，都不知道该说什么。

宋思明看着海藻这样瘦弱，心疼油然而生，他轻轻问：“海藻，你好吗?”

海藻低头不说话，过半天，依旧低着头说：“好。”宋思明看见海藻的脚下已经滴答水湿一片。宋思明的头都开始眩晕了，他得拼命克制住自己的冲动，一把夹着海藻冲下楼的冲动，带着她逃跑的冲动。

海藻抬头看宋思明，满脸都是泪，很可怜地改口说："不好。"

宋思明猛地一把抱住海藻，像巨大的金钟罩一般将她层层包围，紧紧又温柔地搂着她，一句话都不说。两人不知道这样站了多久，直到一个男人推门走出来吸烟，以奇怪的眼神看着两人，他们才松开。

宋思明拉着海藻的手，一直冲下15楼。

在昏暗的咖啡厅内，海藻无限感伤地说："我要结婚了。"

宋思明一句话都不能说，除了看眼前步入憔悴的海藻。宋思明的手机在很不恰当的时分急促响起，宋一看电话号码，赶紧换一种毕恭毕敬的姿态说："我这就回了。"宋思明缓缓站起身，说："海藻，我得走了，再见。"

宋思明坐在车里，拿着手机想了半天，发出一条短信说："海藻，回来。不要结婚。"

海藻收到短信，颓丧地闭上眼睛。怎么办啊？我究竟想要什么？

海藻打开手机回复："我已经回不去了。再见。"

52　这一夜太太太太漫长

海萍下了课到家，都近11点了，苏淳还没回来。等梳洗完毕上床就寝时，苏淳依旧没回。海萍拨了苏淳的手机，里面有小姐甜甜应答："您拨叫的用户已关机，请稍后……"海萍觉得奇怪，这家伙，难道手机没电了？那也该打个电话回来说一声啊！

海萍先躺下歇息了，一觉醒来都半夜三点半了，一摸另一边，床空着。海萍这下睡不着了，披着衣服继续打苏淳电话，始终是对方关机状态。海萍急了，大半夜的，他能去哪儿？这是苏淳从相识起到现在第一次不打招呼就在外留宿。

"他搞什么名堂！难道在外头有什么花样?!"海萍气不打一处来。"等明天我抓着他，非好好审审他。"

等到四点半，海萍如坐针毡了，"坏了，他搞不好出事了。车祸？在医院？为什么没人通知我？万一没人给他送钱，人家不给他治，他不就等死了？不行，我得找他去！"

海萍先打了个电话问110，想看看晚上有没有车祸报案。对方干脆答："这里负责治安，车祸请打120，以后没有情况请勿乱拨110。"

"对不起，对不起，我是担心我丈夫出事。"

"哦！这还不到五点。可能他应酬去了，可能打牌忘了告诉你，别担心了，超过24小时再说吧！"

海萍想想不放心，又打电话拨120。对方查了查问："请问你丈夫的姓名？""苏淳。""今天晚上车祸三起，我们查了查，没有叫苏淳的。应该不会。当然除非他在外地出事。要不，您再等等？"

海萍已经百爪挠心了，现在就盼着天快点儿亮，好到苏淳的单位去问个究竟。好不容易捱到天亮，海萍匆匆往苏淳的单位奔。

海萍一进苏淳的单位，就敏感地意识到气氛不对，大家都以回避的眼光看她，并且她还没张口问话，都纷纷逃避。海萍坐在苏淳领导的办公室里等，直到领导姗姗来迟。"我想知道苏淳出什么事了，他昨天没回家。"领导看着海萍，无限遗憾地说："我也是刚从单位保卫处回来。苏淳的确出了点事。他涉嫌泄漏单位的商业机密，昨天下午被保卫科带走了。"

海萍一下就急了问："他?！他有什么机密？不行！你现在得带我去见他！"

领导抱歉地说："对不起，目前你想见他可能有些困难。案件还在审理中。"

海萍怒了，提高声调说："审理？他犯罪了吗？他犯罪应该交给公安机关办，你们保卫科有什么资格审理？你小心我告你们私自扣押，违反公民权！"

领导示意海萍别激动，说："我们不会冤枉好人的。这也不是抓他，而是对一些情况的调查。事实上，他今天早上已经被移交到公安机关了。有什么问题，你去公安局吧！我这里实在是帮不上什么忙。"

海萍顿时没了主张。

海萍跌跌撞撞地跑到公安局，局里一查资料说："正要通知你呢，现在自己来了。他被刑事拘留了。"

"那我什么时候能见到他？"

"在案件侦办期间，你是见不到的。"

"那我怎么知道他现在的情况，他好不好？"

"他在我们这里你有什么可担心的？最好不过了，管吃管住。你别在这磨蹭了，回吧！对了，万一有需要，我们可能也会传召你的，你最好不要四下走动，免得我们找不着啊！"

海萍无助地哭了，她抓住一个办经济案件的工作人员问："同志，你好歹要让我知道，我能为我丈夫做些什么吧？见又不让见，出什么事都不知道，我该怎么办呀?!”

对方好心地提醒她：“我看你呀，赶紧去找个律师吧!”

一句话点醒梦中人，海萍回家以后第一件事就开始翻报纸找律师。她突然想起什么似的，给海藻去了个电话说：“海藻，你……你认识什么好律师吗?”海藻一听电话那头海萍失魂落魄的声音就知道出大事了，赶紧问：“姐，出什么事了?”

“苏淳，苏淳给抓起来了!”

“啊！不可能啊！他干了什么?”

“说是泄露商业机密。昨天一晚上都没回来。”

海藻一听立刻对姐姐说：“你等着我，我马上就来。”提了包就往海萍那里奔。

海萍正哭得稀里哗啦，一边哭还一边跟没头苍蝇一样在翻电话号码本，脑子完全不听使唤，根本不知道自己到底想干什么。手里比什么都忙，脑袋却一片空白，想不出解决的方法。

海藻一过来，看这情形也慌了，两个女人在家除了干着急，跺脚掉眼泪，根本想不出什么办法。“我……我给小贝打个电话，让他给找人!”海藻赶紧给小贝去电话。

小贝一听也愣了，他忙安慰海藻说：“你别急，我这就问问周围的同事，看看谁有类似的经历或有什么办法，等下我下了班就去海萍那里，你先让她沉住气。”

晚上小贝一到海萍家，就跟海萍说：“我朋友推荐了一个律师，他说他以前有过办经济类案件的经验，不过现在主办离婚了，他可以给你一些建议，要不，我们先跟他联系一下？看看下一步怎么办?”海萍、海藻都赶紧点头。

这厢小贝在跟人家联系，那厢海萍的手机响了，里面传出 Mark 的声音：“嗨！郭！你好吗？我在等你上课，你到哪儿了?”海萍这才想起今天晚上有 Mark 的课！她赶紧抱歉说：“对不起 Mark，家里出了点事儿，我今天不能去给你上课了。抱歉，我一忙把你给忘了。”Mark 一听海萍的声音就知道情势不对，他关切地问：“严重吗？需要我帮什么忙吗？你先忙你的，有需要的话，请给我电话。”海萍道谢后挂了。

一行三人直奔律师的家。律师听完海萍的叙述说：“我现在不办经济类案件了，所以这方面的人脉不熟，我可以给你推荐一个人，你去找他，他应该可以帮得上忙。如果你们请他做辩护律师，他应该可以以这个身份去打听案子的进展。不过，以你爱人现在被公安机关羁押来看，这个案子肯定不小。否则自己单位内部就消化处理了。”对方给海萍一个地址，“你明天再去找他吧！”

海萍觉得，这一夜太太太太漫长，不晓得苏淳现在情况到底怎样？

海藻没回去，晚上陪着海萍说话。“姐，你别担心，我觉得应该是搞错了。他们单位又不是什么国家保密机关，没什么秘密可言，如果不是误会，那就是无心之过，应该很快就出来了。姐，你要不要吃点东西？”海萍难过地说：“我吃不下。我现在怀疑，他前一阵给人画的图出事了！”

“什么图？”

“前一阵福建有个单位让他帮着画几张图，也给了点酬劳，现在看来，搞不好这个事情有问题。”

“不至于吧？现在帮人干点私活儿太正常了，没听说谁给抓啊？会不会是别的事？”

“除了这个应该没别的了。”

第二天一早，海萍就去了律师事务所，推荐办案的那个人却不在，等到中午近12点，那人才回来。那人听了海萍的说法，想了想说：“如果您决定委托我们承办的话，就先签一份委托书，我这两天抽空去了解一下案情，然后咱们再根据案情想办法。”海萍一听就急了说：“您别过两天呀！他都给关一天多了！人是死是活都不知道，您还是下午就去吧！至少让我知道点消息。”律师安慰她说：“像这种案件一出，关一天两天那是解决不了问题的，你要有长期作战的思想准备。也别太担心了，放宽心，人不会有事的。你不要太紧张了，事情既然出了，就要面对它。”

海萍一出事务所的门，就对海藻说：“这家伙，我觉得靠不住。他太忙了，肯定不会把苏淳的事情放在心上的！”海藻说：“可是，现在除了他，我们又能怎么办呢？听他说的口气，姐夫好像要被关很久啊！”

“怎么办？怎么办？！”海萍觉得天都要塌下来了。

海萍现在每天的工作很明确，就是白天守在律师事务所，傍晚出去上课。海藻也停下了手头找工作的事情，每天陪着姐姐去打探消息。

律师见到苏淳以后回来跟海萍说：“今天我见到他了。情况不太好。他是在跟对方交易的时候被保卫科当场抓住的。他一进去就把情况交代了。据我看，批捕应该就是这两天的事。接下来就是走程序。具体涉案金额多少，我们还要等起诉书出来。这两天，可能公安机关也会召你去问一些问题，你要有心理准备。”

海萍立马就慌了说：“那我说什么？”

“有什么说什么，不知道的就不说。”

“可我怎么知道他说了什么呀？”

“所以你只要说你知道的，不清楚的就答不清楚。”

“律师，您能陪我一起去吗？”

“你可以要求我在场，但公安机关同意不同意就不知道了。”

“我能不能答不知道？”

“你当然可以。”

“那我就什么都不说。他们不会打人吧？”

律师笑了说：“不会。但如果你不说，他们会认定你不配合，这对起诉书是有影响的。你如果配合，他们可能认为有自首的情节在里面，判得轻些，如果你不配合，他们会要求判得比较重。”

海萍觉得，丈夫的命运突然就掌握在自己手中，究竟是紧一紧还是松一松？

海萍出来问海藻：“我们是自首还是抗拒？”

海藻闷头想一下说：“你最好还是什么都不知道。本来你就什么都不知道。”

海萍坚定地说：“好！我不知道。”

晚上，Mark 见到海萍问：“出了什么事情？需要我帮忙吗？”海萍摇摇头不愿意说。可一堂课上，她总是走神，常常是 Mark 问她几遍她都反应不过来，光嘴巴里重复。Mark 掰过海萍的肩膀说：“郭，我觉得你现在的状态不适合上课，你肯定是碰到什么麻烦了。如果你觉得我不值得你信任，没关系，你可以不说。但我还是建议你，最好休息一段时间，要不，我们的课暂停好不好？”

海萍第一反应就是：“不好！我需要钱。”说完自己都吓一跳。

“你为什么需要钱？如果你需要的数目不是很大，我可以借给你。”Mark 说。

“我怀疑很大。我也不知道。”

“哦！”Mark 不再说话，过一会儿说，“萍，我很关心你。感谢你这一段时间让我了解了这么多中国。如果有需要，我希望也可以帮助你，请你保重。”说完给海萍一个熊抱说：“你回家吧！今天我们就上到这。别担心，学费我照付。你需要休息，我看得出，你累了。”

海萍的眼泪一下就涌出了："我没事。我还是上课吧，我害怕一个人呆着。"

Mark 拍着海萍的背，将她带到客厅的沙发上落座，给她倒了杯红酒说："喝下去，你会放松一些。你一定是和先生吵架了。"

海萍摇摇头，拿着杯子喝了一口，很难喝。

"你知道吗？人的一生是一条上下波动的曲线，有时候高，有时候低。低的时候你应该高兴，因为很快就要走向高处，但高的时候其实是很危险的，你看不见即将到来的低谷。" Mark 边说边给自己也倒了一杯酒。

海萍不说话，又喝一大口酒。

"我这次来中国，其实是为了散心的。宋一定不会跟你说。我是他在美国学习的时候认识的好朋友。我的事业遇到一些波折，婚姻也不顺利，当然，这是连锁反应。我的年纪比你大得多，一个男人在这个年纪上遇到挫折可不是一件好事。但我还是很有信心，因为我很乐观，我相信自己很快就能走出去。也许，我的另一个事业的起点就在中国，也许我的另一半就在这里，谁知道呢？" Mark 笑了，非常爽朗。

海萍已经把酒喝完了，Mark 又给她倒了一杯。

"好些了吗？酒是个好东西，它会让你放松。在你苦闷的时候，几杯好酒，两三个陌生人的信口开河，你就会忘却所有的烦忧。这就是为什么现在酒吧那么火热。喝酒要大口。小口叫品，如果是品味，那得在心情好的时候。"

几个大口下去，海萍突然觉得 Mark 说的境界达到了，人有点飘飘忽忽，让自己撕心裂肺的揪扯感也不明显了。客厅的灯亮得晃眼，Mark 的声音忽远忽近，他说什么自己都听不见了。

"好了，现在你有勇气说了。" Mark 坐在海萍的身边，拍拍她的肩膀。

海萍笑了，轻柔地说："一群耗子推一只小耗子出去侦察猫的下落。小耗子害怕不走。大家给他灌酒。三杯下肚，耗子变得很勇猛。大家说，你现在有勇气出去了吧？小耗子拿起酒瓶往地上一砸，大声吼道，我看谁敢推我！"

Mark 大笑，说："嗯，你还有幽默，说明情况不是太糟。你这只小耗子，现在可以告诉我，是哪只猫让你如此害怕吗？"

海萍说："都是我的错。你知道吗？这一路走来，都是我的错。我是个很贪心的女人，我要得太多太多，如果不是我，我的丈夫不会坐牢，所以，他的今天是我造成的。哎哟，我的头好疼。”

海萍无力地指指脑袋，Mark 用拇指按住她的太阳穴，轻轻揉。

“我告诉你，人在紧张的时候，你会发现上下牙齿之间的距离会很短，很紧凑。我经常觉得应该撬掉一排牙齿，这样才不会把舌头咬得很疼。”说完，吐了一下舌头给 Mark 看。

Mark 搂着她的肩膀，安慰地拍拍。

“我在想，如果生活像录像机一样可以重放就好了。录像机，录像机你知道吗？那个放电视用的。”海萍两手还比划，Mark 笑着点点头。

“如果生活是录像机，我就找到那段 22 岁时的带子，重新播放。我就不留在上海了，带着我的爱人回到小城，找个工作，安个家，和爸爸妈妈在一起，日子就像电影里的慢镜头那样简单。那我就不认识你了。”说完抬眼看看 Mark。

“那我会非常遗憾的。认识你是我在中国的第一个惊喜。”

“我的头很疼，快要裂开了。”海萍声音越说越低，几近睡着了。

Mark 搂着她，直到她鼾声起，才轻轻放下她，给她盖上毯子，关了灯，让她在沙发上熟睡。

海萍这一觉睡得很沉，这是两宿没合眼的结果。她的大脑总在不断高速运转，想会出现的各种可能性，却不能解决。现在的事情，已经超出了她的能力以外。两三杯酒下肚，她终于睡了个好觉。一睁眼，天光都放亮了，恍惚间她觉得自己是在前一阵住的宋借的房子里，因为目及之处装修气派。可又不太像。仔细一回想，坏了！这是在 Mark 的家。

厨房里有动静。海萍甩了甩糨糊一样的脑袋，坐在沙发上醒神。Mark 穿了一件白色的棒针高领毛衣，肩膀上搭了条好看的格子图案的餐布，两手端着盘子走到一边的餐桌，看见海萍亲切地打招呼说：“早上好！你正赶上早餐时间，我煎的蛋。”海萍一脸尴尬，说：“对不起，我太失礼了，居然睡在这里。真是太不好意思了。”Mark 笑着说：“你不必紧张，该紧张的是我，我昨天一夜都没睡好。”

海萍奇怪了，说，为什么？

Mark 说：“我一直在想，等你今天早上起来会不会告诉我要收我 10 个小时的课时费。”

海萍大笑，化解了尴尬。应 Mark 之邀，海萍吃了早餐。Mark 说：“前一段时间，我邀请一位女士共进晚餐，以答谢她对我的工作的支持，她当时却很犹豫，说，跟她丈夫不好交代。我说，那怕什么，咱们又不是在一起吃早餐。”海萍听完愣了，没明白，Mark 哈哈大笑说，现在我们在一起吃早餐，就是比较有问题了，我有口难辩。海萍也笑。

一看表，都近 8 点半了，海萍匆匆离去，说：“我得去见律师。”

53 女人有了自己的家，就是嫁

律师对海萍说：“我侧面打听了一下，问问取保候审的保证金多少。对方说大约 10 万上下。这就比较糟糕，这说明，涉案金额要上千万了。这是个大案，先别说批不批取保候审，就是批了，也是肯定要公诉了。你觉得需要取保候审吗？”

海萍想了想说，要。

“好，那你去筹备钱，我这里去申请。”

“千万的大案要判几年？”

“这个千万，是人家认定的，我们当然不能认这么多，要看人家怎么算的。但如果成立的话，就算并罚，可能都得 3 年往上跑。具体情况，我们还得等立案以后再具体分析。”

“到底什么时候立案？”

“耐心。你要耐心。对你而言，这是大厦将倾，而对办案机关而言，不过是冰山一隅。所以，你现在要做的就是放宽心，耐心等待。”

海萍回去以后给海藻去电话：“你陪我一起去，把新房子给退了。”

海藻问：“这是干什么？你需要很多钱吗？我有。”

海萍答：“10 万。你怎么可能有？而且这 10 万只是开头。”

海藻坚定地答：“放心，我有。等我过去。”

海藻带着存折过来了。海萍拿着存折问：“你哪来的钱？”

“你还宋的。再加一点我自己的积蓄。”

“你没还给他？”

“他不要。我又不敢退给你，免得你老说我，就放我这了。”

海萍叹口气说：“我有种不好的预感，我离还这钱的距离，越来越远了。这两天。我夜夜不能睡，反复地想，觉得所有的祸，所有的难，都出在我要买房子上。如果我不那么想买房子，就不会为房子背一身债，不会逼着苏淳去赚钱，不会把你送到宋的身边。我是万恶之源。”

海藻摸着姐姐的脸说：“瞎想！这房子，你今天不买明天也得买。这宋，我是真心喜欢他，与你无关。而苏淳，是个意外。”

海萍说：“我想好了，这官司，无论如何我得替他打，哪怕请最好的律师，砸再多的钱，不行就卖房子卖地。一定要还他个清白。我犯的错，我来赎，实在不行，我顶他去劳改。”

“只怕不是砸钱能了的。他到底拿了人家多少钱?”

“5 次图，5 万块。今天律师跟我说，他的涉案金额超过千万，打死我都不信。他要有这么值钱，每个月就拿这么点工资?肯定人家栽赃陷害!”

“晕倒!绝对不可能，他才拿 5 万块钱就能成就千万的生意?平时我们都没把他当宝贝啊!”海藻一听这数额，腿都发软了。

海萍在一边，安之若素了。她已经逼迫自己适应，无论再糟糕的情况，她都能扛得起。

海藻看姐姐大无畏的神情，在最不该笑的时候，扑哧一声笑了。

海萍奇怪地看着海藻:“你笑什么?”

“我在笑一个人。当初咬牙切齿信誓旦旦，说什么一旦自己有出路，绝对要跟某某离婚，一天都不多呆。那时候整天窝囊废窝囊废的挂嘴边。现在不正好是把这个包袱给甩掉的大好时机吗?姐啊，不如，这笔钱你不要去捞他了，拿去还房贷款，跟他离了吧!”

“胡说八道!我怎么能在这个时候离开他呢?他是我儿子的父亲!我跟他是血缘亲。我告诉你，即便你是我妹妹，从法律上讲，你也不是我的直系亲属。他是我的直系亲属!想都不要想这件事情。”

“哦!现在你记得他是你的直系亲属啦!那你既然爱人家，就对人家好点嘛!不要整天推来搡去大呼小叫的。相爱就要表达，要让对方知道。免得没机会讲的时候在这里懊恼。”

“是啊!我整天对他虎着个脸，从没好看过，即便晚上睡觉，也是甩给他个背。可真到他不睡在旁边了，我才发现自己孤枕难眠。我在想，平时我根本意识不到，只有在他出事的时候，那种揪心的疼，那种火上的煎熬才让我明白，他是我最亲的人了。”

“切!负心!我难道不是你的亲人?爸妈难道不是?这女人就是不比男人，男人结婚后都不忘自己是父母家庭的一分子，女人一结婚，马上就把自己从家庭里剔除出去了，只顾自己小家。这个汉字造得是真有道理，女人有了自己的家，就是嫁，就是人家的了。唉!”

海萍居然给海藻逗乐了，说:“快回吧!小贝在等你呢!对了，你和他最近怎么样?”

“就那样。还行吧!我想时间久了，他就恢复了。”

“对你好吗?”

“他从没对我不好过。”

“那我就放心了。原本一直不赞成你们俩复合的。怕你们心头有阴影。破镜哪怕就算重圆了，缝也是消不掉的。可我想，百样米养百样人。从小贝这次这么热心帮我们来看，他对你的感情还是深啊！你好好的，别辜负了他。”

“我知道了。”

海藻一走，这房间就空了，留下海萍一个人，莫名地害怕。她总是忍不住东想西想，比方说苏淳去劳改，像当年苏武一样给放到蛮夷去牧羊，或者自己带着儿子跟王宝钏似的一等18年。头又开始疼了。

第二天海萍去Mark那里上课，等上完直接说：“我得喝点酒再走。不然我晚上不能睡。说完自己就咣咣灌下三大杯，然后说，我现在可以走了。她的举动把Mark吓坏了，说：“你去哪儿？你万一出了事，我可逃不了干系。你若抢劫，我是提供凶器的。你若撞车，我是那个送你上天堂的。对不起，请你不要害我。”

海萍说：“没事。我上天堂绝对不会拉着你的。拜拜。”正说着，手机响了，海萍一看是个陌生电话。“你好，浦东新区公安局，请您明天一早到我们这里来配合一下调查，我们有几个问题要问您。”

海萍突然就开始发抖了：“Mark，怎么办？怎么办？”

“怎么了？”

“他们要问我话！”海萍顺手抄起酒瓶又倒了一大杯，瓶底都翻过来了，再咕嘟咕嘟喝下。血冲向头，脚底踩云，面色绯红，眼神涣散。她突然说一句：“这酒真是好东西。”然后就一屁股坐沙发上，咬着嘴唇开始灿烂地笑了。

Mark拍着海萍的脸问：“谁是他们？谁要问你话？”

海萍指着墙上挂的一面镜子问：“你这幅油画哪买的？没见过穿这么多的仕女。”

Mark摇摇头说：“明天早上，我们又要共进早餐了。这可不大好啊！你在考验我的忍耐力。”说完，进了卧室抱了床被子出来，将已经瘫坐在地上的海萍扶到沙发上去：“晚安，油画里的仕女。”

早上等海萍睁开眼，坏事，又不在自己的床上。最近经常一睁眼要想一想身在何方。窗外，艳阳高照，Mark都坐在餐桌边看报纸了。“几点了？”海萍问。

“10点了。”

“真不好意思，我怎么又睡这了？我完全忘记了昨天晚上为什么又倒这里了。我改，我一定改。”

"昨天晚上你接了个电话，然后就开始狂喝一气。你说，有人要问你话，谁？"

海萍莫名其妙地看着 Mark，于是开始仔细思考，再翻出手机查号码，一看最后一个电话在 10 点 10 分，而且不知道是谁的，拨过去一问："喂？请问你们是哪里？""浦东新区公安局。"海萍迅速挂了电话，眼睛就睁圆了，"坏事！他们今天要问我话！我得赶紧走了！"海萍翻了翻钱包，问 Mark："你有 100 块吗？我要打车。我怕我这 70 块不够。"

Mark 拿起钱包，套上外套说："我陪你一起去。走吧！

Mark 是夹着海萍出门的，因为看她那样子，酒没全醒，前言不搭后语，还是自己跟着比较放心。海萍一上车就说去浦东新区公安局。

Mark 陪着海萍去了公安局。人家把 Mark 拦门口说："只问她一个，你不必进了。"Mark 立刻敏感地意识到海萍可能应付不了，马上用英语说："她应该有律师陪同。没有律师她不会回答你们的任何问题。"说完再三交代海萍："你可以拒绝回答问题知道吗？你一定要要求有律师在场。"公安局的人不耐烦了问 Mark："你哪门子葱蒜呀，跟着瞎起哄！律师？没必要，我们就问她几个问题而已。你就在外头等着。"说完，把海萍带进去了。

"苏淳是你的爱人？"

海萍现在已经不知道什么该回答什么不该回答了，这个问题，究竟是承认还是否认呢？海萍低头不做声。

"苏淳是你的爱人吗？"对方提高声音又问。

海萍终于轻微地点了一下头。

"2005 年 12 月 17 号，苏淳是否给过你一万块钱？"

坏了，关键问题来了。海萍保持沉默。

"问你话呢！你听力有问题还是我声音有问题？"

海萍坚持不说话。

"2006 年 1 月 7 号，苏淳是不是又给了你两万？"

没反应。

"2006 年 2 月 18 号，苏淳是不是又给了你两万？"对方把卷宗一收，重重地丢在桌面上。

"你不说是吧，不说也没关系。你不说我们也能把案子办下来。这个案子是铁证如山，人赃俱获，有没有你的证明完全不重要。现在我们是给你个机会，让你配合一起给苏淳一个轻判的机会。他算认罪态度较好的，毫无保留，该说的都说了。本来呢，按他这种情况，是可以从轻发落的，不过你这态度，看着倒是想把他往火坑里推啊！人都说，夫妻本是同林鸟，大难临头各自飞，你这样，是典型的落井下石啊！行了，咱也不问了，机会呢，也就没了。你出了这个门儿，就别再来找我们了。自己掂量吧！”

说完，俩办案人员开始唠昨晚的球赛了，把海萍一人晾着。

海萍的心已经波涛汹涌，山崩地裂了。要不要交代？要不要交代？给苏淳一个从轻判决的机会？

宋思明在经贸委陪同领导巡查，旁边一位同志低声跟他说着什么，宋秘书答：“这个我不清楚，但我想我的一位朋友能帮上你的忙。等下我给他去个电话，然后你去跟他谈。如果能在一起合作，是最好不过了。”出了经贸委的门，宋拨通了Mark的电话：“Mark，最近好吗？中文学得怎么样啊？我这里有个朋友，想问问你关于机电出口的问题，我想这是你的老本行了，你愿意与他谈谈吗？”

Mark站在公安局办公楼过道上，旁边人来人往，还有人缠着警察不断哀求什么，Mark只好捂着一只耳朵说：“我这里说话不方便，可以等下给你打回去吗？”电话那头突然传来一声警察的断喝：“老实点！”非常清晰地传进宋思明的耳朵里，宋觉得情况不对，立刻问：“你在哪里？需要我的帮助吗？”Mark只好说：“我在公安局，陪海萍来回答警察的询问，我没事，你别担心。”

“海萍？海萍出什么事了？”

“她的丈夫被关起来了，可能很麻烦，她这一段时间很不好过，我怕她今天应付不了，就陪她过来看看。”

“我等下打给你。我先挂了。”

旁边的侦讯人员已经聊得热火朝天了，就把海萍一人晾着。过一会儿又来一姐们儿，先是搀和着说了几句，又转头问：“她犯了什么事儿？”

“她倒是没犯事儿，不过呢，正憋着劲要把她家当家的送到号子里。”几个人貌似不经意地聊天，却跟海萍较着暗力。“这马上都到午饭时间了，你们还守着呢？多给你们加班工资啊？这么拼命？让她走吧！咱吃饭去。”

“一句话，吃饭！”说完，几个人真准备走人吃饭了，都站起来踢板凳了。

海萍终于忍不住发声了：“呃……那个……我想……”

三个人立刻安静下来，其中一个警官说：“说吧！说完了你也轻松咱们也轻松了。别想了。”

海萍说：“呃……我想……我可以走了吧？”

三个人面面相觑，最少安静了有半分钟，其中一个说：“死硬。切。走吧！你可想好了，走了我们也不会再召你回了。”

海萍起身一点头说：“那……再见。”

海萍走出办公室的门，浑身激出一片冷汗，整个后背全湿了。Mark关切地迎上问：“有问题吗？”

海萍特别艰难特别费力地摇了摇头。

门里，三个警官有些泄气。“这老婆比丈夫难对付多了。一看就老奸巨滑的。”“心理攻势没用。”“男的不都招了吗？”“招也不行啊！他万一翻供呢？得找到他那钱的下落。那是证据。银行户头都查过了，没见那笔钱。”“才5万，怎么不都花掉了。”“就算是花掉了，也得知道花哪了啊！”“先吃饭再说吧！”“我发现，最近犯案的，男的都是甫志高软骨头，女的都是刘胡兰……”

沈大律师一进门，熟门熟路地歪着屁股坐在宋的办公桌上。“有事请吩咐。”宋站起来拍了拍沈的肩膀说：“替我去捞一个人。”

“捞人是你强项啊！找我做什么？”

“你替我去探探水多深，我再决定从哪下手。”

“好说。在哪儿？叫什么名字？”

海萍下了Mark的课后就开始烦躁，她愁容满面地说：“我要回去了。”

Mark说，你怎么一到回家就表情痛苦？

“因为今天星期五，我要给他父母打电话。上个星期我骗他们说他出差去了。这个星期我不知道怎么讲。头疼。我当时要说他出国就好了，这样最少能安稳半年。”

Mark笑了，赶紧走到酒柜前把柜门关牢。“对不起，今天酒馆打烊了。你头再疼都不许喝。”

海萍不好意思了，说：“我没要喝酒啊！我那天都说改了。我现在改回家喝。我自己买了。”Mark 一听眉头就皱起来了，他不无担忧地说：“看样子我给你起了个坏的示范作用。郭，喝一次两次没问题，如果陷在里面，会上瘾。而这并不是逃避的好办法。人一旦有了酒瘾，会很难摆脱。我花了好几年的时间，甚至去了医院才摆脱。我不希望你走我的老路。”

“我没那么严重。你别担心。”

“你不能预见严重的后果。这是一种心理依赖，非常不健康，摧毁你的意志和你的身体，让你无法思考。我建议你不要喝了。”

“可我不喝睡不着。”

Mark 想了想问：“你今天穿什么鞋子?”海萍觉得莫名奇妙，说：“平底皮鞋。”Mark 拿了海萍的外套，拉着海萍出门，说，走，今天我们换一种方法，暴走上海。说完，不等海萍反抗，拉着海萍就出门了。

海萍一路跟着小跑，气喘吁吁地说：“我不行了，你走太快了。我跟不上!”Mark 在前面不停挥手加油，催促：“快，快，跟上。”在急行45 分钟后，海萍彻底瘫倒，靠在路边的柱子上光喘气摆手。Mark 问：“你家离这里有多远?”海萍用手作扇：“有近 10 站路吧?”

Mark 说，咱们走回去。海萍哭丧着脸说，不要了不要了，你自己回去吧，我坐车回去。Mark 说，我没车卡，也没带钱。海萍说，我借你。Mark 摇摇手：“不好，我没有借钱的习惯。咱们走回去。”海萍毅然说：“我打车送你回去好了。我走不动了。”

Mark 笑了，拉着海萍就走。等海萍像一只瘫倒的癞皮狗一样被 Mark 拖上十楼的时候，连脱鞋的力气都没了。Mark 冲海萍招手说：“祝你有个好梦！Good Night!”海萍说，给你钱打车。Mark 从口袋里掏出钱包冲海萍摇了摇。海萍扑进房间直奔床而去，脸不洗牙不刷直接睡了。

可是醒过来，还是要面对给苏淳父母打电话的问题。哎呀！头又疼了。

54 原来你也有命门啊!

律师对海萍说：“情况不是很妙，取保候审被拒了。看样子很快就要起诉了。据我了解，他当年进公司的时候是签订过保密合同的。这对他相当不利。法律规定 50 万以上的损失就可以追究刑事责任了，我们现在要做的是，如何减少这个损失的数额，搞清楚他们实际的损失，以减轻处罚。”

“你的意思是……他是横竖逃不掉坐牢了？”

“也不一定，辩护得好，可以缓刑的。”

海萍的头涨成两个大。

沈大律师夹着一堆文件一边敲门一边走进办公室，将卷宗往宋思明的办公桌上一扔：“这家伙跟你什么关系？”宋沉吟没吱声。

“蠢得很。不打自招，还竹筒倒豆子。都像他这样，中国的公检法部门会省很多事。”

宋拿起卷宗仔细翻看，嘴里说：“他是个技术人员，要是能斗得过公安，那不是贬低我们公安的智商？”又仔细看了一遍，“现在这个案子谁在审？”

“还在浦东公安呢！没上报立案。”

“请的是哪个律师？”

“一个没听说过的家伙。”

“你怎么看？有没有打头？”

“显然有。你看这里……这……这个保密协议可以从无效这个角度去辩。它光规定了责任，没规定义务。你让人家保密，说明人家有保密的价值，你如何体现人家的价值？没提。根据法律规定，你要提出相应的补偿范围。如果真按他们所说的造成2400万的损失，他就付人家一个月5000块？扯淡嘛！”

“2400万？有这么多？”

“不可能！瞎掰的。人家厂卖的都算他的？我查过，去年那个厂整个产值都不超过3500万。”

“能作无罪辩护吗？”

“有难度。这家伙法盲，他自己说，这些图纸就是他设计的，所以归他所有。这牵涉到一个职业作品归属问题，你在哪里工作，你对自己的作品是没有所有权的。”

“需要我做什么？”

“那得看你跟他什么关系。若是不铁呢，就做个缓刑辩护。若是铁杆呢，你走点旁的路，看看能不能叫他们单位撤诉？”

“可这又不是自诉的案件，我让他们单位撤，公安这边呢？”

“老周老纪，你去给他们打个招呼。还没立案，不是太麻烦。不过要抓紧，说晚了立了案了就有点难度了。你和他们船厂到底熟不熟？”

“不熟，没什么交道。可以试一试。老周那边，还是你去说。我就不出面了。”

“这家伙到底是你什么人？你这么帮他？你不说，我可不去啊！你要知道，不是不得已，尽量不要去动用这些关系，动一动那就是欠人情分。”

宋笑了，说：“关系这东西，就得常动。越常走动越牵扯不清。扯不清了就烂在锅里。若总是能分得出你我他，那才生分，老得花时间去摆平。要的就是经常欠，欠多了就不愁了。他替你办一次也是办，办十次也是办，办到最后见你就头疼，你就赢了。要风得风，要雨得雨。”

沈律师“切”了一声，说：“什么逻辑！”

“哎，对了！上次我托你的那个事，你替我办妥了吗？”沈律师掏一支烟点上。

“应该没问题。”

“我不要听应该，要绝对。我可听说，那一边也托了人了。万一我这边塌了，我跟王庭长不好交代。那是他亲侄子。”

“你放心吧，那边托的是谁我都知道。胖子这人，我很了解，情大法大，敌不过他自己的利益最大，对自己没好处的事情，你再从上面压，他都不会买账。”

“那要不要事先感谢他一下？两边都吃颗定心丸？”

“所谓的感谢，那是事成之后的情意。你若事先感谢，对这边是行贿，对那边是受贿。我们要的是情谊，不是钱意。你懂我意思吗？等事成之后，你再去谢他，到时候他知道我算计他，也迟了。”

“哦！……”沈律师意味深长地笑了。

“还有，你嘱咐一下王庭长，让他侄子最近少打麻将，就算胖子有心提他，民意也是很重要的。万一对方搞个抓赌现形，那他就是自毁长城。皇帝老子来，都帮不了他。”

“行。”

Mark 问海萍：“情况怎么样？你先生有什么消息吗？”海萍心事重重地说：“不好。看样子，我要卖房子卖地了。”

“这么严重？”

“没保释出来，我怕他是要坐牢了。”

“那你怎么办？”

“想办法，尽量找好律师给他打官司，实在不行，就只有卖房子了。不谈了，上课。”海萍翻开书。

上完课，Mark 说："海萍，你是个好女人，你的丈夫找到你，是幸运的。你没有在他最困难的时刻离开他，你知道这对一个男人有多重要吗?"

海萍奇怪地看着 Mark 说："我为什么要离开他？没理由啊！他又不是在感情上背叛我。"

Mark 笑了，说："这说明，在你心里，最看重的是感情。你知道吗，很多女人都会在男人困难的时刻选择逃跑。"

海萍笑了，说："你不要拿你自己的经历去衡量所有的女人好不好？你们美国著名的希拉里，那丑都丢到全国全世界了，她不也照样没离开克林顿吗？你呀，你那是运气不好。"

Mark 摇头："不是的，他们是政治夫妻，我不否认他们有感情，但政治利益和政治责任还是首位的。如果是普通夫妻，能够做到患难与共，才是难得。你就是个难得的好女人。"

海萍咯咯笑倒了，说："你这话要是跟苏淳说，他一定会拱手相让的。他会觉得你说的是另一个女人。"

Mark 一举杯，向海萍示意："如果他相让，我就笑纳。"

海萍愣了一愣，尴尬一笑说："我走了。我今天晚上要走回家。"

Mark 一挑眉头："你还是睡不着吗？既然事情出来了，你就要学会面对它，调整你的心灵，放轻松。"

"我想，可我的心不想。"

Mark 只好拿起外套说："走吧，我送你。从今天起，我把每天的早锻炼放在晚上。你每天晚上从正雄家出来的时候，会看见我在楼下护送你。我且暂时充当你的卫士，直到你的 Mister 把你给领去。"

海萍再去律师那里，被律师投以奇怪的目光："你怎么还来啊？你不是都找人了?"海萍愣了。

"你不是托了沈大律师了？他是这行最牛的律师了，轻易不接案子的。到他手的案子，你还操心什么？其实如果你有门路，根本不需要来找我们的。"海萍听得一头雾水，她分辩："我没找人啊！谁是沈大律师?"

"我昨天下午去公安局，听说沈大律师亲自去过了，今天早上他的助理到我这里来调卷宗。我想，他一会儿会给你去电话的。"

"可……可……我……我没啊……"

"你放心吧，有他在，你最少有六成以上胜算啦！不过他很贵的。

像这种案子，没十几二十万，他是不会接手的。”

“啊?!”海萍觉得局势复杂了，她开始看不懂了。她给海藻去了个电话：“你去找过一个姓沈的律师吗?”

“没啊!”

“那你去找过宋思明了?”

“没有。我和他已经彻底断干净了。”

“奇怪了，今天我律师跟我说，有个很牛的律师跑来接手了。但他并没跟我联系啊！没我的委托，他怎么工作啊?”海藻那厢也看不明白了。

海萍终于见到传说中的大牛——沈大律师。这家伙看起来真不像个大律师，笑眯眯的模样，白白胖胖的脸。如果单从外貌上看，还不如上一个律师看起来精明能干呢！他能行吗?

“坐坐！郭海萍女士。不好意思，这个案子现在在我这里，你就放心吧！如果不出意外，这两天你丈夫就可以取保候审。”

“啊? 他……被拒了呀!”

“哦！是吧?”沈律师依旧笑眯眯的，既不正面回答也不否认。

“那我要交多少保证金?”

“嗯? 保证金? 不需要。有保人。”

“谁?”

“这你就不要管了。”

“呃，沈律师，不好意思。我不是太……明白。这个事情有点突然。我不知道您为什么会突然接手这个案子，还有，我该付您多少钱?”

“嗯?”沈律师眼睛就瞪圆了，“你不知道我为什么接手? 你托了谁了?”海萍摇头。

“那就奇怪了。钱嘛，目前为止还谈不上，等以后再说吧!”

“您……还是具体给我个数字，我要做准备。”

“你有多少?”沈律师饶有兴趣地看着海萍。

“只要您能把我爱人救出来，不判刑，罚款都行，只要到这个程度，我会尽力满足您的要求的。”

“哈哈哈哈……”沈律师笑了，说：“以他的案子这个数额来看，就算是交罚金，可能也是天文数字啊！你付得出吗? 关于这个费用问题，你就不必操心了，自然会有解决的方法。你不必担心，回去耐心等消息吧!”

海萍现在更担心了。彻底没了方向。

沈律师在一间包厢里跟宋思明喝酒。

“老兄，我到今天才知道，我办你这案子，律师费的着落还没有啊!”

宋思明一推他手说：“你还跟我要律师费？今天晚上吃饭，我可一分钱没带。”

“好！你吃定我了是吧？你小子哪天能请我吃顿饭？我认识你这么多年，没见你买过一次单。”

“我从不请男人吃饭。”

“算你狠！服了。”沈跟宋干了一杯。“她是你什么人？郭海萍?”

“她不是我什么人。”

“得了吧你！跟我来这套。你不说是吧?”

“她是我爱的人的姐姐。”

“这话怎么听着绕耳？你爱的人的姐姐。你爱人的姐姐?”

“我爱她的妹妹郭海藻。”

沈愣了半天，伏在桌子上抱着头笑了，边笑边摇头，半天抬起头，指着坐一旁不动声色的宋思明说：“原来你也有命门啊!”

宋淡淡一笑说：“喝酒。”

“何方神圣？改天让我见见二嫂。”

“你见不着了。我和她分手了。”

沈这下真愣了，过半天竖起大拇指说：“痴情。”再过半天又拍一巴掌宋的背说：“苦情。”又过半天摸了摸自己的脑袋说：“装纯情。”

宋依旧自己喝酒。

“要不，我替你递个话儿？好歹让人领情啊?”

宋摇摇头，说：“我欠她的。是我在还她的情。”

“看样子，你还动了真情?”

宋反问一句：“我看上去很无情吗?”

55 贼心贼胆都有了，贼在睡觉

海萍问 Mark：“有个大律师来找我，替我接了苏淳的案子。我并没有求过他，是你帮我找来的吗?”

Mark 手里拿着酒杯，冲海萍一举，意思是，没错。海萍感激地说：“你真是太好了！我根本没想到是你，这两天一直在怀疑是其他什么人。”

“为什么想不到是我？你朋友很多吗？”

海萍不好意思地笑了：“你怎么认识他的？他很帮忙，我让他告诉我收费多少，他都不肯说。看样子与你关系很好。”

“只要说谢谢就可以了。很简单的事情，不必弄得很复杂。要喝一杯吗？”

“不了，我现在靠走路帮助睡眠，不再碰酒了。不过坏处是，现在走个十站八站，都不觉得累。我需要从这里走到苏州，再从苏州走回来。”

Mark 又笑了，再冲海萍一举杯。“等我喝完这杯，我就送你回去。”

苏淳在家已经等候多时，都接近午夜了，海萍还没回来，他有些担心。整个案件对苏淳来说，简直像坐高高低低的过山车，原本以为说清楚就没事了，没想到给保卫科转送到公安局。再被审的时候，自己俨然已经是一个犯人了，这种落差让他无法承受。公安时不时透露，以他的涉案金额，判个十年八年也是有可能的。为了 5 万块，自己把一生都搭进去了。人间处处是地雷，一不小心就会踩中，和平时期也不可掉以轻心。第一次听说还有个罪名叫“泄露商业机密”，自己在这个单位工作 5 年了，居然不知道自己的工作性质与间谍相同。而犯罪与杀头一样，不是说你悔过态度好，就可以把头接回去了。无论你再三解释说自己完全是无知犯的错，也不会有人理睬。每个人似乎都饶有兴趣地等着他，守候他，恭喜他走进犯罪的沼泽，然后给大家找点事做。大家重复做的事情，就是再三提醒他，你已经不是一个正常人了，你已经是个犯罪分子了，你已经没人权了，你离死不远了。虽然大家谈论你案情的时候似乎都轻飘飘的，“也就十年八年吧！很快就过去了。”可没人知道，一句话，就把你的一生给葬送了。明明是自己设计的图纸，明明是自己的创作，居然被称为盗窃，这世道，已经没有天理可言了。

而海萍，海萍一定恨死自己了。其实被关在看守所里，是对自己的一种保护。放出来的话，搞不好生不如死。苏淳现在已经开始回忆满清那十大酷刑了。

近 12 点了，老婆还没回来，苏淳为争取宽大处理，决定在楼下老实守候，努力表现。

12 点都过了，还没见海萍回来。

她会去哪儿？有心给海藻打个电话，又怕太晚。正胡思乱想，海萍跟一个高大的老外一起，一路小跑着回来。老外手里还拎着她的包，提着她的外套，两人有说有笑。

海萍一见路灯下的苏淳，猛地一惊，眼泪就下来了，赶快跑过去使劲搂着苏淳不撒手，当着外人的面儿，好像马路上拾到了宝。苏淳的脖子都给勒疼了，几星期不见，海萍手劲见长啊！得小费力气才能摘得下来。

老外看着夫妻俩抱作一团，呵呵笑。等苏淳好不容易抽出脖子，老外热情地伸出手握住苏淳说："欢迎回家！我是 Mark，你太太的学生。"海萍还在一边擦眼泪，苏淳也点头哈腰。

"好了，我的任务到今天就结束了。从明天起，她就交给你看管。再见！" Mark 摇手告辞。

苏淳和海萍一进卧室的门，海萍就搂着苏淳，又像一块橡皮泥一样贴在他身上。

"你瘦了。肯定吃了不少苦。他们打你了？"

"我没给他们机会。在他们还没动这个念头之前我就彻底交代干净了。"

"吓着了？"说完就在苏淳脸上啄了啄。

苏淳明显不适应这种亲昵，居然擦了擦脸，说："有点。"

"这些天，没你在身边，我睡不着。"

苏淳终于忍不住笑了，让开海萍的拥抱，上下打量她说："我不过被关了几天，怎么回来他们给我换了个新老婆？退回去！想给我扣不忠的帽子！我苏淳可以经济犯罪，但绝对不能肉体犯罪。我苏淳可以坐共产党的牢，但绝对不能服老婆的无期徒刑。"

"关你几天都没把你给关老实了。我看你怎么还生龙活虎的？倒是苦了我，整天吃不下睡不着。可见男人是没良心的。"海萍有点怨有点娇。

"海萍，我怎么觉得你有问题？你这几天是不是干什么对不起我的事了，所以才这么柔情蜜意妄图堵我的嘴？刚才那老外，我怎么觉得你们俩过于亲密了点？他明知道你丈夫不在家还跟你厮混到半夜？"

"你个猪头！人家好心送我回家怕我遇到危险，还托关系走门子把你救出来，你居然以小人之心度君子之腹！你老婆我要出轨也不必找什么理由，等什么借口，我难道怕你不成？单等你不在家的时候我才出去厮混？我要是不想要你，我抬脚就走。你还当是旧社会我怕沉塘关猪笼？对你这狼心狗肺的好，我真是瞎了眼睛。你蹲大牢了我整天还在家忏悔反省，想你之所以进去都是我的错，哪晓得我这里一门心思要对你好点，你那里一点都不感激我，我对你好，真不如养条狗算了。气死我了，真不该放你出来，明天我就去交代，把你再关进去！”

海萍一口气连珠炮似的把苏淳骂回去，言语声高之处，还双手叉腰，不时食指戳到苏淳的脑袋上，咬牙切齿。

苏淳突然就安心了，走过去一把抱住海萍说：“对嘛！这才是我老婆嘛！你刚才那样，叫我心里不踏实。心虚，心虚。”

海萍在他怀里挣扎，边挣边骂：“你皮轻肉贱，三天不骂浑身长毛！我居然还想要对你好点，以后不再骂你了，看来不骂不行，你还不适应！”

苏淳笑着把下巴放在海萍的肩膀上，说：“已经被改造了，回不去了。你不必对我民主，还是专政吧！专政下的人民比较有安全感，有依靠。”

海萍笑了，紧紧抱住苏淳。

晚上，躺在床上，海萍问苏淳：“你怎么没想到这会触犯法律？”

苏淳反问一句：“你想到了吗？”

“没有。你的事，我又不了解。可你当年进单位，签过保密合同的啊！”

“那么多年了，我根本没印象。他们不拿出来给我看，我都不记得我签过。而且，没人跟我说我干的活是保密范围啊！”

“那现在怎么办？你会不会被起诉？”

“听天由命。犯了错总要承担。不过这个代价太大了。万一我真进去了，你和孩子怎么办？”

海萍赶紧跟小女人一样靠过去，趴在苏淳肩头，可怜巴巴地说：“我做王宝钏，等你 18 年。”

“要判这么久？不会吧？我听说不是 10 年就是 8 年，怎么到你这成 18 年了？”苏淳有点紧张。

海萍本来都要哭了，一听又扑哧笑了，说：“你讨厌！不过我看你心情不是太差，我放心多了。我一直担心你承受不住压力，万一到时候判个无罪释放，结果还给我个尸体。我警告你呀，无论什么结果，你都得好好活着。只要你活着，我就不那么害怕了。”

苏淳说：“你放心，我生性疲塌，耐收拾。你的关口下我都活这么多年了，其他还有什么我扛不住啊！”

“去死！”海萍在苏淳身下抓了一把。苏淳笑了，凑过去，亲了亲海萍。

两个人在艰难险阻中踏上片刻欢娱之旅。

不过，有个情况很糟糕——海萍和苏淳，两个人都很迫切，尤其是苏淳，热情难挡，可贼心贼胆都有了，贼在睡觉。忙了半天都无法唤醒。

苏淳非常沮丧，翻身下来说：“吓的。这下要命了。”

海萍温柔地吻了吻苏淳说：“累的。前一阵思想太紧张。过一段就好了。”

苏淳叹气说：“我是怕，过一阵，我就不在你身边了。本来想，这次回来，把后十年的功课都做掉，这样你就不会太寂寞。”

海萍笑了说：“你在牢里，整天琢磨什么呢？”

握着老公的手，海萍这一夜睡得特别香甜。

宋思明看了看表，对身边的沈大律师说，我还有个约会，不陪你了。你的车，不要开。你若出事了，我没法跟你孩子交代。”沈说：“这算什么，我又没喝多。”宋把放在桌上的车钥匙拿起搁进兜里，说，我带走了。

沈无奈地摇头：“你还真遵纪守法！”

“不是为了守法，而是为了自己。”

“你去哪儿啊？”

“我去找老张，我让他今天晚上去跟船厂的一把手谈，我在等他消息。”

“你还真迅速！去吧去吧！”

宋思明到了和老张约的会所，却发现老张还带着一个人。“这位是船厂的一把手，胡克强。”老张介绍。宋思明颇有些意外，但还是很热情地将手伸出去，双手握住胡总的手。胡总也甚是客气。老张说：“我大概都跟胡总说了，胡总坚持要跟你亲自谈谈。”宋非常客气地让座。

胡总说：“真是不打不相识啊，原来竟是一家人。我听说苏淳是您的亲戚？”宋一怔，赶紧不可置否地含糊带过。

“我们本意，并不是针对您亲戚的。苏淳这位同志一向表现都非常不错，勤恳，耐劳，扎实。只不过，这件事情实在是有点……唉！糊涂。主要是让我们不好向上面交代。”

“造成的损失，真的有 2400 万吗？”宋问。

“呃……这个……唉，不好说啊……现在您怎么说？是不是让我们撤诉？我们这里是没问题的。我是怕……对上不好交代，对下没个说法，对司法那边就更……因为你要知道，走到现在这一步，就不由我们说了算了。即便我们撤，公检法也不一定答应啊！”

宋认真仔细地听，思考一阵说：“关键看您。如果对您而言不是特别麻烦的话，还是撤吧！说实话，当事人并不是我的亲戚，如果是我的亲戚，我倒不好出面说话了。但我对当事人是有一定了解的。他是个老实的技术人员，简单，无是非，不能因为无心犯下的一点过错就从此不能抬头了。毕竟，还是要治病救人为主，您看呢？”

老胡狠狠抽烟，思考片刻说：“行，听您的。我这边只能做到撤诉，其他的工作，我可就管不了了。”

“这个你放心。”

“另外，我今天晚上找您见面，也还是有另一些问题想跟您谈一谈。不知道您有没有时间？”

旁边老张说：“你要说的，我都知道了，我来跟他说，你赶紧回去办这个正事吧！”

老胡点头告退了。

宋思明等老胡走了，问老张：“他想说什么？”

“这个案子，很复杂，你说的那个人，不过是个幌子。目的不在搞他。你想啊，他一个小人物，就收5万块，顶多再坐几年牢吧，整他有什么意思。这次是挑个头儿，在搞福建那个厂，让他们一个正在引进的项目立刻下马，不然后面的威胁就大了。两家生产一样的东西，做的市场又一样，饼就那么大，显然不是你死就是我活嘛！”

“可告了苏淳，那边厂就不上项目了？”

“不是，他们是要限制他们中间的一个技术的使用。那个产品不能生产，后面的项目上了也没用。还得过来买这边的。算技术垄断吧！”

宋点点头，说：“看来，事情并不是那么简单的。那他到底想跟我说什么？”

“他想说，他撤了诉，对上级单位不好交代。要你帮个忙。”

“我能做什么？”

“几年前，那个福建厂还是小厂的时候，曾经要求过联营，生产这边的品牌。但当时因为各方面的利益，加上这边也看不上那边，就没跟人家谈。这几年，这个厂发展得很不错，利润也上去了，现在各方面都有想跟他们联营的意思，不过人家又不干了。胡是说，看看能不能政府出面牵个线搭个桥，把两个厂联合起来，这样其实对双方都有好处，共同把蛋糕做大。就不必老互相挤兑了。有利于发展。如果成了呢，这个案子就成插曲了，内部矛盾，既往不咎，各方面都皆大欢喜。他要跟你说的，就是这个事。”

宋半天不做声，最后说一句：“只要是对双方有好处的事情，我们都不妨尝试一下。你让他明天把相关材料送到我这里，我请人看看可行性，尽快给他答复。”

老张说：“拜托了！”

老胡回到办公室，在打电话：“撤诉。”

对方不知道说什么。

“我让你撤，自然有我的道理。你撤……我告诉你，今天晚上，我可是见到宋秘书了。苏淳，本来我以为是他亲戚，结果他说不是他亲戚，是他亲戚他就不出面了。那你说，不是他亲戚，他又出面，他代表谁？脑子都不转的。赶紧撤！……剩下的，就不由我们管了。我想，肯定最后苏淳是什么事都没有。我话就放在这！……这个苏淳，在我们这里呆这么多年，你就一点苗头没看出来？你干什么吃的啊？……等他出来以后，你亲自去请他，让他回来上班，千万别把他放跑了……就调他到技术部当科长……还副什么副啊！直接当……现在这个调个部门。就这样！”

56　提心吊胆又柔情蜜意

这几天，苏淳跟海萍过得既提心吊胆又柔情蜜意。大家都觉得，被宣召不过是迟早的事，谋事在人，成事在天。也许再下次进去，就要很久不能同床共枕。

海萍给海藻打电话：“苏淳取保候审了。也许开庭就是最近的事。上次我问你到底是谁帮忙，你猜是谁？”

海藻的心咯噔一下，谨慎地看了看旁边的小贝，轻轻问：“谁？”

“Mark！”

海藻突然就舒了一口气，既有点从梦里踏空的失落，又有点安心。“姐姐你总是吉人自有天相！”

小贝在旁随口问一句：“苏淳没事了？”

“不是。取保候审。”

“哦！要不要我去问问那个律师，什么时候开庭？”

“姐姐换律师了，她的学生 Mark 为她请了个好律师，不是原来的那个了。这个律师能量很大。”

小贝回头看看海藻，神色平静，完全没有异样。

“为什么我老有一种感觉，对 Mark 这人不放心？”小贝看着海藻说。

“你总是多心。在你眼里天下没好人了。”海藻一边叠衣服一边随口说。

小贝哼了一声说：“不知道为什么偏偏我看到的，都是没安好心的丑陋。”

海藻现在已经习惯，只要小贝脾气一上来，自己立马收声，不跟他纠缠。

宋在打电话：“胡总啊，我们这边已经跟福建那边的政府联系过了，他们那边也有这个意向，但具体的问题，还要由你们自己解决。你这两天准备一下资料，有什么需要我们的地方，尽管说。祝你马到成功！”

苏淳在家等得心慌，忍不住问海萍：“这大半个月过去了，怎么也没个动静。我现在都成惊弓之鸟了。一听敲门就想该不会是来逮我的吧！”

一个月后，苏淳接到“撤消刑事立案”的通知，感觉被大赦一样。这一遭走得不明就里，稀里糊涂进去，稀里糊涂出来。苏淳忍不住问海萍：“那你说，我到底算犯罪了呢，还是没犯罪？我是不是要去学秋菊，讨个说法？我都糊涂了。”

海萍生气了，瞪苏淳一眼：“拉倒吧你！前两天也不知谁说自己是惊弓之鸟来着，也不知谁一听敲门就冒冷汗的，今天刚接到张纸，马上又神气活现了。像你这样的，就该关进去多接受点法制教育。你整天在家闲着，也不帮我做点家务，还等我给你烧饭，要你有什么用？马上你儿子都能给我打酱油了，你还要我伺候。你能不能当得有个爹样？”

苏淳开始无奈摇头：“你怎么变脸这么快呀？早上还跟我说，这辈子就打算跟我死守到底了，还问我要不要吃荷包蛋，现在又六亲不认了。我要身缠重案，你对我还好点儿，我没事了，你怎么又开骂了？我还不如坐牢去呢！”

“赶紧滚蛋，别呆我眼前晃。看你就烦。别老说话，耽误我看书。

你下面好好想想该干什么吧！我看你原单位是肯定回不去了，要不要谋个事情？马上房贷款就要还了。”

苏淳安静下来，他也的确该考虑以后的路了。

突然，敲门声响起。苏淳条件反射地惊跳起来，夫妻俩对望着谁都不敢开门。“会不会来收这个证，说发错了？”苏淳轻轻问，并小心将纸藏在身后。海萍白了他一眼，过去开门。

门一开，苏淳单位的副总进来了，后面还跟了几个。他大力握住苏淳的手，使劲上下摇摆说：“让你受苦啦！好事多磨啊！全都是误会！全都是误会！我们厂马上和福建的厂都要一家了，哪里还有什么泄密不泄密之说？你是很有前瞻性啊！主动进行技术支持！要予以表扬！奖励！”

苏淳和海萍差点没趴下。

反差太大了。以前的卖家贼，现在的英雄。这需要多么大的勇气来承受这种落差啊！一般人还真扛不住。

海萍等一帮人走出门，笑到弯腰直不起身，说：“这是什么世道哦！行了，你也不用再找工作了，明儿去上班吧！我去给海藻打个电话，不叫她担心。”

海藻正在做饭，两手都是油，小贝听到手机响连忙拿来放在海藻耳边。听海藻高兴地说：“真的啊！会有这种事情？太搞笑了吧！大难不死必有后福啊！这个星期天咱们一起去吃顿饭吧！给姐夫洗尘压惊。”说完示意小贝把电话挂了。

“苏淳没事了？”

“哈哈，不但没事，你猜有多好笑！今天他们领导来说，他是导致两厂合营的有功之臣，要嘉奖。大千世界，无奇不有。”

小贝听了先是觉得不可思议，接着又满面疑云。

“星期天咱们请姐姐姐夫吃顿饭吧！你说上哪儿？”

“什么档次？”

“好点儿的。”

“我去网上查查。”小贝进房间查网络热门饭店，过一会儿从屋里喊：“张生记吧？去肇嘉浜路的那家。”

“那你给他们发个短信，通知他们地址。”海藻边切菜边答。

小贝从屋里冲出来说，你手机给我，我查查你姐夫手机号。海藻白他一眼说：“多事，你发给我姐不就完了？”

小贝认真答：“我觉得发给你姐夫显得比较尊重他的家长地位。他刚从那里出来，一定挺在乎别人的想法的。”

“随你随你了！你总是有道理的。”

小贝拿了海藻的手机回房间。半天没动静。

海藻把菜都端到桌上了，也不见小贝出来。“开饭啦！”海藻扬声喊。

依旧没动静。海藻只好进房间拉小贝，却见小贝一脸怒容地坐在椅子上等海藻进来。一见这阵势，海藻就知道坏事，不晓得又哪根筋给别上了。赶紧关门防止其他人听见。“怎么了又？发个短信发得浑身长刺？”

小贝并不说话。手里却拿着海藻的手机。海藻走过去，拿起手机一看，上面赫然是宋思明的短信：“海藻，回来。不要结婚。”海藻懊恼地闭上眼睛。舍不得删舍不得删，就成了今天这个局面。海藻有些结巴：“这个……这个……是很久以前的了。”

“多久算久？昨天？”小贝冷冷地问。

海藻愣了，怎么是昨天呢？低头一看，上面就是赫然写着05/06/06。对哦，今天是6月7号，这可不就是昨天吗？邪了。明明是以前……海藻突然醒悟过来，这是5月6号的短信。“不是……这个……这个是……”海藻突然不敢说了。即便是上个月，那也是她答应小贝不再见宋以后。这个，非常难解释。

“海藻，我看，我们还是分了吧！两个人之间光有爱是不够的。信任比爱要重要得多。我如果整天都在想你今天和谁在一起，睡在谁的床上，和谁偷情，我就没法活了。”

“小贝！你怎么这样啊！我到底干什么了我？你哪天晚上不是和我在一起？你可以不爱我，但你不能侮辱我！”

“是啊！我每天晚上都和你在一起。可白天你依旧可以出去。躺在别人的怀里，请求别人救你的姐夫，然后贡献出自己的身体。海藻，我看还是算了。”

海藻愤怒了：“贝利！我到底哪点做错了?！我可以用我的人格保证，我根本没有背叛你！”

“你的人格？你拿什么证明你的人格？你以为我没看见你跟人家赤身裸体，我就没有想像力了？什么叫背叛？你心里如果根本就不觉得这是背叛，又有什么可保证的？你亲口答应过我不再跟他见面，这是什么？嗯?！这是什么！”小贝已经站起来揪住海藻的领子了。

海藻一滴眼泪都不掉。她似乎早已经预见到这一天的出现，只是没想到是以这种激烈的方式。

她平静地说："小贝，我能说的就是，我没有主动去见过他。我没有做对不起你的事。你要分手，不要硬给我扣一顶帽子。我同意分。"

"你早就想分了！却想尽方法刺激我，让我最后提出来！你卑鄙！你无耻！"小贝的声音提高了。

海藻低声说："外面还有别人，请你注意你说话的方式。既然已经决定分了，卑鄙也好，无耻也罢，无所谓了。"

小贝的巴掌高高地扬起，控制不住地想揍海藻。最终恨恨地捶在自己腿上："我不打你。我不打女人。虽然你很欠揍。郭海藻，我告诉你，我错就错在对你太好了！我早就该狠狠教训你，让你知道什么是忠诚！"说完愤然转身出去。

海藻等小贝摔门走人以后，才默默转身回到客厅，其他屋的人开条门缝朝外张望。海藻在人家的窥探下安静转身，将所有的菜都倒进垃圾桶。

这一夜，小贝没有回来。

这次海藻已经不急了。他肯定又是苦肉计去了，满大街乱走。海藻觉得，这次他就是被车撞了，也不是自己的责任。而且，这世界，被车撞的人也不过是万分之几。海藻躺床上，睡着了。

第二天下午，小贝回来，一声不响把家里属于他的东西搬了搬收了收，不留一句话就走了。海藻望着凌乱的卧室，仿佛遭到洗劫一般，心如乱麻。想剪剪不断，理也理不清。

她无目的地出门，见来一辆公车就上，一路晃啊晃，晃到不知名的站下，有偏僻的小道就穿，走着走着，蓦地发现，自己站在宋思明的办公大院外。看到门口挂的牌子，海藻的眼泪终于落下来了。模糊着双眼，她深一脚浅一脚地摸到宋思明停车的地方，把脸贴在驾驶窗上，任泪水挥洒。

宋思明一看表，已经近 11 点了，该回家了。他收拾好东西关了门走出办公室，走近车边，他发现有个人影蹲在前轮旁，带着警惕的心，借着灯光，他慢慢走近。

蹲在地上的海藻抬起头来，满脸是泪，可怜地看着宋思明，嘴瘪了瘪，站起来，小声说："我没地方去了。"然后如孩子般放声大哭。宋思明丝毫不避嫌，一把抱住海藻说："别哭。"然后两个人在背光的阴影里，宋思明听海藻哭了好半天。一会儿才说：“走，咱们去转转。”

海藻在副驾驶的位子上还委屈地抹泪呢。宋思明握着她的一只手，另一只手驾车。过了半天，停在海藻以前住的楼下，说：“回去吧！”

海藻一看以前的楼，就又哭了，边抽泣边说：“我不住这了。”

“那你住哪儿？”

“没地方。我要去流浪。”海藻委屈加赌气地说，边说边拿手背擦眼泪，从侧面看，撅撅的小嘴唇带着孩子般的娇。宋思明把手支在方向盘上想了一会儿说：“听着，海藻，我做这些，完全没有要你回到我身边的意思。我并不需要你的报答。”

海藻哭得更厉害了说：“连你都不要我了！本来就是你在害我！”正要捶打宋思明，突然就止住哭了，换了个声音问：“你什么意思？什么叫要我报答？”

现在连宋思明都愣了，不晓得中间出了什么差错。他原以为海藻是忍住心中的不情愿，跑来感谢自己让苏淳安全回家的。

海藻脑子转了转，有些明白了，擦干眼泪说：“搞了半天真是你。算了，我也不冤了。老大，你这是救了我姐夫，搭进去了我。就因为我舍不得删你的短信，今天你如愿了，小贝跑了。”

宋思明心中五味俱全，非常虚伪地冒一句：“要不要我去跟他解释？”

“拉倒吧你！你比大灰狼还要坏，还跟人解释呢！世界上最坏的人就是你了。”

宋思明笑了，抽了几张面巾纸给海藻擦了擦脸，又像照顾孩子一样拉起她的手翻过来擦了擦说：“你看你的鼻涕。大姑娘了，怎么一点不注意形象呢？来，擦擦。”

海藻叹口气说：“认命。你就是那五指山，我怎么都逃不出去。左躲右闪还是掉在你的手心。”说完，将自己的小手压在宋思明的掌心里。

宋思明笑了，先是摸了摸海藻的脸，又在海藻的头上抚弄几下，弄乱了海藻的头发，然后将海藻的小脑袋一把塞进自己的怀里。“我想，我的心地不淳厚。我假装做这些是不带私心的，可内心里认定老天一定会看见，然后把你还给我。”

宋思明亲了亲海藻的头发，贪婪地嗅着海藻的气味，过一会儿，又忍不住亲亲海藻的头发。笑得很开心。

“那你说去哪儿？今天晚上，你总不能住在车里。”

“不知道，反正我不要回去了。你去哪我就跟着你。你回家我也跟着，你要睡觉，我就睡在你跟你老婆中间。是你破坏了我的幸福婚姻，所以我也要报复你。”海藻玩着刚才擦手的纸巾，恨恨地娇嗔。

宋思明笑着摇摇头，一踩油门，走了。

宋把车开回办公室的楼下，上楼拿了海萍上次还给他的钥匙，再带着海藻回到海萍借住的家。“暂时先住这儿。”宋开了门以后把钥匙交给海藻。

海藻四下望望说：“我不要睡他们的床，有不好的联想。”

宋抱着海藻，温柔地吻了吻她说：“你先住一段，等过一阵，你自己去选房子。看中了就买下来。”

海藻两只手缠绕在宋的腰间，身体紧紧贴着宋思明，牙齿咬着宋衬衫的扣子，连带扣子后面一块皮肉，一边轻轻噬一边说：“恨你，想咬你一口。”宋腾地一下，太阳就升起来了。宋坚持站着没动，看海藻在自己身上腻来腻去，来回揉搓。海藻悠长而哀怨地叹了口气，抬眼妖娆地看了宋思明一眼，踮起脚尖，一口叼住宋思明的嘴唇，然后像吸盘一样紧紧吸附过去，小巧的舌头蛮横地钻进宋思明的齿间，上下逗引，手开始急切地近乎于扒开他的衬衫，推着他向沙发走去。

宋思明被动地被推到沙发边，直到站不稳倒在沙发里，任由海藻骑在身上侵略自己。海藻将宋思明的衣衫褪尽，沿着手指开始舔。“我爱你的手指。”宋思明的心怦怦乱跳。“我爱你的青筋。”“我爱你的腋窝和毛毛。”“我爱你的味道。”“我爱你的喉结。”说完用牙齿在喉结上来回蹭。“我爱你的耳朵。”宋思明已经开始忍不住喘粗气。他喜欢海藻如此放浪的样子，带着任性的骄蛮，带着欲望的狂野，说话口齿不清又有颤动的紧张。宋思明也觉得紧张，浑身紧绷，每一寸肌肤都奔涌着渴望。

“我爱你的这里。”海藻咬着宋思明的乳头，交错着痒或疼。

“我爱你的这里。”海藻用舌尖探索宋思明的肚脐。

然后，海藻毫不犹豫地干脆松开皮带，划开拉链，扒下内裤，释放出压抑许久的满园春色，顿现一片姹紫嫣红。

宋思明闭着眼睛，喉头涌动。“亲我。”他想。可他不敢说。“亲我。”他内心热切等待。

海藻叹口气，近乎于妖媚地挤出一句：“我爱这颗痣，爱死了。”

宋思明感到一阵温润的湿热，带着芬芳和缠绵在自己的敏感地带吸吮。“呵……”宋思明忍不住发出长叹。

宋思明躺在地毯上，搂着怀里安静的海藻。他说：“说你爱我。”

海藻柔情蜜意地说：“我爱你。”

宋思明满足地笑了。

“我害怕，你不要回去了。”海藻把头紧紧贴在宋思明的胸前。

宋思明看看表说：“好，今天晚上。”

天蒙蒙亮，床上是相拥而眠的海藻与宋思明。宋醒来看看腕上的表，然后低头看着睡在自己胳膊上的海藻，笑了。梦中的海藻像个孩子般清澈，呼吸轻巧而宁静，睫毛还忽闪忽闪的。宋忍不住吻了吻她的睫毛。海藻居然嫌人扰她清梦了，还拿手推了推宋。宋笑了，又亲亲海藻的额头。海藻再皱皱眉头。宋思明觉得非常有趣，无论你亲她哪里，她都会在梦中做出相应的反应。宋亲了亲海藻的嘴唇，这下海藻却很安静，鼻息扑面而来，柔柔软软一股清新雾水的香气。宋思明正要抽回嘴唇，突然听海藻低低喊了一声：“啊呜！”然后又被一口叼住。

长时间的拥吻，辗转而缠绵。

“醒了？”宋问。

“被你吵的。”海藻闭着眼睛并不张开，慵懒地伸懒腰。

“我一会儿要去上班了，等我问清楚最近有什么好楼盘，我给你打电话。你自己去看，选定了就买，不必问我。不过最好以你父母的名义。”

“为什么？”

“你只管听话，不要问为什么。买房子不是什么急迫的事情，你慢慢挑。这里你暂且住着，如果不喜欢这个床，今天你就去换一个。卡等下我放在外面的桌上。还有，喜欢什么就买，不要委屈自己。我是建议你去恒隆广场看看。”

“话多。我发现你很女人。”海藻不想听，拿手捂住宋的嘴，然后开始舔宋思明的胸口玩。

宋笑了说：“属狗的？我满身都是你的口水。”

“蛇。美女蛇。”海藻叹口气说，“从今天起，正式步入职业二奶行列。过吸血虫的生活。”

宋揪了揪海藻的鼻子说：“不要这样说，我从没这样想过你。”

“那你觉得我是你的什么？”

“我觉得……你是我的脚踝。”

“什么？”

“脚踝。”

“哼！我在你心目中的地位原来这么低下！你老婆是你的眼睛，你女儿是你的心，轮到我，就剩下脚踝了。”

宋笑了，搂着海藻的头晃了晃说：“这个呀，是一个希腊神话。海洋女神把她的儿子放进冥河中浸泡，这样，她的孩子就全身刀枪不入，没有什么力量可以伤害他。他长大以后参加了特洛伊战争，战无不胜，是希腊的第一勇士，特洛伊人拿他没办法。后来太阳神阿波罗把他的弱点告诉了特洛伊王子，说当时他的母亲是提着他的脚踝放入河水的，因此，他的弱点就是脚踝。他最后死于特洛伊王子的箭下，因为王子射中了他的脚踝。”

海藻听完，伤感地叹口气说：“我要给你的脚踝套上金钟罩铁布衫。”说完抬头亲了亲宋思明。

宋思明说：“海藻，我要走了，上班去。我不可能每天都陪你。如果你寂寞怎么办？”

“那你说怎么办？”

“我建议你还是上班去。上班是谋杀时间最好的方法。你还是去陈寺福那里，那里比较自由。你可以做一些你喜欢的事情而不会太着急。看看书也行，不要一个人在家呆着。”

“唉！你不就怕我整天缠着你吗，放心，不会。”

“不是，我怕你一个人孤独，我会不安心工作，总担心你。”

“知道啦！”

57 唱歌走调到不忍卒听

苏淳回单位上班，惊讶地发现自己的桌子上已经坐了人，他正犹豫着不知道去哪里，以前的同事都过来打招呼：“哟！苏科长！祝贺高升啊！”“祸福相依哦！”“摇身一变，成科技带头人了！”

苏淳咧着的嘴，笑比哭还难看。感觉大家面上热情，但热情下面掩藏着嘲讽，甚至有些逗弄的眼神。人事科长亲自把任命通知书送来，顺便带苏淳去参观他的新办公室。临行前不忘叮嘱一句：“以后打交道的地方还多着呢，有很多事情还是要讨教苏科长的。告辞！告辞！”

苏淳在办公室里如坐针毡，不知道该忙些什么，偌大的办公室和空荡荡的文件橱里，没任何资料，桌面上就一台电话。铃声一响，满屋绕梁，声音大得能把自己吓一跳。“苏科长吧！你到我办公室来一下。”里面是胡总的声音，苏淳压根没听出来，还问：“请问，您是……”“我是胡克强。”苏淳吓得赶紧站起来，立刻点头说好。

胡总简直热情得有些夸张地握住苏淳的手，再三解释：“这次误会实在是影响太坏了，我知道怎么都不能弥补苏科长所受的打击。这个这个……还是要请苏科长体谅啊！不过，苏科长在我们这里这么多年，为什么一直没有托张市长带个话呢？其实你工作能力是相当不错的。可惜被埋没了。”

苏淳丈二和尚摸不到头脑，都不晓得怎么接话。

“今后你就负责新产品的开发这一块儿。另外，以后跟市里的接触，可能必要时还需要你出面啊！”苏淳更加害怕了。

等苏淳回到办公室，不一会儿，同事小赵敲门进来了。“哟！苏科长，恭喜恭喜！”说完两手抱拳。

苏淳打掉他的手说：“你跟我还来这一套。”

“你是真人不露相啊！好处全叫你一人摊去了，又得了利又出了名儿。你小子这么神通广大，当年还找我借什么高利贷啊！四大银行不就你们家开的吗？”

“你胡说什么呀？”

“你还瞒我？听说你是张市长的妻弟？”

“啊？！”苏淳惊讶得眼珠都掉出来了。

“要不是这么铁的关系，你能从这案子里出来？说老实话，你一进去，我们办公室的人就嘀咕了，这次肯定得把你整死。现在呢？你不但没事，还脱离我们群众的队伍了。喂！以后有提携兄弟的地方，一定不要客气啊！使劲提拔我。”说完特别亲昵地在苏淳肩膀上拍了拍。

苏淳彻底晕了。

苏淳一回到家，面色凝重。相对于他的凝重，海萍倒是轻松愉快。她是哼着小曲回来的。

“我一听你唱歌，就知道有好事临门。”

“我不能唱歌？”

“你如果不是特别心情愉快，是不愿意自暴其短的。你唱歌走音到不忍卒听。”

“嘿嘿，我又接了个新学生。我的桃李要满天下了。感谢英明神武的共产党，感谢蓬勃发展的新中国。你不觉得最近上海老外特别多？”

“你当心点身体。上课也是要体力的。这样一天天讲下来，口干舌燥会生病。”

“不会，我一想到每一分钟都有白花花的票子落进口袋我就如有神助。钞票是消除疲劳的最好安慰剂。你怎么不高兴的样子？今天上班有人背后嘀咕你，让你不自在了？你别理他们。”

“恰恰相反。一堆跟我后面马屁的。”

海萍一听，觉得不对劲。“为什么？”

“外面盛传我这次出来是张市长救的。还说我是他的妻弟。这算哪门子事啊！我怀疑，还是海藻以前那个相好干的，跟你那个 Mark 无关。”

海萍不乐意了：“你用词听着怎么这么龌龊呢？什么叫相好，什么叫我的 Mark？”

“我没别的意思，你不要跟斗架公鸡一样碰不得，我不能跟你说话每句都再三思量。你最好去问问海藻。别到最后受了人的恩惠都不知道是谁。”

海萍不说话。

海藻拎着大包小袋回到屋里，一件一件衣服试过去。

海藻掐着宋思明的下班时间去电话：“是我。你晚上会来见我吗？没空就算了，我就是问一句。”然后过一会儿甜蜜笑着说：“我也想你。别担心，我会照顾自己。”说完挂了电话，有些寂寥地看着镜子里的自己说：“郭海藻，从今以后，你要适应一个人的夜晚。”

晚上，海藻无聊地看电视。以后，大约再也不会有行兼跑了吧？既然一个人住，为什么要三间卧室的屋子？疲于打扫。海藻决定自己一个人过也要把日子搞得红红火火有声有色，于是换了盘瑜珈录像带开始做伸展运动。不一会儿就浑身是汗了。做完瑜珈又开始跳快节奏的热身操，索性穿着三点劈腿下腰。正大汗淋漓着，突然一转身，看见身后饶有兴趣盯着自己看的宋思明。

海藻因为惊吓而尖叫一声：“啊！”然后说：“大半夜的！你怎么招呼不打就冲进来了?！你吓死我了！我一个人在家耶！”宋思明靠在门框上，摇摇手里的钥匙，然后带着色迷迷的眼光靠近，上下打量着说：“长腿，细腰，这身打扮很好。建议你以后在家什么都不要穿。”说完学海藻的样子，舔海藻脖子上的汗。

海藻大叫：“讨厌！我没洗澡！”然后推宋思明。

宋思明说：“我喜欢带露珠的，新鲜的，刚出炉的，冒着热气儿的……”

两人躺在床上，海藻说：“以后过来前请打招呼，不要不请自到，打乱我计划。我本来买了玫瑰花瓣的，想撒在浴缸里和你一起洗。”

宋思明有些疲劳地说，我就喜欢搞突袭，查查你在干什么。不巧就被我抓到春光乍泄。

海藻趴着说：“今天我去了你说的恒隆广场了，天哪！一件衬衫三千多，一条长筒袜四百多。我没舍得买。”

宋思明拉过海藻的手指亲了亲说：“如果我不能带给你幸福的生活，我有什么资格让你与我在一起？除了名分我不能给你，其他的，你要什么便是什么。”

海藻说，可我并没有什么物质欲望，我对这些都不感兴趣。

宋思明坐起身，用手指在海藻的锁骨上划了划说：“兴趣爱好靠培养。以后你会有的。”

“我给你买了几件衬衫和几双袜子。我觉得自己买也许不舍得，给你买就不难过。”海藻高兴地跳起来跑到外面去把衣服拿进来。

宋思明摆摆手说：“你错了。我根本不需要这些。那与我的身份不配。这些适合生意场上的人。”看见海藻由兴奋到失望的表情，他又接一句：“放在你这里吧！有时候如果我住这里，第二天也有衣服换。”

海藻兴味索然地把衣服挂进衣橱说：“是啊！你也不可能带回家的。你该走了吧？”

海藻内心里希望宋思明会说，我不走，我想留下来陪你。

但宋思明看了看表说：“是的，我该走了。”说完起身把衣服穿妥当。

海藻从身后抱住宋思明的腰，把头贴在他背上说：“这套房子太大了。空荡荡。”

宋思明怔了一下，假装听不懂她的话说：“不要自己打扫，请个钟点工。对了，我希望每次来看到房间都是窗明几净的，东西要归置好，不要让我进门踏着地雷阵前行。刚才我踩着你的两双皮鞋进的。”

海藻尴尬地笑了说：“我不擅长收拾房间。”

“那你就请个保姆吧！要找个可靠的，最好是熟人介绍的。”

说完，宋思明出门了，临出门前返身吻了吻海藻说：“不要给陌生人开门。我自己有钥匙。你出去别忘带钥匙，否则得等我来你才进得去。我来是没准点的。”

“那我可以复制一套钥匙交给这里的保安吗？”

宋思明想了想说：“不可以。你还是复制一套交给海萍。”

“我不想让她知道我和你……”

“她迟早会知道的。”宋答得干脆利落，风般离去。

果然，第二天海萍电话就来了：“海藻，你是不是又和他在一起了？”

海萍说：“是的。”

“那小贝怎么办？”

“分了。是他不要我的。”

半晌海萍都没说话。最后海萍说：“你好自为之吧！我多说也无用。对了，毕竟是人家帮了咱们，我想下个星期天请他吃顿饭表示感谢。你安排一下吧！”

海藻为难地说：“他不一定有时间。我问问他。”

苏淳这一向突然变得夜生活丰富。总有人或部门在下班前拉他去交流感情。

先是人事科请去吃饭，席间科长看似无意却有心地提到自己已经在这个位子上蹲4年了，没升没降。等吃完饭分手的时候，苏淳发觉自己的手里多提了一个包，这是科长送自己上出租车的时候顺带捎着塞进来的。打开一看，纯金镶水晶的一尊佛像，沉甸甸的。苏淳吓得手都发抖了，回家第一件事情就是打开电视查今天的黄金牌价。

苏淳和海萍两个人就如何才能把这尊佛像请回去而不伤人家面子伤神了一个晚上。毕竟，这是个大物件，偷偷摸摸还回去万一人家没收到，那真是说不清了。

那个金佛还没了结呢，第二天苏淳又被小赵带的一拨陌生人拉去喝酒。席间有个特别热情的家伙跟自己拍着肩膀称兄道弟，相见恨晚，并约了第三天的酒席。

苏淳百般推脱，没推脱掉。

第三天晚上，根本无须自己推脱，又有另一拨总务处的相邀喝酒，苏淳刚想说已经有约了，就被人跟绑架似的给抬出去，喝酒跟打仗一般冲锋陷阵，苏淳很快就醉了，最后都快出溜到桌子下头去了。等睁眼一看，发现自己压根不在家里，却躺在洗浴中心的一间房子的床上，旁边坐了个近乎全裸的小妞，吓得苏淳抱着裤子落荒而逃。

第四天一大早，苏淳打死不愿意去上班了，在家缺班说自己头疼。跟老婆讲，我迟早得失身，昨天晚上失没失我根本不知道。即便失了你也要原谅我，因为我是被强奸的。我本人没那个意愿。海萍哭笑不得，本来一肚子气要发火，看苏淳可怜的模样，就拉倒了。

第五天无论谁来拉，苏淳就一句话：“老婆发火了，说要离婚，我哪都不能去。”中午吃饭的时候，以前的同事老吴特地跑到自己身边坐下问：“苏淳，哦！苏科长，你是不是认识宋庆龄小学的校长？我想把我家孩子搞到那去读书。”苏淳已经哭笑不得了。

58 人永远不要做自己不擅长的事

宋思明给海藻去了个电话：“你在做什么？”

“遵你指示上班啊！”

“忙不忙？”

“不忙。”

“那你等下去水清木华看看那里的房子喜欢不喜欢。那里的裴总会接待你。有几套供你选。如果看上了，就告诉我一声。”

海藻是打车过去的，到了地方，裴总亲自站在小区门口等，看海藻从出租车里出来，有些惊奇地问：“郭小姐没有车吗？这样太不方便了。我这里正好有辆新款女士的欧宝，跟我也不相配，不如郭小姐开吧？”海藻赶紧拒绝。

海藻太喜欢这套房子了！楼下就是绿地花园和游泳池景观，而北面远眺是世纪公园，三个卧室都朝南，宽敞舒服，客厅与厨房联体，装修俱全。就是离宋思明的办公地点有些远，以后想去看他就不那么方便了。宋思明适时打电话来问：“满意吗？”海藻躲到阳台答：“不满意，离我上班和你的办公室都远。我要一套靠你近的，这样，哪怕你有半小时的空，都能过来看看我。”宋思明笑着说，我知道了。

临走的时候，裴总还一脸遗憾呢！就好像自家闺女相亲没被看中一样失望，还不断提他那欧宝。海藻礼貌告辞。

晚上，宋思明又过来报到，海藻在他离去时分拉着他手说：“我姐姐说，这个星期天想请你吃顿饭，感谢你。”

宋思明想了一下说：“好。不过只能吃中饭，下午我有约会。”

宋思明把陈寺福召到办公室说：“你最近怎么样？”

陈寺福高兴得很：“托大哥福，风生水起，还不错。就是手上留了块烫山芋扔不掉。”

“什么山芋？”

“那块拆迁的地，原来说到 6 月一定拆完，现在都快 7 月了，有几个钉子户死硬拔不动。我告诉你现在都成什么局面了，那边拆到附近大小马路污水横流，走路得绕道，老鼠蟑螂臭虫全给赶出来了，每家房子都拆掉窗框了，可就有死倔的半个屋顶给掀了还赖着不走呢！没水没电都能撑，我是服了。前一阵手里没钱，一听说早拆一天几万，都乐晕了，现在不缺这点了，就想早点扔出去拉倒。大哥你能给我把这活儿推回去吗？”

“胡说！你要么不应，既然答应了人家就要做到。这是个信誉问题。大家都是朋友，我怎么跟人家交代？你办事不力嘛！早就叫你不要贪图眼前小利，多给人家几个不就解决了吗？”

“大哥，依你的说法，我就不是去挣钱了，我那是去赔钱的。那是几个小钱吗？他们狮子大开口，10 个平米想换百来平米呢！是你，你肯吗？我算碰到真无赖了。在这以前，我还当自己算无赖呢！”

宋思明忍不住笑了，说：“当无赖不是那么容易的。不是说脸皮厚就可以，还要有蚂蝗的钻劲，牛皮的韧劲，野马的闯劲和飞蛾视死如归的狠劲。你呀，差远呢！这个问题，我不管你想什么法子，你不要推我这里来。你要是解决不掉，下面这件好事就轮不到你了。”

陈寺福一听有好事儿，劲头就上来了问：“啥好事儿？”

“上次你陪着在上海考察投资环境的那个香港人，现在决定大手笔进驻上海房地产。这对上海是个利好消息。他呢，因为对你印象还不错，想跟你一起合作。我倒是有个想法，想把你们公司包装包装，看到最后能不能到香港上市。毕竟，那个港商也是实力不俗的。”

陈寺福腼腆地笑了，挠着头皮说：“算了吧！干活我是行的，但搞这个，我不拿手。我那公司，全卖了，包括办公桌，能上千万吗？还都是流水账。”

宋思明指着陈说：“扶不起的阿斗。我要你，不过是要你现在在港商面前良好的印象，再加上你公司的壳子，顶多借你个名字使一下。你怕什么？也不一定成，要是有了眉目，我再告诉你，你先回吧！赶紧把你那拆迁活儿给解决了。别耽误大事儿。”

周六，宋思明给海藻去个电话说：“一家人在一起吃饭，不要讲究那么许多，我看，还是在你那自己弄一桌吧！不要去外面了。”

海藻说：“怎么，你怕人家看见？”

“我不怕。但觉得外面吃生分了。我希望你们把我当家里的一分子。”

“切，我还没跟你争名分呢，你倒跟我要起来了。你算哪分子？”海藻打情骂俏。

“就这么定了，你们随便弄两个菜就行了。”宋思明拍板。

海萍一回到这个熟悉的房子里，心里就百感交集。这个房子，曾经有一段时间，海萍是女主人，而现在已经是海藻的了。宋思明俨然是这里的男主人，门口放着他的拖鞋，衣橱里挂着他的衣服，卫生间里有他的牙刷剃须刀。

姐妹俩在厨房折腾饭菜，苏淳对着书房的书架想心事。

宋思明直到近中午才来，一进门并不生分，主动跟海萍和苏淳打招呼。饭菜都已经布好了，只等宋思明上桌。

海萍举杯对宋思明说：“感谢你为我们家做的一切，敬你一杯，干！”说完一饮而尽。宋思明赞一句：“看不出，海萍好酒量。”海萍不好意思了。

宋思明很少动筷子，海萍精心准备的菜肴不见减少，海萍不免尴尬说：“可能不合你口味？”海藻一边解释道：“他向来吃得少。”

宋思明问苏淳单位的情况。苏淳嗯啊地说不出个所以然，叫人着急，海萍索性替他说了：“升官了，当科长了，每天被拉着出去喝酒洗脚。”

宋思明笑了笑，忽略海萍的讽刺，转头关切地问苏淳：“我看你，有什么话想说，没关系，说来听听。”

苏淳憋了半天终于道：“我非常感谢你的好意，不过，我想辞职不干了。”

海萍当场就站起来了，瞪着眼睛问：“抽风啦？又发什么神经？”

宋思明示意海萍坐下，沉吟了片刻说：“我了解你的苦衷。要不这样，我看看周围有没有合适你的位置，你再动动？”

苏淳下定决心鼓起勇气说：“我不太想进单位了，我想自己做点小生意。”

海萍又要急了，正想张口，海藻一把拉住她。

宋思明说：“也好。只要你自己拿定了主意，这也是不错的选择。但你有没有想过做什么方面的生意？如果有需要，我可以为你介绍一些朋友。”

苏淳果断回绝：“不必了。我不是要做大生意，就是糊口的小生意，比方说开个网店什么的。我其实考察了很长时间了，我想在网上卖一些儿童书籍，做进口的儿童图书或者国内的图书。我想现在各家都只有一个孩子，在智力投资上，一定舍得。”

宋思明又想了想说：“这是个新生事物，我不是很了解，也不太清楚网络营销是怎么运作的。但我大学的同学，现在是一个大的出版集团的老总，我这两天给他去个电话，看看你们有没有合作的可能。”

苏淳不好意思地说：“我刚起步，人家不一定愿意和我合作。”

“是生意总不会拒绝的。何况起步都是暂时的，以后还有发展呢！我支持你的想法。”

宋思明没聊一会儿就抱歉地要告辞。海藻并不挽留，立刻起身给他拿包。海萍送到门口，突然冒失地脱口而出：“呃，那个……请善待海藻。”宋思明原本在穿鞋，他停下来，看着海萍的眼睛说：“放心。我会的。”

海萍等宋思明走远了就开始冲苏淳咆哮：“这么重大的事情，你为什么不跟我商量？谁同意你去搞什么网店的？你胆子越来越大了！”海藻在一旁劝阻。苏淳不说话，任海萍吵闹。

晚上，苏淳躺在自家的床上，对依旧生气背身不理自己的海萍说：“我是想离那个宋思明远一点。一个海藻陷进去就够了。如果大家都陷进去，我觉得太危险。”

海萍不答，过半晌说：“有什么危险？”

“直感。”

“那你现在怎么办？你真辞职？”

“是的，礼拜一我就去。我终于可以把那个金佛堂堂正正送回去了。放在家里我心里堵得慌！”

“可马上就要开始付房贷款了，你这生意得要多少钱启动资金？”

“不会很多的。我就看中了启动资金少。请你相信我。虽然你从没相信过我。”

海萍叹口气说：“嫁鸡随鸡，嫁狗随狗，我也只能随你了。好在现在我的收入，也够应付。就是不太稳定，不知道会不会一夜之间所有的学生都跑掉。”

“不会。中国最少还能再发展个50年。你能干到退休。”

宋思明下午和几个朋友应邀去看方程式赛车。在看台上，宋举着望远镜看跑道上一圈一圈旋转的车子，跟旁边坐的人说：“最近啊，市里可能有个大项目要上马，有一块大地标要出去。你猜是谁进场？”

旁边一秃头男子关切地问：“谁？”

宋拉过他的手，在他手上写了一个字。

“是吗？好兆头，强心针啊！政策面有什么利好消息？”

宋依旧举着望远镜，轻轻说一句：“没有坏消息，就是最好的消息。”

“那你有什么想法？”

“这个人看上了这里的一家公司，有意向跟他们合作。我是想，把它给包装包装，借个壳搞大。”

“那这家公司有什么背景？”

宋笑着摇了摇头说，没背景。

对方有些不理解。

“如果有背景，很快就会引起注意，树大招风是一定的。我特地选了个没背景的，趴那里趴好多年了。这个人不是任何干系上的，但好处是绝对听从指挥。方便。现在都这把年纪了，若还停留在小打小闹，你我今后也就没出路了。”

“怎么说？”

“等下吃饭的时候好好聊一聊。”

包厢里饭桌上，几个熟稔的伙伴在低声讨论。

“可是……你说的这个家伙，到底有没有实力啊？对方若是摸到底细，发现他没什么实力，肯吗？”有人疑问。

宋思明淡淡一笑，说：“给你们讲个故事。话说在很久很久以前，有个国家叫做美国。在美国一个农村，住着一个老头，他有三个儿子。大儿子、二儿子都在城里工作，小儿子和他在一起，父子相依为命。突然有一天，一个人找到老头，对他说：‘尊敬的老人家，我想把你的小儿子带到城里去工作。’老头气愤地说：‘不行，绝对不行，你滚出去吧！’这个人说：‘如果我在城里给你的儿子找个对象，可以吗？’老头摇摇头：‘不行，快滚出去吧！’这个人又说：‘如果我给你儿子找的对象，也就是你未来的儿媳妇是洛克菲勒的女儿呢？’老头想了又想，终于被让儿子当上洛克菲勒的女婿这件事打动了。过了几天，这个人找到了美国首富石油大王洛克菲勒，对他说：‘尊敬的洛克菲勒先生，我想给你的女儿找个对象。’洛克菲勒说：‘快滚出去吧！’这个人又说：‘如果我给你女儿找的对象，也就是你未来的女婿是世界银行的副总裁，可以吗？’洛克菲勒于是同意了。又过了几天，这个人找到了世界银行总裁，对他说：‘尊敬的总裁先生，你应该马上任命一个副总裁！’总裁先生摇头说：‘不可能，这里这么多副总裁，我为什么还要任命一个副总裁呢，而且必须马上？’这个人说：‘如果你任命的这个副总裁是洛克菲勒的女婿，可以吗？’总裁先生当然同意了。于是这个穷小子就成为洛克菲勒的女婿加世界银行的副总裁。”

宋思明环顾四周：“这个故事告诉我们，这个小伙子本身有没有能力那根本不重要，关键看用什么方法去牵线搭桥，去打造。一旦条件成熟，他就该出现在那个位子上，而你我就成了他的兄弟加老子，要什么只管说。现在，这个洛克菲勒已经有了，要上马的项目就是牵线搭桥的家伙，而我们需要的，不过是世界银行副总裁的头衔而已。明白了？”

“这得砸多少下去？”

宋伸出三根手指头。

“3000 万？可以。”对方盘算了一下。

“再加一个零。”

“啊?！这可不是个小数日！万一收不回怎么办？我能坐到今天的位子……”对方有点犹豫。

“你能坐到今天的位子，以后就能再坐下去。你觉得，单凭我，有这么大胆子吗？”

对方心领神会地笑，“哦……那……风险方面？”

“没有任何风险。我们现在要做的就是把资产表尽快做出来，尽快让它上市，等一推向市场，这 3 亿就是 30 亿。你的钱还是你的。而以后，大家需要做什么，就方便多了。”

“好，就这么办，我回去就办这个事情。”

“宜早不宜迟。”

海藻给宋思明打电话：“我厌倦了一个人吃饭。晚上我们一起吃顿饭？”

宋思明查了一下时间表说：“好。你想去哪儿？”

海藻电话那头笑了说：“那么乖。你不知道每次我跟你提要求的时候，都生怕太过分。”

宋很怜爱地说：“我原本就该陪伴着你的，只可惜我分身乏术。工作太忙了。你让我愧疚，我总是想，像我这样的一个人，原本是不该占着你，让你独自寂寞。”

“不要良心发现了。太迟。我愿意的，你就别自责了。”

“你想吃什么？”

“我想做菜给你吃。我特地去买了好多烹饪的书，把你当我的小白鼠。”

宋思明无可奈何地苦笑：“晚上我早点回来，争取和你在正常时间吃上饭。”

海藻兴高采烈地忙碌着，在厨房里叮叮咣咣。不过做菜这种需要想像力的事情，海藻向来做不太好。以前海藻也就会个简单的番茄炒鸡蛋或者凉拌黄瓜加土豆肉片汤。现在不行了，就算不是名义上的主妇，也是半个主妇，得提高厨艺才能抓住男人的胃。海藻一想到自己信手就可以做出一桌丰盛的色香味俱全的菜就有些感动，所以正努力对着菜谱打造。虽然今天尝试的是家常菜系列，但做的时候才发现，每一道菜都不是那么容易成就的。

比方说，肉丝要找纹路。海藻对着光仔细研究，这猪肉到底哪边叫横哪边叫竖？以前想怎么切就怎么切，但书上告诉我们要想吃好吃的肉，就要先找对纹路。

其次，葱怎么切才能切成卷起来的葱花，好看地撒在鱼上？这个是技巧。海藻决定今天先放弃这个高难步骤，放根香菜代替算了。

最后，这个不粘锅怎么炒起来乱粘？非常痛苦。

更糟糕的是，以前都是小贝洗锅洗碗，现在每做完一个菜，都要自己洗。明天记得要去买副胶手套。

宋思明提前到了，海藻一听到门被钥匙转动的时候就呀呀叫着跑到门口娇嗔地叫着：“讨厌！不许进来！谁叫你提前到的！”宋思明看海藻扭得跟泥鳅一样的身体，笑着说：“我晚来你不高兴，早来也不高兴？”

“你不是要看家里窗明几净的？我还没收拾好，我原本想，等你回来的时候，我所有都收拾好了，桌子上点着蜡烛，一桌子菜全部备齐，但现在还乱七八糟呢！”

“那……要不，我出去转转再回来？”宋思明作势要走。

“算了，进来吧！不过不许挑我毛病，因为我很努力了！”

宋笑了，点头答应，不过进门以后笑得更厉害了：“看你这阵势，我哪怕就是出去转到明天早上，你也还没收拾好。哪里有烧个菜把锅铲都炒到菜里的？”宋思明笑指餐桌上菜上面压的铲子。海藻皱了皱鼻子说：“我刚才盛完顺手搁这里，因为正好你来了嘛！你先坐沙发上看杂志，等下我就好。”

宋思明坐沙发上翻了翻海藻的时尚杂志，觉得无趣，便进厨房看海藻忙碌。

“哎呀！君子远庖厨！”海藻抗议宋思明进入她的领地。宋思明看她手忙脚乱的样子，很有趣。

好不容易把菜放到桌上，主菜是一条清蒸鱼，副菜是蒜蓉芥兰和麻婆豆腐。海藻还拌了个千张丝。都不是很复杂的事情。那个炒肉丝，今天就没端上来，因为刚才尝了尝，敢肯定是切错方向了，打算下次换个方向切。海藻已经偷偷倒掉。

海藻还放了两只高脚酒杯，上了一瓶红酒。

宋思明浅笑着说，改天推荐你看一本酒文化的书。这瓶红酒配牛肉不错，但配鱼有些激烈。海藻脸开始红，嘀咕一句：“毛病！”

两个人举杯相邀一下，宋思明尝了尝鱼，皱起眉头说：“你什么时候买的鱼？”

“今天早上啊！”

“当时是活的吗？”

“是啊！”

“我怎么感觉是死的？你尝尝。他杀鱼的时候，你看见了吗？”

“没有啊！他拿进去杀的，不是在摊子外面。”

宋笑着揉了揉海藻的头发说：“小姑娘上当了。下次买鱼要让他当面杀给你看。”

“可我不敢。太残忍。前一刻还新鲜灵动，后一刻就血淋淋。”

“奇怪，像你这样悲天悯鱼的，为什么不吃素？”

“我可以吃，但我不能看。吃的时候就只注意它的味道了。”

宋思明又尝了尝海藻的麻婆豆腐和芥兰，然后缓缓说：“我们还是出去吃吧！”

海藻一听这话，赶紧拿起筷子尝了尝，说：“糟糕！这次买的盐比较咸。别出去了，你多吃饭少吃菜就行了。”海藻说完，突然愣住了，然后表情尴尬地站起来说：“咱们还是出去吃吧！我忘记烧饭了……”

宋思明哈哈大笑着搂着海藻出门。

海藻一路很沮丧，努力了一下午的工程，毁于一旦。二奶也不是那么好当的。想这世界上，自己连当个以前让自己鄙视的二奶都不合格，伤心！海藻一路不说话，宋思明不时摸摸她的脸庞。

宋思明带她去了一家装修很雅致的意大利餐馆，点了几道菜和甜点。海藻吃的时候也是兴味索然，懒洋洋不说话。宋一看海藻的架势，知道她内心正疙瘩着，于是笑着逗弄她说：“讲个故事给你听吧！你知道迦罗瓦是谁吗？”

海藻摇摇头。

“他是一位法国的数学家。一位天才。迦罗瓦一共参加了两次巴黎理工大学的考试，第一次，由于口试的时候不愿意做解释，并且显得无理，结果被拒了。当时他大概十七八岁，年轻气盛，大部分东西的论证都是马马虎虎走过场，懒得写清楚，并且拒绝采取考官给的建议。第二次参加理工大学的考试，他口试的时候，逻辑上的跳跃使考官感到困惑，迦罗瓦感觉很不好，一怒之下，把黑板擦掷向考官，并且直接命中。于是他被送进了牢里。在入牢狱前，他匆匆把一份书写潦草的手稿交给他的朋友。那一年他才 19 岁。这部手稿在他死后多年由他的朋友交给法国数学院，别人在未来的半个世纪里，根据这部手稿做出了一个新的数学体系：群论。后人对他的评价是，他的手稿研究 150 年都研究不完。可惜死得太早。”

海藻好奇地问：“他怎么死的？坐牢死的？法国人也太狠了吧！只一个黑板擦，要把牢底坐穿？”

“不是。被枪打死的。那年他 23 岁。当时法国有个风俗，如果两个男人爱上同一个女人，就以决斗的方式决定归属。迦罗瓦的对手，不幸是法国最好的枪手。两个人当面对决，距离 25 步，他腹部中枪，倒地身亡。”

“蠢！”海藻忍不住感叹。

宋大笑，说，这个故事告诉我们，人永远不要做自己不擅长的事情。

海藻面红耳赤，她拿叉子敲宋思明的脑袋说：“我好心给你做饭，你不鼓励我，却要诋毁我，浇灭我的热情！你为什么不能像书里写的男人那样，无论我做得多么难吃，你都能忍住恶心把它吃下去还夸赞味道独特？一点都不 nice！”

宋笑着抓住海藻的手说：“因为我和你在一起的每一分每一秒，我都很珍惜，我不要你讨我的欢喜，你本身的样子我就很喜欢了。你既然和我在一起，就不必委屈自己来迁就我。那些事情，原本该是老婆做的。”

海藻一听，不说话了，撅着嘴说：“我明白了，你在说，你老婆做的菜比我好吃得多。”

宋一听就知道自己失言了，他非常抱歉地拉过海藻的手吻了吻，然后解释说："不一样的感情。"

海藻难得见到宋思明，不想因为自己的一句话破坏气氛，她试图让两个人之间静止的空气流动起来，于是四下找牙签，可是找不到。宋思明立刻明白海藻在找什么，招手叫服务员。服务员拿来一个精致的小瓶子，海藻从中间抽出一根递给宋思明："你要不要？"宋摇摇头。

"奇怪，你的牙齿长得这么难看，为什么不要用牙签呢？"海藻自言自语。旁边连服务员都忍不住掩嘴而笑，宋也拿她没办法。小的就是小的，随心所欲地贬低你，完全不知道敬畏是什么。

海藻坐上车立刻就陷入了沉默和伤感。她不说话，又像以前那样留给宋思明一个梦游的剪影。宋思明知道她在想什么，很抱歉地拉了拉她的手。

等到了楼下，海藻说："回去吧！别上去了。"

宋思明亲了亲海藻的脸蛋，说，那我走了。海藻带着忧郁的神色转过身去。宋思明心有不忍，一把拉住海藻说，我送你上楼。海藻不置可否。到了门口，宋替海藻开了门，搂着海藻的腰说，你乖乖的，我明天来不了，后天再来看你。海藻还是不说话。宋思明把海藻推进门，自己转身离去。

海藻的心空荡荡的。夜晚，这房子显得尤其空旷，她也不知道这种漫漫长夜她一个人可以坚持过多久。爱情这东西，看样子是很空泛的。具体到实际，你要有固定的性生活，你要每天在一起吃饭，每天在一起讨论家里的事情，睡在一张床上，周末出去逛街。否则，爱情就只剩一张空壳。

爱情最终只有两条路——一条是结婚了，一条是死掉了。海藻想想，觉得结婚对她来说估计是不可能的。也许，她的爱在不久以后会死掉。海藻安慰自己说："结婚又如何？有一天，彼此厌倦了，会有另一个女人来跟你分享，婚姻虽然苟延残喘，却不也跟死掉差不多？"海藻叹气，躺在床上不想动。

突然门又开了，她的目光穿过门缝，惊喜地发现宋思明又进来了。宋思明说："今晚不走了，我陪你。"

海藻的眼泪奔腾而出，喜悦地冲过去，跳进宋思明的怀抱。

海藻和宋思明躺在宽大的按摩浴缸里，水面上漂浮着玫瑰花瓣。海藻压在宋的身上，说："这个场景，是我幻想好多年的。朱丽娅·罗伯茨在电影《漂亮女人》里，就这么躺在李察·基尔的怀中。电影里，她原来是一个妓女，不过后来和白马王子结婚了。"

宋原本想说：“那是电影。电影总要留给人点希望。”可想想，觉得这话对海藻这样还充满幻想的年龄的女人来说，未免有些残酷，于是笑了笑，说，那你就把我当成李察·基尔好了。

海藻说：“你好像很开放，并不反对性幻想。”

宋说：“如果连思想都要钳制，那不是和奴隶一样？我只钳制你的身体，你的身体属于我就可以了，心灵随便放飞。”

“低俗。像你这样的永远不能理解什么叫柏拉图式的爱情。”

“我是没法理解。你和小贝住一起，居然还柏拉图。就算你不懂事，他也不能不开窍啊！”

“哼，你怎么知道我们柏拉图？”

“我就知道。”

“我到现在都想不明白，你哪来的自信？我就非得等你一个？难道不会有别的男人要我？我就这么难看？”

宋笑了，扳过海藻的头说：“你是保留不住你的秘密的。那天晚上，你的血留在我的车椅上，我很心疼。”

海藻突然醒悟了，原来……

“那不是……”海藻突然住口，改口道，“你别臭美了，那不是为了单单等你。”

宋温柔地笑了，手在海藻小巧的胸脯上轻轻揉弄，“我知道你不是，我只是不巧闯进来罢了。我要对你负责。”

“谁要你负责？自然会有人负责的！”

“跟着我，你叫从一而终，别人负责，那叫红杏出墙。性质不同。”

“唉！红杏出墙，多么美好的画面啊！灰砖尽头一点红。你为什么用蔑视的口吻呢？”

“呵呵，每个女人对出墙的向往，就像每个男人都渴望占有一个处女一样，这是无法抑制的念头。”

“那你不是侵占了社会资源？多吃多占？凭什么好多人一个都没拥有，你一个人就要占有两个？”

宋沉吟了一会，终于说：“我只拥有了你。”

“你太太不是？”

宋不再回答，开始吻海藻。

躺在床上，海藻说：“养条狗吧！我很孤独。”宋思明拉了灯说：“养个孩子吧！你就不孤独了。”

“疯话！”海藻咯咯笑起来。

第二天早上，海藻兴高采烈地从衣橱里拿出给宋思明买的昂贵衬衣为他穿上。给宋思明扣胸前纽扣的时候，海藻非常小女人地说："这一刻我才觉得你是属于我的。"宋心头一动。

宋在去办公室途中，迎面碰上同事，人家开玩笑地说："阿唷！TOMMY 的，大兴货，七浦路上 50 块一件。"宋狡黠地一笑说："你买贵了，这件只有 35 块。"

59 这马屁拍的，正中靶心

晚上，宋思明下了班回家，已经很晚了。家里电视开着，老婆已经在沙发上睡熟了。宋轻柔地拿来一条毛巾被给老婆盖上。老婆被惊醒。"你昨天晚上又没回来。这已经是最近的第二次了。"老婆面无表情地说。

宋说："工作忙。"

"忙到没时间回来睡觉？忙到衬衫跟昨天穿得不同？"老婆的声调并未提高。

宋也不辩解。

"你又和她在一起了？还是换了一个新的？"

宋依旧不说话，到卫生间去把衣服换了，洗漱。老婆追在后面压低声音问："你打算瞒我瞒到什么时候？"

"我没有瞒你。或者说，我没有刻意瞒你。你是我的妻子，这是永远不会变的。"宋把衣服丢进洗脸池，又补一句，"这件衣服要手洗，机洗会坏掉。"

宋思明的老婆一个人靠在卫生间的门边发呆，不一会儿，眼泪就下来了。宋走过去，抱住妻子的肩膀说："你是我的终生伴侣，到老了的时候，我们俩还要互相当拐棍的。别胡思乱想了。"说完，拉着妻子往卧室走。

妻子躺在床的一边默默流泪。宋思明走到厨房倒了一杯水，把手里的蓝色小药丸吞下，然后回到床上。他扳过妻子的头，将嘴唇凑过去。妻子一巴掌打过去说："别碰我！叫我恶心！"

宋思明并不说话，却坚决将头凑过去，手伸进妻子的衣服。两个人在床上扭打一样地无声折腾。不久，老婆放弃抵抗，流着泪与他同房。

早上起来，宋感觉腰有点疼。

宋思明给老婆打电话说："那个……我今天晚上不回来了。你把门关好。"老婆在那头沉默不语。

晚上，老婆和女儿两人在吃饭。老婆显然心不在焉，一句话不说，半天都不动一下饭。女儿对妈妈察言观色，半天冒一句："没劲。"妈妈并没听见。女儿又叹口气："这过的什么日子呀!"这句话把妈妈给惊醒了，"怎么了?"

"我都不记得上次跟我爸一起出去吃饭是什么时候了。"妈妈苦笑。

"我好几天没见着我爸了，他今晚回来吗？我要跟他好好谈谈。"

妈妈一惊，问："你要跟他谈什么?"

"谈谈他做爸爸的责任。我想问问他，能不能把我给搞到格致中学去。"

"学习是你自己的事情，我们做父母的怎么帮得上忙?"

"得了吧，靠自己得累到猴年马月。你们孩子又不多，干吗对我像阶级敌人一样?"

妈妈不说话。

"我要见我爸，现在是不是得预约啊?"

妈妈不答。

"唉！没劲。"女儿又叹气。

妈妈突然说："那……要不，咱们跟他划清界限吧！就当没他这个人算了。"

女儿听完以后又叹口气说："自己亲爸，能划得清吗？原谅他吧!"

"妈妈如果跟爸爸离婚，你觉得怎么样?"

"不怎么样。你们的事，别问我。现在离婚的多了，我都看习惯了。不过呢，我觉得，不离的好。不离吧，这怎么也是一个家。离了，我就没家了。"

"为了你有个家，妈妈就得牺牲幸福?"

"你离了就幸福了？什么是幸福呀？现在谁有幸福呀？别瞎想了。"女儿没精打采地回了房间。

妈妈又开始坐在桌边发呆。到晚上 12 点，她决定给宋思明打个电话，提起话筒，那厢却是用户已关机。

第二天，宋思明回家已经近午夜。一进门，老婆坐在沙发边对着电视发呆。他走过去换了个台，靠着老婆坐下说："萱萱呢?"

"睡了。她说好长时间没见着你了。你能不能为自己女儿分点时间?”

宋怔了，说：“是啊！好多天都没碰着她了。我是要关心关心她。这个周末我们一起出去吃饭吧！”

“你是不是只要跟她在一起就怕我打电话过去？我昨天晚上打你电话，手机是关的。”

宋没说话。

“你最好把电话开着，毕竟，你是有工作在身的人，万一有急事找你找不到，就出纰漏了。我没紧急的事情，不会给你去电话的。”

宋思明点点头。

周六，宋思明带着老婆孩子去滨海度假村。萱萱在骑马，宋在旁边保护着。一会儿又去射击。中午吃饭的时候，萱萱兴高采烈夹在夫妻俩中间说着什么。突然，宋思明的手机响了，宋一看电话号码，赶紧起身跑到餐厅外去接听，老婆和萱萱都安静下来，远远看着他。

电话里，海藻撒娇地说：“饿了，从早上到现在都没吃饭。一个人没胃口。你来陪我。”宋思明皱了一下眉头说：“现在不行，这样，下午三点的样子我过去。你先出去吃点儿。”

海藻柔媚地说：“你不来，我索性绝食算了。我一直捱着，捱到你来。”

宋思明挂了电话。等他再回餐厅，一家人都不再说话了。宋催促萱萱说：“快吃，吃完了咱们就回家了。”萱萱说：“不嘛，我还要坐快艇。”宋思明哄她说：“一次都玩光了，下次你就没兴趣了。留点念想。”

老婆带着怒气干脆利落地命令女儿：“别废话，赶紧吃。吃完了走！”女儿吓得一吐舌头。

宋思明赶到海藻那里的时候都快四点了，因为心里惦记，特地在路上还买了海藻爱吃的蛋糕带过来。海藻一见宋思明进门，就像一条蚯蚓弓起身子抱成一团翻来翻去夸张呻吟：“饿死了。饿死了。”

宋思明递上蛋糕说：“傻！去吃啊！为什么等我?”

“因为我想与你一起去吃阿娘黄鱼咸菜面!”

“在哪里?”

“思南路上，走，我带你去!”

宋思明在海藻的指挥下，开车上了去面店的道路。宋思明最后不得不说，我来开，你不要指挥了。你指的都是单行道，会撞车的。

海藻撅着嘴说："其实从这里穿过去就到了！"

宋思明看看她指的那条小巷，估计推辆自行车可以过去，汽车就别想了。宋思明笑了，说："我们俩扛着车过去吧！"海藻不好意思地笑了。

面店里里外外人山人海，宋思明不得不拉住一直想往里窜的海藻："太脏了。人也杂，换个地方吧！"

海藻坚持："笨蛋！吃饭啊！吃的是口味，不是环境。难道椅子桌布刀叉音乐都能饱人？吃饭就要往热闹的地方去。门可罗雀的肯定味道不行。"

等了好半天，才踩着油腻进门，海藻冲服务员快乐地喊："黄鱼咸菜面一碗，辣酱面一碗！"宋思明赶紧拦住说："我不饿，吃过了。"海藻翻他白眼说："没点你的，都是我的。"

上来两个大海碗，宋思明目瞪口呆地说："你能吃完？"海藻都来不及回话了，直接端起碗就吹。"烫！哎呀！烫！"海藻挑一根面条放在嘴边试。"你尝尝。"海藻叨一筷子给宋思明。宋尝了一口说："嗯？是不错。你哪儿找的？""小……网站上找的，排名第一。"海藻突然收口，不多言了。她差点说出是小贝以前告诉她这里超级棒，以后一定过来品尝。而现在，她坐在这里，却和别的男人。宋思明把那碗辣酱面吃完了说："海藻，你再点一碗，我打包带走。要干面，不要汤的。"

海藻索性打包了四碗说："这个给你当晚餐，这两份我等下给海萍送去，这一份我自己晚上吃。"两个人出来。

宋思明带着面回家，进门跟老婆说："你喜欢吃的黄鱼，我打包一份给你带来，这家店是上海口碑最好的面店。"说完放在桌上。他以为老婆会满心欢喜，虽然不至于像海藻那样抱着自己亲亲，却也眉开眼笑。谁知老婆看都不看，冷冷地说："我不需要你陪着别人吃饭，却包起残羹剩饭来怜悯我。"宋思明有些懊恼："这是我特地为你打包的，我记得你以前一直说想吃黄鱼面的！"

"你何必因为愧疚而讨好我呢？两面取悦不会很辛苦吗？"老婆依旧冷嘲热讽。宋决定住嘴。

一面是海藻的温存软语，一面是老婆的冷若冰霜。若不是念及十几年的情分和孩子萱萱，宋真想拂袖而去。可今天原本就该是呆在家的。一周里，他分三天给海藻，四天在家呆着。这间屋子，空气冷得都快结冰了，让宋思明觉得不舒服。

晚上，躺在床上，夫妻俩各怀心事。

“我说，要不，咱们俩离婚吧！我带着孩子。我想，你舍不得的，不过是那些钱，我们一人一半。”老婆突然说。

宋思明半晌问：“为什么？”

“也许，有些女人可以忍耐，我不行。我宁可玉碎，不要瓦全。”

宋不再接下话，既不同意，也不反对。两人陷入一片沉寂之中。

宋思明赤裸着上身躺在海藻身边熟睡。海藻像八爪鱼一样把腿盘在宋思明的腰间。突然宋的手机急促地响起，划破了夜的宁静，把宋和海藻都吓醒了。宋一看手机上的号码，是家里的。他想了想，接听电话。电话里是老婆焦急带着哭腔的声音：“刚才……刚才妈妈打电话来，说爸爸上厕所的时候，中风了，倒在地上，要你快点去！”

宋思明一听马上就醒透了，用一贯沉稳的声音说：“别慌别慌。你在家陪女儿，我这就开车过去。你先打120，让救护车也过去。我15分钟之内赶到。”说完立刻起身迅速穿衣。海藻根本不多话，光着身子就站起来去把外套和包递给宋，又披上条毛巾去门口开门。等宋出去的一刹那海藻嘱咐一句：“路上小心。”宋一点头，急速离去。

宋冲上丈人家的四楼，敲开门，丈母娘已经吓得魂飞魄散了。

“救护车到了没有？”

“还没有啊！怎么办？”

“爸呢？”

“还在厕所，我不敢动他。”

“我先背他下去等候，等下车来了马上就可以走。你现在去收拾收拾东西，把爸爸换洗衣服带上。关门的时候记得带钥匙。”说完就冲进卫生间，在丈母娘的帮助下把老丈人背在背上，艰难地移下楼。楼底一片救护车的呜哇声。

救护车里一片忙乱，宋不忘掏出手机给老婆汇报：“已经在路上了，你放心，我陪着。”

到了医院又给老婆去电话说：“已经进急救室了，我在外面等。会没事的。”

老婆电话那头说：“我要过去看看。”宋说：“半夜里，你出来也不安全，孩子在家也不安全。有任何情况我都随时通知你。我在就等于你在了。我已经跟王院长联系过，他等下和齐主任一起过来。会配备最强的医疗班子，你放心。”电话那头老婆不停抽泣。宋温柔地安慰：“不要哭，爸会没事的。上次不也中风过，这都十几年过去了。”

老婆挂了电话，想起当年两个人在恋爱时，也是爸爸中风，宋午夜狂奔送去医院，一直陪伴。爸爸还在病床上，就把她的手交付在宋思明的手中。爸爸还坐在轮椅上的时候，宋思明就按老人的意思把她娶回家中。

而今夜，一定又是天意。在她下定决心要与宋思明分离的时候，爸爸再次病倒，还是那样的午夜，还是那样的狂奔，也许，是父亲心中知道了，再次用生命来化解女儿的困境。

凌晨时分，家里电话响了。老婆在电话旁呆坐了一夜，思想飞转。电话一响，她迅速拾起。

“你……带萱萱来一趟医院。”宋思明声音低沉。

老婆意识到了什么，放声痛哭：“爸……爸……”

“稳住，速度快。”

老婆赶紧压抑住哭声，敲女儿的门，把萱萱从床上揪起，两人衣衫不整地拦辆车往医院奔。到了门口，看见宋思明正站在大门口等，一见两人来，拉着就往楼上跑。

病床上，老人浑身插满管子，老太太泣不成声，宋太太扑过去一把抱住爸爸开始放声大哭，宋思明站一旁搂住太太的肩。老人一点反应都没有。

近中午时分，老头忽然醒了，目光炯炯，虽然说不出话，手指却在勾。宋思明连忙靠近听。老人嘴巴蠕动，听不见说什么，却费力抬起手，将女儿的手如十几年前那样，交付在宋思明手中，又冲发妻粲然一笑，绝尘而去。哀号一片。

宋思明成了丧事的主办者。全家都失了章法，弟弟和弟媳带着孩子，完全帮不上忙。宋思明有条不紊地安排一切。家里灵堂里满是鲜花和花圈，前来吊唁的人络绎不绝，宋思明率领全家鞠躬致谢。老太太因打击，这两天都站不起来了，被弟弟弟媳搀扶着无法挪步。

晚上躺在床上，妻子一个人越想越伤心，潸然泪下，宋思明在一旁拍着她说：“你还有我，有萱萱呢！每个人都会有这一天。别太伤心了。爸爸把你交给我了，我会一辈子守护着你。”宋太泪流。

这些天，宋思明哪都不去，只呆在家中陪老婆，一起坐在沙发上看电视，宋思明像岳父期望的那样，一直拉着老婆的手。

宋太的心又软了，想，这大约是命中注定，爸爸的意思，不让我走。

上班的时候，宋思明会给海藻去电话，问问情况，并要她乖乖的。

谢行长打来电话："款已到账，你去查收。剩下的就靠你操办了。"

宋思明给陈寺福去电话，召他来说："你账面上应该有3亿资金。你现在要做的事情，找上海目前最贵的写字楼租下一层，把你自己包装打扮一下，脱离包工头的形象，具体怎么穿，你去问郭海藻。过两天，上海奢侈品展开幕，我这里有两张票，你到时候去，记得当场买下一辆伯爵车。"

"哎呀妈呀！伯爵啊！啧啧啧啧……哎，老大，你不是说要低调吗？怎么突然……"

"我现在就是要你高调上马。快去。"

陈寺福和海藻再见宋思明的时候，陈寺福俨然换了一个人，从头到脚焕发光彩，连眼镜都是阿玛尼的。"嘿嘿，平光的。"陈寺福笑着解释。

"以后说话前，把'嘿嘿'两个字去掉。要注意形象。"

转头又对海藻说："不错！果然按我吩咐的办了。"

海藻轻蔑地一撇嘴说："花钱谁不会啊！尤其是打扮暴发户。"

陈寺福把车钥匙往宋思明办公桌上一丢说："大哥，你先去试车过过瘾。"

宋抬眼看看他说："我对这种车没兴趣。老头车。"

"那你还要我买？"

"一种身份的象征。"

陈寺福诡秘一笑说："那张票，我是带海藻一起去的。我没听您指挥，又买了辆宝马跑车，红色的。给海藻开。"说完，看看宋思明的脸色。宋完全没有表情，既不赞许也不反对，过半天才说："嗯。知道了。"

陈寺福得意一笑，心想，这马屁拍的，正中靶心。

宋思明这一个月都没来看海藻了。好在天天给海藻布置任务，海藻倒也忙忙碌碌。除了晚上躺在床上有些孤单，但一想到宋太的丧父之痛，海藻识相地不敢打一个电话过去。

"二奶如此，是你的福气。"海藻在宋思明一个月后第一次过来过夜的时候，忍不住自我夸赞。“有像我这样的吗？为了维护你，不涂粉不抹脂，不留异香，就怕刺激你老婆。真忍不住赞叹你乃人中之雄啊！两个老婆都能安抚得当。”

宋拍拍海藻的脸说：“主要是你懂事。车你拿到了？”

“嗯。”

“过两天去把驾照考下来，以后你想去哪儿就可以自己去了。”

“我才不要学呢，我就要拖着你，让你当我的司机。知道你的鬼主意。哦！我学了车，我自己跑，你就可以摆脱我了。哼！”

宋思明不理她，抱住她一阵热吻，并在她的脖子上使劲吮吸，留下一个鲜红的吻印。“盖个章，你是我的。”宋思明开始解海藻的胸扣。

“想我了？”海藻问。

“想。”

“想哪儿了？”

“哪儿都想。这，这，这这，还有这。”

海藻被挠得咯咯直笑。

海藻抱着宋思明说：“我让陈寺福教我开车，你过两天替我去交管找找人，帮我弄张驾照来，省得我去考了。我肯定不能过。现在都是电子桩。”

宋思明脸色一沉说：“胡闹！什么都找人？这是命！我要是想你死，就替你去找人。你给我老实考。我不但不替你去找人，还叫他们把你看紧点。你不扎扎实实考下来，车不要开！”

海藻一吐舌头道：“那么凶。像我爸爸一样。讨厌！”说完扯着宋思明的嘴巴往上揪说：“笑一个，笑一个。姆嘛！”贴着宋思明的嘴亲了亲。

60　宝刀不老，梅开二度

宋思明在高尔夫球场上和银行行长还有其他几个朋友打球，陈寺福在后头跟着。宋思明和别人聊完，转头问陈寺福：“对了！你那拆迁的事情到底弄完了没有？我现在要的是速度，速度。时不我待。”

陈寺福咬着牙说：“就这两天。马上就完。”

宋思明正在办公室里整理文件，桌上的电话响了，里面传来谢行长特别阴沉的声音：“你看报纸了吗？”

宋答：“还没顾得上。”

“你现在去看。”说完就把电话挂了。

宋一听就知道出事了，赶紧召人送来今天的晨报。头版显著位置有一张照片，明显是火灾现场。报道称：“复兴公园附近的松龄路一处拆迁房屋今日凌晨失火，造成一人死亡，两人受伤。死者是一位77岁的老人，死者的儿子在火灾中因从二楼跳窗而摔断腿骨。另有一人轻度烧伤，伤者已送上海九院治疗。据警方勘察，有人为纵火嫌疑，目前案件正在调查当中……”宋思明看到这里，无比懊恼地闭上眼睛，用力将拳头砸向报纸。

宋思明拨通了陈寺福的电话：“你马上到我这来！”说完重重摔下电话。

陈寺福一副做了亏心事的样子，战战兢兢走进办公室。

宋思明指着报纸问：“怎么回事？”

“失手了。原本想吓唬吓唬他们。没想到昨天晚上风大，风向又不好，汽油倒多了……”

宋思明的牙齿咬得连腮帮都鼓出痕迹来，面色铁青。他半天没说话，过一会，控制住情绪又问：“你干的？”

“手下干的，不过办法是一起商量的。”

“为什么不事先通知我？”

“我们当时就商量了，说如果告诉你，你就成知情不报了。还不如不知情的好。”陈寺福还表现出一副经过深思熟虑，不拉他下水的样子。

“你要是事先通知我，我就不会让你这么做！你！”宋思明忍不住站起来指着陈寺福想骂他饭桶一个，最终没骂出口。“你这是在坏我的大事！你知不知道你的身份？嗯？你知不知道现在有多少重要的事情等着你去做？你却始终摆脱不了鸡鸣狗盗。满上海，这么多人等机会，你为什么不动脑子想想，机会怎么就正好掉到你的头上？以前我看中你，选你，就是因为你的听话。我真是看走眼了，没想到你在关键时刻背后捅我一刀！”

“大哥，我……你不是要我速战速决吗？我不就是听你的话吗？”

“我让你速战速决，是让你去犯罪？去杀人？你账面上3个亿，拨给他100万200万又如何？我是叫你不要在小钱上跟他计较！”

“可我咽不下这口气，哪能让强盗硬在我头上摆一道？再说了，开了他这个头，以后碰到这种事情我还怎么混啊！”

“那开了你这个头，以后凡是不按你意思做的，你就干脆斩尽杀绝?!”宋思明终于把嗓音提起来了，难得一见。他开始在办公室里快速踱步，来回不停地走。“你这个娄子捅的，纯粹让我腹背受敌！我要花多少精力才能抹平原本100万就能解决的事情！你知不知道三个月以后，你就是坐拥百亿身家的港股掌门人了？你！你！你！你给我来这一手！”

“那……大哥……现在我该怎么办？”

宋思明铁青着脸不说话，面色阴沉得吓人。他不停地在办公室疾走，过了良久停下来问：“你现在手里，哪儿还有现成的房子？”

陈寺福想了一下说：“杏林小区有两套三室一厅。一个四层，一个一层。这两套房子，一套是做销售部的，一套是我原本打算留给你弟弟的。让他过来跟着我干一段。”

宋思明吩咐：“你现在，马上去跟那家出事的房主谈，这套四层的给他，让他闭口。如果他再有什么经济上的要求，你也一并满足他。不要再跟他讨价还价。我要让他做到绝口不提。听见没有？”

陈赶紧点头。

“另一套，你给放火的那个手下，让他去公安局自首。不要说纵火，就说是操作失误，不知道楼上有人。叫他记住，不该说的话一句别说，他如果进去了，他的家人你负责照顾。听见没有？”

“那……行吗？公安局又不是吃素的。”

“那边你就别管了。把你该干的事情干好就行了。今天晚上12点前，你要是办不妥，你自己找块地方上吊去，不要来见我了。”

陈寺福二话不说，转身就走。

宋坐回椅子上，思考良久，拨通了电话：“喂，尹局长吗？我是老宋，有个事，我不跟你绕弯子了……”

深夜两点，宋思明才一脸疲惫地跨进海藻的门。海藻都已经进入梦乡了。一看到宋连腿都抬不起的狼狈模样，赶紧披了衣服起来，给他端茶倒水，问他饿不饿，又倒杯牛奶逼他喝下。

“出什么事了？”海藻关切地问，“怎么脸色这么难看？”

宋思明摇摇头。

海藻从身后抱着宋思明，像妈妈一样温柔地摇啊摇，又在宋思明的太阳穴上轻轻揉弄，如以前那样，在宋思明不快乐的时候，决不多说一句。让他自己去沉淀。

宋思明近乎沉睡一样地低头闭着眼睛思考。海藻就在他身后安静地抱着他，不说话。

不知过了多久，宋思明终于抬起头说："我没事。你别担心。"

海藻绕过沙发走到宋思明身边，小猫一样趴在宋的腿上，安静地不说话。

"睡吧！不早了。"宋拍拍海藻的脸蛋。海藻一动不动雕塑一样趴在他腿上，半天，突然吐一句："我怀孕了。"

宋的神情明显一震，腿都有些抖动。海藻敏感地捕捉到了。海藻低低说："别担心，我会处理掉的。"

宋声音提高了，问："为什么？"

海藻有些不懂了，抬头看着宋问："什么为什么？"

"什么叫处理掉？"

"就是……就是我自己会去做掉。你不要担心。"

"为什么要做掉？"

海藻愣了，不知道宋是什么意思。

"留下来。"宋干脆利落地说。

"你疯啦？我怎么留？这是一个孩子哎！我把他藏哪里啊？"

"藏什么藏？他是我宋思明的孩子，大大方方满地跑。"

海藻不做声了。

宋思明温柔地摸着海藻的小腹说："生下来吧！当你送给我的礼物。"

海藻翻了宋思明一眼说："我不送活的。"

"生吧！如果你爱我的话。"

"不行。我不能叫我的孩子生下来没爸爸。他会受歧视的。"

"他不会的。我就是他爸爸，谁都不敢歧视他。在这个城市里，谁都不敢小看他。"

海藻还是疑虑，半天说："不行。我没结婚，没有准生证，医院不会让我生的。"

宋思明笑了，无比疼爱地刮了一下海藻的鼻子说："傻瓜。有我在，你还要什么准生证啊！"

海藻还在抗议："不行，我妈会打死我的。我怎么跟她解释我没结婚就拖个孩子啊？"

宋思明想了想说："妈妈那里，我去跟她说。她会同意的。"

"得了吧你，你把哪儿都当你管辖范围啊？我是她女儿，我连个丈夫都没有，连个名分都没有，她要是会接受你，就奇怪了。"

宋又想了想说："那你，先生下来，等既成事实了，我再去负荆请罪。”

海藻撅着嘴，委屈地，幽幽地叹了一口气说：“我知道了。你只是想要一个孩子，而并不打算要我。我还是不想要了。我不想让我的生活变成解不开的死结。本来跟了你，我已经很迷惘了，不知道未来在何处，如果再多个孩子，我应付不了。如果有一天，我想摆脱你，我都无法摆脱了。被孩子套牢。”

宋思明俯身亲吻海藻，将海藻掰过来躺下，认真看着海藻的脸说：“你是希望我给你个婚姻吗，海藻？”

海藻盯着宋思明的眼睛说：“我不在意你给我什么。但我在意我的孩子得到了什么。”

宋拉过海藻的手，轻轻在手背上吻着说：“海藻，只要你想要的，我都可以给你。我以前曾经说，除了婚姻，我不能给你，其他都可以。现在，我可以跟你说，包括婚姻，我都可以给你。为了你，我什么都不在乎，什么都可以不要。”宋抬头看着海藻，用一种让海藻心碎的真诚说：“我要这个孩子，我会离婚，我会娶你，然后带着你和孩子离开这个城市，到不知名的地方，逃离这一切，即便这里我已苦心经营20年，我都可以不要。”

海藻的心开始疼了，眼泪开始盈眶：“你真的这么在意这个孩子？”

宋点点头，缓缓说：“爱她就让她为你生个孩子，然后用两个人的血浇灌同一棵花朵。这样，我们就永远不会分开了。”

海藻叹口气说：“你这是铁了心要把我跟你拴一块儿啊！你喜欢儿子还是女儿？”

“都可以。甚至都要。只要他是我的。”

“废话，不是你的还是谁的？”海藻眉毛一挑。

宋笑了，把头贴在海藻的肚子上说：“我当然知道。”

宋思明早上起身，摸着海藻的肚子说：“宝贝，这段时间，你抓紧看房子，一定要在肚子起来以前把房子落实了。你记得把你父母的身份证拿来，到时候好买。”

海藻慵懒而柔媚地眯着眼睛说：“我住在这里，有感情了。这里已经不单单是一套房子，而是我的家，我在这里等你回来，你不在的时候，到处都是你的气息。我不想搬了，就这里挺好。而且现在再买房子，装修什么的，我弄不动了。新房子也有化学的味道，对宝宝不好。我干脆就住这吧！”

宋思明爱怜地看着海藻说："也好。这里的确很方便，闹中取静，又很安全。我很放心，新地方我还要去了解。我最近忙得分身乏术，这样最好。这两天我就叫陈寺福去把房子过户过来，很快这房子就是你的了。"

"对了，你不说，我都忘记了这是他的房子。你说，他会不会不肯啊？"

"他？他有什么不肯的？他身上哪一个地方不是我给的？我要他的命他都会乖乖奉上。不说这个讨厌的人了。"宋思明甩甩头开始穿衣服。

"他怎么你了？让你这么生气？"

"没事。就是水平低下。有时候，选个人真是很麻烦。太聪明的，你会觉得不安全，太笨的，你又总得替他擦屁股。"

"那你说我是聪明的还是笨的？"海藻问。

"我愿意亲你的屁股。"宋思明伏下身，在海藻的屁股上来回亲吻。

"你讨厌！"海藻笑。

早晨，宋思明到办公室，给沈大律师去了个电话："有个案子，你要亲自去办一下，事关重大。具体情况，你去问陈寺福。我要你办得滴水不漏。"

沈律师并不多问，只简单回一句："好。"

"另外，我这里有个头疼的事儿。你知道哪能找个贴心的保姆啊？"

"怎么？"

"我需要一个会照顾孕妇和小孩的保姆。年纪不能太大，有经验，可靠，要整天陪住，到哪儿都跟着的。"

"谁怀孕了？"

宋思明电话里头暧昧一笑。

沈恍然大悟："恭喜恭喜，宝刀不老，梅开二度。我这里倒是有个可靠人选，是我的本家一个近亲姐姐。不过是个寡妇，不知道你介意不介意。手脚干净，嘴紧，不多话，干事麻利。因为是个寡妇，倒也省了来回跑，能安定着住下来。"

"就她了。我会把家里的整套钥匙都交给她。工资她开价，我不还，我还在她开的基础上再加500。只要她照顾好海藻。"

"呵呵呵呵……"对方更加暧昧地笑了，说，"我早就看出你小子绝对不会是那么纯情的人。你要是没有收获，是绝对不肯出手耕耘的。最后还是没逃过你的手心啊！你看我这干的什么事呀！忙半天，就为帮你泡个妞！跌价跌价！”

宋思明电话那头干脆地说：“大恩不言谢，改天请你喝喜酒。”

“唉！终于听你说一句请客了。我该额手称庆。酒你先留着吧！我替你把手头的麻烦解决了再说。到时候攒着一起喝满月酒吧！保姆这两天就到。你跟二嫂说一声。”

宋思明晚上又来到海藻的屋子。刚进门海藻吃一惊说：“今天怎么就来了？才星期三。”宋思明手背在身后对海藻说：“以后我会多来这里几次，不放心你。你一个人在，万一有点什么事情都没人照应。想吃什么？”

海藻说：“板栗。”

宋思明回身摸索了一阵，掏出一袋板栗，放在海藻眼前晃一晃。海藻欣喜地说：“呀！你怎么知道我要这个？”

宋思明不语，从身后变出一个大塑料袋，里面装满了吃的。他一样一样往外掏说：“蛋糕，这个明天一定要吃掉，吃不掉就扔，不要放。冰激凌，这个要少吃，免得血糖上去。话梅，如果恶心就含一个，不过要少吃，这种干货不卫生。城隍庙蚕豆，这个也要少吃，牙会坏掉。孕妇维生素，每天一粒，要坚持吃。还有，红不辣，万一你怀的是个小公主，你一定会喜欢吃这个。还有最后这个，孕妇防辐射服，看电视的时候穿。”

海藻看宋思明自己一个人嘀咕，剥着板栗就笑了说：“你怎么不把食品店给搬回来？还有，这个防辐射服是骗人的。以前没有这些，哪个生的孩子不都好好的。我才不穿呢！”

宋哄着海藻：“穿上穿上，到处都是辐射，小心为上。做这些不过是买个心安。每天穿着啊！不许脱。我不定时要过来抽查的。”

“多事。女人。”海藻撒娇地白了宋一眼。

陈寺福一脸犯错的样子看着宋思明。“那个……我那边都办好了。”

宋思明根本不抬头看他，声音不高，但语气很重地说：“以后办事不要不打招呼。你最后出价多少？”

陈寺福笑了说：“其实，他们那家，就老太太坏。老太太这一死，他们都很老实的。我让他们说，除了房子还要什么，他们说没钱装修，如果能够简单装修一下就好了。下个月房子就要交钥匙了，我会在交钥匙以前把他的房子给装修好。”

宋叹口气说："一条命换一套房子。你装修的时候不要偷工减料，尽量好一些，不是说豪华，而是耐住，这样他们不必很快又要重新做。他们能住一套房子是很不容易的，付出了血的代价。另外，你再给他们留2万块现金，让他们好度日。"

陈寺福自作聪明地说："那要不要多给他们点，索性20万算了。"

宋有些恼怒地看着他说："你不要自作主张，让你怎么做就怎么做。人的贪念就源于太容易得到。你给他们2万，对他们来说已经不少了。你给了20万他们就会觉得既然来得这么容易，以后也不必辛苦了，靠在你身上好了，到时候你怎么办？给他们这点意外之喜是为了封住他们的嘴巴，不是为了买良心愧疚。要是弥补你的罪恶，拉出去枪毙都不过。希望你以后吸取教训，干事情多动点脑子。"

陈寺福连连点头，最后又忍不住问一句："老大，这事就这么容易过去了？"

"容易?！我告诉你，我是把我的身家性命和前途都押在你这里！我现在欠的，要整个后半辈子来还了！你回去吧！你那房子，这两天去办办手续，过户给我指定的人。我收了。"

陈寺福高兴地告退，好像被征用是多大的福分。

宋思明回来陪海藻吃饭，新来的保姆手脚麻利，海藻的家焕然一新，并且，保姆做的饭菜还相当可口。宋思明边吃边问海藻："开始反应了吗？"

海藻懒洋洋地答："一点反应都没有，就是累，想睡，不想上班了。"

"现在还上什么班？你就吃吃睡睡，多休息。"

"我在想，要不要告诉海萍。我怕她不同意。"

"等过三个月再告诉她。"

"我要不要告诉她你要离了？"

宋思明一愣，说："再说吧！"

海藻丢下筷子，跑进房间躺着去了。宋思明吃完饭跟进来："为什么吃这么点？孕妇要多吃些的。"

海藻睨了宋思明一眼说："我早就知道，你就剩一张嘴了。我早就知道你不会离婚的。"

宋思明沉默，过了一会儿，转头不看海藻，伤感地说："我不能离。我今天有的一切，已经不仅仅意味着我自己。我的身后背负着一群人，我的肩上，扛着千斤担。我很想甩掉一切跟你一走了之，这是我现在最想做的事情。我已经看到自己的路在越走越窄，直到有一天奔向一条死胡同。我只是不知道这条胡同究竟有多深。我想抽身，可是已经抽不出来。”宋思明的话，无限悲凉。

他转头看着海藻说：“海藻，我是真的爱你，是发自内心的。因为我爱你，我不能跟你结婚。我保证，会让你和孩子过得无忧无虑，我已经把你们未来的生活全部都安排好了。可是，我就是不能娶你。你在我心中，已经是珍宝了，与老婆并没有任何区别。但我觉得，给你一个自由的身份，是我能为你做的最好的事情。”

海藻捂上宋思明的嘴巴说：“我不想听你的甜言蜜语了。你除了会哄我，什么都不会做。我既然已经作了选择，就与你无关系了。你娶也好，不娶也好，没什么要紧。其实，你连来不来，我都无所谓，我一个人就能把孩子带大。要的时候我就有这个决心。”

宋思明说：“你知道吗？有个富翁，他很有名。他有一妻好几妾。他把他所有的家产都交给妻子的孩子打理，而对妾的孩子，却明令禁止他们涉及商业。做律师也行，做医生也行，甚至教书，只是不许涉及家族产业。我们旁观者都忍不住感叹说，妻子在丈夫的眼里，永远是最珍贵的，他只把自己的事业交给妻子的孩子，他只认为那是他的骨血。前一阵，我与他有过一次长谈，难得他谈性很浓。他说，不是的。他爱每一个孩子，每一个孩子都是他的肋骨。但是，作为妻子，她在那个位子上，她就担负着责任；那些孩子，无论多么凶险，他们都得扛着。这就是使命。而其他的孩子，他要尽力保护他们，让他们免于伤害，让他们过正常人的生活，远离是非和恩怨。别人如果寻仇，也只会寻到他的继承人，放过其他的子孙。他说，我的良苦用心，你是不会懂的。”

宋思明说完，握着海藻的手说：“我的良苦用心，你也不会懂。”

海藻不再说话。

61 同甘不敢说，共苦一定是

海萍问苏淳：“最近你的网络小店到底有生意吗？”

苏淳说：“有，非常多。那个宋思明的同学，还是很帮忙的，给我的折扣很大，书也是现在很难搞到的畅销书。但目前我的小店并没有盈利。我在做口碑，先把信誉做起来，冲上三钻后，别的店与我无法竞争了，我就可以盈利了。”

海萍一撇嘴说：“看你整天忙忙碌碌的，闹了半天原来在赔本赚吆喝。”

苏淳说：“我把这个当成我后半生的事业去经营，不能光图眼前利益。我已经输不起了，不可能总是从头开始，这是最后一次，所以，请你支持我。我不能跟那些网上闲来无事的家庭妇女比，她们可以赚一票是一票，开个店就图个打发时间。我不行。我是有规划的。”

海萍轻轻一笑说：“我只问你，别人提供你这么好的条件，你又把价格做得这么低，你真相信你能把其他同行都挤垮吗？现在这社会本来就是无序的。你今天挤倒一个，明天又开一个。而且就像你说的，人家不指靠这个生活，赚一笔是一笔，你能跟这样的人斗智斗勇吗？我是觉得，你野心太大。越是野心大，越是不扎实。你还不如老老实实人家卖什么价你卖什么价，稳扎稳打呢！”

苏淳摇摇头说：“我只是现阶段打价格战，过一阵有顾客群了，我就不这么干了。你别担心我了，你自己如何？”

海萍说：“形势喜人。我在想，我应该利用这个大好时机，索性开个对外汉语学校。利用现在的口碑，专教外国人。”

“办学，说起来赚钱，可启动资金太大了。租房子，打广告，万一没人来，那可真不是亏一点两点了。还要请别的老师呢？目前对我们家的情形来说，还是负担太重。你暂时先压一压，等我把生意做大了，我来支持你。目前你支持我好了。我本小。”

海萍说：“不聊这些了，只要是钱，就总无止境的。马上就要拿房钥匙了。我还头疼这装修的钱呢！到底怎么装啊！”

“有多大钱办多大事。简单装一下就行了。”

“也只能这样了。奇怪，这一向海藻怎么不来找我了。我忙难道她也忙？前一阵还老惦记着送面送黄鱼的，现在不来了，我得给她去个电话。”

海萍给海藻去电话的时候，海藻正第一次产检，旁边陪伴的是保姆。海藻一看是姐姐的电话，吓得赶紧说：“我现在忙着，等下回你。”

等从医院出来，海藻犹豫了半天，才拨了海萍的电话：“姐，有事吗？”

“我没事，但你肯定有事，要不然你不可能这么久不来一个电话。”海萍是随口说的。海藻吓得不轻。海萍继续说：“我想见见你。你什么时候有空？到我这来吃午饭？”

“晚饭吧！午饭……”

“晚上我有课，不能等你。现在就来吧！”

海藻只好带着保姆，开着她的红宝马去了海萍的家。

一进门，海萍奇怪地问："这是谁呀？"

海藻介绍说："阿姨。新请的阿姨。"

"你请个阿姨，还带出来做什么？我这里又不需要人打扫。"

"哎呀，他啊！他多事，让她一步都不能离我身。"

"他是不是不相信你，找人监视你呢？"海萍拉过海藻轻声耳语。海藻笑了，哈哈地，答："有可能！怕我偷人。二奶总是不值得相信的。"海萍生气地说："你怎么这么自己说自己？多难听！""事实嘛！"海藻见姐姐真的开始怀疑宋的为人，便解释了："他不是这种人。他气量大得很。找个人跟着我，是因为……我怀孕了。"海藻想半天，终于蹦出这一句话。

海萍惊得跳起来："你说什么！"

海藻只好再重复一遍："我怀孕了。今天早上刚去查过，9周大小，一切正常。"

"啊！都9周啦！你怎么不早说？这都已经很大了呀！等下做的时候你受苦！6周以内可以药流的！"海萍生气了，"你怎么这么糊涂呢？怀孕了都不知道？你早说我就陪你一起去了！"

海藻坐到床上，淡定地答："我要生的。不做。"

"你胡闹！你怎么生？他是一个有老婆的人，你生的孩子算什么？大人糊涂，难道你让小孩去承受你们的罪过？"

海藻不说话。

"你赶紧去给我打掉！我明天就陪你一起去！"

海藻吓得捂住肚皮说："胡说八道。我就当是被人强奸了，意外怀孕了，当个未婚妈妈总可以吧？"

海萍皱着眉头说："你，你知道当未婚妈妈需要多么大的勇气吗？你这一辈子，基本上就搭进去了。你难道真打算跟这个男人纠缠一辈子？你一旦有了孩子，就甩都甩不掉了。你难道一辈子不嫁人？以后哪个男人愿意接受一个带着孩子的女人?！你不要跟着糊涂！他怎么说？他什么意见？"

"就是他叫生的。他喜欢得不行。"

"呸！自私！根本不为你考虑。海藻，你可不能跟着糊涂。我是建议你打掉，越快越好。"

海藻叹口气说："我本来就不想过来。我都知道你要说什么。但我又不能不来，因为以后，我还需要你在妈面前替我掩护。这个孩子，我一定要生。姐姐，你放心，我的未来，我会自己把握。姐，现在社会开放了，大家的容忍度都高了，什么样的关系，什么样的人都有。如果有一天我想结婚，一定可以找到爱我的人的。你不必担心。最坏的结局，就是我带着孩子到国外去。我已经想过了。”

“你不要欺负大众的容忍度。你以为，二奶是个光荣的名词？谁说的时候不都带着鄙视？道德标准都是在的，你好好一个名牌大学的毕业生，做什么不好非要堕落到这个程度？你以为非婚生子大家都能接受？你知道你这种不负责的决定，对无辜的孩子有多大的伤害吗？海藻，我还是劝你三思。”

“姐，我也想过。不过，宋说，他不会丢下我们母子不管，我想，有他在，我们会很安全的。只要他罩着，我不怕。以后的事情，以后再说吧，你不要劝我了。”

海藻叹着气对换了睡衣走进卧室的宋思明说：“你要不要强奸我一下？”

宋思明吓一跳说：“什么意思？”

“我今天去看姐姐了。她强烈反对我当未婚妈妈。我最后把话说死了，说，你就当我是被强奸的好了。我决定应个景，今天就尝试一下被摧残的滋味。”

宋思明倒在床上，把头放在海藻的肚子上说：“舍不得。我疼都疼不过来呢！对了，你今天怎么去的？”

“我开车去的呀！”

“以后不许开车了。出门打车。我不要你思想高度紧张，也怕你出事。”

“你不觉得，你对我的生活安排太多了？不许这个不许那个。这是你对我用得最多的词语。”

“通常有责任感的人，对别人的要求也会比较多。付出了就需要有回报。”说完爬起来将脸凑到海藻的嘴唇边，指了指自己的面颊。海藻撅着嘴亲了一下，说：“素的。”

宋于是又把嘴唇探过来：“这里。”

海藻又亲了亲，说：“还是素的。”

宋笑了，说：“喂不饱你，吃肉吃出滋味了。先说好，蜻蜓点水，浅尝辄止，孩子还小，我怕出事。”

海藻憨态毕露，娇羞着说：“九浅一深好了。”宋大笑，将海藻很强势地一把揽在怀中。

海萍在家独自生气。苏淳说："你别气了。海藻已经是成人了。你没看见，现在那个宋思明对她的影响，比你比父母大得多吗？你难道没看见她开的车？那是宝马，一辆上百万的。像她这样不能光享受不尽义务。生个孩子也是应当的。"

海萍更怒了，张口骂道："愚蠢！一个孩子，宝马就能换来了？海藻要是真爱这个男人，我就不发表意见了。她身陷其中根本看不清楚。这个宋思明，他要是一介布衣，海藻能看上他？年纪那么大，其貌不扬。而他要是不在这个位置上，海藻会跟他？海藻那是爱吗？她是被他头上那顶光环给迷惑了！可是，那顶光环是他的吗？那是别人给的。他要是世袭贵族，我就拉倒了。他有可能今天在位，明天就不在了。到时候海藻怎么办?!"

苏淳叹口气说："你一点都不糊涂。你也看得很明白。这就是我要跟他摆脱干系的原因。你这番话，该在海藻跟他以前说的。"

海萍说："许多事情赶一块儿了，让我没办法也来不及细想。我原本想，这次海藻再回去跟他，不过是小贝离去了她心头空虚没人填补。我若让她马上抽身，是不可能的。她需要一个人靠着走一段，等清醒了自然就离开了。哪里想到她会这么不懂事呢?！这下好了，彻底套牢！"海萍非常懊恼。

"那你能怎么办？你又不能拉她去流产。别管海藻是不是真爱他，目前来看，海藻是不愿意抽身的。现在社会风潮就是这样，笑贫不笑娼。像这样的人不是一个两个。算了。"

海萍眼眶都红了："我难受就难受在这里。这样的人不是一个两个，这样的人下场悲惨的也不是一个两个。怎么都只看眼前一片呢！唉！海藻！"

苏淳说："管好自己吧！明天去拿钥匙，交房子了。下一步就是装修，事情多得很呢！很快儿子就要来了。你先把自己家顾顾好。"

"明天交房子是不是要验房子啊？咱们自己会弄吗？万一有什么问题，看不出毛病怎么办？"

"这原本就是运气，从表面上大致看看就行了，不然怎么办？你扒开墙？"

"这可是我们一辈子的积蓄啊！哪能这么随便就算了。市场上买棵葱买块姜还挑挑呢！"

"问题就在这里。这是没法挑的。本来买的就是期房，只能当下赌注。现房也不是马上就能看出好坏的，总要住个一两年。可现在房子使用期限也就是70年，房子质量都在这放着，10年8年就旧得不行了。你怎么选？算了吧！别给自己找堵。买房子跟找老婆一样，那都是睁只眼闭只眼就一辈子过去了。"

"你什么意思？看样子你对我很不满啊！什么叫睁一只眼闭一只眼？"

"不敢不敢，对你，我那是千挑万选的。"苏淳赶紧见风使舵。

第二天，海萍和苏淳一大早就奔到"江苏"去了。

拿钥匙现场人头攒动，海萍意外发现了以前住的小屋楼下的老李一家，她忍不住大叫："哎！老李师傅！你怎么会在这里?!"老李看到海萍也是一阵惊喜，说："哎呀！我是来拿钥匙的呀！你呢？你也买这里的房子吗?"

"对呀！37栋608。"

"啊！哈哈！我们是37栋408！住你家楼下！太巧了！太巧了！老邻居又成新邻居啦!"

海萍一听，愣住了，心里不是个滋味儿，她忙说："咦？你们怎么会住到这么好的房子里？408面积很大的！比我们6楼多出一间呢!"

老李尴尬一笑，啊啊地说不出，最后挤一句，拆迁分的房。

海萍心里更难受了，连脸上的笑都挂不住了，"哦！那你们那间小房子，还真是合算啊！那么一小间可以换这么一大套！大约你们家是那里换得最好的一户了!"

老李哼啊哈啊地不接下话。

苏淳看看老李和他爱人还有儿子都在，独缺老太太，就问："李奶奶呢？她今天怎么没来？今天可是看新房啊!"

老李脸色更难看了，说："她……她前一阵已经去世了。"

苏淳连忙抱歉地说："哎呀哎呀！实在是太不幸了。老太太半年前看着还特别硬朗呢！这上了年纪的人，真是说走就走啊！节哀节哀!"说完匆匆告辞，挤去排队拿钥匙。

海萍拿着钥匙爬楼的时候就闷闷不乐，郁闷地说："奋斗了半天，还搞不过一个拿低保的。他凭什么住这么好的房子？面积得一百多平米呢！他家以前不就十平米吗?"

苏淳前后看看，赶紧拉拉她手说："你小声点，现在都是邻居了，隔墙有耳。每个人都有自己的福分。你不要去跟人家攀比。”

眼看着爬到四楼了，门居然是大开的，海萍伸头进去一看，有几个小工在房间里做扫尾工作。海萍惊呆了，指着房子说：“苏淳！快看！这套房子是精装修过的！天哪！我们太划算了！买了一套原来是附送装修的房子！哎呀！一下省我多少钱呀！这套房子的装修我喜欢！简洁实用！我赶紧去看看我们的！”海萍噔噔噔直奔六楼，打开门一看，空空荡荡，连墙皮都没刷。海藻突然由亢奋转向失落，反差巨大。“凭什么他们的房子有装修，咱们的没有啊！”

苏淳也是奇怪，说：“没有才是对的。你买的时候人家就没说有。倒是他家，凭什么就送装修呢？真是奇怪。”

四楼，老李和爱人徐丽进门，儿子冲进去四下看，直接指一间屋子说：“这间是我的。我要这间。老李的爱人已经像进皇宫一样头晕了，简直不敢相信这是自己的家。“哎哟！天哪！哎哟！老天开眼啊！哎哟！我老徐这一辈子也能住上这样的房子啊！真是托老天的福！”

老李虽然笑着，但有些凄然，他说：“你该谢谢我妈，而不是老天。”老徐一撇嘴说：“妈我不必谢，她早就说过了，舍得舍得，不舍不得。有得就有失，牺牲了她一个，让我们全家都幸福，原本就是她自己的心愿。”

海萍郁闷之极，闹了半天，还是没摆脱石库门的命运，跟老李家做邻居，人家的房子比自己的好，要是没猫腻才怪呢！苏淳四下打量房子说，看起来真不错，简单装修一下就能住了。海萍生气了说：“再寒酸也不能比老李家还不如吧？那我们成什么了？”

苏淳笑着说：“人各有命。他家的装修已经很好了。我们还真整不到那水平。我看，地上铺点复合地板，墙刷一刷，买些家具就能过了。以后等条件改善了，咱们再重新装修。装修这东西谁会一次到位啊！谁家不是隔三五年就重新来过？你见过有 80 年代装修保持到现在的吗？家里孩子还小，东西太好给破坏了心疼，约束孩子也不好，简单最好。”

海藻正指挥着工人把新订的家具搬进来。现在屋子的户主换了，海藻可以随心所欲地布置房间。原本她是属意 IKEA 家具的，线条简约，房屋明亮，却被宋思明讥笑为不懂享受的新生代。宋思明指定海藻去 DAVINCI 订一套欧洲风仿古家具回来。笨么笨得要死，到处都是雕花，搬也搬不动，海藻一点也不喜欢。更不喜欢的是价钱，一套下来要几十万。海藻躺在紫红色的带四个高柱子的床上叹气："只有老头子才会喜欢这种古董。"宋思明躺在床上说："只有小毛孩才去买 IKEA。"海藻顺手在宋思明脑袋上敲一下说："代沟。"宋笑了，搂着海藻说："品位。"

海萍和苏淳逛遍各大装修材料的商场，总是拣最便宜的东西往家搬。屋子在一天天成型。

海藻每天住在"达芬奇"家具的屋子里，用着"双立人"的锅勺，慢慢就品尝出滋味来，越看越欣赏。想来还是宋说得对，好东西用惯了，档次就下不来了。以前觉得特有暴发户感觉的家具，现在倒觉得很典雅，与环境相协调。海藻坐在梳妆台前，叹了一口气说："我现在觉得，能配这张梳妆台的瓶瓶罐罐，也只有 SISLEY，LA MER 了。消费的兴趣，真是要靠培养的。"旁边的保姆听得莫名其妙。

海藻的肚子在一天天大起来，虽然从外观上看不出。但到四个月上，裤腰都塞不进了。海萍在陪海藻产检的时候还在嘟囔："越大越不好做。现在都成形了。"海藻推了海萍一把："说什么呢？这是我的孩子。"海萍不放心地问海藻："你自己喜欢吗？""我一般。不过宋喜欢。每天都要摸摸我肚子。人说老来得子会很宠惯。我看他就是。年轻的时候估计没时间看他女儿的成长，或者说不知道疼，现在就特别渴望。""他现在每天都住你那儿？""也不是。但他每天都会来一趟，看看我才心安。""你就不想让他成为你丈夫？""成为丈夫又如何？和你们一样走婚姻的路，然后由喜欢到争吵，再到厌倦，有别的女人来抢。我不是给自己找事儿吗？"

"海藻！你什么时候变得这么……这么……消极？一个男人爱女人的表现，就是给她幸福，给她安全，给她婚姻。什么承诺都没有，算什么爱情？你不过是他的玩物！"

"如今承诺算什么？什么承诺算数？婚姻算不算承诺？那离婚呢？他若跟他老婆离婚，承诺还在吗？你和苏淳结婚了，他给你幸福给你安全了吗？"

海萍无话。过很久才说："幸福是放心底的东西，是一种信任，愿意生死与共。也许平时并不觉察，但到关键时刻就会跳出来，让你感受。我一直以为我的爱已经被生活磨平了。直到苏淳出事我才知道，我们俩此生就在一条船上了。同甘姑且不说，共苦一定可以。"

62 地雷太多，环环会爆

市委书记孙长兴的办公室。他在看一张纸，旁边站着一个人。“这封举报信，可信度有多少？你调查过没有？”对方严肃认真地说：“我想可信度不低于百分之九十。”

“我不要百分之九十！我要百分之百！这涉及到一个官员的清名，涉及到一条人命！”

“我想是切实的。我去过那条巷子附近了解过。他们说，老太太当天晚上的惨叫让人听了害怕，传出去很远。这家人为了拆迁补偿费，跟房地产公司已经碰撞了大半年了，而这个案子最终了结得很奇特。”

“再去了解。一定要证据。让证据说话。不能冤枉好人，也不能放过坏人。”

“可是……”

“可是什么？”

“再往下了解，已经不是我们可以办到的了。我去市公安局的时候，明显感到有阻力。有一股势力抱成团，水泼不进。即便有一两个松动口儿，也因为种种原因不敢说。所以……”

“所以什么？”

“所以，我看……还是请中央出面比较好。”

“死一个老太，请中央出面？你自己觉得可行吗？”

“不光是老太的问题。我还听说……这个房地产公司最近正紧锣密鼓地忙上市。资金的来源和走向都很奇怪。”

“这个房地产公司有什么背景？”

“怪就怪在这里。没背景。突然暴发的。但和张市长他们走得很近。最近刚批下的那块地，和香港合作的，香港那边指名要这家公司合作，而这边张市长也是支持的。”

“嗯，我知道了。目前的材料还不足以上报中央，我看你还是要继续搜索，看看受害者家属怎么说。”

“是。”

海萍和苏淳正在收拾新装修的屋子，突然有人来敲门，海萍开门一看，都是陌生人。“哎！你好！我们是这个小区的住户代表。我们今天来，是想跟你们商量个事，请你们在这份索赔书上签名。”

“索赔？”海萍和苏淳都愣住了。

“你们还不知道？你们这套房子，总面积比合同面积要小2.7个平方啊！2万多块钱被他们贪掉了。你想啊！1户2万多，这小区有400多户呢！他们得贪掉多少钱啊！这都是我们的血汗钱，哪能就这么拱手送人呢？”

海萍问：“400多户都恰巧少2.7平米吗？”

“有的楼还要多些，也有些楼少些。具体到你们家，是2.7平米。我是住另一幢6楼的，跟你们家面积一样大。现在我们要联合维权，希望得到所有小区住户的支持。大家团结起来，才能打败奸商。还有，我们也在抗议物业管理的费用。我们交了物业费，根本得不到应有的服务。你看看小区的建筑垃圾，堆多少天都没人清扫，整个小区到现在都是开放的，任何人都可以随便进入，迟早会出事情。很多家都有小孩的呢！万一来个闲杂人等把孩子抱走呢？我们也同时提出加强小区管理的要求，请你签字。”

海萍一听说孩子给人抱走，顿时觉得情况严重了。仔细把索赔书和抗议书看一遍，迅速签了字。

“对了，你们楼下四楼这家邻居，真的很怪哦！我们跟他说房子面积少了，让他加入索赔的行列，他们死都不肯，抗议书也不愿意签字，不晓得你们是否认识，有空能不能帮忙做做思想工作？”

海萍为难地摇了摇头。

“有结果我们会告诉你们的。不行的话，我们已经打算联合起来请律师告他们了。律师费大家摊摊，不会很贵的。”

宋思明晚上回到家中，老婆以前那种每每听到门响就会主动过去迎接的待遇早就没有了。等宋思明自己换了鞋挂好包，走进厅里，老婆跟塑像一样坐着不动，不打招呼甚至不回头。

宋思明只好主动走过去，坐在沙发上，一边脱袜子，一边说：“看什么电视，这么精彩，都没听见我回来？”

老婆依旧不侧目，冷冷丢过来一句：“臭袜子丢洗衣机里。脱了就扔地上，我是你的保姆吗？”宋思明见老婆情绪不好，赶紧拎了袜子乖乖丢进洗衣机再回来坐下。却不知道跟老婆说什么。

老婆过了许久叹口气说：“你打算拖到什么时候？”

宋不解地问：“拖什么？”

“离婚。”

“为什么？”

“你从以前的躲躲闪闪，到后来的身分两边，到现在多少天不回。我想，你离我们这个家越来越远了。纵使我不想离，你最终也会提的。你到底什么时候才会跟我坐下来谈？”

宋有些烦躁：“你是不是一见到我就没别的话了？我难得回来一趟，从没见你有张好脸看。别说我到底有没有什么，就是没有，天天对着你这张脸，我也不会想回来。你要真这么想离，我随你的便！”

老婆却依旧冷静，说：“终于等到这一刻了。而且你还要做出是我造成今天这种局面的样子。宋思明，我跟你这么多年，没对不起你的地方。从你住在一间单人宿舍里，我们有了萱萱，我自己一个人带孩子，你出国进修一年，家里里里外外全我包揽，每年大到你家需要贴补的用度，小到你父母生病需要寄的药，甚至你侄女出生的礼钱，全都是我在忙。你知道你父母的生日是哪天吗？在你最穷的时候，我是带着萱萱回娘家蹭饭，把我妈当保姆使唤才度过到今天。说真话，我不记得这么多年里，你为这个家做出过什么。孩子的功课，你辅导过几次？你哪天在外面不喝酒能回来？你是我丈夫，我要的，不是你多么风光显要，多么飞黄腾达。那都是给外面人看的。我要的，就是到老有个伴，孩子有个爸爸。不过，现在我知道了，我这十几年的付出，得到的不是自己老了以后有个相互扶持着走向墓地的人，却是在为别人做嫁衣裳。我度过了苦尽，把甘来留给后人。宋思明，你说你一回来，我就给你张臭脸看。是的。的确如此，因为，我没办法笑出来。我每天早上醒来，枕头都是湿的，心里都是凉的，屋里都是空的，然后你要我在你回来的时候卑躬屈膝请求你，讨好你，承欢你？我做不到。我们两个，好聚好散。我不去指责你有多么的无情，多么的忘恩负义，多么的朝三暮四，因为到我这个年纪的女人，早就该明白，男人都是一样，年轻的时候需要垫脚石，中年的时候需要强心针，晚年的时候需要根拐棍。我活该自己做了垫脚石。没什么可抱怨的。但是，请你不要在无情上再加卑鄙，把分裂家庭的责任还推卸到我的头上。不爱了就是不爱了，不谈对错，不谈谁负了谁。但不要给自己贴上道德的标签。”

宋半天不语，缓缓抓住老婆的手说：“我错了。我不该对你发火。但这世界上，能够忍受我的情绪的人，也只有你了。在外面，我要对每个人保持涵养，将自己最忍耐的一面展现出去。人是没有形状的，放在什么样的容器里，就会是什么样的形状，我可以是圆，可以是方。只有在家里，在你面前，我没有约束，像自由的水一样四处流淌。谢谢你这么多年来包容我，给我一个家。你不要误解，我不是在说临别感言，我是真心感谢你，并且，我不会和你离的。你就不要再动这个脑筋了。这段时间我不回来，是有原因的。不是像你想的那样，我也没时间儿女情长。今天难得我们两个可以坐下来说话，我也就势给你交个底，让你有个数。目前，我碰到个大关卡，过得去，我就是一条龙，过不去……你最好有个思想准备。”

原本在个人情仇上激情震荡的宋太，突然一个激灵，马上敏感地问：“出什么事了？”

“出的不是一件事，而是一堆事。这其实是我早就预想到的局面。这么多年织的这么大一张网，触一发而动全身。我的神经高度紧张，绷紧。以前只要注意某个点某个面不出差错，现在是要不停环顾四周，看看有没有什么漏洞破绽。百密总有一疏，而这一疏会要了我的命啊！”

“到底出了什么事？”

“这两天，有人告诉我，孙书记正在四处搜集我的材料，不整倒我是不甘心啊！”

“整你？你有什么可整的？还不是整你上头的。”

“是的。可我就是上面的一个拳头，一柄尖刀，要想跨过去，就必须先拔除我。所以，我现在正面临一道坎，跨不跨得过去，全看上天。”

“那他们从哪下手？”

“我就是想知道这点。我现在浑身是刺儿，哪儿都不能碰了。我也不知道哪个环节会爆。地雷埋得太多。”

“你老实告诉我，你除了收人钱财，到底还做了什么了?!”

“不管做了什么，光收人钱财这一项，都足够我的后半生在监牢里度过。”

老婆无话可说。思考了很久以后说：“我想跟你说件事。你的那些钱，我不知道放在哪里好，就找可靠的人纷纷放出去借债了。我想收回来的话，加上利息，空缺不会很大的，应该不至于太严重。无论如何，我最近把钱都收回来，如果情势不好，大不了我们补回去。所有送钱的人，我都记了一笔账，一单一单原物归还。”

“你以为，把钱送回去就撇清了？不说了，睡吧！”

老婆躺在床上辗转反侧，过一会儿，终于在黑暗中吐出一句：“我睡不着。”宋思明从躺下起就没动过，但他显然也没入睡，他说：“我也睡不着。”

老婆说：“我真后悔让你走上这条路。如果当初你出去了不回来，过几年把我们娘俩一起带走，现在，大概在国外已经过得又平静又踏实。我不必担心你每天晚上睡在谁的床上，也不必害怕有一天你会被抓。”

宋翻过身，轻轻搂着老婆对着夜空发呆说：“是啊！这么多年，我错过太多的东西了。我没注意过萱萱是怎么长大的，记忆里的她老是停留在四岁的时候。我没能陪你一起去看场电影，在情人节那天送你一朵花。在匆忙中，突然一回首，发现你我都老了。如果时光可以倒流，我会带着你们过另一种生活，不要太多的钱，每天去菜场斤斤计较，为发论文、评职称而与人争得面红耳赤，也为女儿考不上好学校而心焦。也许，这样，才是一种幸福的生活，而我以前并没有意识到。老婆，我想，此生，错过的也就错过了。但如果有来生，我会换一种活法，变成一只笨鸟，牵着你的手，不飞得太远，也不飞得太高。”说完，拉着老婆的手摇了摇。

宋太开始抹泪。

海萍头上蒙着一块布，腰上系着围裙在做最后的收拾，苏淳把家里的垃圾清理出去。屋子装修得简单明快，家具也是最便宜的组合，不过因为一切都是新的，看起来充满了喜悦。海萍拍了拍手，摘下头巾满意地说：“金窝银窝不如自己的狗窝。我的心从来没有现在这样雀跃。”苏淳揽着海萍的腰看老婆满意的神情，在她脸庞上轻轻啄了一下说：“老婆，谢谢你。”

海萍不适应这种亲昵，奇怪地问：“谢我什么？”苏淳直视着海萍，温柔细腻地说：“我要谢谢你，在我最困难的时候对我不离不弃。牺牲自己为我生了个儿子，陪伴我身居陋室还很高兴，我虽然没有钱，却拥有你。”海萍嗔怪地拍了苏淳一巴掌：“嘴抹蜜啦？讲这么肉麻的话。我实在是不好意思挑生活的毛病。我向来把握自己的命运，没一天受人主宰过。活成什么样，我都认了。这个城市，是我要留的，老公是我自己选的，儿子是我自己要的，房子是我自己买的，现在走的每一步，都是按我的意志来的。你说，我还能说什么？”

苏淳赶紧装出一副委屈的样子说：“是哦是哦，该抱怨的是我。我自从跟了你，没过上一天好日子。人家丈夫都有车，我没有，人家丈夫都有小秘，我没有，你这老婆是怎么当的？”

海萍大笑，摆出一副女王宠幸小白脸的架势拍了拍苏淳的脸说：“你就娶鸡随鸡，娶狗随狗吧！车啊小秘啊的，下辈子再说。车说不定还会有，小秘你就死心吧！”

海萍去厕所刷地，突然抬头说：“对了，我们什么时候把儿子接来？”苏淳在厨房接一句：“任何时候，只要你准备好了。”海萍大喜，顺口接一句：“那就下礼拜！”

63 “官”字头上一顶帽，身后两张口

海萍的家里好不热闹，孩子的欢笑，母亲在厨房里切菜的当当当，海萍在跟儿子玩手偶游戏，两个人嘻嘻哈哈笑着躺在地板上，苏淳从房间里锤完钉子跑出来胳肢他们娘儿俩，一派和睦家庭的景象。门铃叮咚，打开一看，原来是海藻带着保姆来了。

保姆拎着大包小袋，海藻指挥她放这放那。海萍的妈妈从厨房出来，看到海藻抱怨一句：“这孩子，这一向光顾吃了，长这么胖，那腰都比你姐粗了。她可是生过孩子了。你小心结婚的时候穿不上婚纱。”

海藻海萍相互对望一眼，都不知道怎么答好，海藻赶紧接一句：“到时候再减呗！沈嫂，麻烦你帮我把给我妈买的衣服拿出来挂上。”

海萍妈这才注意到家里还多一个人：“咦？这位是……”海藻忙说，这位是家里的阿姨。今天带的东西多，我拿不动，让她帮我送来。”

海萍妈更看不懂了：“阿姨？什么阿姨？”

阿姨在旁接口说：“小郭客气了，我就是保姆。她一直随孩子喊我阿姨。”

海藻海萍脸色煞变。

海萍妈还是不明白：“你是欢欢的保姆？海萍，你给欢欢请保姆了？”

保姆一听不对劲，赶紧闭口。海藻想，迟早都要暴露的，索性就揭底了，她鼓起勇气说：“不是，她说的，是我肚里的孩子。”

海萍妈完全迷失了方向：“你说什么？”

海藻说：“我肚子里的孩子，四个月了。”

海萍妈意识到问题复杂了，再追问：“谁的孩子？你怀孕了？你不是跟小贝分了吗？”

海藻说：“不是小贝的，是另一个人的。”

家里的欢乐气氛突然就冷下来了，欢欢一看外婆脸色阴沉的样子，就有些害怕地跑过去，拉住外婆的腿说：“外婆，外婆，你不要生气，欢欢跟你好。”

海萍妈吩咐苏淳说：“你带孩子和阿姨出去转转，我这里要跟海藻

说几句话。”

苏淳识相地迅速抱着儿子，领着保姆出去了。

海萍妈坐到桌前，海萍赶紧倒杯水放跟前，海藻依旧站着。

“你坐。”海萍妈冷冷地让海藻坐下。海藻有些心虚地落座。“孩子是谁的？是不是那天晚上把你送来的那个人的？”

海藻点点头。

“你们打算什么时候结婚？还是怕家长反对，已经偷偷摸摸领过证了？”

“我们……暂时还不能结婚。”

“你什么意思？”

“他……我们暂时不能结，得过一段。”

“他没离婚是吧？他有老婆是吧？过多久？”

海藻不说话。

“到底过多久！”海萍妈勃然大怒，拍案而起。海萍吓得赶紧挡在海藻面前。“妈！你坐下，坐下。别吓着海藻。”

海萍妈上去一巴掌打在海萍的脸上，响亮而干脆。海萍顿时蒙了。“你干的好事！我把海藻交给你！你就这样还给我！出这么大的事，你为什么不说？你嘴巴呢！”海萍捂着脸不说话，依旧护着海藻。

海藻想往前挤，被海萍死死按住。“不关姐姐的事。她不同意，但我没听她的。”

海萍妈卸了围裙四处乱找，终于找到一个竹衣架，走上前来劈头劈脸照着海萍一顿猛抽：“要这个孽种也是你要的，留这个孽种在上海也是你留的。当年我要她回老家，你非拦着，到了今天，你竟然眼看着她成这样也不拉她一把，你怎么好意思来见我？嗯？你有什么脸叫做姐姐！”

海萍开始哭，脸上被抽的一道马上肿了出来，海萍拿手挡着妹妹，也顾不得遮挡，任妈打：“妈！妈！我错了，你就放过海藻吧！她现在是不能气不能哭的人了。你要打打我，我跟你去屋里。”边哭边拉着妈远离海藻。海藻的眼泪刷刷就掉下来，也哭起来，“妈！妈！是我自己决定的，你不要打姐姐了。要打，你打我吧！”

海萍妈一阵眩晕，仿佛多年前的情景再现。小的时候海藻犯了错误，挨罚的永远是海萍，永远是海萍没有教育好海藻，没有管好海藻，没有照顾好海藻。每次挨打，总是大的替小的承担过错，姐妹俩抱成一团地哭。

每次都是海萍的错，每次。可我这个妈妈难道就没错吗？

海萍妈将衣架丢在桌子上一屁股坐下开始抹眼泪，越想越伤心，忍不住放声哭起来。海藻在查看海萍脸上的青紫，海萍一看母亲哭得伤心，赶紧跑过去跪在一边替妈擦眼泪。“妈，你别哭啊，你别哭。都是我不好。妈！你别哭了啊！”海藻在一边站着，光落泪不说话。

海萍妈哭完了，擦干眼泪对海藻说：“明天，我就带你去打胎。”

海藻吓得赶紧抱住肚子往墙边躲。“妈！你胡说什么啊！我不打。”

“海藻，你是我女儿，我不能看着你越走越远。阻止你以后走上错误的道路的唯一方法就是现在纠正。现在还来得及。千万不能再拖了。我不知道这个男人是干什么的，但是，海藻你听我一句，你还小，年龄见识都比他浅，你不懂，他不会不懂，如何能忍心看你走到这步田地？他这不是爱你，这是在害你！到头来受苦的是你自己。男人，说句难听话，是只管脱裤子，不管收种的。你还小，拖着个孩子怎么办？你拿什么去养活他？我除了担心你，更担心这个孩子。将来，他以什么身份，什么面貌活在这个世界上？人家都有爸爸，他有什么？他会幸福吗？你又有勇气承担这种压力吗？妈妈是为你好。虽然受罪，但长痛不如短痛。明天，妈妈就带你回家。咱们回去做。你肚子还没大起来，没人知道。很快，你就恢复了。咱堂堂正正再找。听见没？”

海藻摇摇头说：“妈，我是成人了，我会自己处理。也许你觉得他跟我是玩玩不认真的，可我觉得他是爱我的。他会为我们负责到底。我决定了，你不要拦着。我走了。”

说完拔腿就往外跑，海萍妈想追，被海萍拦住了。

“这么说，他是个秘书。”海萍妈和海萍并头躺在床上说话。海萍妈在问宋思明的情况。

海萍点头：“他对我们家有恩，不止一次帮助过我们。我跟他打过几次交道，人很有能力，稳重，靠得住，对海藻好。我想，他们两个是真心相爱。妈妈，你就不要再干涉了。”

海萍妈叹口气，摘下眼镜说：“海萍啊！俗话说，男孩要穷养，女孩要富养，不是没道理的。现在想来，我这一辈子吃亏就吃亏在没钱，没为你们姐妹俩提供好点的生活。但凡你们小时候经历过富裕，都不会为眼前这些小恩小惠所迷惑，感激到把自己的一生都搭进去。你都三十多了，难道还看不明白吗？天下没有白吃的午餐。一个人怎么可能不求回报地对你们好？他一定是有所图，图你的身体，图你的心。你和海藻是被他的表象迷惑了。没错，一个人能混到他那个位置上，一定有与众不同的能力和手段。可是，无论他在什么位置上，只要是公家的人，他就在替公家做事。他手里的权力也好，方便也好，都是我们给他的。也就是说，你们享受的那部分帮助，其实原本就属于你们自己。他为什么喜欢海藻？他真的喜欢海藻吗？不是的。与其说他喜欢海藻，不如说，他在享受手里的权力带给他的荣耀。一个人的荣耀如果压抑久了不释放会得病。他是一个当官的手下，他在单位里，在自己家里，都不能太招摇，都要俯首帖耳。那么怎么体现自己的成功呢？海藻不过是他借以炫耀成功的手段而已，没有海藻也会有水草、珊瑚。而海藻呢？她口口声声说爱他，这是真实的爱情吗？她爱的不是宋本人，而是宋那个光环照耀下的一种对所欲所求无不点头的畅快。你们姐妹俩，还是阅历太浅，看不穿，看不透啊！我把话放这儿！海藻这一辈子，不会有什么好下场的。虽然她是我的女儿，我希望她幸福。但看她执迷不悟，我却无能为力。这是我做母亲的失败啊！”

说完再叹气，转头摸着海萍的脸说：“还疼吗？”海萍摇摇头。

“我这一生，教书育人，门下弟子比孔夫子也少不了多少。可我教来教去，却教不好自己的女儿。我省吃俭用，送你们上学，上好的大学，你们是我的骄傲，我希望你们这一生都顺顺利利，幸福美满。可是，我真没想到，把海藻就这样给送进了火坑。当初，在她犹豫的时候，困难的时候，我这个当妈的，竟然任由孩子一个人苦苦挣扎，一点都不察觉，我的心好疼啊！”海萍妈开始又抹眼泪。

海萍趴在母亲的怀里，也难过地说不出话。

“海萍啊，妈妈只能拜托你，你的妹妹，请你，在她活不下去的时候，如果我们父母都不在了，你要拉她一把。”

海萍难过地点点头。

孙书记对着卷宗一页一页翻看，越看越沉重。他抬头问送材料的人：“这些材料，我猜想，你不是那么容易得到的吧？”对方说：“是的。因为事情涉及到上面的领导。说真话，调查的过程中，我都很迷惑，宋思明这个人，口碑很好。所有人对他的看法都是扎实、办实事、稳当，找不到突破口。”

孙书记从胸腔中发出一声叹息说：“大奸似忠，大奸似忠啊！你有没有想过，为什么他的口碑那么好？因为你问的人，都是他的圈子里的人。的确，在这个小范围里，他是拿人钱财替人办事，甚至以权换权，织起一张牢不可破的关系网。可是走出那个圈子以外呢？那么好的一块地，他们凭手中的权力放给自己的关系户做，以那么低的价格，损害的是一大批没权没势的草根百姓的利益。我想，你如果去问问那些人的看法，一定与现在不同！当官当官。官这一个字，是头上一顶帽子，身后两张口。你的帽子是人民给的，你的清名也是人民给的。你所做的事情，要代表大多数人的利益，为大多数人民服务，才对得起这个官字！我们的党，我们的国家，几十年来做了多少努力才走到今天这一步，可再多的努力，再多的心血都有可能毁于蝼蚁之蛀！这份材料，你亲自送到中央去。我在这里先电话里跟中央通报一声。要绝密，不能走漏一点消息。我就不信，没人能收拾得了他！"

宋思明在办公室里若有所思，突然沈律师直冲进来说："报告你一个不好的消息，央行突然下来查账了。谢行长脱不开身，托人送的消息，让你赶快想办法把钱给挪回来，补平这个口。"

宋低头不语，手里不时转动圆珠笔，半晌才说："这个消息我已经知道了。有个更坏的消息你不知道——前一段时间你办的那个案子，陈寺福的手下，原本被放了，今天又被抓了。"

沈大惊，问："怎么回事?！什么时候的事情?"

"就是刚才。我想他们一定是有了什么新的证据或新的突破才下的手。到底是什么环节出了差错呢?"

"你要不要我去打探一下消息?"

"不要。现在你我都是风口上的人物，任何轻举妄动都会自投罗网。"

"那我们现在怎么办?"

"等着。没办法。这次出手的是中央，速度快，没有反应的时间。我看，你不应该在我这里出现，也赶快想想自己下一步怎么打算吧！"

沈律师不再说话，沉默地转身离去。

宋太太拎了一个旅行袋放在宋思明的眼前说："这个，你留着。万一遇到情况，一定不要贪图这些钱财。钱都是身外之物，只要人在，一切都会有的。一旦有任何情况，这些钱你全都供出去，钱的去向我也写明白了，有些补不齐的，我是用收来的利息凑的。缺口不大。"

宋诧异地看着老婆说："缺口不大？你能收这么多利息？不可能啊！"

老婆沉默片刻说："我把弟弟的房子卖了，爸妈的房子也卖了。反正父亲已经不在了，以后妈就跟我们过。加上这些钱，差不多了。"

宋难过地别过身去，过一会儿无比忧伤地看着老婆说："你为什么不告诉我一声？你根本不必这样做！我已经是没得救了，我的事，不是钱这么简单的问题。你怎么不懂得丢车保帅呢?！钱你拿回去，找个安全的地方放起来，不要留家里，不要拿钱来买我的命。要确保即便我不在了，你，萱萱还有妈妈，都有好的生活。还有，我乡下的父母弟弟，也都要靠你照顾。整个家，都拜托给你了。"

老婆的眼泪不争气地就流出来了："你放心，我会照顾好他们的。你只要顾好你自己就行了。"

宋紧紧搂着老婆不做声，过了很久才说："我有愧于你。这么多年，没有很好地照顾你，却让你为我担惊受怕。如果有来生，我想好好地补偿你。"

老婆捂住宋思明的嘴说："你到现在都不明白你愧我愧在什么地方。我可以照顾自己，我愿意为你分担。可是，我不能忍受你的心里爱上别人。你知道，你不在我身边的夜里，我有多痛苦吗？"

宋拍拍老婆的背，闷声不语。

第二天一大早，宋没去上班，直接去了海藻那里。海藻还在睡觉。保姆在厅里打扫卫生。宋思明进屋后对保姆说："阿姨，麻烦你去附近超市给我买这些回来。"说完递给保姆一张清单。保姆出去了。

宋思明悄悄走进卧室，用手指温柔地抚摸海藻的脸庞，海藻眯着眼开始笑了，睁开眼睛，忽闪忽闪长睫毛，吻了吻宋的手指。

宋思明说："海藻，你躺着，听我跟你说一件事。我可能要出个长差，一时半会儿回不来。这里有一张存单和一张身份证，密码是你的生日。你留着，任何时候有需要，就用这笔钱。"

海藻眯缝着眼，温柔地说："你去哪儿？带着我一块儿。我不要一个人呆着。"

宋用手指在她的脸蛋上划着弧线说："我暂时不走，但说不定什么时候就走了。所以，先放在你这里交代清楚，免得你遇到问题抓瞎。你记着，这笔钱，是你和孩子未来生活的费用，你要保管好，不要乱花，要有计划。无论任何人以任何方式问你要这笔钱，你都不要拿出来。这笔钱，别人是追查不到的。这个身份证与我们都毫无瓜葛，会很安全。记住，任何人问你要，你都不要拿出来。听见了吗？"

海藻有些疑惑了，觉得这话听得怪怪的。“你什么意思？你不是说会照顾我们母子一辈子吗？那现在干吗把未来的钱都给我们？”说完坐起来打开存折一看，吓得捂上嘴巴：“啊！这么多！你！你！你肯定有事儿瞒着我！我不要！你要给我说清楚。”海藻把存折塞回去。

宋依旧保持温柔到醉人的微笑，像说别人的故事一样说着自己：“是的，海藻，我很抱歉。我说过我要照顾你们。这就是我照顾你们的方式之一。我只是怕万一，也许哪天我出车祸了，也许哪天我突然发病了，没给你留下任何东西，你们怎么生活呢？这就算防患于未然吧！没事最好，有事我也放心了。”

海藻听了，抱着宋的胳膊说：“一大早的说这些，不吉利。你不会有事的。你这是新爸爸综合征，孕期紧张。”

宋不再跟她纠缠，说：“收好，不要放这里，你最好交给海萍保管。我走了。”

“你去哪儿？”

“上班。”

Mark 与海萍在上课。Mark 说：“我下个星期要回美国一趟，办一些事情，可能过一阵子才会回来。所以，我们的课要暂停一段。”

海萍笑笑说：“没关系。我会等你。不会把你的时间排上其他课的。”

Mark 赶紧摇摇手说：“No no，我知道你现在是非常 popular 的老师，这个院子里，你已经赫赫有名了，等着上课的人排队。你没必要等我。我回来会另找时间跟你学的。不必担心。对了，你先生最近怎么样了？”

“他很好。他现在在做自己的生意。又可以在家带孩子，又有收入，不过越来越忙了。”

“真高兴看到你们能发展成为今天这样。对了，有一件事情，我一直瞒着你，现在，我想应该可以说了。其实，当初你先生的事，我告诉了宋，他想办法把你先生弄出来的。但当时他不允许我说，非要让我说是我做的。我坚持不过他。”

海萍理解地笑了笑说：“是的，我已经知道了。但我还是感谢你，在我最困难的时候一直帮助我，陪伴我。我想，在你走以前，请你吃顿晚饭。”

Mark 笑着说：“你先生一起去吗？”

"就我们俩。他要在家带孩子。"

"哦?他不会怀疑?我看上次我送你回家的时候,他的眼睛像会喷火的龙一样。"

"怕什么?一起吃晚饭,又不是一起吃早饭。"海萍诡秘一笑。

Mark 哈哈大笑说:"是的,要是他看见那时候咱们一起吃早饭的样子,我就更说不清了。明明什么都没做,却要背个坏名声。"

海萍也大笑起来,过后认真地握住 Mark 的手说:"Mark,你是正人君子,非常少见。"

64 拿钱买后半生官路的清白

海萍陪着母亲来到海藻的家。海藻一开门,看见母亲,吓得差点把门又关上。海萍妈自己推门进来,在整套房子里转了一遍,看着熟悉又陌生的房子,这个自己曾经住过的房子,感慨万千地说:"房子,这房子啊!"

海藻跟在后面不敢出声。

海萍妈看了一圈,连厨房的冰箱都打开看过了,然后对海藻说:"要自己多保重。任何时候,你都是妈的女儿,只要妈还在,天就不会塌下来。我明天就回去了。你们姐妹俩,要互相多照应点。尤其是海萍,海藻我就交给你了。"说完叹口气迈出门去。

海萍把一包东西递给海藻说:"妈这两天做的。你收好。"

海藻赶紧进卧室,把存折拿出来,身份证也夹进去,交给海萍说:"这个,你替我保管着。有需要我会去找你。一定要保管好。"海萍低头看一眼,神色大变,但还是没说话,收进口袋里。想想觉得不踏实,又掏出来塞进衣服里面的口袋里。

"我走了,有事情给我打电话。"海萍转身去追母亲。

海藻打开包一看,是一件母亲亲手缝的肚兜和婴儿小褂儿。

Mark 和海萍在一家中餐厅的落地窗前共尽晚餐。Mark 说:"你不知道我现在已经 very China 了吗?我喜欢吃中国菜,喜欢在非常喧闹的餐厅里,灯火通明,提高音量说话还听不清,那种感觉,让我觉得很真诚,有一种热情。"海萍笑着摇摇头说:"Mark,你是门外汉,不知其间的机密暗道。你只看到表面的繁荣却不能体会内里的辛酸。你看他们在桌上举杯换盏,谈笑风生,其实不一定就是好伙伴。你看那桌,那个女人,笑得很勉强,却又不得不敬酒,这就是中国的商场文化。你要做的生意，其实都是在饭桌上解决。办公室走的是形式而已。中国有句俗话，叫做‘功夫在诗外’。你要做的事情，要经过千回百转最终才能达成心愿。”

Mark 笑着冲海萍一举杯说：“中国有许多玄妙的东西都是我们不懂的。比方说针灸，比方说谦虚。但很多东西又是世界共通的。你所说的这种商场文化，在美国也许不以吃饭喝酒的形式出现，但却也存在。和你学习这么久，我总觉得你太悲观了，你总在说自己的国家有这样那样的缺点，与我这个门外汉的体会完全不同。你说，你们国家虽然发展很快，但缺点和不足明显，而我却说，这个国家虽然有这样或那样的不足，却充满了希望。我想，这就是东西方人的表述方法的不同。同一个意思，你们会吝于赞美，而我们会比较奔放。”

海萍笑笑说：“你不懂。中国有句话叫爱之深，责之切。这个国家因为是我的，我觉得自己对一切都负有责任，我期望她更好。我可以批评她，你不可以。如果你在我面前说，你的国家如何如何糟糕，我会掉头就走并将你拉进黑名单。所以，你不要以为我在你面前说我的祖国这样那样的缺点，我就真的觉得她不好。幸亏你不附和我，否则我们会吵起来。我们现在这样的状况，就叫统一的和谐。对了，你怎么突然要回去？”

“哦！一个朋友托我回去办点事情，另外也有些生意上的事情要处理。”

“大约回去多久？”

“看情况，长则半年，短则两三个月。”

“这么久！我会想念你。”

Mark 大笑说：“你现在已经很美国风格了！在中国，通常女人不会说想念男人。”

海萍腼腆一笑说：“我是纯洁的想念。”

“海萍，你打算这一辈子就当中文老师吗？”

“什么意思？”

“没有什么长远的规划？”

“我是想，等过一段时间，能不能找个投资人开一所中文学校？专门教老外中文的学校？我看目前这样的学校在中国还没有。应该是有市场的。”

“这个想法很好啊！我是建议你，要做就做个大的学校，不仅教中文，英文也教。我看，以中国这样的发展速度，很快就会与美国的大学接轨了。不久的将来，这里的高中生可以通过考试，报考美国的大学。我想，教育这块大蛋糕，利润非凡，美国没道理不赚这笔钱。以前中国的高收入阶层不多，能负担起美国大学学费的人少，出去的大多是拿奖学金，现在，我想应该有不少中国人可以负担起美国的学费了。而且，中国又是每家都一个孩子，舍得往教育里花钱。这条路，我看好！你的投资人里，算我一个！"

"啊？投资人里？我没想搞个集团啊！我就想开个以我名义命名的教室，先从小的做起。"

"呵呵，现在的生意，都要求集团化，规模化。如果能做大，还是尽量大些。我相信你有这个能力。我这次回去也多方寻求一下，看有没有人愿意投资，如果有的话，回来的时候，就可以把这件事情运转起来了。"

"哎呀！太谢谢你了！这顿饭请的，原来最终是我收获呀！"

"你是我的老师，中国最讲究尊师了，我怎么可能让你请客？你能够赏光与我共尽晚餐，不是早餐，我就已经很荣幸了，你不要与我争，等你的学校开办起来的那天，你再请我吃饭。"说完，Mark 招来服务员，从钱包里抽出几张钞票递上。

陈寺福敲门进了宋思明的办公室。

"你现在到这里来干什么？没事你老实呆着。"宋思明有些恼怒。

"就是……就是有事。"

"哦？什么事？"

"呃……有一件事情，我不知道重不重要，想问一下你的意见。"

"什么事？"

"那个那个，火灾的当晚，放火的那小子把打火机落在火场了，没找到。后来案子平了，他告诉过我，但我看他都出来了，想没什么大事，就没告诉你。现在他又进去了，我不知道他会不会……"

宋思明大怒："你干的好事！成事不足败事有余！你连犯罪的天赋都没有，我当初怎么选上你这个二百五！为什么不早说?!"说完立刻打电话给沈大律师："你去打听打听关于纵火工具的事情，看当时发案的时候，公安局那边有没有找到什么。"

沈大律师果断答复："没有。就是因为没有，所以我才做意外案件辩护的。如果有，当时我就把那东西给解决了。"

"可我现在怀疑，他们大约是找到什么新的物证了，否则怎么可能放了又抓？你能不能……”

“我这就去。”

宋思明抱着脑袋想了一会儿吩咐陈寺福：“你去老李那里探探话，看看有没有什么把柄落在他手里，要跑在公安局的前面。”

“可是大哥，你不是把公安那边摆平了吗？”

“那是和平时期。现在人人自危的时候，谁都想撇清干系。还有，现在办这个案子的一组，不是我们线上的了，我完全不可能介入。今天这个局面，都是你这个蠢材害的！”

“如果……如果老李那里真有什么的话，我怎么办？”

“现在你来问我怎么办？你早这么听话就好了！不惜一切代价搞到手。”

“不惜一切代价是什么意思？”

“就是不惜一切代价。否则你我以后就在牢里会面了。”

海藻给宋思明打电话：“你已经有好几天没来了。不要我们母子了吗？”

宋思明压低声音说：“我在开会。等会儿给你打过去。”

海藻郁闷地放下电话。

那边，市长问：“谢行长那里需要多少钱？”

“缺口大。他不仅仅是我们调的这些。他还挪了一大笔在美股市场上做股票，在听到风声以后平仓套现了，一个大缺口没补上。”

“到底多大的缺口？”

“听说，得上20亿。”

市长一拍桌子：“胆子太大了！一颗老鼠屎，坏了一锅粥！我就是替他补上我们这边的3亿，那个窟窿也抹不平的。到时候一出事，他肯定得把这边给咬出来！”

宋不说话。

“你再去打探消息，看他那边情况如何？”

正说着，宋的手机响了，宋接听后一言不发，很快挂机：“谢行长被双规了。”

市长皱着眉头一副天即将塌的表情。“你的那个陈寺福那边怎么样？”

“完全没消息。但我想，没消息就意味着坏消息。否则，应该是有消息才对。”

“呼啦啦大厦将倾啊！一步走错，全盘皆输。唉！”

“那我们现在……”

“现在……只有等着。”

“您要不给老领导打个电话，问候一声，顺便探听一下有什么风声。”

市长拿起电话拨过去，光有铃声响，没有接。

“不接。不妙啊！”

海萍给海藻去电话：“我今天有事情，不能陪你去产检，你一个人行吗？要不要改天？”

海藻说：“不用了，我自己去。”

“你为什么从不叫那个宋思明陪你？他要的孩子，他口口声声说负责，为什么从没见他的人影？甚至没跟我们父母有个交代？”

“姐，他这段时间很忙，没空。”

“海藻，我真替你担忧。你今天先去，我明天一早去看你。”

海藻一个人在妇幼医院的贵宾室等候产检。这里等候的人并不多，个个都挺着骄傲的大肚子，旁边有丈夫贴身呵护。只有海藻是由保姆跟着。“这是我的自作自受。”海藻内心里想。她也很渴望有个男人在这种时刻特别关爱自己，每天嘘寒问暖，关心孩子的成长，并分享所有的快乐时光。可是，这个男人这段时间简直像空气一样看不见摸不着，连声音都吝啬给予。海藻心里打鼓，他是不是反悔了？开始在找机会脱身呢？我得跟他好好谈谈。

海藻在产检过后，拨通了宋思明的电话：“检查过了，医生说，是个男孩儿，非常清楚的小鸡鸡，像个小海螺一样竖着。你高兴吗？”

电话那头的宋思明答：“高兴。你快回去休息吧！我一会儿给你去电话。”

“我不要你一会儿！我完全听不出你的高兴。你在敷衍我。如果你不想要这个孩子，请你告诉我，现在还来得及！”

“别胡思乱想了，我现在有事。等会儿联络你。”

“你今天晚上，能陪陪我吗？我好孤独啊！”

“我挂了。”宋思明果断挂了电话，他的对面，坐着沈大律师，“这个案子，我接不了了，你换个人。我自己已经身陷其中。”

宋思明沉吟：“他们……对你……”

“我能感觉出。所有的角度都插不进，都是闭门羹。情况很糟糕。

陈寺福那边有没有消息?”

宋点燃一支烟，像瘾君子那样猛吸几口，半晌才回：“没动静。我都不知道他现在人在哪儿，怕他要是在局子里我给他电话是自找麻烦。我随他去了。”

海藻等到夜里，都没有消息。宋思明并没有打电话来。

第二天早上，海萍带着欢欢过来，欢欢直往海藻身上扑，海藻和海萍都赶紧拦着。海萍观察着海藻说：“你脸色不好，眼睛红得跟兔子一样，还肿着。是哭了还是昨天晚上没睡好?”

海藻把头转过去逗欢欢，然后说了一句：“孕期荷尔蒙作怪，情绪波动。”

“人家怀孕都高高兴兴的，你波动什么？是不是宋对你不好?”

“他怎么可能对我不好，把下半辈子要用的钱都交给我了。”

“给你钱就是对你好？他这两天来看过你没有?”

“他这段时间非常忙。”

“哼，海藻，如果我没猜错，他这是拿钱在买他后半生官路的清白。他与你是人钱两清了。你呀，不要再有什么幻想了。你有什么打算?”

海藻低头看自己已经鼓鼓的肚皮说：“我能有什么打算？我也不知道。”

海萍坐过来，抱住海藻的肩膀说：“海藻啊！你依旧很坚决地要生下这个孩子吗？尽管孩子的父亲已经打算把你们抛弃了？你不再考虑考虑?”

海藻的眼眶红了，她说：“孩子都动了，踢我呢!”

“你如果一时心慈，搞不好就把自己的一生葬送了。以后，你的眼前，每一分每一秒，你所犯下的错误都会在你眼前晃动，逃不开，挣不脱。到时候就麻烦了。”

“我再等等，等到他亲口说出他不要我的时候，我再决定。”

宋思明回到家里，家里冷清得很，妻子连电视机都没开，就坐在沙发上发呆。宋思明把包放下，转身到女儿房间里去看看。

“萱萱啊，你最近学习如何?”

“爸爸，你一张口就是我学习如何学习如何，你难道没话跟我说了吗?”

“是啊！你这么一说，我也才觉察到，我与你平时沟通得太少了，以至于和你的谈话只有寥寥几句，除此以外，我不知道该说些什么。不知道什么是你感兴趣的，什么是你爱听的。那么，你愿意跟爸爸说说，你喜欢什么吗?”

萱萱人精似的叹口气说：“我也觉得跟你沟通有障碍。你要么不跟我说话，一说就得袒露心扉。要说我的兴趣爱好呢，过程非常漫长而复杂，你肯定坐不下来听。要说我感兴趣的呢，你又不感兴趣。何必勉强我们俩在这硬坐着呢？你该忙什么忙什么去吧!”

宋思明有些难过，女儿已经离自己这么远了，而自己竟没有发现。

“萱萱呀，爸爸的失误，工作太忙了，忽略了你的成长。而时间一旦过去了，是无法弥补的。爸爸希望你，无论将来是顺境还是逆境，都要坚强。无论周围的人说什么，怎么看你，你都要相信自己。没什么困难是过不去的。也许，爸爸不能带给你荣耀，但是凭你自己的努力，你可以争取到荣耀。你这一生道路还很漫长。爸爸希望你不要迷失了自己，要把握自己，不受外界干扰，走自己选择的道路，并坚持到底。明白吗?”

“爸爸，你这话说的，怎么像临别赠言啊！等以后我遇到困难的时候你再教导我也不迟。”

“我是怕，也许以后等你需要爸爸帮助的时候，爸爸帮不了你。所以……”

“我不会运气这么差吧？你帮人办事都帮一辈子了，轮到自己女儿的时候，你就帮不了了？去睡吧你！我还要做功课呢!”女儿开始把宋思明往外轰。

陈寺福突然给宋思明打了个电话：“如果我猜得没错，打火机应该在老李手里。我问他话的时候，他心虚到不敢看我的眼。TNND，所有的好处他都得到了，还留这一手，想以后讹诈？大哥，看样子，他是不会主动交给我们了，怎么办?”

宋思明正在某会议厅。原本是不该接电话的，一看是陈，忍不住就打开了，听完陈的话，答非所问地说：“我时间很紧，不能送你，你就自己去吧！注意安全。”

陈寺福掐了手里的烟，站在小区的拐角盯着四楼老李家的阳台看：“他妈的，早知道今天要穿墙入室，把那套一楼的给他就好了!”

夜里，陈寺福爬上六楼，掀开顶楼的盖子，爬上去，找到老李家的位置，下脚试探了一下，觉得不稳妥，又轻轻敲了敲下水管，恶狠狠地嘀咕一句："房子啊，真不能自己造。要是不是自己选的材料，也不至于这么后怕了。早知道今天要爬这管子，当初选个最结实的该多好！TNND，没害上别人却害了自己。希望明天早上不要被人发现自己冰冷地躺在一楼的地面上。"拴了根绳子在七楼顶的钩子上和自己的腰间，轻轻蹭着水管往下爬。

海萍推推苏淳说："什么声音，你听见没有？北边儿。"

"睡吧，有什么声音啊，顶多是只猫。儿子就在旁边，你有什么可担心的。"

陈寺福轻轻一纵跳到四楼的北阳台，用事先准备好的黑丝袜把头套起来，想想觉得不安全，又掏出块手绢把鼻子以下扎起来，然后用手中的钥匙打开阳台，轻轻翻进去，又穿过厨房，客厅，犹豫了半天，用钥匙打开了主卧室的门。透过窗外的月光，依稀可辨床上躺着两个人。陈寺福随手拔出刀子，架在其中一个人的脖子间，低声暗喝："你老实把我要的东西交出来，大家相安无事！"

床上的人突然坐起来，一把掀掉他的蒙面手巾，床另一边的人打开床头灯，竟然是两个警察！那个脖子上被架着刀的警察看着陈寺福的黑袜套脸笑了："陈老板，你还怪仔细的，一层不够还要罩两层。可你无论怎么盖，我怎么还是一眼就看出是你了呢？"

另一名女警察掏出一把明晃晃的手枪冲陈寺福晃了晃说："放下你的刀。"

陈寺福彻底傻在那里，根本一动不动。警察轻轻一推，就把他的刀给推开了。然后从口袋里掏出一个打火机说："你是不是在找这个啊？"

陈寺福本能地伸手把打火机夺了过去，警察却并不争抢。"这是不是你要的啊？"警察戏谑地问。

"不是这个颜色。"

"当然不是。这个是我的。你要的那个，我现在带你去看。"说完一翻身敏捷跃起，一把就擒住陈寺福，扭过他的臂膀上了手铐。

陈寺福一到公安局，看着同案犯指着他说："就是他，是他指使我干的。我是受胁迫！"

陈寺福立刻瘫软，马上带着哭腔就说："不是我，不是我，是宋思明让我干的。我受他胁迫。"

海藻已经开始面对自己被抛弃的命运。宋思明自那天早上交给她500万后，就再没现身过。头几天打电话过去，他总是敷衍自己，三两句就挂断，这两天再打去，只要一见是自己的号码，他就直接掐掉。

这个与自己在床上翻云覆雨的男人，这个在床上与自己甜言蜜语的男人，这个在床上与自己山盟海誓的男人，连声告别的话都没有，就彻底消失了。海藻显然可以换一部电话去试探他，看他是否存心回避自己。可海藻的心在拿起街边公话，手指放在按键上的一刻，仿佛像肉即将送入绞肉机里化成粉末一般抽搐着痛。如果他接了呢？自己说什么？要不要再给他一段时间，等他有足够的勇气告诉自己分离？

自己看错了。

在“我爱你”说出的一刹那，其实已经失去了。

回头想想，她与宋思明之间，除了那些隽永地刻画在心头的床笫之欢外，还剩下什么？

海藻的肚子，一天天鼓出来，盖都盖不住。那个孩子正蠢蠢欲动地等待着出来的一天，昭告天下：“我是一段孽缘的产物！”没有父亲，在产床上挣扎的时候，无人陪伴。这是自己应该付出的代价。

周六，原本是合家团聚的时刻，海藻挺着肚子在街头快跑。她跑不动了，只能说是快走，想甩掉身前脑后一切。终于，走累了，人乏了。她站在橱窗前驻足，泪水不争气地涌上眼眶。

迎面而来的是小贝！只不过他的身边多了一个阳光灿烂的女孩，那眉眼，那神态，活似大半年前的海藻。两个人挤着肩膀挎着胳膊前行，小贝的身上背着女孩的大手袋。小贝全然没有注意到街边憔悴黯然蓬头乱发身材走形满脸雀斑的海藻默默注视着他。小贝停下脚步，当街剥了个板栗送进女孩的嘴里，然后笑着摸摸她脑袋。那个女孩亲昵地扬起脸，在小贝的脸庞上轻轻啄了一下，两人搂抱着笑奔而去。

海藻的眼泪不争气地流了下来。她想起自己曾经看过的那篇被姐姐批为矫情的文章，那个女人一圈世界周游下来，回到当初爱人的家做客。那个曾经深爱自己的男人，将曾经属于自己的鱼眼睛夹给他现在的妻子。那一刻，女人如海藻般泪流满面。

无论是姐姐，还是海藻，当初都不能理解鱼眼的珍贵。

而仅仅半年，小贝的身边，有了另一个女孩，小贝像爱自己那样爱她疼她，把属于自己的板栗塞进她的口中。

“属于我的眼睛，丢失了。”海藻沿着橱窗费力地蹲下，蒙住头开始无声流泪。肩头耸动得叫人无法承担。街头的行人来来往往，个个行色匆匆，无人注意到她的存在。

哭够了，海藻擦擦眼睛，下定决心，找了个最近的电话亭，拨通了宋思明的手机。仅一声，宋思明就拾起电话。依旧那么磁性的“喂”，如第一次海藻拨通他的电话一般。突然，宋思明的女儿在电话里喊：“爸！过来给外婆照相！”

海藻一声不吭，把电话挂掉，将一块钱扔在报摊上。

宋思明带着疑惑挂了电话，过去与老婆女儿和丈母娘拍全家福。这是宋思明自己要求的，在他的心里有越来越多的不安。也许，这样全家团聚的日子不多了。

可他心里总觉得有一种说不清楚的苦涩，感觉柔肠寸断。拍完照，他躲进女儿的房间给刚才的号码回拨过去：“喂，请问刚才是谁打这个电话？”“刚才？哪个刚才？这里是公话亭，这里一共五部电话，我怎么知道你说的是哪个？”宋思明若有所思地将电话挂断。

周日的晚上，宋思明躺在床上，辗转反侧，最后用无比抱歉的声音告诉老婆：“呃，我想拜托你一件事。”

老婆转身问：“什么事？”

“我怕，也许，就这两天，时间不多了。本来，我拜托给谁，都不该拜托给你。可是，我想来想去，这一辈子我能够信任的人，托付的人，就只有你了。”

“你到底想说什么？和我之间，你还需要绕弯子吗？”

“我……我很难启齿。”

“你是想跟我说她吧？”

“呃……是。”

“那你还是不要拜托了。你把我想得太伟大了。”

“可是，她怀孕了。是个男孩。”

老婆突然没声音了。

“我不知道自己的未来会怎样。这是我自己造的孽，孩子是无辜的。万一……我不得善终，万一，她不愿意抚养那个孩子，你……能不能……这个孩子是我们宋家唯一的男丁了。”

老婆冷冷哼了一声说：“这话，你该告诉你的父母。因为，不久以后，也许我也改嫁了。连萱萱都改名换姓了。”

宋思明不做声。过了好半天，从胸腔中发出一声长叹说：“对不起。谢谢你。”两人各自转身不再说话。

星期一一大早，老婆等宋思明一出门，就翻箱倒箧，把那一大提包拎出来，在手里一掂量就知道少了不少。打开一查，勃然大怒，立刻打电话给葫芦的老婆孙丽："上次那个女的，你知道她住哪吗？"

"哪个女的？"

"你不要跟我装糊涂，就是宋思明的那个。"

"我还真不知道。你为什么不去公司找她？"

"她怀孕了。"

对方沉默半天，说："你到底还是知道了。这样，你打个电话给沈律师。他应该知道她的住处。上次，我听胖子说，沈把他堂姐介绍过去当保姆。"

宋太迅速收线，再拨沈律师手机："我问你，你堂姐住哪儿？"

"哪个堂姐？我有好多啊！"

"别绕了，我说的是那个伺候大肚子的堂姐。"

"啊？啊！她啊……。我也不知道啊……什么大肚子？"

"我有急事。我不是去兴师问罪的，现在都在火山口上了，你以为我有那心情？宋昨天晚上给我交代后事了，今天我一查，他收的钱少了一半，这就够要他的命了。现在大家都是拴在一条绳上的蚂蚱，谁都跑不了，她要是聪明，赶紧把钱拿回来，宋若能逃得过，大家都好过。我认真求你。跟你这么多年朋友，你不会现在眼看着萱萱没爸爸吧？"

沈在那边不说话。

"沈醒国！你要是不说，我这就给你老婆打电话，把你在吴江路的小窝说出去！"

这招狠，沈二话不说就招了。"那个，那个，她住华山路×幢×号。"

宋太放下电话打车而去，班都不上了。宋太不顾警卫阻拦，丢下一句："我是×幢×号的朋友。"径直上了楼。海藻一开门，意外发现是宋太。

宋太嘴角含着一丝冷笑，上下打量着海藻，推开门直接走了进去，保姆听见海藻的惊呼，赶紧从厨房跑出来问："你是谁？你找谁？"

宋太笑眯眯地看着保姆说："你是沈律师的堂姐吧？我是他好朋友。我是宋思明的太太。这里没你事了。你先出去转转。"保姆不知道该怎么办，看着海藻不说话。

"你要不要我给沈律师打个电话，让你确认一下？你放心，我今天不是来闹事的。我找她有别的事。"

海藻开口吩咐说："阿姨，你先下去转转。一会儿我会去找你。"

宋太依旧各屋参观，包括那张豪华的欧陆风情雕花床。宋太的心如响鼓般重锤不止，不得不深吸一口气，才能压下那种刺透心扉的痛。就在这张床上，宋思明和这个女人光着身子滚来滚去。就在这张床上，两个恬不知耻的人还造出了个孩子。宋太如果手里有把刀，她真想一刀捅在那个耀眼的，长着小鸡鸡的肚子上。

宋太再转头盯着海藻看，直勾勾地盯着海藻的肚子。海藻的心有点发毛，不禁双手捂住肚子。宋太自来熟地招呼海藻："坐！别老站着，累。"说完自己坐在餐桌旁。

她细细抚摸着实木的纹路，那种哑光的暗红色，散发着贵族气质，是她多少次经过橱窗想买而抑制住冲动的款式。曾经，她和宋思明路过"达芬奇"的时候，她隔着玻璃，指着耀眼吊顶灯下的这张桌子说："我多么希望自己住在宽敞的屋子里，厅里放上这张餐桌。"这张停留在她梦里的桌子，现在就在她的手下散发着幽幽雅雅的光。她梦中宽敞的客厅，和梦中陪伴她的男人，一直在享受着侵略着剥夺着她的梦。

而这里，这个女人，住着这样豪华的屋子，是她卖了自己妈的房子自己弟弟的房子换来的！

宋太又深深吸了一口气，努力压抑住那种刺伤。这简直像案板上垂死的鱼一样，被人将鳞片一片一片剥掉，露出血淋淋的皮肉。痛不堪忍。

她依旧保持着沉着的面容和淡定的微笑，在惊慌颤抖不知所措的海藻面前，坦然得叫人害怕。

"我今天来，是来问你要一样东西。我不说你也知道是什么。那个500万。"

海藻一句话都不说，站着发抖。

"我既然知道这里，能跑到这里来，就表示他什么都告诉我了。我和你照了两次面儿，第一次我就告诉过你，希望你能好自为之。可惜，你并没把我的忠告放心上。你年纪轻轻的，干点什么不好，非得偷人呢？难道做之前没想过，这不会有好结果的吗？"

海藻在宋太近乎鞭打的戏弄声中抖到快站不住了，她不得不后退一步靠在装饰柜上。

"这笔钱呢，是我给他的。女人嘛，不要太不善良。你既然跟了他，好歹也算我们家家谱里不入名但却担个分的，叫什么呢？侍妾？随伴？妾都算不上。妾好歹还要过个门儿呢！就算陪睡吧！比外头招个妓女总强点儿，至少不带病。我跟他说，既然陪睡一场，钱总要丢两个的。哪怕就是嫖，那也不能白嫖啊！嫖也要有嫖品，就好像赌博一样。而且出手大方点儿，方显自己身价。这钱，我出得起。”宋太顺手在红木桌子上敲了敲。又在旁边的椅子上摸了一把。

海藻快晕过去了。她现在唯一能做的就是坚持站着不倒，不在宋太的嘲弄中被践踏成泡沫。海藻的脸色已经白得比纸还难看了。

“不过呢，今天早上，他改主意了。他让我过来，把这笔钱拿走。算来算去，你实在不值这点钞票。他是不愿意再见到你了，所以，只好我出面。这是没办法的事，我是他老婆，就得替他料理后事，反正也不是一回两回了。不过，要钱回去，这还真是头一遭，可能你是最不值的一个吧？”

海藻的肚子被孩子狠狠踢了一脚。

“钱呢，你最好快点拿出来。我们还有别的用处。”宋太斜眼看看海藻，二郎腿翘啊翘，显得特别不屑，又像逗弄一只小鸡一样。

海藻已经蹲在地上了，既不看宋太，也不回答。

“钱呢？嗯？快说！你不要等我失去耐心！”宋太被海藻的一声不吭给激怒了，忍不住拍桌而起。

海藻抱着肚子，蹲在地上，一言不发。

宋太终于由狂怒到失去理智。人最可恨的不是流泪争吵动手打架，而是以沉默应对一切，这让你发狂。宋太一步一步逼近，一把把海藻从地上揪起来，上去扇了她一个巴掌说：“钱呢！钱呢！把钱还给我！”

海藻死死抱住肚子，闭上眼睛不说话。宋太拽着海藻的头发将她的头按在柜子上撞啊撞：“要不是你，我们家怎么会变成这样！要不是你他怎么会到今天这步田地！要不是你！！！！”宋太发疯地捶打海藻，海藻终于反应过来，大声喊：“救命啊！！！！”

海藻的声音刺激了宋太，她拽住海藻的胸和背用力丢向装饰柜，装饰柜上的东西全砸了下来，花瓶、水晶盘一样一样掉在海藻的身上肚子上。宋太临走指着地上的海藻说：“你活该的下场！”然后摔门而去。

海藻躺在地上，一动不动，不一会儿，血从身底缓缓流了出来。海藻一摸下身，慌了，颤抖着低声喊：“姐！姐！阿姨……阿姨……”她试图想动弹，一动，下身热血涌出，她吓得已经不知该怎么办才好。“救命……救命……”声音微弱得听都听不见。很快，她就昏了过去。

阿姨一进门，被眼前的情景吓傻了，完全不知道怎么办才好，第一件事情就是打电话给沈律师：“哎呀……海藻……海藻……她……死了！”

沈律师一听坏事儿，刚才他就一直不断给宋思明打电话，手机也好，办公室也好全部不通。

“你在那里守着！我马上就到！不要离开。”沈说完就拨120急救电话，然后自己开着车向宋思明的办公室奔去。

宋思明正在三楼会议室开会。今天的会议气氛非比寻常。沈律师轻轻推开会议室的门，冲里面的宋思明使了个眼色。宋有些头皮发麻，赶快起身出去。

“海藻出事了！今天早上，你太太给我打了个电话要了海藻的地址。我没办法。结果……”

宋马上紧张起来：“她现在在哪儿?!”

“刚才我来你这里以前拨的120，当时她在家。”

“我现在往她那里奔，你替我打听她现在在什么医院，一旦打听到，马上给我消息。”说完抓起沈律师手里的钥匙就奔下楼去，直冲到车前，踩足油门冲出大院。

坐在车里监视的便衣警察用步话机低声通知：“2号突然冲出大楼，驾车离去，情况突变，怎么办?”

“是不是走漏了风声?”

“不知道。有可能，5号刚才跟他交头接耳了一会儿。”

“提前抓捕！不要让他逃跑了。”电话那头传来命令的声音。

三个便衣两辆车紧跟着宋思明。

宋思明的车在大街上狂奔。

后面两辆车紧随。在闹市中上演警匪片中才有的场景。“挂警灯!”一位警察在遇见绿灯转黄的时刻果断命令。

宋思明的手机响了，是沈律师的电话：“在红星妇幼保健医院。孩子没了，海藻的子宫正在摘除中。”

宋思明被后面的车追得无处可去，绕开市中心以后在郊区的高速公路上寻找摆脱的机会。可是两辆呼啸的警车夹着他让他无可逃避。在被逼无奈之下，宋猛一打方向盘，突然来个180度大转弯，逆道而驶，与警车迎面撞去。警车被逼迫着分向两边撞向路边的护栏。宋杀出一条血路逆向往市区红星医院方向飞驰。

转弯口上，一辆重型集装箱载货车正露半个头。

宋思明无可躲避地撞了上去，一片轰鸣。

等两辆警车赶到的时候，血流满地，零件玻璃散落在公路上。集装箱车的司机也是满头血地从车里爬出来说：“不关我事，不关我事，他他他……”

警察将宋思明从车里拖出来，宋的嘴角挂着血，脸上全是玻璃碴，喉咙里呼呼冒着血泡，眼珠一个挂在眼眶外面。

“海藻，我不去看你，是我不想连累你。海藻……”宋的眼前，是长发的海藻笑盈盈地穿着冬天的衣服走近自己。奇怪明明夏天刚过，怎么下雪了。“我爱你，海藻。”宋思明觉得自己说得很清楚，海藻一定听见了。

那厢，警察按着他脖子上的脉搏说：“他好像想说话，但听不见。”

救护车呜哇呜哇地驶近，医护人员匆匆下车。

“没救了，已经。”警察遗憾地说。

那边，医生在手术台上说：“孕妇啊！怎么会成这样！孩子没了，子宫没了，家里连个人都没有。”

“活该，听说是二奶，被大奶打的。”

“不会吧！太狠了！都怀孕六个月了，多一个月孩子就活了！怎么狠心下得了这种手？都是女人！”

“切！二奶哪能算女人？硕鼠！社会的硕鼠！她自己不给别人活路。早干吗去了？”

“你们都别吵！这是病人！是需要我们照顾料理的病人！你管人家做什么的干吗？你们说来说去，都没说到点子上。谁是罪魁祸首？那个男人！那个男人！该死的是那个男人！可怜了活活一条小命。造孽！”

那个该死的男人，已经死了。正躺在停尸房。

三个月后，海藻依旧面色惨白地躺在床上，完全不说一句话。海萍和母亲把她接到海萍的家中休养。

海萍的手机响了。打开一看，是久违的Mark。

“Hi，海萍，我回来了，你还有空教我吗？”

“Mark！没问题！你想什么时候上课？”

“呃，你的妹妹好吗？”

“你怎么想起来问她？”

“我有事要跟你讲。”

“好，你说。”

“我想跟你当面讲，你现在能来我的家吗？”

海萍坐在Mark的屋里，电脑前。

“这是宋给我发的E-mail。他请求我，希望我把海藻和他的孩子带到美国去，给他们一个生存的空间。他让我在孩子出生以后，过来接他们。我回来了。”

海萍的眼泪哗哗流淌，她不得不捂住嘴巴压抑住自己的哭声。

“你别哭。宋的事情，我已经听说了。我也感到非常遗憾。他给过我很多帮助，我这次去美国，也是他为我寻找的商机，使我可以重返战场。他从没托我做过什么事情，我想，我会为他达成心愿的。”

海萍站起来，哭着抱住 Mark 说：“太迟了，已经太迟了。”

Mark 搂着海藻踏上飞机，身后是挥舞着手含着泪花的父母和姐姐一家。

淮海路上，“海萍中文学校”正式挂牌开张。

新出图证(鄂)字3号
图书在版编目(CIP)数据
蜗居／六六．著
武汉：长江文艺出版社，2007.11

ISBN 978-7-5354-3582-8
Ⅰ．蜗...
Ⅱ．六...
Ⅲ．长篇小说-中国-当代
Ⅳ．I247.5
中国版本图书馆CIP数据核字(2007)第158083号

选题策划：金丽红　黎　波
责任编辑：张　维
装帧设计：余一梅
媒体运营：赵　萌
责任印制：张志杰

出　版：湖北长江出版集团 长江文艺出版社　电话：027-87679301
传真：027-87679300
地　址：湖北省武汉市雄楚大街268号湖北出版文化城B座9-11楼
邮　编：430070
发　行：长江文艺出版社北京图书中心
电　话：010-58678881　传真：010-58677346
地　址：北京市朝阳区曙光西里甲6号时间国际大厦A座1905室
邮　编：100028
印　刷：北京京师印务有限公司　北京人教方成彩色印刷有限公司

开本：700×1000毫米　1/16　印张：19.25
版次：2007年12月第1版　印次：2008年1月第1次印刷
字数：325千字

定价：25.00元
